Réflexe



rm

STMG

2e édition

# Gestion et Finance

Sandrine Cerbier, Christine Darlay, Diane Dussaux-Collo,
Valérie Fournel, Jean-Philippe Gonzalez, Régis Tombarel

Nathan
TECHNIQUE

ISBN : 978-2-09-505123-5 • Code éditeur : 183174

## Avec ce livre, une licence i-MANUEL 2.0

**Le i-Manuel 2.0, un outil simple d'utilisation qui reprend l'ensemble des contenus de ce livre sous forme numérique et interactive.**

**Il permet d'accéder au contenu de cet ouvrage à tout moment et en tout lieu sur un ordinateur ou une tablette.** L'utilisateur peut donc passer du papier au numérique et choisir le support qui lui convient le mieux selon le travail à faire et le lieu où il se trouve.

### Une véritable interactivité entre l'enseignant et sa classe

- **Vidéoprojeter** en classe les activités, les documents et les corrections pour animer les cours et travailler collectivement.
- **Feuilleter le livre papier enrichi et le télécharger** pour un usage sans connexion.
- Bénéficier d'**une banque de ressources**.
- **Piloter la classe** en assurant le suivi du travail des élèves à distance et en cours (recevoir et envoyer du travail, faire des commentaires, intervenir en temps réel).
- **Intégrer et envoyer à la classe,** à un ou plusieurs élèves, **des documents personnels**.
- **Afficher les corrigés** ou la correction individuelle du travail de l'élève.
- **Imprimer** les documents nécessaires pour mettre les élèves en **situation d'examen**.

### Des fonctionnalités innovantes pour favoriser l'intérêt, la motivation et l'implication des élèves

- **Saisir les réponses** en travaillant sur ordinateur ou tablette.
- **Faire les activités et les exercices**, préparer ou réviser le cours **en classe ou à la maison**.
- **Accéder** aux **ressources numériques**, vidéos, fichiers élèves (Word, Excel, GeoGebra...).
- **Sauvegarder** au **format Word** le travail effectué dans un dossier (classeur).
- **Envoyer le travail** au professeur.
- **S'enregistrer** pour les activités orales.
- **S'auto-évaluer**.

**Toutes les infos et les tutos sur www.nathan.fr/i-manuel2**

## Avec ce livre, des ressources numériques en accès direct

**Flashez les QR Codes avec votre smartphone ou saisissez les mini-liens associés** pour accéder à des vidéos, animations, QCM...

# Sommaire

## Sommaire

### Fiches méthode



### Fiches prépa BAC



PGI

Plusieurs chapitres du thème 1 s'appuient sur une base de données implantée dans un progiciel de gestion (PGI) qui présente une **année complète d'activité d'une PME** : le food truck **Crêpe on the road**.

- L'accès à la base PGI est facultatif : des extraits reproduits dans l'ouvrage permettent à l'élève d'observer les traitements et de réaliser le travail demandé.
- L'utilisation de la base permet néanmoins une initiation à la manipulation d'un PGI.

La base est accessible en ligne (**PGI Dailybiz**) ou à installer sur le serveur du lycée (**PGI EBP Éducation**).

Ce pictogramme permet de repérer les applications qui font appel à l'utilisation d'outils numériques.

Ce pictogramme permet de repérer les applications qui peuvent être réalisées en groupe.

Ce pictogramme indique le niveau de difficulté des applications.

# Structure de l'ouvrage

L'exposé initial de la « **Situation** » sert de « fil rouge » au chapitre.

Les « **Étapes de travail** » offrent une vue globale du chapitre et permettent de planifier les séances de cours.

Le « **Support de travail** » permet de télécharger, en une fois, tous les fichiers de travail rattachés aux séquences du chapitre.

Une rubrique « **Avant la classe** » pour préparer l'activité *via* une vidéo d'accroche, une question ou une recherche d'informations.

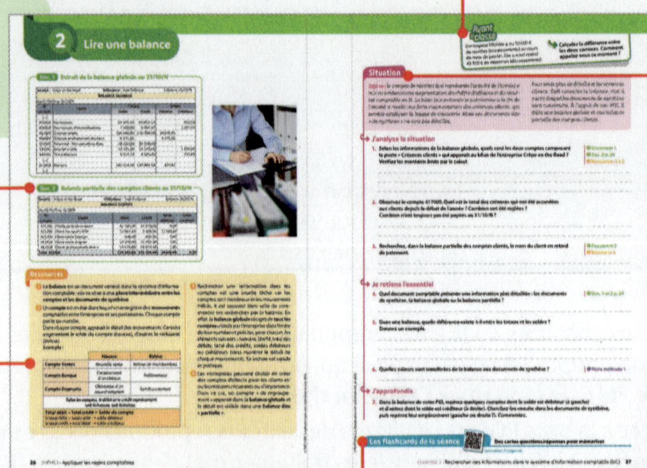


Un découpage clair et progressif des **objectifs du chapitre**.

Des **documents** au plus près des réalités du monde professionnel.

Des « **Ressources** » pour donner des éléments de cours.

Un encadré « **Situation** » qui rappelle ce qui a été « déjà vu » lors de la séquence précédente et introduit la suivante, afin d'articuler les enjeux.

Une démarche progressive en trois temps :

- « **J'analyse la situation** » : 3 à 4 questions pour faire le lien entre les enjeux de la notion, la situation et les documents, en s'aidant des ressources à disposition ;
- « **Je retiens l'essentiel** » : 1 à 2 questions pour faire le point sur ce qui vient d'être travaillé ;
- « **J'approfondis** » : 1 à 2 questions pour aller plus loin en cherchant des informations complémentaires.

Des « **Flashcards** » à télécharger pour une mémorisation ludique du cours sous forme de question/réponse, à faire seul ou à plusieurs.

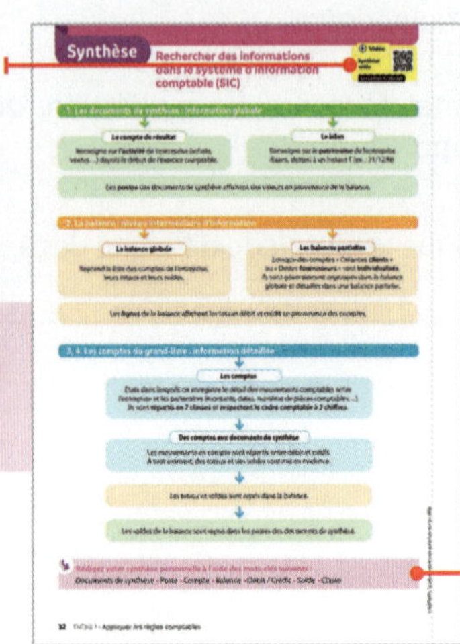


Une **vidéo de la synthèse** pour mieux comprendre comment les notions s'articulent entre elles.

Une **synthèse** qui reprend le déroulé du cours et favorise l'acquisition des notions.

Une mise en activité de l'élève pour l'encourager à construire ses propres **outils de révision.**

# Structure de l'ouvrage

Une série de **quiz autocorrectifs** pour gérer l'hétérogénéité des classes et faciliter la remédiation.

Le « **Support de travail** » permet de télécharger, en une fois, tous les fichiers de travail rattachés aux applications du chapitre.

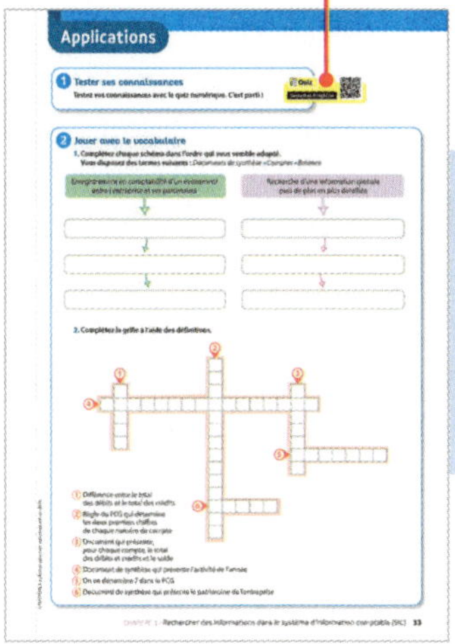


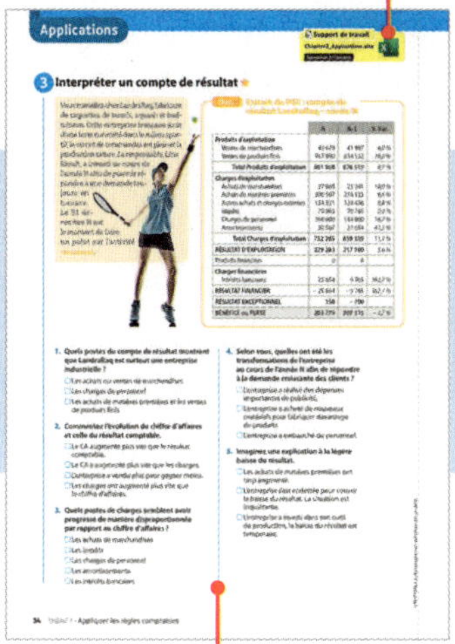


4 à 6 pages « **Applications** » pour :
- vérifier les connaissances,
- travailler le vocabulaire ;
- réinvestir les notions dans des contextes variés ;
- mettre en œuvre le travail de groupe ;
- favoriser l'utilisation des outils numériques.

1 **application** sous forme de QCM pour varier les types d'exercices.

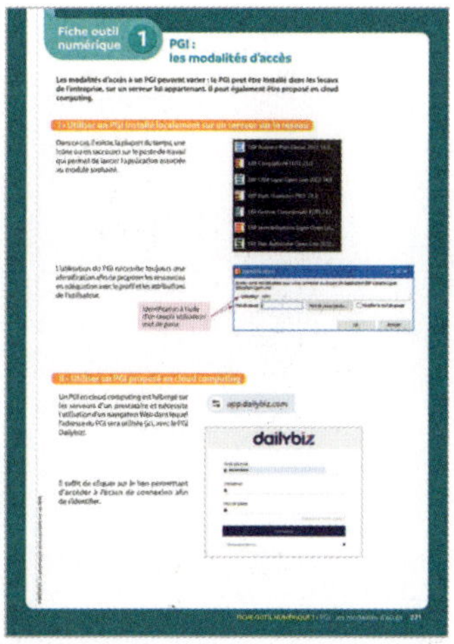


Des **fiches outils numériques** pour apprendre à manipuler le PGI et le tableur.

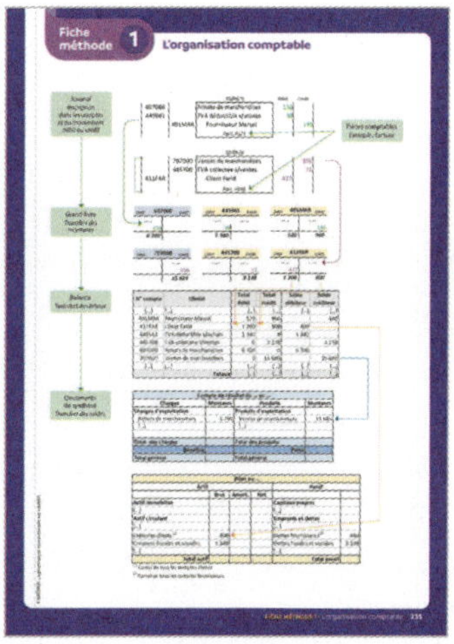


Des **fiches méthode** pour savoir lire les documents comptables.

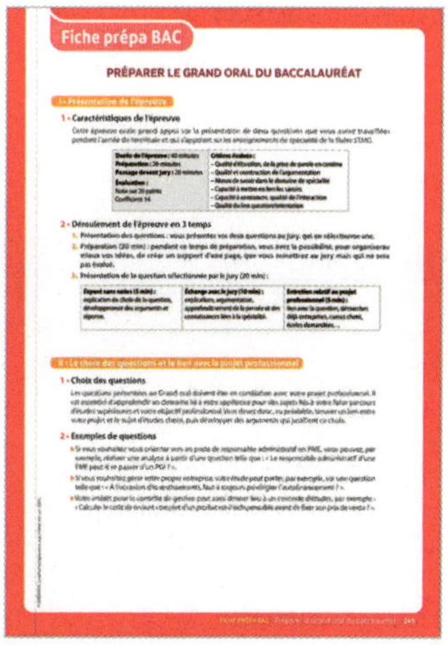


Des **fiches prépa BAC** pour préparer le Grand oral du baccalauréat et son projet d'orientation.

**Édition :** Laëtitia Hugon / Magali Hubert
**Coordination éditoriale :** Christine Darlay
**Fabrication :** Emmanuelle Perrier
**Direction artistique :** Clémentine Largant
**Conception de la couverture :** Lucas Cholewa
**Conception de la maquette intérieure :** Anne-Danielle Naname
**Mise en pages :** Laure Gros

# Le PGI, support des procédures comptables

# 1

**Question** **Qu'est-ce qu'un système d'information comptable et que lui apportent les technologies numériques ?**

**Capacités**

- Représenter les principaux processus du système d'information comptable.
- Repérer les documents commerciaux, financiers et comptables disponibles dans le système d'information.
- Prendre conscience des enjeux de la sécurité du système d'information.

**Vers PIX** 1.3. Traiter des données

## Situation

Yaël Policard est un entrepreneur dynamique. Son intérêt pour la cuisine l'a conduit à étudier le fort développement des food trucks... et finalement à en acheter un en 2017 et à démarrer une activité en vendant des crêpes diversifiées *via* son entreprise : Crêpe on the Road. Outre l'aspect « tendance », cela lui a permis de saisir différentes opportunités en proposant ses produits lors des événements organisés dans un périmètre géographique principalement situé autour d'Avignon. Le succès étant au rendez-vous, Yaël investit dans un second camion un an plus tard, embauche un commercial... et projette d'investir encore. Aujourd'hui, c'est la tenue de sa comptabilité qu'il souhaite faciliter. Sur les conseils de son expert-comptable, il s'est abonné à un PGI en ligne. Il organise sa mise en place...

**Étapes de travail**

1. Comprendre le fonctionnement d'un PGI
2. Collecter les données comptables
3. Repérer les étapes du processus comptable
4. Identifier les impératifs de sécurité

**Support de travail**

**PGI** Base de données COTR accessible *via* Dailybiz et EBP (facultatif)

# 1 Comprendre le fonctionnement d'un PGI

## Doc. 1 Paramétrage des utilisateurs du PGI

| Administration des utilisateurs | | |
|---|---|---|
| **Code utilisateur** | **Nom** | **Fonction** |
| FImbert | Imbert | Expert-comptable |
| YPolicard | Policard | Dirigeant |

## Doc. 2 Modules du PGI mis en place pour Crêpe on the Road

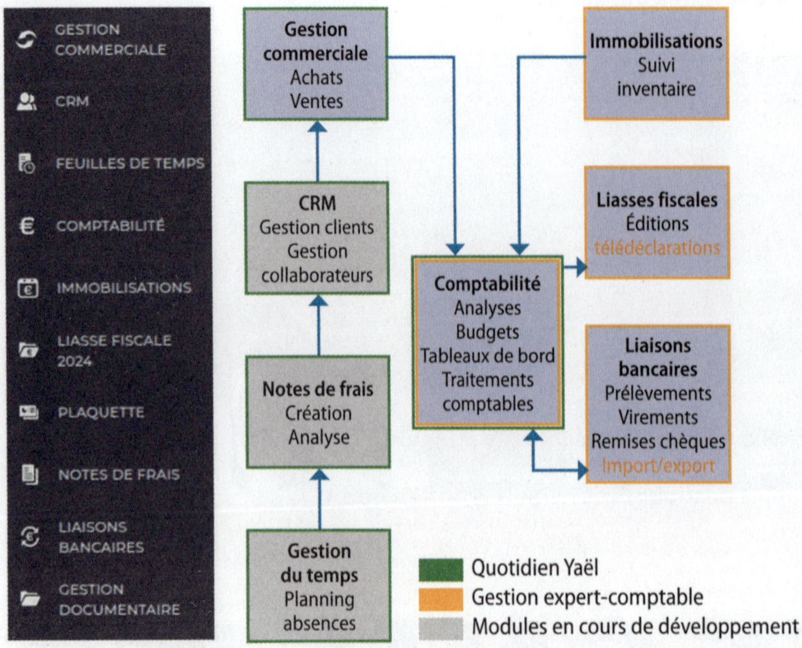


## Ressources

1. Un **système d'information (SI)** est un ensemble organisé de ressources (matérielles, logicielles, humaines, de données) qui permet d'acquérir, de traiter et de communiquer des informations. Le **système d'information comptable (SIC)** est un sous-ensemble du SI. Il est destiné à organiser et contrôler la production d'informations comptables, fiscales, financières et sociales. Le SIC a été profondément modifié par les technologies numériques, modifiant le métier de comptable. D'un métier très centré sur la saisie méticuleuse des informations dans le système, on est passé à un métier de contrôle et d'analyse des informations permettant la prise de décision.
2. Un **progiciel de gestion intégré (PGI)** est un **logiciel transversal** à l'entreprise qui coordonne l'ensemble des informations du SIC. Chacun peut l'utiliser sur les modules qui le concernent. Certains PGI sont accessibles en ligne (*cloud computing*). Cela permet de travailler sur le logiciel à distance.
3. Le PGI fonctionne grâce à une **base de données unique.** Les données sont centralisées afin d'**éviter les redondances et les erreurs.** Elles circulent automatiquement d'un module à un autre, permettant à chaque utilisateur d'avoir la bonne information à tout moment.
4. Le PGI permet l'**automatisation de certains traitements** : grâce à la **dématérialisation des documents** (les fichiers numériques remplacent les documents papier), le PGI facilite l'**échange de données informatisé (EDI)** avec certains partenaires (notamment les **télédéclarations** auprès de l'administration fiscale).

**Avant la classe**

Aidez-vous du site liennathan.fr/0zj16x pour répondre à la question suivante.

Quels sont les avantages supposés d'un PGI (ERP) en SaaS ?

## Situation

Avec l'évolution de son entreprise, Yaël passait de plus en plus de temps à regrouper les informations (factures, liste des ventes...) pour les envoyer à M. Imbert, son expert-comptable. Ce dernier ressaisissait alors les données dans son logiciel afin d'élaborer les comptes de l'entreprise, que Yaël voyait deux fois par an. Yaël espère que le nouveau PGI en *cloud computing* l'aidera au quotidien. Mais il redoute ce profond changement.

## J'analyse la situation

**1. Quelles difficultés et quels risques présentait l'organisation de la tenue comptable avant l'utilisation du PGI par Yaël ?**

Situation
Ressource 1

........................................................................................................................

........................................................................................................................

........................................................................................................................

........................................................................................................................

**2. Le bandeau latéral du nouveau PGI propose un module Gestion documentaire. En quoi ce module permet-il d'améliorer la circulation d'information entre Yaël et l'expert-comptable ?**

Documents 1 et 2
Ressources 2 et 3

........................................................................................................................

........................................................................................................................

........................................................................................................................

**3. Le PGI va-t-il avoir une incidence dans les relations avec les autres partenaires de l'entreprise ?**

Ressource 4

........................................................................................................................

........................................................................................................................

## Je retiens l'essentiel

**4. Quelle(s) incidence(s) le PGI, notamment en *cloud computing*, peut-il avoir sur le système d'information comptable dans les situations suivantes : acquisition, traitement et transmission des informations ? Donnez un exemple pour chacune.**

........................................................................................................................

........................................................................................................................

........................................................................................................................

........................................................................................................................

## J'approfondis

**5. Tous les besoins de gestion de Yaël seront-ils couverts par le PGI choisi ?**

........................................................................................................................

........................................................................................................................

........................................................................................................................

**Les flashcards de la séance**

Des cartes questions/réponses pour mémoriser

liennathan.fr/bwj1cv

# 2 Collecter les données comptables

## Doc. 1 Lien entre les modules Gestion commerciale et Comptabilité

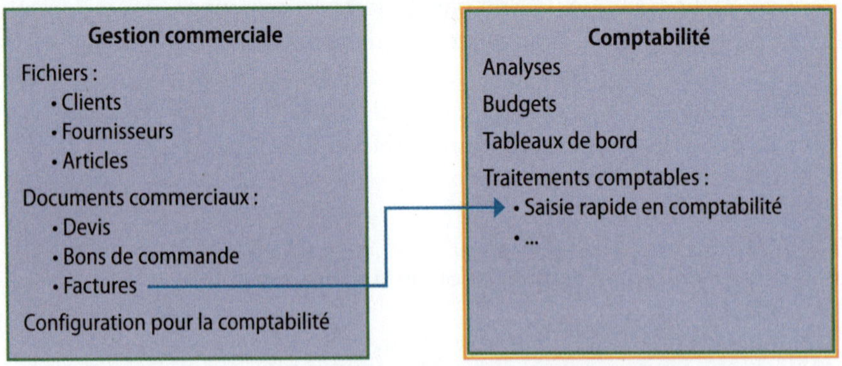


## Doc. 2 Extrait de l'entretien entre Yaël et l'expert-comptable

**Yaël :** La plupart du temps, je ne fais ni devis ni bon de commande. Les bons de livraison sont très rares.

**Frédéric Imbert :** Tous ces documents commerciaux ne sont pas obligatoires. Ils sont utiles si vous travaillez avec des clients professionnels, mais inutiles lorsque vous vendez à des clients de passage. C'est donc normal compte tenu de votre métier.

**Yaël :** Alors, comment seront saisies les informations dans le module Comptabilité du PGI ?

**Frédéric Imbert :** Bonne question ! Seules les factures sont enregistrées en comptabilité. Tant que vous n'avez pas créé de facture, les achats ou les ventes ne peuvent pas être transférés dans vos comptes.

**Yaël :** Et lorsque je vends à des clients de passage ?

**Frédéric Imbert :** La pièce comptable est votre bande de caisse journalière. Elle remplace la facture. Pour l'instant, votre caisse enregistreuse n'est pas reliée au PGI, c'est donc moi qui saisis manuellement en comptabilité.

## Doc. 3 Répartition de la collecte de données comptables entre Yaël et M. Imbert

| Pièce comptable | Enregistrement en comptabilité | Acteur |
|---|---|---|
| Facture de vente | Report automatique en comptabilité | Yaël |
| Bande de caisse | Saisie manuelle | F. Imbert |
| Facture d'achat | Saisie manuelle | F. Imbert |
| Règlement client | Report automatique en comptabilité | Yaël |
| Règlement fournisseur | Saisie manuelle | F. Imbert |

## Ressources

1 Les **documents commerciaux** :
- le **devis** informe sur une proposition de prix ;
- le **bon de commande** précise les articles commandés, leur quantité et le prix lorsque la vente est faite ;
- le **bon de livraison** accompagne les biens livrés pour attester de la bonne exécution de la livraison ;
- la **facture** précise le montant dû et réclame le paiement au client. Elle sert de preuve de la réalité de l'opération.

Le **PGI** permet de reporter automatiquement les informations communes d'un document à l'autre, ce qui évite ressaisie, perte de temps et risque d'erreur.

2 Les factures, reçues ou émises, sont des **pièces comptables.** D'autres documents le sont également : les relevés bancaires, les relevés de caisse, les bulletins de paie du personnel…
Seules les pièces comptables font l'objet d'un **enregistrement** (saisie) dans la comptabilité, c'est-à-dire qu'elles sont prises en compte pour l'élaboration des documents de synthèse annuels. Certains enregistrements comptables sont automatiques grâce au PGI, ce qui facilite le travail du comptable.

**Avant la classe**

À partir d'une recherche Internet, retrouvez la durée de conservation minimale obligatoire des pièces comptables.

## Situation

***Déjà vu :*** *l'activité de Yaël se développe et, sur les conseils de M. Imbert, le jeune entrepreneur a opté pour un PGI proposé en ligne afin d'optimiser l'acquisition, le traitement et la transmission des informations avec l'expert-comptable et les différents partenaires.*

Ce nouvel outil va aussi permettre de prendre en charge certains aspects comptables, notamment les enregistrements courants. Mais Yaël s'interroge : dispose-t-il des compétences requises ? M. Imbert lui donne quelques informations et organise la répartition des tâches avec lui.

### J'analyse la situation

**1. Quel module du PGI vous paraît adapté pour établir les documents commerciaux ? Comment permettra-t-il à Yaël de gagner du temps ?**

Document 1
Ressource 1

..........

..........

..........

**2. Pourquoi certaines opérations ne font pas l'objet d'une pièce comptable spécifique ?**

Document 2
Ressource 2

..........

..........

**3. D'après vous, sur quelles bases la répartition des travaux entre M. Imbert et Yaël a-t-elle été réalisée et pourquoi ?**

Document 3

..........

..........

### Je retiens l'essentiel

**4. Pourquoi n'existe-t-il pas un seul et unique document commercial ? Quel document génère une écriture en comptabilité ?**

..........

..........

**5. Pourquoi peut-on considérer qu'en temps normal, la comptabilité donne une image fiable d'une entreprise ?**

..........

..........

### J'approfondis

**6. Dans le module Gestion commerciale, recherchez la fiche du client Transports STEF et repérez les informations qui sont utiles sur une facture. Quel est l'intérêt de les mémoriser ?**

Base PGI COTR

..........

..........

**7. Repérez, dans le module Gestion commerciale, l'accès aux différents documents commerciaux et le moyen de transformer un devis en bon de commande et un bon de commande en facture.**

## Les flashcards de la séance

**Des cartes questions/réponses pour mémoriser**

liennathan.fr/4ejxd5

# 3 Repérer les étapes du processus comptable

## Doc. 1 Extrait de l'entretien entre Yaël et l'expert-comptable

**Yaël :** En transférant moi-même la facture du client Transports STEF en comptabilité, je vais pouvoir suivre « en direct » son cheminement dans le processus comptable ?

**Frédéric Imbert :** Absolument ! Entre cette facture et les documents de synthèse, votre PGI automatise tout le processus. Vous avez accès à tout moment aux différentes étapes et contrôlez les données. Chaque étape sera pour vous une source précieuse d'information.

## Doc. 2 Extrait du menu du module Comptabilité

**Comptabilité**

Analyses
Budgets
Tableaux de bord
Traitements comptables :
- Saisie rapide en comptabilité
- Saisie par journal : Ventes, Achats, Banque, OD

Éditions :
- Journaux
- Grand-livre des comptes
- Balance
- États de synthèse

## Doc. 3 Répartition des rôles au cours du processus

| Nature des obligations respectives | Répartition des travaux | |
|---|---|---|
| | M. Imbert | Yaël |
| **Comptabilité courante** | | |
| Classement des **pièces comptables** | | × |
| Enregistrements comptables aux **journaux** | | |
| 1. Achats | × | |
| 2. Ventes | | × |
| 3. Caisse | × | |
| 4. Banques | × | × |
| 5. Opérations diverses : TVA, paie, immobilisations | × | |
| Contrôle régulier des comptes du **grand-livre** | × | × |
| Contrôle ponctuel de la **balance** | × | |
| Établissement des déclarations de TVA | × | |
| Établissement des bulletins de paie | × | |
| **Mission de présentation des comptes annuels** | | |
| Écritures au **journal** de fin d'année (inventaire) | × | |
| Contrôle du report dans les **comptes** et la **balance** | × | |
| Contrôle et validation des **documents de synthèse** | × | |

## Ressources

① L'**enregistrement** d'une pièce comptable consiste à sélectionner les données utiles : date, nom du partenaire, type d'événement (achat ou vente de biens ou services, assurance, emprunt…), montants, puis à **classer ces données dans des « comptes »** en rapport avec la nature de l'information.
*Exemples :* montant de la facture d'assurance dans un compte « Primes d'assurance », montant d'un chèque dans un compte « Banque », salaire dans un compte « Rémunération du personnel », dettes d'emprunt dans un compte « Emprunts ».

② Les **étapes du processus comptable** :

| Pièces comptables → | Journaux comptables → | Grand-livre → | Balance → | Documents de synthèse |
|---|---|---|---|---|
| Factures, règlements, doubles des fiches de paie… | Support permettant de ventiler (d'enregistrer) les données des pièces comptables dans les comptes de la comptabilité | Support regroupant l'ensemble des comptes utilisés tout au long de l'année par l'entreprise | Tableau récapitulatif des totaux de chaque compte. *Exemple :* total des ventes de produit A | Les données de la balance alimentent le bilan et le compte de résultat. |
| Support papier ou numérique. Peut avoir été généré dans le PGI. | Enregistrement automatique (PGI) ou saisie manuelle par le comptable | Généré automatiquement par le PGI | Généré automatiquement par le PGI | Généré automatiquement par le PGI |

**Avant la classe**

À partir d'une recherche Internet, expliquez en 3 ou 4 lignes la différence entre les « écritures courantes » et les « écritures d'inventaire » en comptabilité.

## Situation

***Déjà vu :** sur les conseils de M. Imbert, Yaël utilise désormais un PGI et a gagné en autonomie. Certaines des tâches qui étaient dévolues à l'expert-comptable sont maintenant réalisées de façon automatisée, et la communication est fluidifiée grâce à des accès partagés aux documents commerciaux et à la comptabilité.*

Yaël perçoit l'intérêt de mieux comprendre sa comptabilité afin d'optimiser la gestion de son entreprise. Le PGI va l'aider dans les différentes étapes du processus comptable.

### J'analyse la situation

**1. Que va permettre l'établissement des documents commerciaux, notamment des factures de vente par Yaël sur le PGI ? Quel journal sera concerné ?**

Documents 1 et 2
Ressources 1 et 2

..........................................................................................

..........................................................................................

**2. Que doit faire l'expert-comptable pour enregistrer une opération qui ne peut pas être automatisée ? Pourquoi Yaël ne peut pas s'en charger ?**

Document 3

..........................................................................................

..........................................................................................

..........................................................................................

**3. D'après les obligations mentionnées dans le document 3, les travaux comptables se limitent-ils à réaliser des enregistrements comptables ?**

Document 3

..........................................................................................

..........................................................................................

..........................................................................................

### Je retiens l'essentiel

**4. Quel est le rôle des comptes dans le processus comptable ?**

..........................................................................................

..........................................................................................

..........................................................................................

..........................................................................................

**5. Quels sont les apports d'un PGI et ses limites dans le processus comptable ?**

..........................................................................................

..........................................................................................

..........................................................................................

### J'approfondis

**6. Yaël aimerait trouver la trace d'une vente du 8 novembre N d'un montant de 1 350 € HT. Retrouvez l'écriture au journal des ventes dans le module Comptabilité du PGI.**

Base PGI COTR

**7. Repérez les comptes concernés par cette écriture, cherchez les montants dans les comptes correspondants du grand-livre, puis repérez le cheminement jusqu'aux documents de synthèse.**

**Les flashcards de la séance**

**Des cartes questions/réponses pour mémoriser**

liennathan.fr/mwq6fu

# 4 Identifier les impératifs de sécurité

## Doc. 1 Écran de connexion au PGI Dailybiz

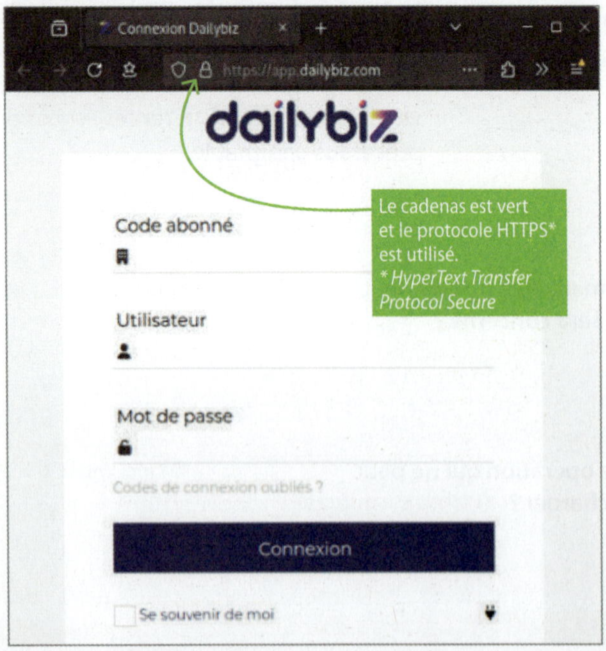


## Doc. 2 Extrait de la FAQ Dailybiz

Dailybiz est une application « Full Web » qui s'exécute sur un navigateur. Tous les échanges [...] sont cryptés par SSL (TLS) avec une clé de 2 048 bits. [...] Les données sont stockées dans les bases de données [...]. Toute information de connexion est cryptée dans les bases. L'accès à l'application se fait en tapant **3 codes d'accès** : code abonné, code utilisateur et mot de passe. L'application et les bases des données sont stockées dans un data center **français** [...]. Tous les éléments de la chaîne (réseau – disques – serveurs) sont redondés. [...]

Les **sauvegardes** sont **redondées** dans un second data center du cloud NEXEREN. Les sauvegardes sont **faites** et archivées **quotidiennement**.

www.dailybiz.com

## Doc. 3 Enregistrement dans le module Comptabilité

| Mvt : 196 | | Date d'écriture : 18/01/N | | N° de pièce : ticketEurod1 | | | | |
|---|---|---|---|---|---|---|---|---|
| **Mvt** | **Utilisateur** | **Jal** | **N° de compte** | **Intitulé du compte** | **Libellé** | **Origine** | **Débit** | **Crédit** |
| 196 | FImbert | HA | 602200 | Fournitures consommables | cartons | | 75,00 | |
| 196 | FImbert | HA | 445661 | TVA déductible abs 20% | cartons | | 15,00 | |
| 196 | FImbert | HA | 401300 | Eurodix | cartons | | | 90,00 |

## Ressources

1. Il est essentiel de garantir la sécurité des données du système d'information comptable, ce qui revient à assurer : leur **disponibilité** (pouvoir y accéder lorsque c'est nécessaire), leur **intégrité** (avoir la certitude qu'elles ne sont pas altérées), leur **confidentialité** (faire en sorte que seuls les utilisateurs habilités y ont accès) et leur **traçabilité** (pouvoir déterminer qui en est à l'origine). Cette sécurisation est nécessaire à tous les stades : lors de l'**utilisation** des données, lors de leur **transfert** et lors de leur **conservation**.

2. La **redondance** est fondamentale en matière de sécurité. Elle consiste à doubler ou tripler certaines ressources matérielles (connexions, serveurs…) afin de pouvoir faire face à une panne ou un incident, et ainsi garantir la disponibilité.

3. La **sauvegarde** correspond à la **duplication des données** d'un système informatique afin de disposer d'une ou de plusieurs copies de ces données pour pouvoir faire face à une situation entraînant leur destruction. Dans l'idéal, des exemplaires de la sauvegarde doivent se trouver **dans les locaux de l'entreprise** (disques durs, serveurs dédiés) mais aussi **dans un site distant**.
La sauvegarde peut être **complète** (on duplique à chaque fois l'intégralité des données), **incrémentielle** (on duplique les nouvelles données depuis la sauvegarde précédente) ou **différentielle** (on duplique les nouvelles données depuis la dernière sauvegarde complète).

**Avant la classe**

**Vidéo :** Qu'est-ce que la cryptographie ?
liennathan.fr/ 7x15yk

Quel est l'intérêt de la cryptographie dans les communications ?

## Situation

***Déjà vu :*** *Yaël utilise depuis peu un PGI en ligne pour son entreprise. Il commence à comprendre comment ce logiciel lui permet d'automatiser la saisie des ventes en comptabilité et de gagner du temps dans les relations avec son expert-comptable.*

M. Imbert, l'expert-comptable, s'est assuré que le PGI présentait toutes les garanties attendues en matière de sécurité. Yaël se rend compte que cela correspond à beaucoup plus d'aspects qu'il ne l'imaginait.

## J'analyse la situation

1. **Lorsque Yaël se connecte à son PGI, le navigateur affiche un cadenas, qui signifie que la connexion est chiffrée (cryptée). Quelle garantie cela apporte-t-il ? Pourquoi est-ce nécessaire ?**

Documents 1 et 2
Ressource 1

........................................................................................................................................................

........................................................................................................................................................

2. **La FAQ de Dailybiz mentionne la redondance des serveurs. Sur quel aspect cela contribue à améliorer la sécurité ? Quelle est ou quelles sont les autres ressources également concernées ?**

Ressources 2 et 3

........................................................................................................................................................

........................................................................................................................................................

........................................................................................................................................................

3. **Pouvez-vous identifier qui est à l'origine de l'enregistrement comptable ? Quel aspect de la sécurité est concerné ? Comment cela a-t-il été rendu possible ?**

Document 3

........................................................................................................................................................

........................................................................................................................................................

## Je retiens l'essentiel

4. **Pourquoi plusieurs objectifs (disponibilité, intégrité…) doivent-ils être atteints afin de garantir la sécurité des données du système d'information comptable ?**

........................................................................................................................................................

........................................................................................................................................................

5. **Sur quoi repose une sauvegarde de qualité ?**

........................................................................................................................................................

........................................................................................................................................................

........................................................................................................................................................

## J'approfondis

6. **Suite à plusieurs pannes de sa box, Yaël a été amené à utiliser son smartphone pour se connecter à Internet et accéder à son PGI. Démontrez qu'il s'agit là d'une « redondance » ponctuelle de la connectivité à Internet.**

........................................................................................................................................................

........................................................................................................................................................

........................................................................................................................................................

## Les flashcards de la séance

**Des cartes questions/réponses pour mémoriser**

liennathan.fr/jsvi36

# Synthèse

## Le PGI, support des procédures comptables

Vidéo
Synthèse vidéo
liennathan.fr/q3ekev

### 1. L'impact du PGI dans l'organisation des travaux comptables

**Automatiser le travail**

Les nombreux modules (Gestion commerciale, Comptabilité, Immobilisations, Paie…) reliés par une base de données unique permettent l'automatisation des travaux comptables.

**Faciliter les échanges entre les partenaires**

- Télédéclarations
- Connexion aux banques
- Utilisation simultanée avec l'expert-comptable (PGI en ligne)

**Changer le rôle du comptable**

Moins de travail manuel, plus de contrôle et d'analyse

### 2, 3. Les étapes du processus comptable

**Pièces comptables** : Factures, relevés de banque…

→ **Journaux** : Espace de saisie et de classement des informations dans les comptes

→ **Grand-livre** : Ensemble des comptes détaillés

→ **Balance** : Récapitulatif des totaux de chaque compte

→ **Documents de synthèse** : Bilan et compte de résultat renseignés à partir de la balance

### 4. Les objectifs du PGI dans la sécurité du SI

**Disponibilité des données**

Data center
Redondance
Sauvegarde

**Intégrité des données**

Contrôle des utilisateurs, suppression des ressaisies

**Confidentialité des données**

Chiffrement (cryptage avec https), codes d'accès individuels

**Traçabilité des données**

Codes d'accès individuels

**Rédigez votre synthèse personnelle à l'aide des mots-clés suivants :**

Comptabilité • PGI • Modules • Pièces comptables • Enregistrements • Journaux • Grand-livre • Balance • Documents de synthèse • Automatisation • Sécurité

# Applications

## 1 Tester ses connaissances

Testez vos connaissances avec le quiz numérique. C'est parti !

Quiz
liennathan.fr/pjqdej

## 2 Jouer avec le vocabulaire

**1.** **Placez les termes suivants dans l'ordre du processus comptable :**
Balance • Journaux comptables • Grand-livre • Documents de synthèse • Pièces comptables

**2.** **Complétez la grille à l'aide des définitions.**

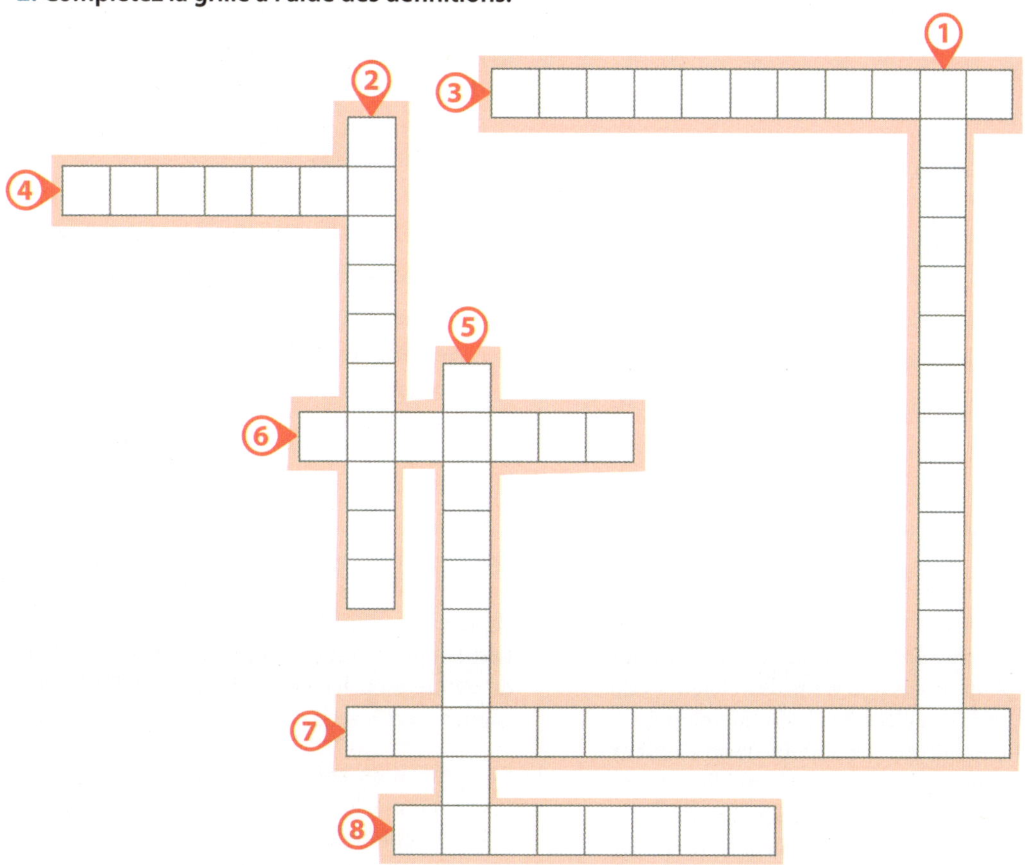


1. Impact sur les traitements lors de l'utilisation d'un PGI.
2. Permet d'améliorer la disponibilité.
3. Caractéristique d'un PGI indiquant qu'il concerne toute une organisation.
4. Pièce comptable ayant un caractère de preuve de la réalité d'une opération.
5. Copie des données exploitable en cas de sinistre.
6. Récapitulatif des totaux de chaque compte.
7. Souvent réalisé grâce à une saisie, mais pouvant parfois être automatisé.
8. Atteinte lorsque la disponibilité, l'intégrité, la confidentialité et la traçabilité sont garanties.

## 3 Repérer quelques points clés d'un projet PGI ★★

Vous travaillez dans l'entreprise Proloc, dont l'activité principale est la location de matériel de BTP. Le directeur financier de l'entreprise, M. Ludo, est chargé de choisir un PGI pour moderniser le système d'information. Il souhaite un PGI accessible en ligne. Le dirigeant de Proloc, M. Malone, lui a fixé quelques contraintes : maîtriser les délais de mise en place de l'outil, prévoir une formation des utilisateurs et obtenir une assistance en ligne. Sachant que l'entreprise n'emploie pas d'informaticien, M. Ludo a mené une veille informationnelle pour l'aider dans son choix (documents 1 et 2).

**1. Quel est le secteur d'activité de Proloc ?**

☐ Activité commerciale
☐ Activité de prestation de services

**2. La gestion de service de location présente des spécificités (retours, entretien du matériel, facturation…). Quel type de PGI est à privilégier dans ce cas ?**

☐ PGI métier
☐ PGI générique

**3. Pourquoi M. Ludo souhaite-t-il un PGI accessible en ligne ?**

☐ Hébergement des données en interne
☐ Pas d'infrastructure interne à gérer
☐ Mises à jour automatiques
☐ Indépendance vis-à-vis d'Internet

**4. Dans ce projet PGI, M. Malone se soucie de la gestion des plannings. Pourquoi ?**

☐ Les risques de dépassement des délais sont nombreux.
☐ Lorsque les délais ne sont pas respectés, les coûts augmentent.
☐ La législation évolue très vite.

**5. M. Malone a-t-il raison de se soucier de la formation des utilisateurs ?**

☐ Pas vraiment, car le PGI sera géré par les informaticiens.
☐ Oui, car l'outil est complexe et les utilisateurs doivent pouvoir en tirer tous les avantages.

**6. Quel est le rôle d'un intégrateur ?**

☐ Permettre une installation automatique du PGI.
☐ Sécuriser le déploiement du PGI.
☐ Garantir un bon paramétrage.

### Doc. 1 Les facteurs clés de succès d'un PGI

Beaucoup de directeurs informatiques redoutent les changements d'ERP car ils trouvent parfois des actualités relatant d'échecs de projets et pensent que les projets sont risqués. Mais lorsque ces risques sont identifiés en amont et bien identifiés lors de la rédaction du cahier des charges, ils peuvent aussi devenir des facteurs clés de succès pour la mise en place de la solution comme :

- choisir un PGI déjà adapté aux besoins de son secteur d'activité et pas générique pour avoir la meilleure couverture fonctionnelle [spécificités métier] possible ;
- opter pour un hébergement Cloud plutôt que prévoir des infrastructures chères et lourdes à maintenir en interne ;
- avoir un planning cohérent qui prévoit bien le temps nécessaire pour ne pas commencer le projet en étant déjà en retard ;
- libérer le temps nécessaire aux futurs utilisateurs pour qu'ils montent en compétences sur le logiciel pendant son intégration dans l'entreprise ;
- choisir un partenaire ERP fiable et qui dispose déjà d'expériences de déploiement dans le même secteur d'activité…

http://cloudindex.fr

### Doc. 2 Le choix d'un intégrateur PGI

Les intégrateurs sont les entreprises offrant le service d'« intégrer » les PGI dans l'entreprise. Elles proposent des idées d'utilisation, de paramétrage et de déploiement du PGI (ERP) dans l'entreprise de façon pertinente par rapport au métier exercé. Cela permet de mettre en place et d'utiliser au mieux le PGI pour gagner en efficacité.

Le choix d'un bon intégrateur ERP est aussi indispensable que le choix du logiciel lui-même ! En effet, la méthodologie de déploiement sera essentielle pour la réussite du projet et l'expérience de l'intégrateur sera déterminante.
Voici donc les principales qualités à identifier :

- sa capacité d'analyse et de compréhension de vos besoins et de vos processus de gestion au regard d'expériences similaires des consultants ERP ;
- son expertise technique et applicative attestant de sa maîtrise de l'ERP pour être sûr que vous ayez les meilleurs conseils en termes de paramétrages ;
- sa méthodologie de déploiement basée sur des expériences concrètes réussies.

http://cloudindex.fr

## 4 Analyser un exemple de paramétrage d'un PGI ★★

Vous réalisez un stage dans l'entreprise Baskauto, spécialisée dans la réparation rapide automobile. Les prestations sont réalisées dans trois ateliers situés à Bayonne, Anglet et Biarritz. L'entreprise propose également des pièces et accessoires dans les magasins attenants aux ateliers. Les services administratifs se situent sur le site d'Anglet, où votre stage se déroule. Votre tuteur, M. Maurin, dispose de compétences comptables et prend en charge la réalisation de la déclaration de TVA. Cette déclaration est dématérialisée et transmise *via* Internet. Elle nécessite l'utilisation d'un partenaire EDI (échange de données informatisé) qui reçoit la déclaration effectuée par Baskauto avant de la retransmettre à l'administration fiscale.

1. **D'après vous, quel avantage présente une télédéclaration par rapport à une déclaration sur formulaire papier (document 1) ?**
2. **Peut-on qualifier le partenaire EDI d'« intermédiaire » entre Baskauto et l'administration fiscale ? Résumez son rôle en 2 lignes.**
3. **D'après le paramétrage du PGI (document 2), quel est le nom commercial du partenaire EDI utilisé par Baskauto et quelle est sa raison sociale ?**
4. **M. Maurin s'inquiète de l'utilisation d'Internet pour la télédéclaration. Le PGI offre la possibilité d'utiliser un protocole sécurisé de transfert SSL des informations (document 3). En quoi cela peut-il le rassurer dans ce cas précis ?**

### Doc. 1 Le rôle des partenaires EDI

Le partenaire EDI est chargé :
- de collecter les données déclaratives et de paiement ;
- d'assurer la conformité des données au format du cahier des charges EDI-TVA, EDI-PAIEMENT, EDITDFC, EDI IR et EDI requête (format EDIFACT) ;
- de mettre en œuvre la procédure de sécurisation ;
- de transmettre les données à la Direction générale des finances publiques ;
- d'informer l'entreprise des suites de l'envoi (acceptation ou rejet) ;
- de réémettre les données corrigées par l'usager en cas de rejet du fichier.

www.impots.gouv.fr

### Doc. 2 Paramétrage de la TVA

Télédéclaration EDI

| | |
|---|---|
| Partenaire EDI | jedeclare.com |
| Raison sociale | ECM ASSOCIATION |
| Adresse | 19 rue Cognacq Jay |
| Code postal | 75341 — Ville : Paris cedex 07 |
| Pays | FRANCE |
| N° PED | 7501751 |
| Identifiant portail (email) | |
| Mot de passe portail | |
| Email destinataire | edi-tva@jedeclare.com |
| Serveur SMTP | mail.jedeclare.com |
| Port | 25 — ☐ Utiliser SSL |

www.dailybiz.com

### Doc. 3 La technologie SSL

La technologie SSL (*Secure Socket Layer*) est exploitée afin de sécuriser la **transmission** de données sur Internet. Elle permet de chiffrer et protéger les données transmises *via* Internet, par exemple grâce au protocole **HTTPS**. Le SSL garantit aux utilisateurs d'une ressource située sur Internet que leurs données ne seront pas interceptées de manière frauduleuse lors de l'échange entre client et serveur.

SECURE
SSL ENCRYPTION

# Applications

## 5 Apprécier les évolutions de l'environnement technologique ★★

L'entreprise PSM (Peintures spécialisées du Midi) a pour activité la peinture industrielle. Une part importante de son chiffre d'affaires est réalisée auprès des entreprises de pétrochimie, qui font appel à son expertise pour assurer des prestations dans le respect des normes de qualité et de sécurité. L'entreprise utilise deux logiciels de bureautique (un texteur pour les courriers, un tableur pour la réalisation de tableaux de bord) et un progiciel comptable. Chaque devis est élaboré par le chef de chantier après étude des travaux à réaliser, puis il est transmis au secrétariat, qui l'envoie au client pour acceptation. Après la réalisation des travaux, la comptable réalise la facture et la saisit au journal de l'entreprise. La réalisation des bulletins de paie et des documents de synthèse annuels est externalisée auprès d'un cabinet d'expertise comptable. L'organisation actuelle fait apparaître certains dysfonctionnements : retards de paiement, factures non conformes aux devis, acceptation de devis de clients litigieux.

Afin de remédier à ces problèmes, PSM souhaite s'équiper d'un PGI. Cela nécessiterait des investissements lourds afin de disposer de serveurs suffisamment performants. Il faudrait aussi renouveler une partie des ordinateurs utilisés. Dans ce contexte, l'utilisation d'un PGI proposé en *cloud computing* est une piste privilégiée. La solution Odoo est envisagée.

1. **Expliquez pourquoi l'utilisation du PGI permettrait à PSM d'être plus performante dans la gestion des documents commerciaux et du risque client.**
2. **Pourquoi sera-t-il nécessaire d'attribuer un identifiant et un mot de passe à chaque salarié et de définir ses droits d'accès ?**
3. **Identifiez, parmi les modules proposés (document 1), ceux qui semblent pertinents pour PSM. Justifiez vos choix.**
4. **Démontrez que la tarification est adaptée à l'usage de PSM (document 2). Quel est l'intérêt ?**
5. **À l'aide des documents et de vos connaissances, présentez dans un tableau les avantages et les limites d'une solution en *cloud computing*.**
6. **Que faudra-t-il vérifier pour s'assurer que la solution envisagée présente toutes les garanties en matière de sécurité ?**

### Doc. 1 Extrait des modules disponibles

### Doc. 2 Modalités de tarification

Choix :
- 10 utilisateurs
- 4 applications : CRM, Facturation, Ventes, Comptabilité

| Par an | Mensuel |
|---|---|
| 10 Utilisateurs | 275,00 EUR |
| Réduction Utilisateur (1) | -50,00 EUR |
| 4 Applications | 75,00 EUR |
| **Total** / mois | **300,00** EUR |

www.odoo.com

# Rechercher des informations dans le système d'information comptable (SIC)

2

**Question** **Qu'est-ce qu'un système d'information comptable et que lui apportent les technologies numériques ?**

**Capacités**
- Repérer les services produits par le système d'information en réponse à une variété de besoins d'information.
- Expliciter les postes figurant au bilan et au compte de résultat.

**Vers PIX** 1.1. Mener une recherche et une veille d'information

## Situation

L'activité de la jeune entreprise Crêpe on the Road, crêperie ambulante dont le siège social est à Barbentane, près d'Avignon, a fortement augmenté par rapport à la même époque l'année dernière. Le food truck est désormais présent sur de nombreux événements festifs ou professionnels et rencontre un fier succès auprès d'une clientèle variée. Cependant, à quelques semaines de la fin de l'année, le responsable, Yaël Policard, observe, grâce à son PGI, les bilan et compte de résultat provisoires et remarque que, malgré un chiffre d'affaires et un résultat comptable en hausse, la trésorerie est au plus bas. Il cherche une explication…

**Étapes de travail**
1. Interpréter les documents de synthèse
2. Lire une balance
3. Comprendre le plan de comptes
4. Analyser les comptes du grand-livre

**Support de travail**

Chapitre2_Situation.xlsx
liennathan.fr/eri70q

# 1 Interpréter les documents de synthèse

## Doc. 1 Extrait du compte de résultat du 01/01 au 31/10/N

| Classe | Cadre | Crêpe on the Road – CR au 31/10/N | N |
|---|---|---|---|
| | | **Produits d'exploitation** | |
| 7 | 70 | Ventes de marchandises | 15 104 |
| .......... | .......... | Prestations de services | 93 696 |
| | | **Total chiffre d'affaires** | **108 800** |
| | | **Total Produits d'exploitation** | **108 800** |
| | | **Charges d'exploitation** | |
| .......... | .......... | Achats de marchandises | 9 118 |
| .......... | .......... | Achats de matières premières | 23 175 |
| .......... | .......... | Autres charges externes | 24 638 |
| .......... | .......... | Impôts, taxes et versements assimilés | 400 |
| .......... | .......... | Salaires et traitements | 35 904 |
| .......... | .......... | Dotations aux amortissements | |
| | | **Total Charges d'exploitation** | **93 235** |
| | | **Résultat d'exploitation** | **15 565** |
| .......... | | **Produits financiers** | **0** |
| .......... | | **Charges financières** | **1 057** |
| | | **Résultat financier** | **– 1 057** |
| .......... | | **Produits exceptionnels** | **0** |
| .......... | | **Charges exceptionnelles** | **0** |
| | | **Résultat exceptionnel** | **0** |
| | | **Résultat comptable** | **14 508** |

En N-1 : Chiffre d'affaires = 91 000 € ; Résultat net = 4 500 €.

## Ressources

1. Le **compte de résultat** présente le **film** de l'activité de l'entreprise pendant une période, généralement 12 mois. Les montants correspondent à des « **flux** », des mouvements sur l'année. Les **charges** représentent ce qui a coûté à l'entreprise (achats, loyers…), les **produits** ce qui l'a enrichie (ventes).

   Total des produits – Total des charges
   = Résultat comptable (bénéfice ou perte)

2. Le **bilan comptable** présente une **photographie** du patrimoine de l'entreprise à une date donnée (souvent au 31 décembre). Les montants correspondent à des « **stocks** », ils représentent donc une situation instantanée. L'**actif** regroupe les biens nécessaires à l'activité (immobilisations…), le **passif** regroupe les ressources qui ont permis de financer ces biens (emprunts…). C'est pourquoi le total de l'actif est toujours égal au total du passif.

3. Les documents de synthèse sont l'aboutissement d'un **processus comptable** invariable :

   Pièce comptable → Journal → Grand-livre des comptes → Balance → Documents de synthèse (compte de résultat, bilan)

## Doc. 2 Bilan simplifié au 31/10/N

| Classe | Cadre | ACTIF | Brut | *Amort./Dép.* | Net N | PASSIF | N | Cadre | Classe |
|---|---|---|---|---|---|---|---|---|---|
| 2 | 20 | Frais d'établissement | | | | Capital | 30 000 | 10 | 1 |
| | | Immobilisations incorporelles | | | | Réserve légale | 1 230 | .......... | .......... |
| | | Immobilisations corporelles | | | | Autres réserves | 8 000 | .......... | .......... |
| .......... | .......... | Terrains | 20 000 | | 20 000 | **Résultat de l'exercice** | **14 508** | .......... | .......... |
| .......... | .......... | Constructions | 12 000 | *800* | 11 200 | Report à nouveau | 863 | .......... | .......... |
| .......... | .......... | Installations, matériels | 12 582 | *589* | 11 993 | **Total Capitaux propres[1]** | **54 601** | | |
| .......... | | Autres | 32 770 | *7 094* | 25 676 | | | | |
| | | Immobilisations financières | | | | | | | |
| | | **Total Actif immobilisé** | **77 352** | ***8 483*** | **68 869** | Emprunts auprès étab. de crédit | 27 354 | .......... | .......... |
| .......... | .......... | Stocks | 2 444 | | 2 444 | Dettes fournisseurs | 1 950 | .......... | .......... |
| .......... | .......... | Créances clients | 16 811 | *2 572* | 14 239 | Dettes fiscales et sociales | 2 066 | .......... | .......... |
| .......... | .......... | Créances fiscales et sociales | | | 0 | Autres dettes | | | .......... |
| .......... | .......... | VMP | | | 0 | **Total Dettes** | **31 370** | | |
| .......... | .......... | Disponibilités | 419 | | 419 | | | | |
| | | **Total Actif circulant** | **19 674** | ***2 572*** | **17 102** | | | | |
| | | **TOTAL GÉNÉRAL DE L'ACTIF** | **97 026** | ***11 055*** | **85 971** | **TOTAL GÉNÉRAL DU PASSIF** | **85 971** | | |

1. Le montant des capitaux propres représente la valeur comptable du patrimoine de l'entreprise.
En N-1 : Total capitaux propres = 38 500 €, Créances clients = 1 545 €, Disponibilités = 4 305 €.

**Avant la classe**

Aidez-vous du site liennathan.fr/j0w5o7 pour répondre à la question ci-contre.

Pourquoi le résultat comptable est-il une information commune au bilan et au compte de résultat ?

## Situation

Yaël utilise son PGI pour consulter les documents de synthèse au 31 octobre N et faire un point sur la situation comptable provisoire de Crêpe on the Road. Il recherche des explications à la baisse de la trésorerie. Il est assisté, dans cette première démarche, par son expert-comptable.

### J'analyse la situation

**1. Calculez, en pourcentage, les évolutions N/N-1 du chiffre d'affaires, du résultat net comptable et de la valeur patrimoniale de l'entreprise. Concluez sur la santé financière de l'entreprise.**

Documents 1 et 2
Ressources 1 et 2

.....................................................................................................

.....................................................................................................

**2. Calculez, en pourcentage, les évolutions N/N-1 de la trésorerie et des créances clients. Selon vous, pourquoi la trésorerie a-t-elle baissé alors que le chiffre d'affaires et le résultat ont augmenté ?**

.....................................................................................................

.....................................................................................................

.....................................................................................................

.....................................................................................................

**3. Yaël peut-il savoir, à la lecture du bilan, quels clients doivent de l'argent à l'entreprise ?**

.....................................................................................................

.....................................................................................................

.....................................................................................................

### Je retiens l'essentiel

**4. Quel type d'information est présenté dans le compte de résultat ? dans le bilan ? Donnez un ou deux exemples.**

.....................................................................................................

.....................................................................................................

.....................................................................................................

**5. Quel niveau de détail n'apparaît pas dans les documents de synthèse ? Donnez un ou deux exemples.**

.....................................................................................................

.....................................................................................................

.....................................................................................................

.....................................................................................................

### J'approfondis

**6. Repérez, dans votre PGI, le chemin d'accès aux éditions des documents de synthèse.**

Ressource 3

**Les flashcards de la séance**

Des cartes questions/réponses pour mémoriser

liennathan.fr/e0xqc1

# 2 Lire une balance

## Doc. 1 Extrait de la balance globale au 31/10/N

| **Société :** Crêpe on the Road | | **Utilisateur :** Yaël Policard | | | Éditée le 31/10/N |
|---|---|---|---|---|---|
| | | **BALANCE GLOBALE** | | | |
| Du 01/01/N au 31/10/N | | | | | |
| **N° compte** | **Libellé** | **Totaux** | | **Soldes** | |
| | | **Débit** | **Crédit** | **Débiteur** | **Créditeur** |
| [...] | | | | | |
| 401000 | Fournisseurs | 63 405,64 | 64 058,17 | | 652,53 |
| 404000 | Fournisseurs d'immobilisations | 7 200,00 | 8 497,47 | | 1 297,47 |
| 411000 | Créances clients | 126 943,84 | 116 304,00 | 10 639,84 | |
| 416000 | Créances professionnels douteux | 6 171,65 | | 6 171,65 | |
| 421000 | Personnel - Rémunérations dues | 28 050,00 | 28 050,00 | | |
| 431000 | Sécurité sociale | 12 375,00 | 14 025,00 | | 1 650,00 |
| 445500 | TVA à décaisser | 8 507,73 | 8 923,42 | | 415,69 |
| [...] | | | | | |
| 512000 | Banques | 140 304,00 | 139 884,58 | 419,42 | |
| [...] | | | | | |

## Doc. 2 Balance partielle des comptes clients au 31/10/N

| **Société :** Crêpe on the Road | | **Utilisateur :** Yaël Policard | | | Éditée le 31/10/N |
|---|---|---|---|---|---|
| | | **BALANCE CLIENTS** | | | |
| Du 01/01/N au 31/10/N | | | | | |
| **N° compte** | **Libellé** | **Débit** | **Crédit** | **Solde débiteur** | **Solde créditeur** |
| 411100 | Clients particuliers divers | 41 550,00 | 41 550,00 | 0,00 | |
| 411200 | Client Transports STEF | 12 067,84 | 1 428,00 | 10 639,84 | |
| 411300 | Client mairie Vénéjan | 400,00 | 400,00 | 0,00 | |
| 411400 | Client mairie Avignon | 13 250,00 | 13 250,00 | 0,00 | |
| 411500 | Clients professionnels divers | 59 676,00 | 59 676,00 | 0,00 | |
| **Total 411000** | | **126 943,84** | **116 304,00** | **10 639,84** | **0,00** |

## Ressources

1. La **balance** est un document central dans le système d'information comptable : elle se situe à une **place intermédiaire entre les comptes et les documents de synthèse**.

2. Un **compte** est un état dans lequel on enregistre des **mouvements** comptables entre l'entreprise et ses partenaires. Chaque compte porte un numéro.
Dans chaque compte, apparaît le détail des mouvements. Certains augmentent le solde du compte (hausse), d'autres le réduisent (baisse).
Exemple :

| | **Hausse** | **Baisse** |
|---|---|---|
| **Compte Ventes** | Nouvelle vente | Retour de marchandises |
| **Compte Banque** | Encaissement d'un chèque | Prélèvement |
| **Compte Emprunts** | Obtention d'un nouvel emprunt | Remboursement |
| *Selon les comptes, le débit et le crédit représentent soit la hausse, soit la baisse.* | | |
| **Total débit – Total crédit = Solde du compte**<br>Si total débit > total crédit → solde débiteur<br>Si total crédit > total débit → solde créditeur | | |

3. Rechercher une information dans les comptes est une lourde tâche car les comptes sont nombreux et les mouvements infinis. Il est souvent bien utile de commencer ses recherches par la balance. En effet, la **balance globale** récapitule **tous les comptes** utilisés par l'entreprise dans l'ordre de leur numéro et précise, pour chacun, les éléments suivants : numéro, libellé, total des débits, total des crédits, soldes débiteurs ou créditeurs (sans montrer le détail de chaque mouvement). Sa lecture est rapide et pratique.

4. Les entreprises peuvent choisir de créer des comptes distincts pour les clients et/ou fournisseurs récurrents ou d'importance. Dans ce cas, un compte « de regroupement » apparaît dans la **balance globale** et le détail est visible dans une **balance dite « partielle »**.

## Avant la classe

L'entreprise Michèle a eu 50 000 € de recettes (encaissements) au cours du mois de janvier. Elle a aussi réalisé 43 500 € de dépenses (décaissements).

**Calculez la différence entre les deux sommes. Comment appelez-vous ce montant ?**

## Situation

***Déjà vu :*** *le compte de résultat (qui représente l'activité de l'année) a mis en évidence une augmentation du chiffre d'affaires et du résultat comptable en N. Le bilan (qui présente le patrimoine à la fin de l'année) a révélé une forte augmentation des créances clients, qui semble expliquer la baisse de trésorerie. Mais ces documents dits « de synthèse » ne sont pas détaillés.*

Pour avoir plus de détail sur les créances clients, Yaël consulte la balance, état à partir duquel les documents de synthèse sont construits. À l'appui de son PGI, il édite une balance globale et une balance partielle des comptes clients.

### J'analyse la situation

**1. Selon les informations de la balance globale, quels sont les deux comptes composant le poste « Créances clients » qui apparaît au bilan de l'entreprise Crêpe on the Road ? Vérifiez les montants bruts par le calcul.**

Document 1
Doc. 2 p. 24
Ressources 1 à 3

..........................................................................................................................................

..........................................................................................................................................

..........................................................................................................................................

**2. Observez le compte 411000. Quel est le total des créances qui ont été accordées aux clients depuis le début de l'année ? Combien ont été réglées ? Combien n'ont toujours pas été payées au 31/10/N ?**

..........................................................................................................................................

..........................................................................................................................................

**3. Recherchez, dans la balance partielle des comptes clients, le nom du client en retard de paiement.**

Document 2
Ressource 4

..........................................................................................................................................

..........................................................................................................................................

### Je retiens l'essentiel

**4. Quel document comptable présente une information plus détaillée : les documents de synthèse, la balance globale ou la balance partielle ?**

Doc. 1 et 2 p. 24

..........................................................................................................................................

**5. Dans une balance, quelle différence existe-t-il entre les totaux et les soldes ? Donnez un exemple.**

..........................................................................................................................................

..........................................................................................................................................

..........................................................................................................................................

**6. Quelles valeurs sont transférées de la balance aux documents de synthèse ?**

Fiche méthode 1

..........................................................................................................................................

### J'approfondis

**7. Dans la balance de votre PGI, repérez quelques comptes dont le solde est débiteur (à gauche) et d'autres dont le solde est créditeur (à droite). Cherchez-les ensuite dans les documents de synthèse, puis repérez leur emplacement (gauche ou droite ?). Commentez.**

## Les flashcards de la séance

**Des cartes questions/réponses pour mémoriser**

liennathan.fr/vjgwmd

# 3 Comprendre le plan de comptes

**Doc.** **Extrait de l'entretien de Yaël avec l'expert-comptable**

**Yaël :** Je ne suis pas sûr de bien comprendre les règles de numérotation des comptes et cela me gêne lorsque je dois faire des recherches d'information. Par exemple, je dois intégrer dans le PGI un nouveau client, « Client Mairie Arles ». J'aimerais lui affecter un numéro de compte : j'hésite entre « 401Arl » et « 411Arl ».

**Frédéric Imbert :** Je comprends ! Sachez que le libellé du compte n'a pas d'importance. Pour votre PGI, le compte « 411Arl » est automatiquement une créance client alors que le compte « 401Arl » est une dette fournisseur. Les deux ou trois premiers chiffres des numéros de compte sont imposés par les règles du plan comptable général. Vous ne pouvez personnaliser que les suivants. Tenez, voici un résumé du plan de comptes que vous devez respecter.

## Ressources

1 Le **plan comptable général (PCG)** recense un ensemble de règles et de principes sur lesquels les entrepreneurs français doivent tous s'appuyer pour tenir leur comptabilité. Il présente notamment une liste de comptes à utiliser, **classés selon une nomenclature précise**. Il prévoit de ranger les comptes dans 7 classes. Chaque numéro de compte commence par celui de la classe.

*Exemple :* arborescence du compte 404200

| | |
|---|---|
| 404200 | Fournisseur Renault |
| 4 | Classe 4 : compte de tiers (créance ou dette) |
| 40 | Fournisseurs et comptes rattachés |
| 404 | Fournisseurs d'immobilisations |
| 404200 | Compte personnalisé Renault |

2 **« Cadre comptable »** : plan de compte à 2 chiffres imposé par le PCG

| Classe 1 | Classe 2 | Classe 3 | Classe 4 | Classe 5 | Classe 6 | Classe 7 |
|---|---|---|---|---|---|---|
| **Passif** | **Actif** | **Actif** | **Actif ou Passif** | **Actif** | **Charges** | **Produits** |
| Ressources de financement *Apports et emprunts* | Valeur des biens durables *Achats d'immobilisations* | Valeur des biens destinés à être consommés rapidement *Stocks* | Montant des créances et dettes autres que les emprunts | Trésorerie disponible *Banque, caisse, VMP* | Événements qui appauvrissent l'entreprise | Événements qui enrichissent l'entreprise |
| 10 Capital et réserves | 20 Immobilisations incorporelles | 31 Matières premières et fournitures | 40 Fournisseurs et comptes rattachés | 50 VMP | 60 Achats | 70 Ventes de produits fabriqués, prestations de services, marchandises |
| 16 Emprunts et dettes assimilées | 21 Immobilisations corporelles | 35 Produits | 41 Clients et comptes rattachés | 51 Banques et assimilés | 61/62 Services extérieurs | 76 Produits financiers |
| | 26 Immobilisations financières | 37 Marchandises | 42 Personnel et comptes rattachés | 53 Caisse | 63 Impôts et taxes | 77 Produits exceptionnels |
| | | | 43 Sécurité sociale et autres | | 64 Charges de personnel | |
| | | | 44 État et autres | | 66 Charges financières | |
| | | | | | 67 Charges exceptionnelles | |

3 **Répartition des comptes dans les postes des documents de synthèse,** selon leur classe :

| Bilan | | | |
|---|---|---|---|
| **Actif** | | **Passif** | |
| **Actif immobilisé** | | **Capitaux propres** | |
| 2 | Immobilisations | 1 | Capital |
| **Actif circulant** | | **Emprunts et dettes** | |
| 3 | Stocks | 1 | Emprunts |
| 41 | Créances | 40 | Dettes |
| 5 | Disponibilités | | |

| Compte de résultat | |
|---|---|
| **Charges** | **Produits** |
| 6 | 7 |

**Avant la classe**

Observez la liste des comptes du plan comptable général et repérez les 7 classes. → Quelles classes concernent le bilan ? le compte de résultat ?

## Situation

*Déjà vu :* le bilan (document de synthèse) a permis de repérer une augmentation anormale de l'ensemble des créances dues en fin d'année. La balance globale distingue les créances clients dites « normales » (411000) des créances déjà qualifiées de « douteuses » (416000). Sa lecture a permis de repérer un solde important sur le compte 411000. C'est le détail présenté en balance partielle qui a permis d'attribuer un retard de paiement du client Transports STEF.

Yaël souhaite étudier le détail du compte du client Transports STEF, mais il ne comprend pas comment les numéros de compte sont attribués. Il profite de la présence de son expert-comptable pour le questionner à ce sujet.

### J'analyse la situation

**1.** Yaël a compris que les informations comptables détaillées sont rangées dans des comptes et que chaque compte porte un code appelé « numéro de compte ». Peut-il choisir ce numéro librement ?

Document
Ressource 1

.......................................................................................................

**2.** Pour le compte du client Mairie Arles, pourquoi Yaël a-t-il raison de proposer un numéro qui commence par 4 ? Pourquoi a-t-il tort de proposer le zéro en deuxième position ?

Ressource 2

.......................................................................................................

.......................................................................................................

.......................................................................................................

.......................................................................................................

### Je retiens l'essentiel

**3.** Dans les documents de synthèse de l'entreprise, notez :
– à côté de chaque poste, le numéro de classe auquel il est fait référence ;
– à côté de quelques postes de votre choix, le numéro de cadre auquel il est fait référence.

Doc. 1 et 2 p. 24
Ressource 3

**4.** Quelle est la conséquence, dans les documents de synthèse, d'une erreur de choix de numéro de compte ? Donnez un exemple.

.......................................................................................................

.......................................................................................................

.......................................................................................................

### J'approfondis

**5.** À partir de votre PGI ou de la liste intégrale des comptes du PCG, expliquez l'arborescence des comptes suivants : 2182 Matériel de transport, 6611 Intérêts des emprunts et dettes.

.......................................................................................................

.......................................................................................................

.......................................................................................................

**6.** Dans le PGI, créez un compte personnalisé pour le client Mairie Arles.
Observez l'arborescence des comptes clients de Crêpe on the Road puis proposez un numéro de compte cohérent. Justifiez votre choix.

**Les flashcards de la séance** — Des cartes questions/réponses pour mémoriser

liennathan.fr/kgzw7t

# 4 Analyser les comptes du grand-livre

## Doc. 1 Compte 411200 Client Transports STEF au 31/10/N

| GRAND-LIVRE partiel du compte 411200 | | | | | | | |
|---|---|---|---|---|---|---|---|
| **Journal** | **Pièce** | **Date** | **Libellé** | **Débit** | **Crédit** | **Solde débit** | **Solde crédit** |
| 411200 Client Transports STEF | | | | | | | |
| VT | fac | 04/01/N | Facture STEF | 671,50 | | 671,50 | |
| BQ | CB | 31/01/N | Rgt STEF | | 671,50 | 0,00 | |
| VT | fac | 08/02/N | Animation à thème | 756,50 | | 756,50 | |
| BQ | CB | 31/03/N | Rgt STEF | | 756,5 | 0,00 | |
| VT | fac | 15/05/N | Facture STEF | 2 671,38 | | 2 671,38 | |
| VT | fac | 01/09/N | Facture STEF | 4 200,00 | | 6 871,38 | |
| VT | fac | 15/09/N | Facture STEF | 1 935,16 | | 8 806,54 | |
| VT | fac | 02/10/N | Facture STEF | 1 833,30 | | 10 639,84 | |
| | | 31/10/N | **Compte 411200** | **12 067,84** | **1 428,00** | **10 639,84** | **0,00** |

## Doc. 2 Extrait de l'entretien de Yaël avec l'expert-comptable

**Yaël :** J'ai recherché des informations dans le grand-livre et constaté que le client n'a pas réglé trois factures.

**Frédéric Imbert :** Il faudrait transmettre à ce client les références des factures non réglées pour qu'il vérifie avec sa propre comptabilité.

## Ressources

1. On enregistre dans les **comptes** les mouvements comptables entre l'entreprise et ses partenaires : ventes de marchandises, charges d'impôts, achats de machines… Il y a autant de comptes que de classements souhaités. Le plan comptable général (PCG) propose une liste de comptes que l'entreprise peut personnaliser.

2. Un compte présente systématiquement **deux colonnes : le débit (toujours à gauche) et le crédit (toujours à droite)**. Lorsqu'une somme est enregistrée au débit, on dit que le compte est « débité ». Il est « crédité » si la somme est enregistrée au crédit.
Pour les comptes des classes 2, 3, 41, 5 et 6 (placés à gauche dans les documents de synthèse), le débit correspond à une augmentation du compte, le crédit à une diminution. Pour les comptes des classes 1, 40 et 7 (à droite dans les documents de synthèse), c'est l'inverse.

| 2, 3, 41, 5, 6 | |
|---|---|
| Débit | Crédit |
| + | – |

| 1, 40, 7 | |
|---|---|
| Débit | Crédit |
| – | + |

3. Il existe **plusieurs présentations de compte** :
Les comptes à colonnes séparées : les colonnes « Débit » et « Crédit » sont séparées par les libellés des opérations. Un solde unique est calculé en bas du compte.

| 512 BANQUE | | | | | |
|---|---|---|---|---|---|
| DÉBIT | | | CRÉDIT | | |
| Date | Libellé | Montant | Date | Libellé | Montant |
| 01/01 | À-nouveau | 2 345 | 05/01 | Virt EDF | 546 |
| 02/01 | Chq 453 - Martin | 3 421 | 14/01 | Chq 543 - Grant | 2 765 |
| 12/01 | Virt Dufour | 654 | 19/01 | Chq 544 - Marci | 5 987 |
| 25/01 | Remise chèques | 8 654 | 31/01 | Paie Robert | 1 357 |
| | **Total Débit** | **15 074** | | **Total Crédit** | **10 655** |
| | **Solde créditeur** | | | **Solde débiteur** | **4 419** |
| | **Total général** | **15 074** | | **Total général** | **15 074** |

Les comptes à colonnes mariées : les colonnes « Débit » et « Crédit » sont côte à côte. Une colonne calcule le solde à chaque mouvement.

| 512 BANQUE | | | | | |
|---|---|---|---|---|---|
| | | Montants | | Soldes | |
| Date | Libellé | Débit | Crédit | Débiteur | Créditeur |
| 01/01 | À-nouveau | 2 345 | | 2 345 | |
| 02/01 | Chq 453 - Martin | 3 421 | | 5 766 | |
| 05/01 | Virt EDF | | 546 | 5 220 | |
| 12/01 | Virt Dufour | 654 | | 5 874 | |
| 14/01 | Chq 543 - Grant | | 2 765 | 3 109 | |
| 19/01 | Chq 544 - Marci | | 5 987 | | 2 878 |
| 25/01 | Remise chèques | 8 654 | | 5 776 | |
| 31/01 | Paie Robert | | 1 357 | 4 419 | |
| **31/01** | **Total des opérations** | **15 074** | **10 655** | | |

Les comptes en T : la présentation est simplifiée, sans dates ni libellés d'opération.

| 512 | |
|---|---|
| 2 345 | 546 |
| 3 421 | 2 765 |
| 654 | 5 987 |
| 8 654 | 1 357 |
| **15 074** | **10 655** |
| *SD = 4 419* | |

**Avant la classe**

À l'aide d'une recherche Internet, expliquez pourquoi l'ensemble des comptes s'appelle encore aujourd'hui un « grand-livre ».

## Situation

***Déjà vu :*** *les comptes sont classés selon leur numéro. Ceux-ci respectent les règles du PCG et suivent une arborescence rigoureuse. Le premier chiffre est celui de la classe (1 à 7). Les deux premiers chiffres correspondent au cadre comptable. Toute erreur de numérotation entraînerait une erreur dans les documents comptables.*

Yaël a compris qu'il doit étudier des comptes dont les numéros commencent par 411 pour analyser les créances clients. Il commence par le compte 411200 Client Transports STEF, dont le solde est ressorti anormalement élevé dans la balance partielle des comptes clients.

### J'analyse la situation

**1. Observez le compte du client Transports STEF. Pourquoi le montant de 671,50 € est-il placé au débit le 04/01 et au crédit le 30/01 ? Que s'est-il passé ?** | Document 1 | Ressources 1 et 2

.......................................................................................................

.......................................................................................................

**2. Comparez les montants inscrits dans les colonnes « Débit » et « Crédit » : recherchez les factures non encore payées et surlignez-les dans le compte. Calculez leur total.**

.......................................................................................................

**3. Yaël va relancer son client. Quelles informations peut-il trouver dans ce compte et mentionner au client afin qu'il retrouve facilement ces factures non réglées dans sa propre comptabilité ?** | Document 2

.......................................................................................................

### Je retiens l'essentiel

**4. Pourquoi certains montants sont-ils enregistrés au débit des comptes, d'autres au crédit ? Donnez un exemple.**

.......................................................................................................

.......................................................................................................

**5. Quelle est la présentation de compte proposée par le PGI de Yaël ? Quel en est l'intérêt ?** | Ressource 3

.......................................................................................................

**6. Quel lien faites-vous entre les comptes et les balances ?** | Doc. 1 et 2 p. 26

.......................................................................................................

.......................................................................................................

### J'approfondis

**7. Yaël a compris pourquoi la trésorerie baisse alors que le chiffre d'affaires augmente. Quelle information a-t-il trouvée dans les documents de synthèse ? dans les balances ? dans les comptes ? Justifiez l'ordre de ses recherches.** | Fiche méthode 1

.......................................................................................................

.......................................................................................................

.......................................................................................................

.......................................................................................................

.......................................................................................................

**Les flashcards de la séance** — Des cartes questions/réponses pour mémoriser

liennathan.fr/g4fnvr

# Synthèse

## Rechercher des informations dans le système d'information comptable (SIC)

Vidéo
Synthèse vidéo
liennathan.fr/y0oue5

### 1. Les documents de synthèse : information globale

**Le compte de résultat**

Renseigne sur l'**activité** de l'entreprise (achats, ventes…) depuis le début de l'exercice comptable.

**Le bilan**

Renseigne sur le **patrimoine** de l'entreprise (biens, dettes) à un instant T (ex. : 31/12/N).

Les **postes** des documents de synthèse affichent des valeurs en provenance de la balance.

### 2. La balance : niveau intermédiaire d'information

**La balance globale**

Reprend la liste des comptes de l'entreprise, leurs totaux et leurs soldes.

**Les balances partielles**

Lorsque des comptes « Créances **clients** » ou « Dettes **fournisseurs** » sont **individualisés,** ils sont généralement regroupés dans la balance globale et détaillés dans une balance partielle.

Les **lignes** de la balance affichent les totaux débit et crédit en provenance des comptes.

### 3, 4. Les comptes du grand-livre : information détaillée

**Les comptes**

États dans lesquels on enregistre le détail des mouvements comptables entre l'entreprise et les partenaires (montants, dates, numéros de pièces comptables…). Ils sont **répartis en 7 classes** et **respectent le cadre comptable à 2 chiffres**.

**Des comptes aux documents de synthèse**

Les mouvements en compte sont répartis entre débit et crédit.
À tout moment, des totaux et des soldes sont mis en évidence.

Les totaux et soldes sont repris dans la balance.

Les soldes de la balance sont repris dans les postes des documents de synthèse.

**Rédigez votre synthèse personnelle à l'aide des mots-clés suivants :**
Documents de synthèse • Poste • Compte • Balance • Débit / Crédit • Solde • Classe

# Applications

## 1 Tester ses connaissances

Testez vos connaissances avec le quiz numérique. C'est parti !

Quiz liennathan.fr/nph0oe

## 2 Jouer avec le vocabulaire

**1.** **Complétez chaque schéma dans l'ordre qui vous semble adapté.**
**Vous disposez des termes suivants :** *Documents de synthèse* • *Comptes* • *Balance*

| Enregistrement en comptabilité d'un événement entre l'entreprise et ses partenaires | Recherche d'une information globale puis de plus en plus détaillée |
| --- | --- |
| ↓ | ↓ |
| | |
| ↓ | ↓ |
| | |
| ↓ | ↓ |
| | |

**2.** **Complétez la grille à l'aide des définitions.**

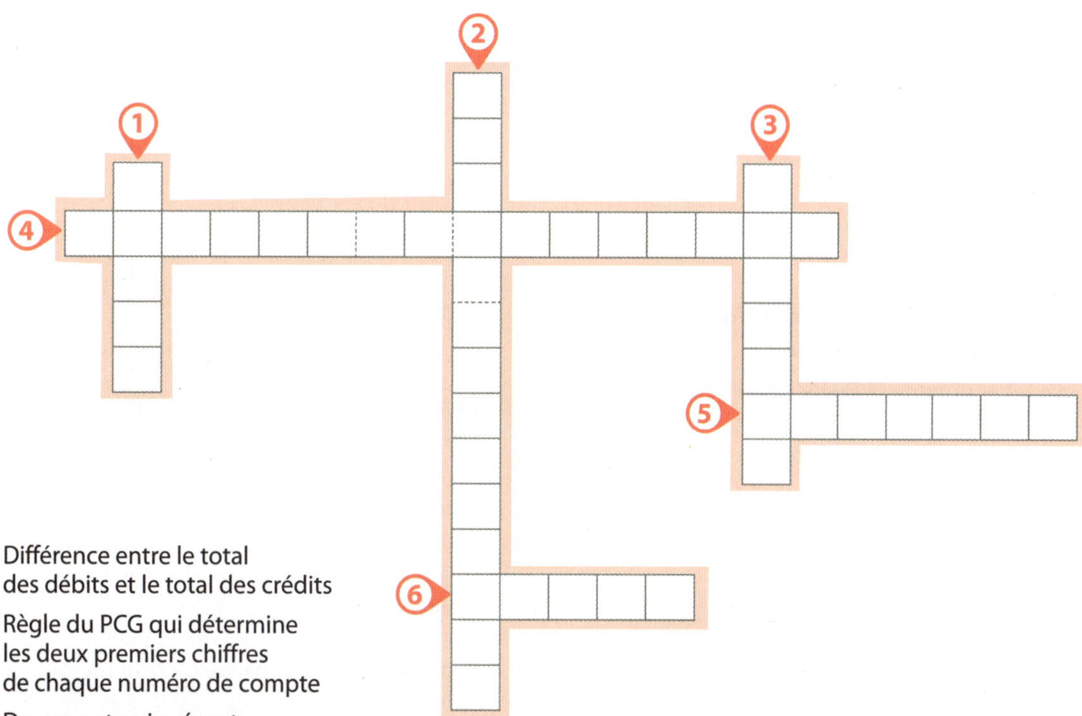


1. Différence entre le total des débits et le total des crédits
2. Règle du PCG qui détermine les deux premiers chiffres de chaque numéro de compte
3. Document qui présente, pour chaque compte, le total des débits et crédits et le solde
4. Document de synthèse qui présente l'activité de l'année
5. On en dénombre 7 dans le PCG
6. Document de synthèse qui présente le patrimoine de l'entreprise

# Applications

Support de travail
Chapitre2_Applications.xlsx
liennathan.fr/0k4omn

## 3 Interpréter un compte de résultat ★

Vous travaillez chez LandraRaq, fabricant de raquettes de tennis, squash et badminton. Cette entreprise française jouit d'une forte notoriété dans le milieu sportif, le carnet de commandes est plein et la production sature. La responsable, Lina Rioult, a investi au cours de l'année N afin de pouvoir répondre à une demande toujours en hausse. Le 31 décembre N est le moment de faire un point sur l'activité (document).

**Doc. Extrait du PGI : compte de résultat LandraRaq – année N**

| | N | N-1 | % Var. |
|---|---|---|---|
| **Produits d'exploitation** | | | |
| Ventes de marchandises | 43 678 | 41 987 | *4,0 %* |
| Ventes de produits finis | 917 890 | 834 532 | *10,0 %* |
| **Total Produits d'exploitation** | **961 568** | **876 519** | *9,7 %* |
| **Charges d'exploitation** | | | |
| Achats de marchandises | 27 865 | 25 341 | *10,0 %* |
| Achats de matières premières | 300 567 | 274 123 | *9,6 %* |
| Autres achats et charges externes | 134 321 | 123 456 | *8,8 %* |
| Impôts | 70 965 | 70 765 | *0,3 %* |
| Charges de personnel | 168 000 | 144 000 | *16,7 %* |
| Amortissements | 30 567 | 21 654 | *41,2 %* |
| **Total Charges d'exploitation** | **732 285** | **659 339** | *11,1 %* |
| **RÉSULTAT D'EXPLOITATION** | **229 283** | **217 180** | *5,6 %* |
| Produits financiers | 0 | 0 | |
| **Charges financières** | | | |
| Intérêts bancaires | 25 654 | 9 765 | *162,7 %* |
| **RÉSULTAT FINANCIER** | – 25 654 | – 9 765 | *162,7 %* |
| **RÉSULTAT EXCEPTIONNEL** | **150** | **– 100** | |
| **BÉNÉFICE ou PERTE** | **203 779** | **207 315** | *– 1,7 %* |

**1. Quels postes du compte de résultat montrent que LandraRaq est surtout une entreprise industrielle ?**

☐ Les achats ou ventes de marchandises
☐ Les charges de personnel
☐ Les achats de matières premières et les ventes de produits finis

**2. Commentez l'évolution du chiffre d'affaires et celle du résultat comptable.**

☐ Le CA augmente plus vite que le résultat comptable.
☐ Le CA a augmenté plus vite que les charges.
☐ L'entreprise a vendu plus pour gagner moins.
☐ Les charges ont augmenté plus vite que le chiffre d'affaires.

**3. Quels postes de charges semblent avoir progressé de manière disproportionnée par rapport au chiffre d'affaires ?**

☐ Les achats de marchandises
☐ Les impôts
☐ Les charges de personnel
☐ Les amortissements
☐ Les intérêts bancaires

**4. Selon vous, quelles ont été les transformations de l'entreprise au cours de l'année N afin de répondre à la demande croissante des clients ?**

☐ L'entreprise a réalisé des dépenses importantes de publicité.
☐ L'entreprise a acheté de nouveaux matériels pour fabriquer davantage de produits.
☐ L'entreprise a embauché du personnel.

**5. Imaginez une explication à la légère baisse du résultat.**

☐ Les achats de matières premières ont trop augmenté.
☐ L'entreprise s'est endettée pour couvrir la baisse du résultat. La situation est inquiétante.
☐ L'entreprise a investi dans son outil de production, la baisse du résultat est temporaire.

## 4 Interpréter un bilan ★★

Vous travaillez dans l'entreprise LandraRaq, fabricant de raquettes de tennis, squash et badminton. La responsable, Lina Rioult, a réalisé des investissements au cours de l'année N afin de pouvoir répondre à une demande toujours en hausse : embauche de personnel et investissement dans divers matériels de prémoulage et de cuisson afin d'accroître la capacité productive de l'entreprise. Au 31 décembre, elle étudie le bilan comptable extrait du PGI de l'entreprise.

1. **Que représente ce document de synthèse (document) ?**
2. **Le résultat comptable calculé au compte de résultat apparaît au passif du bilan. Pourquoi ?**
3. **Vérifiez que le total de l'actif net égale le total du passif. Pourquoi est-ce obligatoirement le cas ?**
4. **Quel poste du bilan montre les investissements matériels réalisés en N par Lina Rioult ? Justifiez.**
5. **Comparez le montant des amortissements au bilan et au compte de résultat (application 3). Pourquoi sont-ils différents ?**
6. **À partir des éléments à votre disposition, expliquez comment les nouveaux matériels semblent avoir été financés (80 000 €).**
7. **Ces investissements et endettements ont-ils réduit la valeur comptable de l'entreprise ? Justifiez.**

**Doc. Extrait du PGI – Bilan au 31/12/N**

| ACTIF | | | | | PASSIF | | |
|---|---|---|---|---|---|---|---|
| | N | | | N-1 | | N | N-1 |
| | Brut | Amort. | Net | Net | | | |
| Frais d'établissement | | | | | Capital | 80 000 | 80 000 |
| Immobilisations incorporelles | | | | | Réserve légale | 212 580 | 132 580 |
| Immobilisations corporelles | | | | | Autres réserves | | |
| Terrains | 180 000 | 0 | 180 000 | 180 000 | **Résultat de l'exercice** | **203 779** | **207 315** |
| Constructions | 287 098 | 80 098 | 207 000 | 210 000 | Report à nouveau | | |
| Installations, matériels | 180 765 | 61 321 | 119 444 | 30 876 | **Total Capitaux propres** | **496 359** | **419 895** |
| Autres | | | | | | | |
| Immobilisations financières | 5 432 | 0 | 5 432 | 5 432 | | | |
| **Total Actif immobilisé** | **653 295** | **141 419** | **511 876** | **426 308** | Emprunts auprès étab. de crédit | 105 000 | 50 000 |
| Stocks | 99 000 | | 99 000 | 40 522 | Dettes fournisseurs | 88 523 | 84 678 |
| Créances clients | 89 000 | | 89 000 | 57 654 | Dettes fiscales et sociales | | |
| Créances fiscales et sociales | | | 0 | | Autres dettes | 16 994 | 14 478 |
| VMP | | | 0 | | **Total Dettes** | **210 517** | **149 156** |
| Disponibilités | 7 000 | | 7 000 | 44 567 | | | |
| **Total Actif circulant** | **195 000** | **0** | **195 000** | **142 743** | | | |
| **TOTAL GÉNÉRAL DE L'ACTIF** | **848 295** | **141 419** | **706 876** | **569 051** | **TOTAL GÉNÉRAL DU PASSIF** | **706 876** | **569 051** |

## Applications

## 5 Analyser une balance comptable ★★

Vous travaillez chez LandraRaq (applications 3 et 4). L'analyse des documents de synthèse a montré une progression de l'activité et une amélioration de la valeur comptable de l'entreprise. Toutefois, certaines questions se posent au sujet des emprunts et matériels. Lina Rioult, la responsable, a imprimé une balance partielle des comptes afin d'avoir une information plus détaillée sur ces postes.

1. **Montrez que Lina Rioult a édité une balance partielle (document).**
2. **Quelles colonnes de cette balance ont permis d'alimenter les postes des documents de synthèse ? Justifiez en prenant l'exemple du poste « Emprunts » au bilan (application 4).**
3. **Comparez le poste « Emprunts » du bilan en N et N-1 avec les comptes « Emprunts » de la balance. Démontrez que l'entreprise a obtenu un emprunt de 65 000 € en N.**
4. **Lina Rioult a personnalisé les comptes d'installations techniques et matériels. Repérez les comptes concernés. Observez leurs numéros et ceux des amortissements. Commentez.**
5. **La valeur nette comptable des matériels présentée à l'actif du bilan (colonne « Net ») correspond-elle à des comptes ? Expliquez.**

### Doc. Balance partielle des comptes au 31/12/N

| N° des comptes | Comptes | Mouvements | | Soldes | |
|---|---|---|---|---|---|
| | | Débit | Crédit | Débiteurs | Créditeurs |
| 101000 | Capital | | 80 000 | – | 80 000 |
| 106000 | Réserves | | 212 580 | – | 212 580 |
| 164100 | Emprunts Société Générale | 4 000 | 50 000 | – | 46 000 |
| 164200 | Emprunts LCL | 6 000 | 65 000 | – | 59 000 |
| 211000 | Terrains | 180 000 | | 180 000 | – |
| 213000 | Constructions | 287 098 | | 287 098 | – |
| 215100 | Matériel initial | 50 000 | | 50 000 | – |
| 215200 | Four 100° | 35 000 | | 35 000 | – |
| 215300 | Autres installations techniques | 95 765 | | 95 765 | – |
| 271100 | Actions Société Brunot | 5 432 | | 5 432 | – |
| 281300 | Amortissements Constructions | | 80 098 | – | 80 098 |
| 281510 | Amortissements Matériel initial | | 28 876 | – | 28 876 |
| 281520 | Amortissements Four 100° | | 7 450 | – | 7 450 |
| 281530 | Amortissements Autres installations techniques | | 24 995 | – | 24 995 |
| | ***Total Stocks*** | ***99 000*** | | ***99 000*** | – |
| | ***Total Dettes fournisseurs et autres*** | ***850 000*** | ***955 517*** | – | ***105 517*** |
| | ***Total Créances clients et autres*** | ***1 289 000*** | ***1 200 000*** | ***89 000*** | – |
| 512100 | Banque – LCL | 1 067 890 | 1 064 890 | 3 000 | – |
| 512200 | Banque – Société Générale | 225 000 | 221 000 | 4 000 | – |
| | ***Total Établissements bancaires*** | 1 292 890 | 1 285 890 | 7 000 | – |
| | ***Total Charges*** | ***781 945*** | ***23 456*** | ***758 489*** | – |
| | ***Total Produits*** | ***54 321*** | ***1 016 589*** | – | ***962 268*** |
| | Totaux | 5 030 451 | 5 030 451 | 1 606 784 | 1 606 784 |

Édition partielle de la balance. Pour certains comptes, n'apparaissent que les regroupements en italique.

# 6 Rechercher des numéros de compte ★

Vous passez un entretien d'embauche pour un poste de comptable dans l'entreprise Peint'Art, commerce spécialisé dans la vente de matériel de loisirs créatifs. Votre recruteur souhaite tester rapidement vos compétences.

**Indiquez le document de synthèse et les comptes dans lesquels les informations suivantes pourront être retrouvées (document). Utilisez votre liste du PCG.**

## Doc. Événements recensés

Au 31/12/N, l'entreprise Peint'Art vous transmet les informations suivantes.

| Information financière | Document de synthèse | N° de classe | N° de compte |
|---|---|---|---|
| Ventes de marchandises : 150 000 € | | | |
| Achats de marchandises : 65 000 € | | | |
| Frais de transport sur achats : 14 000 € | | | |
| Frais de publicité : 10 000 € | | | |
| L'employé a coûté 25 000 € sur l'année. | | | |
| L'entreprise a payé 10 000 € d'impôts et taxes. | | | |
| L'entreprise a payé 2 000 € d'intérêts cette année. | | | |
| Il reste 75 000 € d'emprunt à rembourser à la banque. | | | |
| Lorsque le responsable a créé son entreprise, il a apporté 50 000 €. | | | |
| 25 000 € ont été placés en réserves. | | | |
| L'entreprise possède ses locaux. Valeur brute : 95 000 € . | | | |
| Amortissements cumulés des locaux : 30 000 € | | | |
| L'entreprise possède pour 35 000 € de matériel. | | | |
| Amortissements cumulés du matériel : 14 000 € | | | |
| Les stocks de marchandises sont de 30 000 €. | | | |
| Les clients doivent 42 000 €. | | | |
| L'entreprise doit 20 000 € à ses fournisseurs. | | | |
| Il reste 36 000 € en banque à la fin de l'année. | | | |
| Le bénéfice de 24 000 € calculé dans le CR sera placé au bilan. | | | |

# Applications

## 7 Transférer les informations des comptes aux documents de synthèse ★★

Vous travaillez dans une petite PME de fabrication de confitures et desserts sucrés. Une mise à jour importante du système informatique de l'entreprise vous empêche d'accéder au PGI pendant 24 heures. Votre comptabilité est très simple, c'est pourquoi votre responsable vous met au défi d'élaborer vous-même le bilan et le compte de résultat de l'année ! C'est une façon pour lui de vérifier votre connaissance de l'organisation comptable. Vous vous prêtez au jeu, à la main ou à l'aide d'un tableur...

1. **À partir des comptes simplifiés en T (document), complétez la balance des comptes (fichier Chapitre2_Applications.xlsx).**
2. **Complétez les documents de synthèse (fichier Chapitre2_Applications.xlsx).**

### Doc. Comptes simplifiés

| 101 | |
|---|---|
| | 100 000,00 |

| 106 | |
|---|---|
| | 15 000,00 |

| 164 | |
|---|---|
| 900,00 | 28 000,00 |

| 215 | |
|---|---|
| 80 000,00 | |

| 2182 | |
|---|---|
| 24 500,00 | |
| 45 230,00 | |
| 69 730,00 | 0,00 |

| 2183 | |
|---|---|
| 3 700,00 | |

| 2184 | |
|---|---|
| 2 150,00 | |

| 2815 | |
|---|---|
| | 42 100,00 |

| 28182 | |
|---|---|
| | 8 450,00 |

| 28183 | |
|---|---|
| | 1 800,00 |

| 28184 | |
|---|---|
| | 1 850,00 |

| 311 | |
|---|---|
| 5 632,31 | |

| 326 | |
|---|---|
| 5 198,35 | |

| 401001 | |
|---|---|
| | 815,67 |
| | 923,12 |
| 0,00 | 1 738,79 |

| 401002 | |
|---|---|
| 436,54 | 436,54 |

| 401005 | |
|---|---|
| | 1 267,76 |

| 401006 | |
|---|---|
| 782,18 | 782,18 |

| 401999 | |
|---|---|
| 294,22 | 294,22 |
| | 418,60 |
| 294,22 | 712,82 |

| 404 | |
|---|---|
| | 54 095,08 |

| 411001 | |
|---|---|
| 12 372,50 | 12 372,50 |
| 4 317,56 | |
| 16 690,06 | 12 372,50 |

| 411002 | |
|---|---|
| 8 970,00 | 8 970,00 |

| 411003 | |
|---|---|
| 8 428,12 | 8 428,12 |

| 411004 | |
|---|---|
| 6 123,52 | 6 123,52 |

| 411005 | |
|---|---|
| 9 041,76 | |

| 411006 | |
|---|---|
| 4 664,40 | 4 664,40 |

| 411999 | |
|---|---|
| 452,09 | 452,09 |

| 431000 | |
|---|---|
| | 5 361,50 |

| 437000 | |
|---|---|
| | 3 116,75 |

| 44551 | |
|---|---|
| 7 401,38 | 7 401,38 |

| 44562 | |
|---|---|
| 8 865,08 | |

| 44566 | |
|---|---|
| 48,12 | |
| 4,74 | |
| 48,22 | |
| 68,60 | |
| 169,68 | 0,00 |

| 4457 | |
|---|---|
| | 707,56 |
| | 74,09 |
| 0,00 | 781,65 |

| 503 | |
|---|---|
| 28 302,76 | |

| 512 | |
|---|---|
| 17 183,06 | 436,54 |
| 25 465,02 | 782,18 |
| 15 545,61 | 28,90 |
| | 294,22 |
| | 7 401,38 |
| | 1 450,00 |
| 58 193,69 | 10 393,22 |

| 531 | |
|---|---|
| 115,00 | 50,00 |

| 601 | |
|---|---|
| 875,00 | |

| 6064 | |
|---|---|
| 246,00 | |

| 615 | |
|---|---|
| 24,16 | |
| 350,00 | |
| 374,16 | 0,00 |

| 626 | |
|---|---|
| 50,00 | |

| 661 | |
|---|---|
| 550,00 | |

| 701 | |
|---|---|
| | 3 610,00 |
| | 378,00 |
| 0,00 | 3 988,00 |

# L'enregistrement des flux en partie double

3

Question **Qu'est-ce qu'un système d'information comptable et que lui apportent les technologies numériques ?**

Capacités

- Repérer les services produits par le système d'information en réponse à une variété de besoins d'informations.
- Comptabiliser et analyser des opérations simples du processus achat-vente.

Vers PIX **1.1.** Mener une recherche et une veille d'information

## Situation

Yaël Policard, propriétaire de l'entreprise Crêpe on the Road, poursuit son appropriation du nouveau PGI et apprécie de pouvoir aussi facilement collecter et analyser des informations en provenance des documents de synthèse, de la balance ou des comptes du grand-livre. Il souhaite désormais tester la saisie de données comptables dans le PGI. Il vient de recevoir une facture du fournisseur Renault et un règlement du client Transports STEF, et souhaite les enregistrer au journal. Son expert-comptable l'assiste dans ses premiers pas...

**Étapes de travail**

1. Comprendre le principe de la partie double
2. Observer le journal, support des écritures comptables
3. Mesurer l'impact d'une écriture dans les documents de synthèse

**Support de travail**

PGI Base de données COTR accessible *via* DailyBiz ou EBP (facultatif)

# 1 Comprendre le principe de la partie double

## Doc. 1 Exemple d'enregistrement en partie simple

| Compte banque | | | |
|---|---|---|---|
| **Recettes** | **Dépenses** | | |
| 458,65 | | *01/01/N* | *Solde début année* |
| 45,00 | | *05/01/N* | *Cotisation Gérard Roux* |
| | 65,00 | *08/01/N* | *Essence* |
| 45,00 | | *09/01/N* | *Cotisation Michèle Renard* |

## Doc. 2 Exemple d'enregistrement en partie double

| Compte 211 Terrain | |
|---|---|
| **Débit** | **Crédit** |
| 20 000,00 | |
| Emploi | |

| Compte 512 Banque | |
|---|---|
| **Débit** | **Crédit** |
| | 20 000,00 |
| | Ressource |

## Doc. 3 Entretien entre Yaël et son expert-comptable

**Yaël :** Pour cette facture Renault datée du 6 juin, que dois-je faire puisque je ne l'ai pas encore payée ? Je comprends que l'emploi, c'est l'entretien du véhicule, mais je ne vois pas quelle est la ressource. J'attends avant de l'enregistrer en comptabilité ?

**Frédéric Imbert :** Non ! La réparation est faite et vous avez reçu la facture. C'est une autre différence avec votre association, on enregistre tout ce pour quoi on est engagé. Dans ce cas, vous avez une dette vis-à-vis de Renault, c'est la ressource. Ce n'est pas une dépense, certes, mais l'engagement d'une dépense future !

**Yaël :** Et la TVA ? Je ne sais pas trop quoi en faire !

**Frédéric Imbert :** Pensez aux créances et aux dettes. À chaque fois que vous payez de la TVA à un fournisseur, vous obtenez en même temps une créance vis-à-vis de l'État, qui vous la remboursera à la fin du mois.

## Doc. 4 Schéma d'enregistrement de la facture Renault

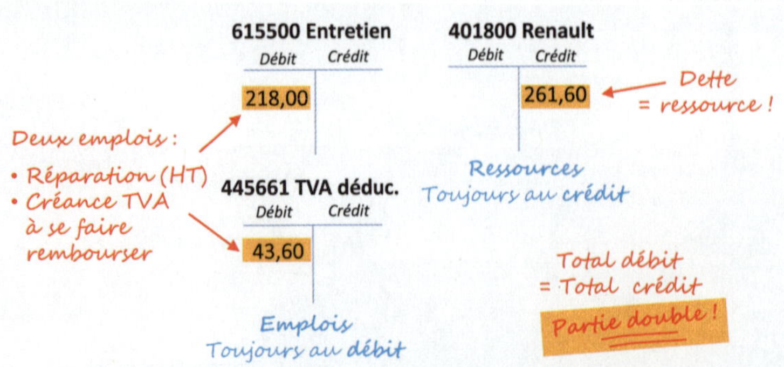

## Ressources

**1** Certaines petites organisations, comme les associations, tiennent une comptabilité en **partie simple** : elles enregistrent uniquement les encaissements (recettes) et les décaissements (dépenses) dans un compte unique de trésorerie. Pour répondre à leur complexité, la plupart des entreprises tiennent une comptabilité en **partie double** : chaque opération est transcrite deux fois. Dans un ou plusieurs comptes, on précise l'**emploi** (ce que l'on a fait) ; dans un ou plusieurs comptes, on précise la **ressource** (ce qui a permis de le faire).

**2** En comptabilité, **les emplois sont toujours enregistrés au débit** des comptes, **les ressources sont toujours enregistrées au crédit** des comptes.
Dans un enregistrement en partie double : Total des montants au débit = Total des montants au crédit

**3** Une **comptabilité d'engagement** consiste à enregistrer en comptabilité les dettes obtenues et les créances accordées. Une **dette** correspond à une somme que l'entreprise doit payer à un partenaire lorsqu'elle bénéficie d'un délai de règlement. Une **créance** correspond à une somme que l'entreprise attend d'un partenaire.

**Avant la classe**

Si vous avez déjà gagné un peu d'argent (job d'été, argent de poche…), avez-vous ressenti le besoin de faire un suivi de vos dépenses ?

**Comment vous y êtes-vous pris(e) ? Expliquez en 3 ou 4 lignes.**

## Situation

Yaël a l'habitude de faire les comptes : depuis qu'il est étudiant, il est trésorier d'une association sportive. Il dispose uniquement d'un compte Banque dans lequel il note les recettes et les dépenses, ce qui est adapté car il y a peu de dépenses. Pour son entreprise, M. Imbert, l'expert-comptable, lui demande de gérer plusieurs comptes à la fois.

## J'analyse la situation

1. **Comparez les enregistrements comptables dans la comptabilité de l'association sportive de Yaël et dans celle de l'entreprise Crêpe on the Road : nombre de comptes utilisés et libellés des colonnes.** — Documents 1 et 2 — Ressource 1

.......................................................................................................

.......................................................................................................

.......................................................................................................

2. **À l'aide des notions d'emploi et de ressource, expliquez pourquoi, lors de l'achat du terrain, le compte Terrain est débité et le compte Banque crédité.** — Ressource 2

.......................................................................................................

.......................................................................................................

3. **Pourquoi Yaël doit-il enregistrer aujourd'hui la facture d'entretien du véhicule alors qu'il ne l'a pas payée ?** — Document 3 — Ressource 3

.......................................................................................................

4. **Justifiez que le principe de la partie double est respecté.** — Document 4

.......................................................................................................

.......................................................................................................

.......................................................................................................

## Je retiens l'essentiel

5. **Expliquez le principe de la partie double à l'aide des notions d'emploi et de ressource.**

.......................................................................................................

.......................................................................................................

.......................................................................................................

6. **Lorsque trois comptes ou plus sont utilisés dans un schéma d'enregistrement, peut-on parler de partie double ?**

.......................................................................................................

.......................................................................................................

## J'approfondis

7. **Lorsque Yaël réglera la dette Renault le 10/06/N, il fera un chèque de 261,60 €. En comptabilité, deux comptes seront utilisés : 401800 Renault et 512000 Banque. Lequel sera débité ? Lequel sera crédité ? Justifiez. Vérifiez dans le PGI de l'entreprise.** — Base PGI COTR

.......................................................................................................

.......................................................................................................

**Les flashcards de la séance** — Des cartes questions/réponses pour mémoriser

liennathan.fr/o0fqdr

# 2 Observer le journal, support des écritures comptables

## Doc. 1 Écriture au journal de la facture d'entretien Renault

1 ligne par compte concerné

Choix du journal

Montant à placer dans chaque compte

Précision du sens : emploi (débit) ou ressource (crédit)

Le compte 401800 Fournisseurs Renault sera mouvementé de 261,60 € au crédit avec le libellé « Vidange Food truck »

| Mvt | Jal | Date | N° de pièce | N° de compte | Libellé | Débit | Crédit |
|---|---|---|---|---|---|---|---|
| Mvt : 105 | Date d'écriture : 06/06/2019 | | N° de pièce : F345 | | | | |
| 105 | HA | 06/06/2019 | F345 | 401800 | Vidange Food truck | | 261,60 |
| 105 | HA | 06/06/2019 | F345 | 615500 | Vidange Food truck | 218,00 | |
| 105 | HA | 06/06/2019 | F345 | 445661 | Vidange Food truck | 43,60 | |

## Doc. 2 Les différents journaux proposés

- AN - A NOUVEAUX
- BQ - BANQUE
- CA - CAISSE
- **HA - ACHATS**
- OD - OPERATIONS DIVERSES
- SAL - SALAIRES
- VT - VENTES

## Doc. 3 Extrait du travail de saisie au journal sur le PGI

**Avant la saisie :** renseigner le numéro de pièce comptable.

**Pendant la saisie :** il est possible de renseigner la date d'échéance ou de joindre un fichier (ex. : la facture).

**Après la saisie :** vérifier le respect du principe de la partie double. Tant que le solde n'est pas à zéro (Total débit = Total crédit), l'écriture n'est pas validée.

## Ressources

1. Tous les **flux entre l'entreprise et ses partenaires** impactant l'activité ou le patrimoine de l'entreprise doivent être **enregistrés** en comptabilité (les achats, les ventes, le paiement des salaires ou des impôts…). **Une écriture comptable est la transcription financière d'un flux dans les différents comptes de l'entreprise.** Elle précise les comptes concernés, un résumé de l'événement (libellé) et répartit les montants entre emplois (débit) et ressources (crédit).
2. Les écritures comptables sont réalisées dans des **journaux** à partir des pièces comptables (factures, relevés de banque…) *(voir chapitre 1)*. Dans des situations très simples, la comptabilité est tenue dans un journal unique. Mais le plus souvent, les écritures sont réparties dans différents journaux, appelés « **journaux auxiliaires** ».

On en dénombre au moins 4 :
– HA : **journal des achats.** Saisie des factures d'achat (classe 6) au débit et des dettes fournisseurs (classe 4) au crédit ;
– VT : **journal des ventes.** Saisie des factures de vente (classe 7) au crédit et des créances clients (classe 4) au débit ;
– BQ : **journal de banque.** Saisie des encaissements ou décaissements en banque (classe 5) ;
– OD : **journal des opérations diverses.** Pour tous les autres cas (salaires, TVA, écritures de fin d'année…).

**Avant la classe**

Aidez-vous du site liennathan.fr/2t3u5k pour répondre à la question suivante.

Que deviennent les pièces comptables après avoir été transcrites en comptabilité ?

## Situation

***Déjà vu :*** *chaque événement est enregistré dans les comptes de l'entreprise en respectant le principe de la comptabilité d'engagement (utilisation de comptes de créances et de dettes) et de la partie double (emplois au débit, ressources au crédit).*

M. Imbert explique à Yaël que les comptables n'enregistrent jamais les données directement dans les comptes. Les événements sont enregistrés chaque jour, de manière chronologique, dans un document appelé « journal ». L'expert-comptable montre à Yaël le rôle du journal, support comptable obligatoire avec lequel il devra se familiariser.

### J'analyse la situation

**1.** Le 06/06/N, Yaël a reçu la facture d'entretien Renault. Cette facture distingue le HT, la TVA et le TTC, et va mobiliser trois comptes. Comment sera-t-elle enregistrée en comptabilité ?

Document 1
Ressources 1 et 2

..........

..........

..........

**2.** À quoi correspond chaque ligne de l'écriture ? Donnez un exemple.

..........

..........

**3.** Pour chaque ligne, quelles informations sont précisées ?

..........

..........

..........

**4.** Justifiez le choix du journal utilisé par le comptable.

Document 2

..........

..........

**5.** Cette écriture respecte-t-elle le principe de la partie double ? Le PGI contrôle-t-il cette règle ?

Document 3

..........

..........

### Je retiens l'essentiel

**6.** Quel est le rôle du journal ?

..........

..........

### J'approfondis

**7.** À l'aide éventuellement d'une recherche Internet, expliquez à quoi correspond le journal des à-nouveaux.

..........

**Les flashcards de la séance**

Des cartes questions/réponses pour mémoriser

liennathan.fr/ekswli

# 3 Mesurer l'impact d'une écriture dans les documents de synthèse

## Doc. 1 Écriture au journal de l'entretien du food truck (extrait)

| N° de compte | Libellé | Débit | Crédit |
|---|---|---|---|
| 401800 | Vidange Food truck | | 261,60 |
| 615500 | Vidange Food truck | 218,00 | |
| 445661 | Vidange Food truck | 43,60 | |

**401800** — Dettes fournisseurs → Reporté ..............................

| D | C |
|---|---|
| | 261,60 |

**615500** — Autres achats → Reporté ..............................

| D | C |
|---|---|
| 218,00 | |

**445661** — Créances de TVA → Reporté ..............................

| D | C |
|---|---|
| 43,60 | |

*NB* : D = débit, C = crédit

## Doc. 2 Impact sur les documents de synthèse

**Compte de résultat** (Charges : D +, C - ; Produits : D -, C +)

| Charges | | Produits |
|---|---|---|
| Autres achats | + 218,00 | |
| Résultat – 218,00 | | |

**Bilan** (Actif : D +, C - ; Passif : D -, C +)

| Actif | | Passif | |
|---|---|---|---|
| Créances de TVA | + 43,60 | Résultat | .................... |
| | | Dettes fourniss. | .................... |
| Total actif | .............. | Total passif | .................... |

## Ressources

**1** Les **écritures au journal** permettent d'enregistrer les bons montants dans les bons comptes et dans le bon sens. Un même compte peut recevoir des informations de **sens opposé** :

- certaines opérations augmentent les valeurs des comptes concernés (nouvel achat, nouvel emprunt, nouvelle dette, nouvelle créance, encaissement d'un chèque…) ;
- certaines opérations diminuent les valeurs des comptes concernés (annulation d'un achat, remboursement d'emprunt, remboursement d'une dette, d'une créance, émission d'un chèque…).

**C'est l'inscription au débit ou au crédit qui précise le sens** (augmentation ou diminution). La règle varie toutefois d'un compte à l'autre : certains comptes augmentent au débit et diminuent au crédit, d'autres augmentent au crédit et diminuent au débit.

**2** Les **comptes regroupés dans les postes de charges** du compte de résultat (classe 6) ou d'actif du bilan (classes 2, 3, 41 et 5) augmentent naturellement au débit et se réduisent au crédit.
*Exemple :* une nouvelle créance (compte 41..) ou un nouvel achat (classe 6) sont inscrits au débit des comptes (+), un remboursement de créance ou une annulation d'achat (retour de marchandises) sont inscrits au crédit des comptes (–).
Les **comptes regroupés dans les postes de produits** du compte de résultat (classe 7) ou de passif du bilan (classes 1 et 40) augmentent naturellement au crédit et se réduisent au débit.
*Exemple :* un nouvel emprunt (compte 164) ou une nouvelle vente (classe 7) sont inscrits au crédit des comptes (+), un remboursement d'emprunt ou une annulation de vente (retour de marchandises) sont inscrits au débit des comptes (–).

**Avant la classe**

**Parmi les 4 opérations suivantes, laquelle fera baisser le résultat comptable de mon entreprise ?**

1. La banque me vire un emprunt de 4 000 €.
2. J'achète 500 € de marchandises.
3. J'achète un véhicule 18 000 €.
4. Je vends des marchandises 1 000 €.

## Situation

***Déjà vu :** c'est dans le journal que le comptable prépare les enregistrements : comptes concernés, montants, sens (débit ou crédit)... Les reports dans les comptes, la balance et les documents de synthèse sont ensuite automatisés et respectent ce qui a été inscrit dans le journal.*

Avant de laisser Yaël en autonomie sur l'enregistrement des écritures au journal, M. Imbert souhaite vérifier qu'il a bien compris que chaque écriture au journal aura un impact sur les documents de synthèse de l'entreprise.

## J'analyse la situation

1. **Précisez, pour chacun des trois comptes utilisés dans cette écriture, dans quel document de synthèse l'écriture aura un impact en complétant le document.** Document 1

2. **Observez le report des autres achats et de la créance de TVA dans les documents de synthèse. Pourquoi ces montants vont-ils augmenter les valeurs des postes concernés ?** Document 2 · Ressources 1 et 2

.......................................................................................................

.......................................................................................................

.......................................................................................................

3. **Terminez la présentation du bilan. Vérifiez que l'impact à l'actif est du même montant que l'impact au passif.** Document 2

4. **Finalement, quel sera l'impact de cette écriture sur le résultat de l'entreprise ? sur le compte bancaire ?**

.......................................................................................................

.......................................................................................................

## Je retiens l'essentiel

5. **Proposez un exemple de mouvement en compte qui augmentera le résultat comptable de l'entreprise et un autre qui le réduira.**

.......................................................................................................

.......................................................................................................

6. **Les mouvements dans les comptes des classes 1 à 5 ont-ils un impact sur le résultat comptable de l'entreprise ? Justifiez.**

.......................................................................................................

.......................................................................................................

## J'approfondis

7. **Reconstituez les écritures au journal qui auraient eu pour impact :**
   a. **une baisse des emprunts de 500 €, une baisse des disponibilités de 500 € ;**
   b. **une baisse des créances de 150 €, une hausse des disponibilités de 150 € ;**
   c. **une hausse des ventes de marchandises et des créances clients de 600 €.**

| a. | D | C |
|---|---|---|
| .................... | ........ | ........ |
| .................... | ........ | ........ |

| b. | D | C |
|---|---|---|
| .................... | ........ | ........ |
| .................... | ........ | ........ |

| c. | D | C |
|---|---|---|
| .................... | ........ | ........ |
| .................... | ........ | ........ |

**Les flashcards de la séance** — **Des cartes questions/réponses pour mémoriser**

liennathan.fr/4dkq62

# Synthèse

## L'enregistrement des flux en partie double

Vidéo
Synthèse vidéo
liennathan.fr/8qdovn

### 1. Le principe de la partie double

**Emploi / Ressource**

– Ce que l'on fait, que l'on vise = **l'emploi**
– Ce qui a permis de le faire = **la ressource**

→

**Débit / Crédit**

| Au débit | Au crédit |
|---|---|
| **l'emploi** | **la ressource** |

### 2. Le journal

**Rôle**

Prépare l'inscription en comptabilité.
Chaque écriture précise la date, les comptes, les montants, le sens.

→

**Partie double**

Total des montants au débit
= Total des montants au crédit

### 3. L'impact d'écriture dans les documents de synthèse

**Mouvements en compte**

Varient toute l'année
→ vont affecter les documents de synthèse.

→

**Impact dans les documents de synthèse**

| Compte de résultat | | | | Bilan | | | |
|---|---|---|---|---|---|---|---|
| Charges | | Produits | | Actif | | Passif | |
| D | C | D | C | D | C | D | C |
| + | – | – | + | + | – | – | + |

**Rédigez votre synthèse personnelle à l'aide des mots-clés suivants :**
Emploi • Ressource • Journal • Partie double • Débit • Crédit

# Applications

## 1 Tester ses connaissances

**Testez vos connaissances avec le quiz numérique. C'est parti !**

Quiz
liennathan.fr/d4on21

## 2 Jouer avec le vocabulaire

**1. Complétez le schéma à l'aide des termes suivants.**
*(Attention, un intrus s'est glissé dans la liste !)*

- Comptabilité d'engagement
- Principe de la partie double
- Documents de synthèse

**Tenue de la comptabilité**

| ........................ | ........................ |
|---|---|
| On procède systématiquement à un double enregistrement : en emplois (débit) et en ressources (crédit). | On enregistre les encaissements et les décaissements, ainsi que les créances et les dettes sur lesquelles l'entreprise est engagée. |

**2. Complétez le texte à l'aide des termes suivants :**

la ressource • l'achat • la vente • une créance client • le paiement • les enregistrements • l'emploi

« Partie double » ne veut pas dire enregistrement dans deux comptes, mais enregistrement dans deux sens : en emploi et en ressource.

........................ correspond à ce que l'on vise, ........................ à ce qui a permis d'y arriver. Ce n'est pas toujours facile de repérer l'emploi et la ressource, mais quand on y parvient, ........................ en comptabilité deviennent si simples que cela vaut la peine de s'entraîner !

Certaines situations sont assez évidentes. Par exemple, lorsque j'achète des marchandises payées comptant par chèque, ........................ est l'emploi, c'est-à-dire ce que je vise, et ........................ est la ressource qui a permis de réaliser cet achat.

D'autres situations sont moins évidentes. Par exemple, si je vends des produits et que j'accorde un délai de règlement au client, ce que je vise n'est pas de vendre, mais de gagner de l'argent. Ainsi, en comptabilité, j'inscrirai ........................ en emploi et ........................ en ressource.

## 3 Comprendre le principe d'une comptabilité d'engagement et d'une tenue en partie double ★

Vous avez terminé vos études de gestion. Vous intégrez votre premier poste dans un cabinet d'expertise comptable. Votre responsable vous précise qu'elle vous confiera des suivis de « comptabilité d'engagement ». Vous vous renseignez sur ce terme.

1. **Quel type d'entreprise tient une comptabilité d'engagement (document) ?**
2. **Présentez l'intérêt d'une comptabilité d'engagement.**
3. **Pourquoi ce type de comptabilité nécessite-t-il plus de temps au niveau de la saisie comptable ?**
4. **Pourquoi l'enregistrement en partie double est-il tout particulièrement adapté à la comptabilité d'engagement ?**

**Doc.** **Extrait des résultats d'une veille informationnelle**

**La comptabilité d'engagement**
liennathan.fr/zvd6oj

## 4 Préparer l'enregistrement d'écritures au journal de l'entreprise ★

Vous êtes nouvellement embauché(e) dans la miroiterie Courrège. Pour votre première mission, votre responsable vous charge de préparer l'enregistrement comptable de plusieurs factures. Comme pour chaque débutant, il vous demande un travail préparatoire d'analyse (par simplification, il n'y a pas de TVA sur ces opérations).

1. **Préparez vos enregistrements : à la lecture de chaque opération, trouvez l'emploi et la ressource (document) puis recherchez les comptes correspondants dans votre plan comptable.**
2. **Enregistrez chaque événement dans un journal. Précisez le journal auxiliaire à utiliser.**
3. **Calculez le total de toutes les sommes inscrites au débit et celui de toutes les sommes inscrites au crédit. Pourquoi doit-il y avoir égalité ?**

**Doc.** **Opérations à enregistrer en comptabilité**

| |
|---|
| 08/04 : achat de 500 € de marchandises au fournisseur Julien |
| 10/04 : vente de 800 € de marchandises au client Richard |
| 12/04 : encaissement du chèque du client Richard |
| 14/04 : virement par la banque du montant de l'emprunt bancaire (25 000 €) obtenu le jour même |
| 16/04 : achat d'une machine industrielle d'une valeur de 19 500 € |
| 18/04 : règlement par chèque de la facture au fournisseur Julien |
| 20/04 : vente de 600 € de marchandises au client Mario, qui paie 50 % par chèque |

## 5 Enregistrer des écritures au journal et les analyser ★★

Vous travaillez dans l'entreprise Richard, vendeur de mobilier professionnel. Votre responsable vous demande d'enregistrer au journal des pièces comptables du mois de févier.

1. **Observez l'opération du 1er février (document). Quelle pièce comptable sert de support à cet enregistrement ? Cette pièce peut-elle être utilisée pour enregistrer un règlement ?**
2. **Quel est l'emploi ? Quelle est la ressource ? Enregistrez cette opération au journal.**
3. **Après avoir repéré les emplois, ressources et numéros de comptes, enregistrez les écritures suivantes.**
4. **Présentez le compte Lefebvre en T à fin février, sachant qu'il avait un solde débiteur de 850 € au début du mois. À quoi correspond ce solde initial ? Combien ce client vous doit-il à la fin du mois ?**

**Doc.** **Liste des opérations à enregistrer au journal***

| | | |
|---|---|---|
| 01/02 | Achat de marchandises au fournisseur Durand – Facture n° 236 | 5 000 € |
| 02/02 | Vente de produits finis au client Lefebvre – Facture n° P87 – Délai de règlement : fin du mois | 8 950 € |
| 15/02 | Réception d'un chèque du client Lefebvre en règlement de 50 % de sa facture n° P87 – Chèque n° 89 | |
| 20/02 | Règlement du fournisseur Durand – Chèque n° 45 | |
| 25/02 | Réception d'un chèque du client Lefebvre en règlement d'une facture du 10/01 | 850 € |

* Par simplification, ne pas tenir compte de la TVA.

# Applications

## 6 Mesurer l'impact d'une écriture dans les documents de synthèse ★★

Vous travaillez dans l'entreprise Cyclo, vendeur et réparateur de bicyclettes. Vous avez enregistré une facture au journal, suite à une vente au client Mercotte. Vous analysez votre écriture afin d'en vérifier la justesse.

**1. À partir de quelle pièce comptable cette écriture a-t-elle été enregistrée (document 1) ?**

☐ Le chèque n° 3448
☐ La facture de vente n° 411MER
☐ La facture de vente n° 123

**2. À quelle date la facture de vente a-t-elle été émise ?**

☐ Le 24/06/N
☐ Le 30/06/N
☐ On ne peut pas savoir.

**3. Dans quel journal auxiliaire cette facture a-t-elle été enregistrée ?**

☐ Dans le journal des achats
☐ Dans le journal des opérations diverses
☐ Dans le journal de ventes
☐ Dans le journal des créances
☐ Dans le journal de banque

**4. Quels éléments montrent que l'entreprise Cyclo utilise un plan comptable personnalisé ?**

☐ Les vélos femmes sont enregistrés dans un compte spécifique (707100).
☐ Le client Mercotte est enregistré dans un compte spécifique (411MER).
☐ Le compte de TVA commence par le numéro 4.

**5. Dans cette écriture, comment pouvez-vous vérifier que le principe de la partie double a été respecté ?**

☐ Trois comptes ont été utilisés.
☐ Total débit = Total crédit
☐ Il y a des montants au débit et d'autres au crédit.
☐ On ne peut pas vérifier. Seul le PGI procède à cette vérification.

**6. Schématisez l'impact de cette écriture dans le compte de résultat et dans le bilan.**

**7. Quel est l'impact de cette écriture sur le résultat comptable ? sur la trésorerie ?**

**8. Le 30/06/N, vous recevez le règlement du client Mercotte (document 2). Enregistrez l'écriture au journal. Précisez le journal auxiliaire que vous utilisez. Quel est l'impact de cette écriture dans les documents de synthèse ?**

### Doc. 1 Écriture de vente au client Mercotte

| Date | Pièce | N° compte | Libellé | Débit | Crédit |
|---|---|---|---|---|---|
| 24/06 | Fact. 123 | 411MER | Créance Mercotte | 2 244 | |
| 24/06 | Fact. 123 | 707100 | Vente vélo femmes | | 1 870 |
| 24/06 | Fact. 123 | 4457 | TVA collectée | | 374 |

### Doc. 2 Réception du chèque de Mercotte

BANK €

Payez contre ce chèque,
Deux mille deux cent quarante quatre euros € 2 244,00
A Cyclo
Payable en France :
BANK
Fait à Nantes Le 30 juin N
Nom :
Adresse :
CP Ville :
Signature
Mercotte
00000039 0067
Numéro de chèque Code guichet
⑈0000033 ⑈0678650003308 ⑈256718923443⑈ (35)

# La traduction comptable des achats et ventes

4

**Question** Acheter et vendre, quelle traduction comptable ?

**Capacité**
- Comptabiliser et analyser les opérations simples du processus achat-vente.

**Vers PIX** 1.3. Traiter les données

## Situation

Le Dancefloor est une école de danse spécialisée dans la danse de couple (rock, salsa, valse, tango, cha-cha-cha...), qui présente la particularité de vendre également des accessoires de danse. Située à Joinville-le-Pont, dans le Val-de-Marne (94), cette SARL a été créée il y a 5 ans par trois associés : Raphaëlle, la gérante, Blandine et Xavier. L'entreprise a beaucoup de succès : les séances de cours sont nombreuses, les effectifs complets. Raphaëlle, très sollicitée par ses cours, prend du retard dans la gestion de l'entreprise au quotidien : les factures s'accumulent, des relances pour impayés apparaissent... Le mois dernier, l'entreprise a été en découvert bancaire pour la première fois. Raphaëlle décide d'embaucher un responsable administratif.

**Étapes de travail**

1. Repérer les enjeux du cycle d'exploitation
2. Gérer les achats
3. Gérer les ventes
4. Déterminer la TVA due en fin de mois

**Support de travail**

Chapitre4_Situation.xlsx
liennathan.fr/pdot1b

# 1 Repérer les enjeux du cycle d'exploitation

## Doc. 1 Part des ventes boutique dans le chiffre d'affaires N

Chiffre d'affaires année N

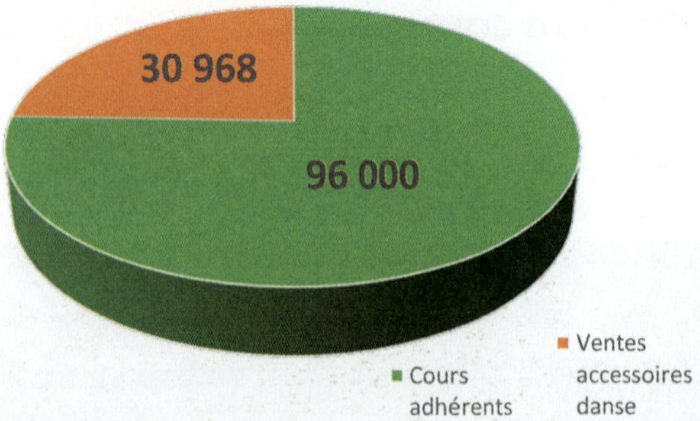


## Doc. 2 Fiche de poste

| Intitulé du poste : | Responsable administratif |
|---|---|
| Nature du poste : | Administratif |
| Identité du salarié : | Arthur Gonzales |
| Statut du salarié : | Agent de maîtrise |

**Mission principale :**
Assurer la bonne gestion administrative des opérations courantes de la SARL Le Dancefloor

**Activités du poste :**

**1. Gérer les achats**
- Passer les commandes
- Réceptionner les marchandises
- Contrôler les documents
- Enregistrer les factures dans le PGI
- Contrôler les comptes fournisseurs

**2. Gérer les stocks boutique**
- Procéder au pointage des stocks
- Préparer les commandes de réassort

**3. Gérer les ventes**
- Établir les factures de vente boutique
- Établir les factures adhérents
- Enregistrer les factures dans le PGI
- Contrôler les comptes clients

**4. Optimiser la trésorerie**
- Gérer les délais de règlement
- Régler les factures
- Enregistrer les écritures au journal de banque
- Contrôler le compte Banque

## Doc. 3 Entretien entre Raphaëlle et Arthur (extrait)

**Raphaëlle** : Nous passons des commandes tous les 15 jours et nos fournisseurs nous accordent 15 jours de délai de règlement. Les articles achetés restent en moyenne 20 jours en stock avant d'être vendus. Mais pour les règlements, plusieurs nouveaux clients professionnels, comme la SARL Festiv, nous imposent des délais de paiement assez longs, souvent 30 jours fin de mois, et sont fréquemment en retard ! Heureusement que les adhérents aux cours de danse paient régulièrement tous les trimestres !

## Doc. 4 Durée du cycle d'exploitation des ventes d'accessoires

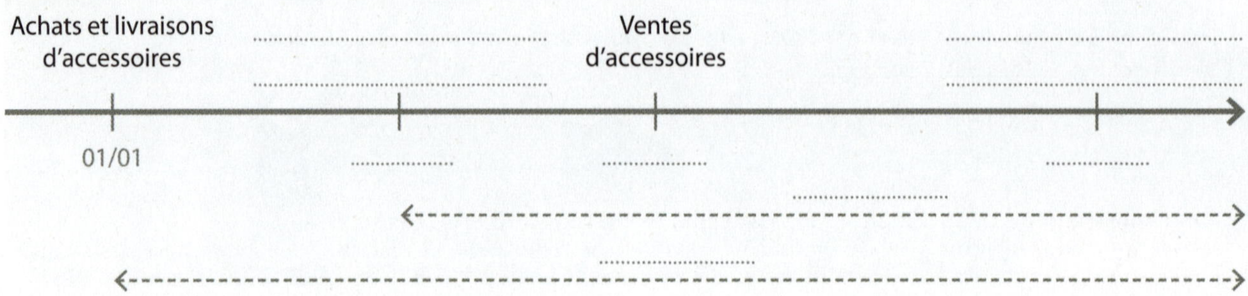


## Ressources

① Le **cycle d'exploitation** correspond à l'ensemble des **opérations courantes**, depuis l'achat des marchandises et/ou matières premières, leur stockage, leur transformation (éventuellement) jusqu'à leur vente. Les opérations sont régulières et se déroulent toujours dans le même ordre : achat, stockage, vente. En général, le règlement des clients vient après la vente.

② Le temps qui s'écoule entre les achats et l'encaissement des ventes des clients correspond à la **« durée » du cycle d'exploitation**. Plus le cycle est long, plus l'entreprise a besoin d'argent d'avance (liquidités) pour le financer puisqu'elle achète avant de vendre. Le principe est de faire payer les clients au plus vite et de payer les fournisseurs le plus tard possible.

**Avant la classe**

- **Replacez les actions suivantes dans un ordre qui vous semble cohérent pour une entreprise :** Stockage de marchandises – Vente de marchandises – Achat de marchandises
- **Expliquez pourquoi ces trois opérations combinées forment un « processus ».**
- **Expliquez pourquoi ce processus se répète comme un « cycle ».**

## Situation

Arthur intègre aujourd'hui Le Dancefloor en tant que responsable administratif. Il est reçu par Raphaëlle, qui s'appuie sur le profil de poste qu'elle a élaboré avec son expert-comptable pour commenter l'ensemble des tâches qu'elle souhaite lui confier.

## J'analyse la situation

**1. Quelles sont les deux activités commerciales de la SARL Le Dancefloor ? Calculez leurs parts respectives dans le chiffre d'affaires.** | Document 1

......................................................................................................

**2. Repérez les trois activités confiées à Arthur qui définissent le cycle d'exploitation.** | Document 2 | Ressource 1

......................................................................................................

**3. Repérez trois points sur lesquels Arthur devra être particulièrement vigilant.** | Document 3

......................................................................................................

......................................................................................................

......................................................................................................

**4. Calculez les durées du cycle d'exploitation dans le cas d'une vente d'article à un client professionnel. Complétez le schéma.** | Document 4 | Ressource 2

**5. Selon vous, pourquoi l'entreprise de Raphaëlle a-t-elle actuellement des difficultés de trésorerie ?**

......................................................................................................

......................................................................................................

## Je retiens l'essentiel

**6. Les achats de marchandises sont des activités du cycle d'exploitation alors qu'un achat de machine ne l'est pas. Pourquoi ?**

......................................................................................................

......................................................................................................

**7. Les opérations du cycle d'exploitation peuvent mettre la trésorerie de l'entreprise en danger. Pourquoi ?**

......................................................................................................

......................................................................................................

## J'approfondis

**8. Pourquoi le risque sur la trésorerie est-il plus important lorsque la durée du cycle d'exploitation est plus longue ? Comment limiter ce problème ?**

......................................................................................................

......................................................................................................

**Les flashcards de la séance**

**Des cartes questions/réponses pour mémoriser**

liennathan.fr/enrwp1

# 2 Gérer les achats

## Doc. 1 Extrait du bon de commande du 15/04/N

**BON DE COMMANDE N° 543**

| Réf. | Désignation | Q | PU HT | Total HT |
|---|---|---|---|---|
| md36 | Move Dance taille 36 | 2 | 49,00 | 98,00 |
| md37 | Move Dance taille 37 | 3 | 49,00 | 147,00 |
| md38 | Move Dance taille 38 | 4 | 49,00 | 196,00 |
| md39 | Move Dance taille 39 | 2 | 49,00 | 98,00 |
| | **Total HT** | | | **539,00** |
| | Réduction commerciale | | 5 % | 26,95 |
| | **Net commercial** | | | **512,05** |
| | Transport | | | 15,00 |
| | TVA | | 20 % | 105,41 |
| | **Total TTC en euros** | | | **632,46** |

Délai de règlement : 30 jours à date livraison

**Fait à** Joinville-le-Pont
**Le** 15/04/N
**Signature**

## Doc. 2 Bon de livraison du 02/05/N

**BON DE LIVRAISON N° 234**

| Réf. | Désignation | Q |
|---|---|---|
| md36 | Move Dance taille 36 | 2 |
| md37 | Move Dance taille 37 | 3 |
| md38 | Move Dance taille 38 | 4 |
| md39 | Move Dance taille 39 | 2 |
| | | |

**Adresse de livraison**
Le Dancefloor
87 quai de la Marne
94340 Joinville-le-Pont
**Date de livraison**
02/05/N
**Signature**

## Doc. 3 Facture du 02/05/N

ATOUT-SPORT
25 rue des Pivoines
94340 Joinville-le-Pont
Tél. : 01 90 66 XX XX
RC Paris A 552 137 448
SIRET 552 137 448 0017 – APE 4207

Date : 02/05/N

**Facture n° 665**

**DOIT** Le Dancefloor
87 quai de la Marne
94340 Joinville-le-Pont

| RÉF. | Désignation | Q | PU HT | Total HT |
|---|---|---|---|---|
| md36 | Move Dance taille 36 | 2 | 49,00 | 98,00 |
| md37 | Move Dance taille 37 | 3 | 49,00 | 147,00 |
| md38 | Move Dance taille 38 | 4 | 49,00 | 196,00 |
| md39 | Move Dance taille 39 | 2 | 49,00 | 98,00 |
| | **Total HT** | | | 539,00 |
| | Réduction commerciale | | 5 % | 26,95 |
| | **Net commercial** | | | 512,05 |
| | Transport | | | 15,00 |
| | TVA | | 20 % | 105,41 |
| | **Net à payer TTC** | | | 632,46 |

Délai de règlement : 30 jours à date livraison

## Ressources

1. Le **bon de commande (BC)** n'est pas obligatoire mais sécurise les relations commerciales. Il précise les conditions commerciales (prix, réductions, frais de transport, taux de TVA, délais de règlement). Une fois signé par les deux parties, il entraîne des obligations réciproques : la livraison des biens dans les conditions convenues, la réception et le paiement des biens reçus.
Le **bon de livraison (BL)** permet d'attester que le client a bien reçu la marchandise convenue : type de produit et quantités. Il est à rapprocher du bon de commande.
La **facture** est une pièce comptable obligatoire émise par le vendeur. Le Code général des impôts (CGI) précise les mentions obligatoires qui doivent y figurer (nom du vendeur, date, numéro de facture, nom et adresse de l'acheteur, TVA…).
La plupart de ces mentions figurent dans l'**en-tête** de la facture. Le **corps** de la facture détaille les produits et le net à payer. Elle est à rapprocher du bon de commande et du bon de livraison.

2. Les rabais, remises et ristournes (RRR) sont des **réductions à caractère commercial**. On accorde un rabais lorsque les bien livrés ne sont pas conformes à la commande (défaut), une **remise** lorsque les quantités achetées sont importantes ou le client fidèle, une **ristourne** lorsque le volume des achats réalisé pendant une période (par exemple, une année) est important.

3. Les réductions commerciales ne sont pas enregistrées en comptabilité. Seul **le net commercial est enregistré au journal** car il représente la valeur commerciale des biens achetés.

**Avant la classe**

L'expert-comptable de l'entreprise Michèle souhaite enregistrer des « frais forfaitaires de transport sur achat » dans un compte permettant un classement « par natures ». Aidez-vous du site liennathan.fr/77ddt8 pour répondre à la question ci-contre.

**Laquelle des trois méthodes du PCG Michèle doit-elle utiliser ?**

## Situation

***Déjà vu :*** *le cycle d'exploitation regroupe les activités d'achat, de stockage et de vente. Il est de 2 mois avec les clients professionnels qui paient tardivement, ce qui présente un risque pour la trésorerie.*

Arthur a pointé les stocks de la boutique et constaté des ruptures importantes. Il a passé une commande de réassort au fournisseur Atout-Sport. Raphaëlle s'approvisionne auprès de ce fournisseur depuis plusieurs années et entretient avec lui de bonnes relations commerciales. Arthur réceptionne aujourd'hui la livraison.

## J'analyse la situation

1. **Quelles conditions commerciales ont été contractualisées dans le bon de commande ? Surlignez-les dans le document.** — Document 1, Ressource 1

2. **La livraison de marchandises est-elle conforme à la commande ?** — Document 2

..........

..........

3. **La facturation est-elle conforme à la commande et à la livraison ?** — Document 3

..........

..........

4. **Le fournisseur Atout-Sport a présenté la facture conformément aux règles strictes du CGI. Quel est l'intérêt pour Le Dancefloor ?**

..........

..........

5. **Préparez l'enregistrement au journal : surlignez dans la facture les quatre montants qu'il faudra enregistrer.** — Document 3, Ressources 2 et 3

6. **Passez l'écriture au journal. Le principe de la partie double est-il respecté ?** — Fiche méthode 4

| Date | Compte | Libellé | D | C |
| --- | --- | --- | --- | --- |
| ..... | ..... | ..... | ..... | ..... |
| ..... | ..... | ..... | ..... | ..... |
| ..... | ..... | ..... | ..... | ..... |
| ..... | ..... | ..... | ..... | ..... |

..........

## Je retiens l'essentiel

7. **À partir de quel document les achats sont-ils enregistrés en comptabilité ?**

..........

## J'approfondis

8. **Calculez l'impact de cette écriture sur le résultat comptable et la trésorerie.**

..........

..........

**Les flashcards de la séance**

**Des cartes questions/réponses pour mémoriser**

liennathan.fr/s9iccz

# 3 Gérer les ventes

## Doc. 1 Factures de doit du 07/06/N et d'avoir du 16/06/N

**Le Dancefloor**

87 quai de la Marne
94340 Joinville-le-Pont
Tél. : 06 60 53 XX XX
RC Paris A 552 137 777
SIRET 542 137 448 0032 – APE 1213

**Date :** 07/06/N
**Facture n°** 23

**DOIT** SARL Festiv
5 rue du Lac
94340 Joinville-le-Pont

| Réf. | Désignation | Q | PU HT | Total HT |
|---|---|---|---|---|
| cha37 | Move Dance taille 37 | 3 | 95,00 | 285,00 |
| cha38 | Move Dance taille 38 | 3 | 95,00 | 285,00 |
| | | | | |
| | | | | |
| | | **Total HT** | | 570,00 |
| | | Remise | 7 % | 39,90 |
| | | **Net commercial** | | **530,10** |
| | | Port forfaitaire | | 15,00 |
| | | TVA | 20 % | 109,02 |
| | | **Net à payer TTC** | | **654,12** |

Délai de règlement : 30 jours fin de mois

**Le Dancefloor**

87 quai de la Marne
94340 Joinville-le-Pont
Tél. : 06 60 53 XX XX
RC Paris A 552 137 777
SIRET 542 137 448 0032 – APE 1213

**Date :** 16/06/N
**Facture n°** A12

**AVOIR** SARL Festiv
5 rue du Lac
94340 Joinville-le-Pont

| Réf. | Désignation | Q | PU HT | Total HT |
|---|---|---|---|---|
| cha37 | Move Dance taille 37 | 1 | 95,00 | 95,00 |
| | | | | |
| | | | | |
| | | | | |
| | | **Total HT** | | 95,00 |
| | | Remise | 7 % | 6,65 |
| | | **Net commercial** | | **88,35** |
| | | Port forfaitaire | | |
| | | TVA | 20 % | 17,67 |
| | | **Net à déduire TTC** | | **106,02** |

## Doc. 2 Enregistrements comptables des factures de doit et d'avoir

| Date | Compte | Libellé | Débit | Crédit |
|---|---|---|---|---|
| 07/06/N | 411FES | Manif Festiv | 654,12 | |
| 07/06/N | 707100 | Ventes chaussures Festiv | | 530,10 |
| 07/06/N | 445700 | TVA collectée s/ventes | | 109,02 |
| 07/06/N | 708500 | Port facturé | | 15,00 |
| | | *--- Fact. n° 23 ---* | | |

| Date | Compte | Libellé | Débit | Crédit |
|---|---|---|---|---|
| 16/06/N | 707100 | Retour chaussures Festiv | ............ | ............ |
| 16/06/N | 445700 | Retour TVA collectée s/ventes | ............ | ............ |
| 16/06/N | 411FES | Retour créance Festiv | ............ | ............ |
| | | *--- Fact. n° A12 ---* | | |

## Ressources

1 Lorsqu'une facture est créée, elle porte un numéro et ne peut plus être détruite, même si elle comporte une erreur. Elle est enregistrée au journal et apparaît dans les comptes. L'entreprise doit en effet pouvoir présenter à l'administration fiscale l'ensemble des factures créées, sans rupture de numéros.
Ainsi, lorsqu'un client renvoie un produit, il faut créer une facture rectificative, appelée « **facture d'AVOIR** », qui a pour objectif de corriger la **facture de DOIT** initiale.
*Exemple :*
Facture de DOIT : 10 produits achetés (100 €). Facture d'AVOIR : 3 produits retournés (30 €).
Le client paiera : 10 – 3 = 7 produits effectivement conservés (70 €).
Aucune facture ne mentionne 7 produits ou 70 €. Le montant à payer se trouve par différence entre les factures de doit et d'avoir.

2 L'**enregistrement au journal d'une facture d'avoir** pour retour de marchandise doit utiliser exactement les mêmes comptes que ceux utilisés dans la facture de doit car ce sont ces comptes qu'il faut corriger. Pour annuler un montant, il faut inscrire le montant dans le sens opposé. Dans une facture de doit, une vente est une ressource (crédit). Dans une facture d'avoir, l'annulation d'une vente est un emploi (débit).

**Avant la classe**

Aidez-vous du site liennathan.fr/q53c6u pour répondre à la question suivante.

Pourquoi est-il interdit, en France, de supprimer une facture, même si elle contient une erreur ?

## Situation

***Déjà vu :*** *le cycle d'exploitation concerne les activités courantes d'achat, de stockage et de vente. Arthur contrôle les achats à l'aide des bons de commande, bons de livraison et factures. Seules les factures lui permettent de procéder aux enregistrements en comptabilité.*

M. Laroui, responsable de la SARL Festiv, a récemment commandé et reçu un lot de 6 paires de chaussures. La facture de doit lui a été envoyée le 07/06/N. Mais rapidement, M. Laroui a constaté qu'une paire de chaussures était défectueuse et l'a renvoyée. Il conserve finalement 5 paires de chaussures.

### J'analyse la situation

**1.** **La facture du 07/06 ne correspond pas aux produits conservés par la SARL Festiv. Arthur aurait-il pu la détruire pour en créer une nouvelle ?**

Document 1
Ressource 1

..........

**2.** **Comparez la forme des deux factures émises par Arthur. Comment peut-on reconnaître la facture d'avoir ?**

..........

..........

**3.** **Comparez les éléments chiffrés des deux factures. Que remarquez-vous ?**

..........

..........

**4.** **Arthur a procédé à l'enregistrement de la facture de doit. Quelle valeur a été retenue en compte 707100 ? Comparez avec les éléments de la facture.**

Document 2
Fiche méthode 4

..........

**5.** **Terminez l'enregistrement de la facture d'avoir (complétez le document). Démontrez que cette facture a pour effet de corriger la facture de doit.**

Ressource 2

..........

**6.** **Le 31/07/N, M. Laroui procède au règlement. Quel montant va-t-il virer ?**

..........

### Je retiens l'essentiel

**7.** **Dans quelle situation le règlement d'un client n'apparaît sur aucune facture ?**

..........

..........

### J'approfondis

**8.** **Calculez l'impact de ces deux écritures sur le résultat comptable et la trésorerie.**

..........

..........

**Les flashcards de la séance**

**Des cartes questions/réponses pour mémoriser**

liennathan.fr/qwc8xm

# 4 Déterminer la TVA due en fin de mois

**Doc. 1** Balance partielle des comptes 445 au 30/06/N avant écriture de TVA

| N° compte | Libellé | Total débit | Total crédit | Solde débiteur | Solde créditeur |
|---|---|---|---|---|---|
| 445620 | TVA déductible sur achats d'immobilisations | 860,00 | | 860,00 | |
| 445660 | TVA déductible sur autres biens et services | 450,00 | | 450,00 | |
| 445700 | TVA collectée sur ventes | 17,67 | 1 720,00 | | 1 702,33 |

**Doc. 2** Entretien téléphonique entre Arthur et l'expert-comptable

**Arthur**: Je viens de remplir ma première déclaration fiscale de TVA. Je me suis servi des soldes des comptes de TVA collectée et de TVA déductible qui apparaissent dans la balance comptable au 30/06/N. La différence entre la TVA collectée et la TVA déductible fait apparaître un montant de TVA à décaisser de 392,33 €. Comment dois-je traduire cela dans les comptes ?

**L'expert-comptable**: C'est plus simple qu'il n'y paraît. Retenez que les comptes de TVA collectée et TVA déductible ne vivent que le temps d'un mois. Tout au long du mois, on y inscrit les montants liés aux achats et aux ventes et, à la fin du mois, à l'occasion de la déclaration de TVA, on les solde. Leur solde passe donc à zéro et ils sont prêts pour le mois suivant ! En même temps, cette écriture fait apparaître en comptabilité le montant de TVA que vous venez de calculer et que l'on doit à l'État...

**Doc. 3** Écriture de solde après déclaration de TVA

| Date | Compte | Libellé | Débit | Crédit |
|---|---|---|---|---|
| 30/06/N | 445700 | TVA collectée sur ventes | 1 702,33 | |
| 30/06/N | 445620 | TVA déductible sur achats d'immobilisations | | ........................ |
| 30/06/N | 445660 | TVA déductible sur autres biens et services | | ........................ |
| 30/06/N | 445510 | TVA à décaisser | | ........................ |
| | | *Déclaration n° ...* | | |

## Ressources

1 La taxe sur la valeur ajoutée (TVA) est un impôt sur la consommation. Il est dû par les consommateurs particuliers et non par les entreprises. Cependant, les entreprises sont au cœur du mécanisme de collecte de la TVA. Ce sont elles qui collectent cet impôt auprès des clients puis le transfèrent une fois par mois à l'État.

2 Lorsque l'entreprise vend un produit, le montant qui lui revient est le prix HT. Mais elle ajoute à ce montant une TVA. Le client paie alors un montant TTC à l'entreprise, qui garde pour elle le HT et rend la TVA à l'État à la fin du mois. C'est la **TVA collectée**, inscrite au crédit du compte de dettes 4457.

3 Lorsque l'entreprise achète auprès d'un fournisseur, elle doit payer un montant TTC. Mais à la fin du mois, elle peut obtenir un remboursement de la TVA payée sur ce montant car elle n'est pas redevable de la TVA. C'est la **TVA déductible**, inscrite au débit du compte de créances 44566 ou 44562.

4 Une fois par mois, l'entreprise établit une déclaration de TVA : elle inscrit la TVA à rendre à l'État (collectée) et la TVA à se faire rembourser (déductible). Elle ne versera à l'État que la différence entre les deux. En comptabilité, les comptes de TVA collectée et déductible sont alors soldés, laissant apparaître la TVA due à l'État à la fin du mois.

**TVA à décaisser (ou due)**
**= TVA collectée – TVA déductible**

**Avant la classe**

Aidez-vous du site liennathan.fr/9c4u7t pour répondre à la question suivante.

Listez les 4 taux de TVA en vigueur en France et donnez un exemple de bien auquel chaque taux s'applique.

## Situation

***Déjà vu :*** *lorsqu'un client renvoie des marchandises alors que la facture de doit est déjà émise, le comptable émet une facture d'avoir. Celle-ci constate le net à rendre au client. Toutes les factures, de doit ou d'avoir, d'achat ou de vente, font apparaître le détail des montants net HT, TVA et TTC.*

À la fin du mois de juin, l'expert-comptable établit la déclaration de TVA.

### J'analyse la situation

1. **Pourquoi de la TVA apparaît sur les factures d'achat ou de vente et donc dans les comptes du Dancefloor ?** — Document 1, Ressource 1

..........

..........

..........

2. **Combien Le Dancefloor a-t-il collecté de TVA au cours du mois de juin ? Justifiez le sens « créditeur » du compte.** — Ressource 2

..........

..........

3. **Combien de TVA Le Dancefloor a-t-il payé sur ses achats de juin ? Justifiez le sens « débiteur » des deux comptes concernés.** — Ressource 3

..........

..........

4. **Faites le lien entre les obligations fiscales et les obligations comptables d'Arthur à la fin de chaque mois.** — Document 2

..........

..........

..........

5. **Enregistrez en comptabilité la déclaration de TVA du mois de juin (complétez le document). Justifiez le montant de TVA à décaisser.** — Document 3, Ressource 4

..........

..........

..........

### Je retiens l'essentiel

6. **Justifiez la formule de calcul de la TVA due en fin de mois : TVA collectée – TVA déductible.**

..........

..........

..........

### J'approfondis

7. **Quel est le solde des comptes de TVA dans les comptes du Dancefloor après l'écriture de TVA de fin juin N ?**

..........

**Les flashcards de la séance**

**Des cartes questions/réponses pour mémoriser**

liennathan.fr/edd9cx

# Synthèse

## La traduction comptable des achats et ventes

Vidéo
Synthèse vidéo
liennathan.fr/qafehc

### 1. Les opérations du cycle d'exploitation

**Le cycle d'exploitation**

Achats de matières premières et marchandises
↓
Stockage
↓
Ventes
↓
Encaissement des ventes

**La durée**

Dépend :
– de la durée de stockage ;
– de la durée de fabrication ;
– des délais de paiement.

**La problématique**

On achète avant de vendre.
↓
Il faut supporter les avances de trésorerie.

### 2 et 3. Les achats et les ventes

**Les pièces comptables**

Les documents commerciaux : bon de commande, devis, bon de livraison, facture. Seule la facture est enregistrée en comptabilité.

→

**L'enregistrement en comptabilité**

On distingue : net commercial, transport, TVA et net à payer TTC.

### 4. La TVA due en fin de mois

**Les obligations fiscales**

Chaque mois, le comptable établit la déclaration de TVA.

→

**Les obligations comptables**

La déclaration fiscale est enregistrée en comptabilité.

**Rédigez votre synthèse personnelle à l'aide des mots-clés suivants :**

Cycle d'exploitation • Achat • Vente • TVA à décaisser (due) • TVA • Documents commerciaux • Pièces comptables • TVA collectée • TVA déductible

# Applications

## 1 Tester ses connaissances

**Testez vos connaissances avec le quiz numérique. C'est parti !**

Quiz
liennathan.fr/med8x9

## 2 Jouer avec le vocabulaire

**1. Complétez le schéma à l'aide des termes suivants.**
*(Attention, un intrus s'est glissé dans la liste !)*

- Achats
- Paiement des achats
- Ventes
- Encaissement des ventes
- Durée du cycle d'exploitation
- Durée d'amortissement du bien
- Stockage
- Durée d'avance de trésorerie

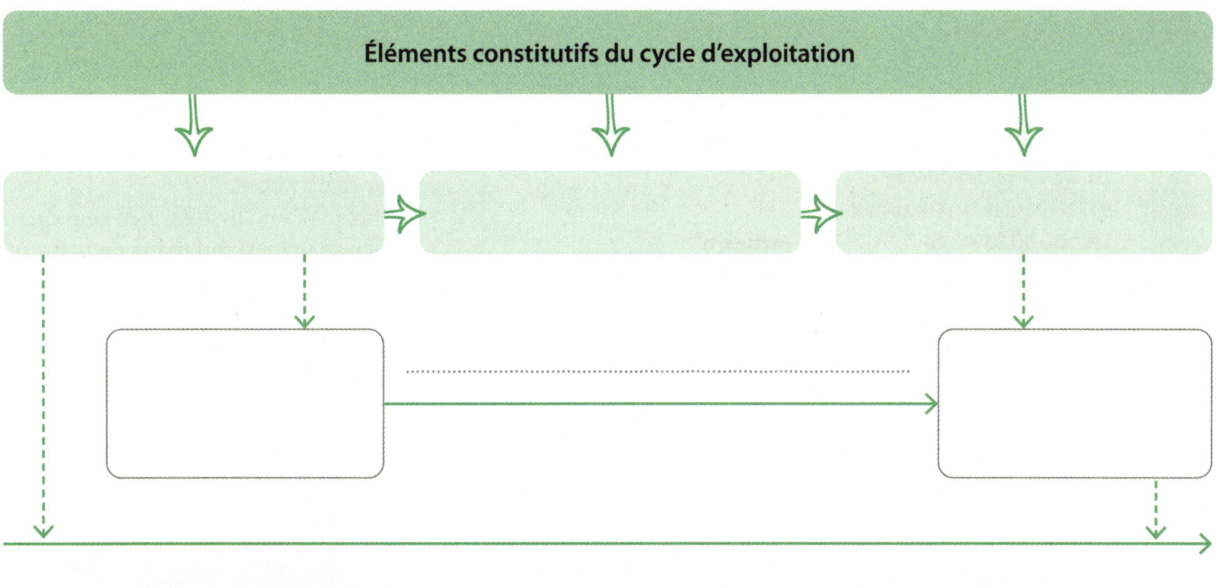


**2. Complétez le bas de la facture à l'aide des termes suivants.**
*(Attention, un intrus s'est glissé dans la liste !)*

- Port forfaitaire
- TVA
- Brut commercial
- Remise
- Total brut HT
- Net à payer TTC
- Net commercial

| | | |
|---|---|---|
| ………………………… | | 1 250,00 |
| ………………………… | 3 % | 37,50 |
| ………………………… | | **1 212,50** |
| ………………………… | | 25,00 |
| ………………………… | 20 % | 247,50 |
| ………………………… | | **1 485,00** |

**Support de travail**
Chapitre4_Applications.xlsx
liennathan.fr/g9ypl9

## 3 Créer une facture type ★

Rémi Appoteloz commence une nouvelle activité de restauration de meubles anciens. Afin de limiter les dépenses liées au lancement de cette activité, il vous sollicite pour automatiser une facture type sur le tableur Excel.

1. **Surlignez sur le modèle de facture (document 1), de deux couleurs différentes, les cellules qui correspondront à des données saisies et celles qui correspondront à des données calculées.**
2. **Tracez le modèle de facture sur tableur.**
3. **Automatisez le plus possible votre facture. Utilisez la fonction « Si » lorsque cela vous semble pertinent.**
4. **Testez votre support sur le client Norbert (document 2 et document 3).**

### Doc. 1 Modèle de facture à automatiser sur Excel

| | A | B | C | D | E | F | G |
|---|---|---|---|---|---|---|---|
| 1 | | ***Rémi Appoteloz*** | | | **Date** | | |
| 2 | | 70 A chemin de Fourche | | | | | |
| 3 | | 84210 Pernes-les-Fontaines | | | | | |
| 4 | | Tél. : 06 60 53 XX XX | | **Facture n°** | | | |
| 5 | | RC Avignon A 552 137 777654 | | | | | |
| 6 | | SIRET 942 137 4487789 – APE 321 | | | | | |
| 7 | | | **DOIT** | | | | |
| 8 | | | | | | | |
| 9 | | **Réf.** | **Désignation** | **Q** | **PU HT** | **Total HT** | |
| 10 | | | | | | | |
| 11 | | | | | | | |
| 12 | | | | | | | |
| 13 | | | | | | | |
| 14 | | | | | | | |
| 15 | | | | | | | |
| 16 | | | | | | | |
| 17 | | | | | | | |
| 18 | | | | | | | |
| 19 | | | | **Total HT** | | | |
| 20 | | | | Remise | | | |
| 21 | | | | **Net commercial** | | | |
| 22 | | | | Port forfaitaire | | | |
| 23 | | | | TVA | | | |
| 24 | | | | **Net à payer TTC** | | | |
| 25 | | | | | | | |

### Doc. 2 Informations collectées auprès de Rémi

- Rémi proposera une remise de 8 % si le montant brut de la facture est supérieur ou égal à 500 €.
- Lorsque Rémi livre un bien à un client, il facture un port forfaitaire de 15 €.
- La livraison est offerte si le client paie comptant à livraison.
- La TVA est de 10 %.

### Doc. 3 Livraison et facture du client Norbert le 23/04/N

Pierre Norbert, 65 rue de l'Argilouso 84210 Pernes-les-Fontaines
Travail de restauration : 10 heures à 38 € l'heure
Charnières : 8 à 25 € pièce
Revêtement en marbre : 1 à 185 €
Livraison à domicile. Le client paiera à la fin du mois.

## 4 Enregistrer des factures d'achat dans un PGI ★

PGI

Yaël Policard est gérant de l'entreprise Crêpe on the Road. Son activité consiste à vendre des crêpes salées et sucrées à partir de trois food trucks, dont l'un est basé à Barbentane, près d'Avignon. Afin de pouvoir participer à la foire aux santons de Cavaillon le week-end prochain, Yaël a réalisé quelques achats. Il vous demande de l'aider à enregistrer trois factures en comptabilité.

1. **Préparez les enregistrements comptables : repérez dans le module comptable du PGI les numéros de compte concernés par chaque facture (document), et dans le module commercial les fiches fournisseurs.**
2. **Recalculez les éléments de facturation afin de disposer des montants nécessaires aux enregistrements.**
3. **Enregistrez les trois factures de novembre dans le journal auxiliaire adapté.**
4. **Enregistrez les trois règlements dans le journal auxiliaire adapté.**

**Doc.** **Informations tirées des dernières factures d'achat reçues**

| | | | |
|---|---|---|---|
| 14/11/N<br>Fact. 321 | Boucherie Chez Olive | Achat matière première salée | 325 € HT<br>Remise 8 % – TVA 5,5 %<br>Paiement comptant |
| 14/11/N<br>Fact. 43 | Fournisseur Carrefour | Achat boissons non alcoolisées<br>Achat boissons alcoolisées | 215 € TVA 5,5 %<br>321 € TVA 20 %<br>Paiement comptant |
| 15/11/N | Fournisseur Eurodix | Achat boîtes cartonnées | 123 €<br>Remise 3 % – TVA 20 %<br>Paiement différé fin du mois |

## 5 Enregistrer des factures d'achat de doit et d'avoir ★

Vous travaillez chez Music Révolution, un commerce de vente d'instruments de musique bien implanté sur son marché local à Rennes. Vous êtes chargé(e) de la gestion des achats.

1. **Calculez les éléments de la facture de doit du 15 novembre N (document 1) puis enregistrez-la en comptabilité.**
2. **Calculez les éléments de la facture d'avoir du 18 novembre N (document 2) puis enregistrez-la en comptabilité.**
3. **Présentez l'impact de ces deux factures dans les documents de synthèse.**
4. **Présentez l'écriture de règlement du solde le 30 novembre N.**

**Doc. 1** **Éléments de la facture d'achat du 15/11/N**

5 guitares Fender Stratocaster : 950 € pièce
Remise : 5 %
Port forfaitaire : 50 €
TVA : 20 %

**Doc. 2** **Éléments de la facture d'avoir du 18/11/N**

1 guitare Fender Stratocaster retournée car le coloris est non conforme.
Pas d'échange.

# Applications

## 6 Enregistrer des factures de vente dans un PGI ★

PGI

Yaël Policard, le gérant de l'entreprise Crêpe on the Road (voir application 4), vous sollicite de nouveau car il a servi pour la première fois un nouveau client.

1. **Dans le module « Gestion commerciale » du PGI, créez la fiche du client Sutex (document 1) dans le fichier clients.**
2. **Créez le devis (document 2) dans le PGI.**
3. **Générez automatiquement la facture.**
4. **Générez automatiquement l'écriture dans le module « Comptabilité », puis contrôlez.**

**Doc. 1 Coordonnées du client Sutex**

Code client : SUTE
SARL Sutex, pépinière des monts du Vaucluse
78 avenue d'Apt 84800 Lagnes
Tél. : 04 90 88 XX XX – RCS 675 TR43 – Siret 123 09
E-mail : contact@sutex.com
Mode de règlement : 30 jours fin de mois, par virement
Remise globale client : 5 %
Nom du responsable : Victor Sutex
Numéro de compte : 411550

**Doc. 2 Éléments du devis accepté par la SARL Sutex**

Pour le 20 décembre N
Forfait soirée privée pour le personnel de l'entreprise – 35 personnes – De 19 h à 23 h
Crêpes salées, sucrées + boissons : 750 € HT
Réduction commerciale : 5 % – TVA : 20 %

## 7 Enregistrer des factures de vente de doit et d'avoir ★★

Vous travaillez dans l'entreprise Buro, fabricant de mobilier de bureau et vendeur d'équipements informatiques. Vous prenez en charge le suivi du client Albert.

1. **Étudiez le dossier Albert (document) puis enregistrez les factures et le règlement au journal. Précisez le journal auxiliaire choisi.**
2. **Mesurez l'impact de ces trois écritures sur les documents de synthèse.**

**Doc. Suivi du dossier Albert**

| | |
|---|---|
| 07/01/N | Vente de mobilier au client Albert : 5 bureaux à 758 € pièce<br>Remise : 7 % – Port forfaitaire : 75 € – TVA : 20 %<br>Facture n° D54 |
| 09/01/N | Retour d'un bureau non conforme en termes de taille – Établissement d'une facture d'avoir |
| 30/01/N | Règlement du client Albert |

## 8 Comprendre le mécanisme de la TVA ★★

Vous travaillez dans l'entreprise Richard, revendeur de vêtements pour hommes. En mettant à jour les étiquettes de prix, vous vous interrogez sur les 20 % de TVA payés par les clients. Vous consultez une vidéo sur Internet (document 1) pour mieux comprendre le calcul et le fonctionnement de la TVA (document 2).

**1. Quel montant de TVA la fabrication et la vente de la chemise ont-elles procuré à l'État ?**

☐ 6 €
☐ 12 €
☐ 20 €

**2. Qui a payé les 20 € de TVA obtenus par l'État ?**

☐ Le distributeur de chemises
☐ Le client final
☐ Les trois intervenants professionnels

**3. Quelle(s) formule(s) permet(tent) de calculer la TVA due à l'État par le fabricant de chemises ?**

☐ TVA collectée – TVA déductible
☐ (Achats – Ventes) × 0,2
☐ (Ventes – Achats) × 0,2
☐ (TVA collectée – TVA déductible) × 0,2

**4. Pourquoi le consommateur final a-t-il payé 20 € de TVA alors que la valeur ajoutée par le distributeur est de 30 € ?**

☐ C'est incohérent, il y a une erreur dans le tableau.
☐ Car pour le consommateur final, la TVA est calculée sur le prix de vente et non sur la VA.
☐ Car il n'est pas le seul consommateur final, il y en a eu trois.

**5. Pourquoi cette taxe payée par le consommateur final s'appelle taxe sur la « valeur ajoutée » ?**

☐ Car le prix de vente final correspond à la somme des VA au cours du processus.
☐ C'est historique mais cela n'a pas de sens lorsque de nombreuses entreprises interviennent dans le processus.
☐ Car la TVA ajoute de la valeur au produit.

**Doc. 1 Vidéo**

**« Dessine-moi l'éco : TVA collectée, TVA déductible... Qui paye réellement ? »**
liennathan.fr/uh248u

**Doc. 2 Approches comptable et économique du calcul de la TVA**

| Chaîne de production | Achat | | Vente | | TVA à reverser* |
|---|---|---|---|---|---|
| | HT | TVA déductible | HT | TVA collectée | |
| Fournisseur de fil | 0 | 0 | 10 | 2 | 2 |
| Fabricant de chemises | 10 | 2 | 70 | 14 | 12 |
| Distributeur de chemises | 70 | 14 | 100 | 20 | 6 |
| | | | | Total | 20 |

* TVA collectée – TVA déductible

| Chaîne de production | Achat | Vente | Valeur ajoutée | TVA à reverser* |
|---|---|---|---|---|
| Fournisseur de fil | 0 | 10 | 10 | 2 |
| Fabricant de chemises | 10 | 70 | 60 | 12 |
| Distributeur de chemises | 70 | 100 | 30 | 6 |
| | | | Total | 20 |

* VA × 0,2

# Applications

## 9 Traduire comptablement les achats et les ventes ★★

Vous travaillez dans l'entreprise Voiriot, fabricant de bagages pour l'industrie du luxe. Vous enregistrez les dernières factures du mois de novembre avant de préparer la déclaration de TVA.

1. **Procédez aux calculs puis enregistrez en comptabilité les opérations des 25, 26 et 27 novembre (document 1).**
2. **Passez au 30 novembre une écriture de règlement de l'ensemble des sommes dues au fournisseur Vigran (document 2).**
3. **Complétez le compte Vigran à fin novembre (document 2). Est-il soldé ?**
4. **Montrez l'impact sur les documents de synthèse des écritures de novembre en lien avec le client Mesher. Quel sera l'impact sur le résultat ? sur la trésorerie ?**
5. **En tenant compte de l'extrait de la balance au 24 novembre (document 3) et de vos écritures, combien l'entreprise doit-elle verser de TVA à l'État fin novembre ?**

### Doc. 1 Factures à prendre en compte sur le mois de novembre

| | |
|---|---|
| 25/11/N | Achat de cuir au fournisseur Vigran : 3 pièces – 450 € HT pièce<br>Remise : 5 % – Port : 120 € – TVA : 20 % – Règlement fin du mois – Facture n° D56 |
| 26/11/N | Vente d'un lot de 5 sacs de voyage au client Mesher : 1 250 € pièce<br>Remise : 7 % – Port forfaitaire : 50 € – TVA : 20 % – Règlement 30 jours fin de mois – Facture n° D123 |
| 27/11/N | Retour d'un sac de voyage de la part du client Mesher. La facture d'avoir est faite le jour même. Facture n° A12 |
| 30/11/N | Règlement des sommes dues au fournisseur Vigran. Chèque n° 543 |

### Doc. 2 Compte du fournisseur Vigran au 24/11/N

| Compte 401500 – Fournisseur Vigran | | | | | |
|---|---|---|---|---|---|
| **Dates** | **Opérations** | **Débit** | **Crédit** | **Solde débiteur** | **Solde créditeur** |
| 01/11/N | Facture n° D67 | | 3 456,00 | | 3 456,00 |
| 06/11/N | Avoir n° 56 | 456,00 | | | 3 000,00 |
| 07/11/N | Règlement facture n° D56 | 3 000,00 | | | 0,00 |
| 15/11/N | Facture n° D89 | | 565,00 | | 565,00 |
| 25/11/N | | | | | |
| 30/11/N | | | | | |

### Doc. 3 Extrait de la balance au 24/11/N

| N° compte | Libellé | Total débit | Total crédit | Solde débiteur | Solde créditeur |
|---|---|---|---|---|---|
| 445620 | TVA déductible sur achats d'immobilisations | 3 456,00 | | 3 456,00 | |
| 445660 | TVA déductible sur autres biens et services | 8 976,00 | 987,00 | 7 989,00 | |
| 445700 | TVA collectée sur ventes | 5 432,00 | 27 987,00 | | 22 555,00 |
| | **Total comptes 445** | **17 864,00** | **28 974,00** | **11 445,00** | **22 555,00** |

# Le contrôle de l'information

# 5

Question **Acheter et vendre, quelle traduction comptable ?**

Capacité
- Repérer les services produits par le système d'information en réponse à une variété de besoin d'informations.

Vers PIX
**1.1.** Mener une recherche d'information
**1.3.** Traiter les données

## Situation

La serrurerie MB Métal a été créée il y a quatre ans par Julien Brun, son dirigeant. Elle fabrique et pose des ouvrages métalliques pour le bâtiment (grilles de protection, portails, portes blindées, garde-corps, structures métalliques légères...) à partir d'acier et de fournitures qu'elle achète chez différents fournisseurs. Ses principaux clients sont des architectes, des promoteurs immobiliers, des collectivités territoriales, mais elle sert aussi quelques particuliers.

La société connaît un essor important depuis deux ans et le résultat de l'exercice est très largement bénéficiaire. Mais cette année, quelques problèmes ont préoccupé Julien : certains fournisseurs n'ont pas voulu livrer la métallerie à cause de factures non payées, les banques ont refusé des virements car il n'y avait pas la provision sur le compte bancaire de l'entreprise. Julien manque désormais de temps pour s'occuper des tâches comptables et administratives. Il a embauché Philippe Piolet comme secrétaire comptable pour l'aider à améliorer sa gestion.

**Étapes de travail**

1. Lettrer les comptes de tiers pour suivre les règlements
2. Utiliser le lettrage pour repérer des erreurs d'imputation
3. Comprendre la réciprocité du compte Banque
4. Comprendre l'utilité d'un rapprochement bancaire
5. Mettre à jour et contrôler le compte Banque

**Support de travail**

Chapitre5_Situation.xlsx
liennathan.fr/7lsjvk

# 1 Lettrer les comptes de tiers pour suivre les règlements

## Doc. 1 Compte du fournisseur La Maison du fer du 01/06/N au 30/11/N

| Compte 401002 – Fournisseur La Maison du fer | | | | Période du 01/06/N au 30/11/N | |
|---|---|---|---|---|---|
| **Date** | **Libellé** | **Débit** | **Crédit** | **Solde** | **Lettrage** |
| 01/06/N | Solde à nouveau | | | *0,00* | |
| 15/06/N | Facture 27803 | | 1 569,28 | *1 569,28* | |
| 28/06/N | Facture 27819 | | 4 569,14 | *6 138,42* | |
| 05/07/N | Facture 28080 | | 1 546,45 | *7 684,87* | |
| 08/07/N | Facture 28930 | | 2 358,14 | *10 043,01* | |
| 28/07/N | Facture 29135 | | 6 978,25 | *17 021,26* | |
| 31/07/N | Chèque 3324459 | 6 138,42 | | *10 882,84* | |
| 15/08/N | Facture 29350 | | 9 835,14 | *20 717,98* | |
| 27/08/N | Facture 29861 | | 2 566,99 | *23 284,97* | |
| 31/08/N | Chèque 5342296 | 10 882,84 | | *12 402,13* | |
| 25/09/N | Facture 30265 | | 14 667,15 | *27 069,28* | |
| 27/09/N | Avoir 0782 s/fact. 30265 | 500,68 | | *26 568,60* | |
| 30/09/N | Chèque 6425321 | 12 402,13 | | *14 166,47* | |
| 20/11/N | Facture 30417 | | 8 991,12 | *23 157,59* | |
| 27/11/N | Facture 30525 | | 6 684,11 | *29 841,70* | |
| | **TOTAUX** | 29 924,07 | 59 765,77 | *29 841,70* | |

## Doc. 2 Extrait des conditions commerciales du fournisseur La Maison du fer

Délai de paiement accordé à MB Métal : 30 jours fin de mois.
Toute facturation au cours du mois M sera payée à la fin du mois suivant M+1.

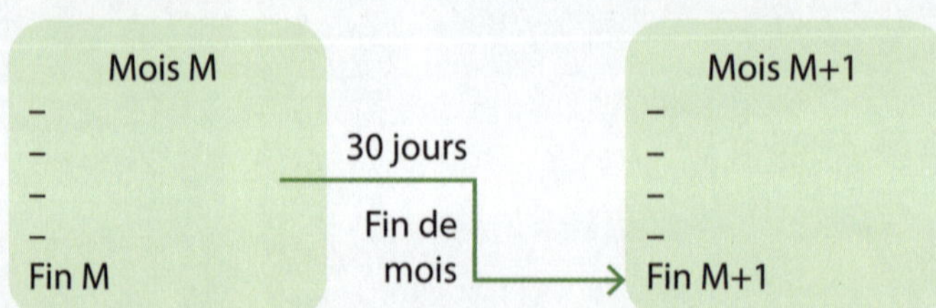


## Ressources

① Le **lettrage** des comptes de tiers est une technique qui permet de **rapprocher** (= mettre en correspondance) des factures et leurs règlements. Il s'agit d'écrire une même **lettre** (qui **sert de repère**) en face des **sommes débit ET crédit qui sont liées et s'annulent**.
*Exemple :* dans le compte du fournisseur Loïc, le règlement de fin mars (lettre A) correspond à la facture F239 diminuée de l'avoir A128. Les trois montants pointés se soldent.

| Compte Fournisseur 401LOIC | | | | | | |
|---|---|---|---|---|---|---|
| **Date** | **Journal** | **Réf.** | **Libellé** | **Débit** | **Crédit** | **Lettrage** |
| 05/03 | AC | F239 | Achat de marchandises | | 300 | A |
| 12/03 | AC | A128 | Avoir - Retour de marchandises | 120 | | A |
| 31/03 | BQ | CHQ1545 | Règlement | 180 | | A |
| 04/04 | AC | F253 | Achat de marchandises | | 200 | B |
| 30/04 | BQ | CHQ1552 | Règlement | 200 | | B |
| 05/05 | AC | F286 | Achat de marchandises | | 500 | |
| 02/06 | AC | F299 | Achat de marchandises | | 600 | C |
| 30/06 | BQ | CHQ1576 | Règlement | 600 | | C |
| | | | **Solde au 30/06** | | **500** | |

② Ce travail permet de **faire ressortir les montants sans correspondance** (non lettrés). Ces montants expliquent le solde du compte et correspondent généralement aux factures non réglées.
*Exemple (suite) :* la facture F286 du 05/05 n'a toujours pas été réglée alors qu'elle aurait dû l'être fin mai.

Le contrôle par lettrage permet l'action.
**Actions auprès du fournisseur :** avertir le tiers, s'excuser de ce retard, régler en urgence.
**Actions auprès du client :** vérifier un litige éventuel, relancer progressivement, transférer en compte « Clients douteux » *(voir chapitre 8)*.

**Avant la classe**

Qu'appelle-t-on un compte de tiers ?
Quels en sont les deux principaux représentants ?

## Situation

La première mission que Julien confie à Philippe est de s'occuper des fournisseurs. Très récemment, le fournisseur La Maison du fer a menacé de suspendre ses livraisons si sa facture n'était pas honorée. Pourtant, Julien est persuadé d'avoir tout payé.

### J'analyse la situation

1. **À quoi correspondent les sommes au crédit du compte fournisseur La Maison du fer ? Et celles au débit ?** — Document 1

...

2. **Procédez au lettrage du compte La Maison du fer et surlignez les sommes non lettrées. Précisez comment l'utilisation du document 2 vous a aidé(e) à la réalisation de ce lettrage.** — Document 2, Ressource 1

...

3. **Analysez les montants non lettrés : compte tenu du délai de paiement accordé à MB Métal, indiquez au 30/11 la ou les factures qui ne sont pas encore exigibles et celle(s) qui présente(nt) un retard de paiement.**

...

4. **Que doit faire Philippe ?** — Ressource 2

...

### Je retiens l'essentiel

5. **Justifiez l'intérêt, pour MB Métal, du lettrage des comptes fournisseurs.**

...

### J'approfondis

6. **Si le compte fournisseur présentait au cours d'un mois deux factures du même montant correspondant à deux opérations différentes, quel critère autre que le montant pourrait-on prendre en compte pour pointer ces deux opérations ?**

...

**Les flashcards de la séance** — Des cartes questions/réponses pour mémoriser
liennathan.fr/e5pzof

# 2 Utiliser le lettrage pour repérer des erreurs d'imputation

## Doc. 1 Grand-livre au 30/11/N : compte 411MAQA (extrait)

| Compte 411MAQA – Client Maquet Architecture – Paris | | | | Période du 01/10/N au 30/11/N | |
|---|---|---|---|---|---|
| **Date** | **Libellé** | **Débit** | **Crédit** | **Solde** | **Lettrage** |
| 01/10/N | Solde à nouveau | | | *0,00* | |
| 02/10/N | Facture 661408 | 45 668,44 | | *45 668,44* | |
| 02/10/N | Facture 661411 | 80 500,00 | | *126 168,44* | |
| 14/10/N | Facture 661418 | 76 054,88 | | *202 223,32* | |
| 05/11/N | Chq 445889 acompte F661408 | | 15 000,00 | *187 223,32* | |
| 30/11/N | Chq 445903 solde F661408 | | 30 668,44 | *156 554,88* | |
| | | | | | |

Le client Maquet Architecture dispose d'un délai de paiement de 30 jours fin de mois.

## Doc. 2 Grand-livre au 30/11/N : compte 411MAQP (extrait)

| Compte 411MAQP – Client Maquay Paul – Puteaux | | | | Période du 01/10/N au 30/11/N | |
|---|---|---|---|---|---|
| **Date** | **Libellé** | **Débit** | **Crédit** | **Solde** | **Lettrage** |
| 01/10/N | Solde à nouveau | | | *0,00* | |
| 17/10/N | Facture 661424 | 3 255,15 | | *3 255,15* | |
| 25/10/N | Facture 661435 | 64 887,32 | | *68 142,47* | |
| 03/11/N | Facture 661458 | 165 649,19 | | *233 791,66* | |
| 17/11/N | Chq 124666 | | 3 255,15 | *230 536,51* | |
| 25/11/N | Chq 124671 | | 64 887,32 | *165 649,19* | |
| 30/11/N | Chq 445894 solde oct. N | | 156 554,88 | *9 094,31* | |
| | | | | | |

Le client Paul Maquay dispose d'un délai de paiement de 30 jours nets.

## Doc. 3 Journal des opérations diverses (OD) à compléter

| N° compte | Date / Libellé | Débit | Crédit |
|---|---|---|---|
| | **30/11/N** | | |
| ………… | ………… | ………… | ………… |
| ………… | ………… | ………… | ………… |
| | **30/11/N** | | |
| ………… | ………… | ………… | ………… |
| ………… | ………… | ………… | ………… |

Contrepassation de l'erreur d'imputation (première écriture)

Enregistrement correct du chq n° 445894 (deuxième écriture)

### Ressources

1. On appelle « **erreur d'imputation comptable** » l'affectation d'une opération à un compte inapproprié. Elle se détecte par une analyse approfondie de la cohérence des éléments non lettrés : cohérence du montant, suite logique entre les numéros de facture et de chèque, cohérence entre les dates et les délais de règlement…

2. Lorsqu'une écriture au journal présente une erreur d'imputation ou de montant, il faut procéder en deux temps pour corriger l'erreur :
– contrepasser l'écriture erronée, c'est-à-dire la repasser « à l'envers » pour qu'elle s'annule ;
– passer l'écriture correctement.

**Avant la classe**

À partir de recherches, expliquez à quoi correspond un délai de règlement de 30 jours nets.

## Situation

*Déjà vu : le lettrage du compte fournisseur a permis de rapprocher les montants des factures au crédit et leur règlement au débit. Il a mis en évidence un retard dans un paiement de MB Métal.*

Philippe a procédé au lettrage des comptes clients et s'aperçoit que le client Maquet Architecture n'a pas réglé son solde d'octobre. Julien s'apprête à exprimer fermement son mécontentement à ce client. Philippe lui suggère d'attendre un peu car il a un doute avec le client Maquay Paul.

### J'analyse la situation

**1. Procédez au lettrage du compte 411MAQA. Analysez les sommes non lettrées et, compte tenu du délai de règlement qui lui a été accordé, indiquez la somme que le client Maquet Architecture aurait dû payer au 30/11 en justifiant votre réponse.** Document 1

..............................................................................................................................

..............................................................................................................................

..............................................................................................................................

**2. Procédez au lettrage du compte 411MAQP. À quelle date la facture non lettrée doit-elle être payée compte tenu du délai de règlement accordé à ce client ? Proposez deux indices montrant que le chèque non lettré est incohérent.** Document 2 Ressource 1

..............................................................................................................................

..............................................................................................................................

..............................................................................................................................

..............................................................................................................................

**3. Comparez le numéro et le montant de ce chèque avec les éléments du compte du client Maquet Architecture : qualifiez et expliquez ce qu'il s'est passé.**

..............................................................................................................................

..............................................................................................................................

..............................................................................................................................

**4. Enregistrez les écritures nécessaires au compte Banque Populaire (512001) et complétez les comptes des deux clients (documents 1 et 2), puis terminez le lettrage.** Document 3 Ressource 2

### Je retiens l'essentiel

**5. Quels contrôles faut-il opérer sur les montants non lettrés au sein des comptes de tiers ? Dans quel but ?**

..............................................................................................................................

..............................................................................................................................

..............................................................................................................................

### J'approfondis

**6. Pourquoi les contrôles comme le lettrage sont-ils absolument indispensables ?**

..............................................................................................................................

..............................................................................................................................

**Les flashcards de la séance**

Des cartes questions/réponses pour mémoriser

liennathan.fr/ptwu9t

# 3 Comprendre la réciprocité du compte Banque

## Doc. 1 Compte 512001 Banque Populaire tenu par l'entreprise MB Métal

| Compte 512001 Banque Populaire | | | | | | | |
|---|---|---|---|---|---|---|---|
| **Date** | **Libellé** | **DÉBIT** | **Let.** | **Date** | **Libellé** | **CRÉDIT** | **Let.** |
| 01/12/N | Solde au 01/12/N | 2 655,41 | A | 02/12/N | Prélèvement EDF | 1 644,55 | B |
| 04/12/N | Remise encaissement | 206 445,77 | | 06/12/N | Chèque 6428664 | 6 684,11 | |
| | | | | 08/12/N | Chèque 6428666 | 195 111,17 | |
| | | | | 13/12/N | Chèque 6428667 | 4 855,14 | |
| **15/12/N** | **TOTAL DÉBIT** | **209 101,18** | | **15/12/N** | **TOTAL CRÉDIT** | **208 294,97** | |
| | ***Solde créditeur*** | | | | ***Solde débiteur*** | ***806,21*** | |
| | **TOTAL GÉNÉRAL** | **209 101,18** | | | **TOTAL GÉNÉRAL** | **209 101,18** | |

## Doc. 2 Compte MB Métal tenu par la Banque Populaire (relevé bancaire)

| **BANQUE POPULAIRE – PROVENCE** | | | | **Agence d'Arles – 17 rue Mallaval 13000 Arles** | | |
|---|---|---|---|---|---|---|
| **MB MÉTAL – ZAC des Célines 13690 Graveson** | | | | **Du 1er au 15 décembre N** | | |
| **Date** | **Libellé** | **Débit** | **Let.** | **Crédit** | **Let.** | **Solde** |
| 01/12/N | Solde à nouveau | | | 2 655,41 | A | *2 655,41* |
| 05/12/N | Remise de chèques | | | 206 445,77 | | *209 101,18* |
| 06/12/N | Virement Client Bâtisseur des Alpes | | | 15 127,63 | | *224 228,81* |
| 08/12/N | Prélèvement EDF | 1 644,55 | B | | | *222 584,26* |
| 08/12/N | Frais de tenue de compte | 28,80 | | | | *222 555,46* |
| 11/12/N | Chèque 6428664 | 6 684,11 | | | | *215 871,35* |
| 15/12/N | Chèque 6428666 | 195 111,17 | | | | *20 760,18* |
| | | | | **Solde créditeur au 15/12/N** | | **20 760,18** |

## Ressources

1. Le compte bancaire d'une entreprise est suivi deux fois : par l'entreprise elle-même, c'est le compte « 512 Banque », et par le banquier, qui envoie des « relevés bancaires » (RB). **Les deux comptes présentent exactement les mêmes entrées et sorties d'argent mais en sens inverse : on dit qu'ils sont « réciproques ».** *Exemple :* un encaissement au débit du compte 512 apparaîtra au crédit dans le relevé bancaire. En cas de doute sur un montant, le relevé bancaire **fait toujours foi.**

2. À une date donnée, les soldes de ces deux comptes devraient être rigoureusement égaux et de sens opposé puisqu'ils concernent **les mêmes opérations.** Pourtant, ce n'est **JAMAIS le cas** :

| Écarts liés aux décalages de temps | Écarts liés aux opérations bancaires |
|---|---|
| *Exemples :* un chèque émis par l'entreprise le 28/01 apparaît à cette date en compte 512. Si le bénéficiaire le remet en banque 8 jours plus tard, il n'apparaîtra sur le RB que le 06/02. Il y aura un écart de solde fin janvier. Le virement d'un client encaissé par la banque le 26/01 apparaît dans le RB à cette date mais n'est pas encore comptabilisé par l'entreprise, qui n'est pas au courant. | *Exemple :* les services bancaires ou les intérêts que la banque facture à l'entreprise apparaissent sur le RB, qui sert de facture. Ce n'est qu'après avoir vu le RB que l'entreprise enregistre ces frais dans sa comptabilité. |

3. Quelle que soit la date, **ni l'entreprise ni la banque ne détiennent toutes les informations permettant de déterminer le solde exact.** Ainsi, aucun compte ne montre le montant exact d'argent détenu par l'entreprise. Les informations communes entre l'entreprise et la banque sont mises en évidence par un **lettrage croisé.**

**Avant la classe**

Recherchez sur Internet les définitions des termes « virement » et « prélèvement bancaire ».
Quelle différence faites-vous avec le chèque ?

## Situation

***Déjà vu :*** *le lettrage consiste à associer des sommes au débit aux sommes correspondantes au crédit. Appliqué aux comptes de tiers (fournisseurs et clients), il permet de suivre les règlements et de mettre en évidence d'éventuelles erreurs d'imputation.*

Malgré le dernier règlement du client Maquet Architecture, Julien constate que le solde du compte 512 Banque est trop faible pour payer une facture fournisseur de 20 000 € à date d'échéance du 16 décembre. Il remarque ensuite que, d'après le relevé bancaire fourni par la banque, la trésorerie est nettement plus élevée et que ce paiement est finalement possible. Il doit contrôler le compte Banque.

### J'analyse la situation

**1.** **Observez le lettrage croisé commencé sur le compte 512001 et le relevé bancaire. Pourquoi ces documents sont dits « réciproques » ?**

Documents 1 et 2
Ressource 1

.................................................................................................

.................................................................................................

**2.** **Terminez le lettrage croisé et surlignez les sommes non lettrées.**

**3.** **Pourquoi l'opération non lettrée dans le compte 512001 n'apparaît pas dans le relevé bancaire ?**

Ressource 2

.................................................................................................

.................................................................................................

.................................................................................................

**4.** **Pourquoi les opérations non lettrées dans le relevé bancaire n'apparaissent pas dans le compte 512001 ?**

.................................................................................................

.................................................................................................

### Je retiens l'essentiel

**5.** **Après avoir rappelé pourquoi le compte 512001 tenu dans l'entreprise et le relevé bancaire sont dits « réciproques », expliquez les écarts éventuels.**

Ressource 3

.................................................................................................

.................................................................................................

.................................................................................................

.................................................................................................

### J'approfondis

**6.** **Classez les modes de paiement suivants en deux groupes (ceux que l'entreprise enregistre en compte avant la banque et ceux que la banque enregistre avant l'entreprise) : chèque émis, chèque reçu, virement émis, virement reçu. Justifiez chaque cas.**

.................................................................................................

.................................................................................................

.................................................................................................

**Les flashcards de la séance**

**Des cartes questions/réponses pour mémoriser**

liennathan.fr/o8jtku

# 4 Comprendre l'utilité d'un rapprochement bancaire

## Doc. 1 État de rapprochement bancaire (ERB) du 15/12/N avec la Banque Populaire

| État de rapprochement au 15/12/N | Compte 512001 Banque Populaire | | Relevé bancaire MB Métal | |
|---|---|---|---|---|
| | Débit + | Crédit – | Débit – | Crédit + |
| **Solde au 15/12/N** | **806,21** | | | **20 760,18** |
| Virement client Bâtisseur des Alpes | 15 127,63 | | | |
| Chèque 6428667 | | | 4 855,14 | |
| Frais de tenue de compte TTC* | | 28,80 | | |
| **Totaux** | **15 933,84** | **28,80** | **4 855,14** | **20 760,18** |
| **Soldes rapprochés au 15/12/N** | | **15 905,04** | **15 905,04** | |

* HT 24 + TVA 4,80

Soldes fin de période, avant état de rapprochement

Prise en compte des sommes manquantes (voir sommes non lettrées)

Soldes fin de période, après état de rapprochement = montant réel en compte

## Doc. 2 Mise à jour des comptes de l'entreprise après rapprochement bancaire

| Libellé | Date | Compte | Débit | Crédit |
|---|---|---|---|---|
| Virement Bâtisseur des Alpes | 15/12/N | 512001 | 15 127,63 | |
| Virement Bâtisseur des Alpes | 15/12/N | 411BATA | | 15 127,63 |
| *– D'après état de rapprochement –* | | | | |
| Frais de tenue de compte | 15/12/N | 627 | 24,00 | |
| Frais de tenue de compte | 15/12/N | 44566 | 4,80 | |
| Frais de tenue de compte | 15/12/N | 512001 | | 28,80 |
| *– D'après état de rapprochement –* | | | | |

## Ressources

1. L'état de rapprochement bancaire (ERB) est un document réalisé par le comptable de l'entreprise **après lettrage du compte 512 et du relevé bancaire.** Il est construit à partir des soldes de fin de période et des **opérations non lettrées.** Il permet de contrôler la justesse du compte Banque de l'entreprise, de mettre à jour ce compte avec les valeurs non encore enregistrées et de calculer le **solde rapproché, qui représente l'argent réellement disponible** pour l'entreprise à un instant T.
2. À partir de l'**ERB**, des écritures sont comptabilisées au journal pour mettre à jour le compte 512. Attention ! Seules les opérations inscrites dans les colonnes du côté du compte 512 de l'ERB sont à comptabiliser. On peut y trouver des paiements de clients par virement (D512, C411), des décaissements de fournisseurs par prélèvement (D401, C512) et des prélèvements de frais bancaires (D627, D44566, C512) pour lesquels l'ERB est la seule **pièce justificative**.

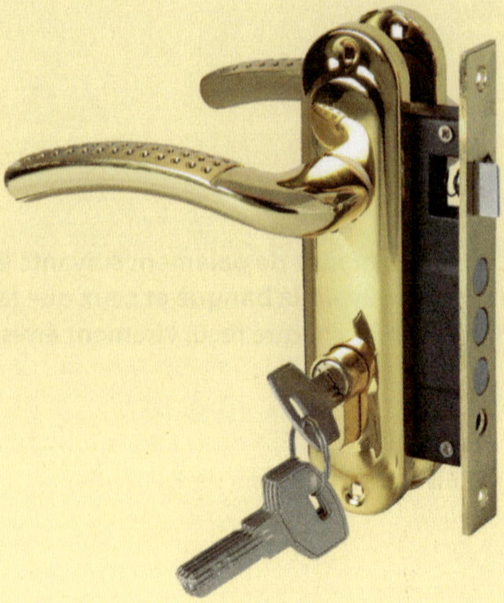

**Avant la classe**

Quel est le rôle d'une pièce comptable ? Donnez un exemple.

## Situation

*Déjà vu : l'analyse de la réciprocité du compte Banque avec le relevé bancaire a permis de comprendre que ni l'un ni l'autre ne présentent un solde exact.*

L'expert-comptable de l'entreprise conseille de réaliser régulièrement un état de rapprochement bancaire. Il en présente la procédure à Philippe.

### J'analyse la situation

**1.** Comparez les trois soldes suivants : 806,21 – 20 760,18 – 15 905,04.
Julien peut-il payer une facture de 20 000 € au 16/12/N ? Justifiez votre réponse. Document 1 / Ressource 1

..................................................

..................................................

..................................................

**2.** Pourquoi seuls trois montants (15 127,63 – 28,80 – 4 855,14) ont été utilisés pour calculer le solde rapproché ? Comment ont-ils été placés dans l'ERB ? Question 2 p. 73

..................................................

..................................................

..................................................

**3.** Expliquez pourquoi le virement de 15 127,63 €, qui apparaît au crédit du relevé bancaire, est placé dans la colonne « Débit + » du compte 512001. Séance 3 p. 72-73 / Document 2

..................................................

..................................................

..................................................

**4.** Observez les écritures de mise à jour du compte 512001 et surlignez les deux lignes issues du relevé bancaire qui corrigent le compte 512001. Document 2

**5.** Expliquez le choix et le sens des autres comptes utilisés : 411, 627 et 44566. Ressource 2

..................................................

..................................................

..................................................

..................................................

### Je retiens l'essentiel

**6.** Présentez les deux rôles d'un état de rapprochement bancaire.

..................................................

..................................................

..................................................

### J'approfondis

**7.** Pensez-vous que l'on puisse établir un bilan « fidèle et sincère » à la réalité sans établir un ERB ? Justifiez votre réponse.

..................................................

**Les flashcards de la séance** — Des cartes questions/réponses pour mémoriser

liennathan.fr/nubjwn

# 5 Mettre à jour et contrôler le compte Banque

## Doc. 1 Compte 512002 et relevé bancaire Société Générale

| Compte 512002 Société Générale | | | | | | | |
|---|---|---|---|---|---|---|---|
| **Date** | **Libellé** | **Débit** | **Let.** | **Date** | **Libellé** | **Crédit** | **Let.** |
| 01/12/N | Solde au 01/12/N | 14 455,14 | | 03/12/N | Chèque 4155899 | 5 486,14 | |
| 08/12/N | Remise encaissement | 147 453,18 | | 12/12/N | Virement FerroMétal | 145 472,14 | |
| | | | | 12/12/N | Chèque 4155900 | 5 411,45 | |
| | | | | | | | |
| **15/12/N** | **TOTAL DÉBIT** | **161 908,32** | | **15/12/N** | **TOTAL CRÉDIT** | **156 369,73** | |
| | **Solde créditeur** | | | | **Solde débiteur** | **5 538,59** | |
| | **TOTAL GÉNÉRAL** | **161 908,32** | | | **TOTAL GÉNÉRAL** | **161 908,32** | |

| SOCIÉTÉ GÉNÉRALE | | | | | 18 cours Mirabeau 84000 Avignon | |
|---|---|---|---|---|---|---|
| **MB MÉTAL – ZAC des Célines 13690 Graveson** | | | | | **Du 1er au 15 décembre N** | |
| **Date** | **Libellé** | **Débit** | **Let.** | **Crédit** | **Let.** | **Solde** |
| 01/12/N | Solde à nouveau | | | 14 455,14 | | *14 455,14* |
| 10/12/N | Chèque 4155899 | 5 486,14 | | | | *8 969,00* |
| 10/12/N | Remise de chèques | | | 147 453,18 | | *156 422,18* |
| 14/12/N | Virement fournisseur FerroMéta | 145 472,14 | | | | *10 950,04* |
| 14/12/N | Prélèvement TVA à décaisser oct. N | 5 115,00 | | | | *5 835,04* |
| 15/12/N | Frais de tenue de compte* | 12,00 | | | | *5 823,04* |
| | | | | **Solde créditeur au 15/12/N** | | **5 823,04** |

* HT 10 + TVA 2

## Doc. 2 État de rapprochement au 15/12/N avec la Société Générale à compléter

| État de rapprochement au 15/12/N | Compte 512002 Société Générale | | Relevé bancaire MB Métal | |
|---|---|---|---|---|
| | **Débit +** | **Crédit –** | **Débit –** | **Crédit +** |
| Solde au 15/12 | | | | |
| | | | | |
| | | | | |
| | | | | |
| **Totaux** | | | | |
| **Soldes rapprochés au 15/12/N** | | | | |

## Doc. 3 Écritures au journal liées au rapprochement bancaire

| N° compte | Date / Libellé | Débit | Crédit |
|---|---|---|---|
| | **15/12/N** | | |
| ........ | ........ | ........ | ........ |
| ........ | ........ | ........ | ........ |
| | **15/12/N** | | |
| ........ | ........ | ........ | ........ |
| ........ | ........ | ........ | ........ |
| ........ | ........ | ........ | ........ |

Prélèvement de la TVA – D'après l'ERB

Frais de tenue de compte – D'après l'ERB

**Avant la classe**

Imaginez l'intérêt pour une entreprise de disposer de plusieurs comptes bancaires auprès de banques différentes.

## Situation

***Déjà vu :*** *l'ERB sur le compte Banque Populaire a permis à Julien de connaître l'argent réellement disponible sur ce compte.*

Compte tenu des disponibilités réelles sur le compte Banque Populaire, il manque encore près de 5 000 € à Julien pour payer sa dette de 20 000 €. L'étude du second compte de l'entreprise à la Société Générale est indispensable.

### J'analyse la situation

1. **Procédez au lettrage croisé du compte 512002 et du relevé bancaire de la Société Générale. Surlignez les montants non lettrés.** | Document 1
2. **Réalisez l'ERB du compte 512002 Société Générale.** | Document 2
3. **Comptabilisez les écritures qui découlent de l'ERB.** | Document 3
4. **Mesurez l'impact de ces écritures sur le compte 512002 : calculez le solde de ce compte après vos écritures. À quoi correspond ce montant ?** | Documents 1 et 3
5. **Julien pourra-t-il payer sa dette de 20 000 € au 16/12/N ?**

### Je retiens l'essentiel

6. **Listez les trois étapes permettant de mettre à jour en comptabilité le solde du compte 512 Banque à partir du relevé bancaire.**

### J'approfondis

7. **Lorsque Philippe souhaitera réaliser un rapprochement bancaire pour la période suivante, du 15/12 au 31/12, quels seront les soldes de début de période pour le compte 512002 et pour le relevé bancaire Société Générale ?**
8. **Avec l'arrivée de l'IA, le comptable réalisera-t-il encore des ERB ?**

## Les flashcards de la séance

**Des cartes questions/réponses pour mémoriser**

liennathan.fr/9jgc3g

# Synthèse Le contrôle de l'information

Vidéo
Synthèse vidéo
liennathan.fr/fi86aq

## 1. Le contrôle des comptes de tiers

**Le lettrage**

Il consiste à associer des montants au débit et au crédit.
→ Pour mettre en évidence les sommes non lettrées

→

**La prise de décision**

VÉRIFIER L'ÉCHÉANCE puis :
– ne rien faire
ou
– payer (fournisseur) ou relancer (client).

## 2. Le contrôle des imputations en compte

**L'erreur d'imputation**

- Numéro de compte
- Montant

→

**La prise de décision**

CONTREPASSER

## 3. 4. 5. Le contrôle du compte Banque

**La réciprocité du compte Banque**

Compte Banque ET relevé bancaire
→ mêmes opérations
MAIS EN SENS INVERSE

↓

Ni le compte 512 Banque ni le relevé bancaire n'affichent le montant **réellement** disponible.

→

**L'état de rapprochement bancaire (ERB)**

Il permet de :
– contrôler le compte 512 et corriger d'éventuelles erreurs ;
– connaître le montant réel d'argent disponible (**solde rapproché**).

↓

Il comprend les trois étapes suivantes :
1. **Lettrage croisé**
2. **Élaboration du rapprochement bancaire et calcul du solde rapproché**
3. **Passation d'écritures**

**Rédigez votre synthèse personnelle à l'aide des mots-clés suivants :**
Lettrage • Solde de compte • État de rapprochement bancaire • Solde rapproché • Trésorerie

# Applications

## 1 Tester ses connaissances

Testez vos connaissances avec le quiz numérique. C'est parti !

Quiz
liennathan.fr/m4ybb3

## 2 Jouer avec le vocabulaire

• Complétez la grille ci-dessous à l'aide des définitions.

1. Document permettant de déterminer le montant réellement disponible en banque
2. Nom du solde unique obtenu en fin d'état de rapprochement
3. Passer une écriture à l'envers afin de l'annuler
4. Lettrer, associer, rapprocher…
5. Caractère d'un compte qui présente les mêmes entrées et sorties qu'un autre mais de façon inversée
6. Technique qui met en correspondance des sommes au débit avec des sommes au crédit

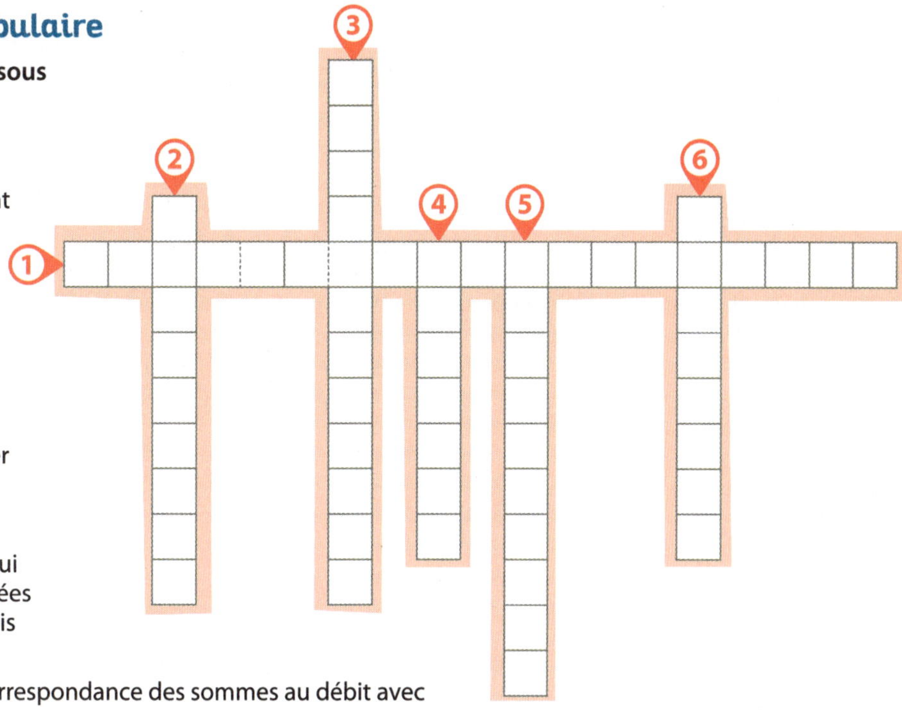


## 3 Suivre des règlements client ★

L'entreprise Chabaud répare et révise des scooters. Suite à des problèmes de trésorerie, le dirigeant, M. Ugo, souhaite un suivi plus régulier des comptes clients et notamment celui de la pizzeria Marcot, qui dispose d'une grosse flotte de scooters de livraison.

Support de travail
Chapitre5_Applications.xlsx
liennathan.fr/g7bn8w

1. Quel montant devait le client au 01/03 (document) ? au 15/06 ?
2. Procédez au lettrage du compte et expliquez la situation.

**Doc. Extrait du compte 411MARC du client Marcot**

| Date d'écriture | Libellé de l'écriture | Montant débit | Montant crédit | Lettrage |
|---|---|---|---|---|
| 01/03/N | Solde début de mois | 1 666,44 | | |
| 15/03/N | Facture n° 03-54 | 2 395,68 | | |
| 30/03/N | Règl. par chèque CEPAC n° 125251 | | 1 666,44 | |
| 04/04/N | Facture n° 04-43 | 1 651,05 | | |
| 25/04/N | Facture n° 04-268 | 1 180,41 | | |
| 04/05/N | Facture n° 05-65 | 1 144,56 | | |
| 30/05/N | Règl. par chèque CEPAC n° 154521 | | 2 831,46 | |
| 02/06/N | Facture n° 06-13 | 1 248,12 | | |
| 14/06/N | Facture n° 06-125 | 1 458,27 | | |
| | Solde au 15/06/N | 6 246,63 | | |

## Applications

## 4 Analyser le lettrage automatique dans un PGI ★★

L'entreprise Alfa utilise depuis peu un nouveau PGI. Alexandra, la responsable comptable de l'entreprise, a informé ses collaborateurs de l'utilisation d'un numéro de pointage dans la saisie des écritures. Les collaborateurs ne voient pas l'intérêt de ce surplus de travail.

1. **En quoi consiste le surplus de travail que redoutent les collaborateurs ? Quelle en est la conséquence au moment de l'enregistrement du règlement (document 1) ?**
2. **Quels sont les modes de lettrage proposés par le nouveau PGI (document 2) ?**
3. **Quels dysfonctionnements de lettrage sont évités en utilisant les numéros de pointage (document 3) ?**

### Doc. 1 L'utilisation d'un numéro de pointage dans la saisie d'écritures

Le numéro de pointage est une opportunité offerte par les PGI. Lorsque vous enregistrez une facture de vente, par exemple, vous indiquez un numéro choisi librement, appelé « numéro de pointage », sur la ligne d'écriture qu'il faudra pointer. Vous devrez affecter ce même numéro à l'écriture de règlement client au moment où elle aura lieu. Par la suite, vous pourrez déclencher un lettrage automatique selon les numéros de pointage attribués.

| Jour | N°Pièce | N°Compte | Libellé | Débit | Crédit | N°Pointage | Date échéance |
|---|---|---|---|---|---|---|---|
| | | | | | | | |

### Doc. 2 Copie d'écran et extrait de l'aide du PGI

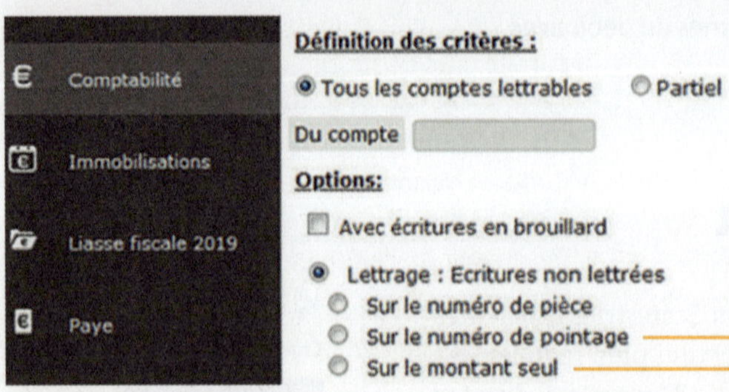


**Sur le numéro de pointage :** les lignes d'écriture seront lettrées à partir du numéro de pointage renseigné au moment de la saisie d'écriture.

**Sur le montant seul :** toutes les lignes d'écriture de même montant seront lettrées.

### Doc. 3 Comparatif de deux lettrages automatiques sur le même compte client

**Lettrage par n° de pointage**

| Date | Libellé | N° de pointage | Let. | Débit | Let. | Crédit |
|---|---|---|---|---|---|---|
| 15/01 | Facture V015 | 141 | A | 4 800 | | |
| 28/02 | Chèque 556899 | 141 | | | A | 4 800 |
| 20/04 | Facture V104 | 198 | B | 6 900 | | |
| 25/04 | Avoir A104 | 198 | | | B | 1 200 |
| 31/05 | Virement 00456 | 198 | | | B | 5 700 |
| 18/07 | Facture V186 | 215 | D | 5 280 | | |
| 07/10 | Facture V201 | 289 | C | 9 300 | | |
| 30/10 | Chèque 78458 | 289 | | | C | 6 000 |
| 10/11 | Facture V258 | 301 | | 12 600 | | |
| 12/11 | Chèque 78523 | 289 | | | C | 3 300 |
| 20/11 | Avoir A258 | 302 | | | | 810 |
| 25/11 | Chèque 84369 | 215 | | | D | 5 280 |
| | TOTAUX | | | | | |

**Lettrage par montant seul**

| Date | Libellé | N° de pointage | Let. | Débit | Let. | Crédit |
|---|---|---|---|---|---|---|
| 15/01 | Facture V015 | 141 | A | 4 800 | | |
| 28/02 | Chèque 556899 | 141 | | | A | 4 800 |
| 20/04 | Facture V104 | 198 | | 6 900 | | |
| 25/04 | Avoir A104 | 198 | | | | 1 200 |
| 31/05 | Virement 00456 | 198 | | | | 5 700 |
| 18/07 | Facture V186 | 215 | B | 5 280 | | |
| 07/10 | Facture V201 | 289 | | 9 300 | | |
| 30/10 | Chèque 78458 | 289 | | | | 6 000 |
| 10/11 | Facture V258 | 301 | | 12 600 | | |
| 12/11 | Chèque 78523 | 289 | | | | 3 300 |
| 20/11 | Avoir A258 | 302 | | | | 810 |
| 25/11 | Chèque 84369 | 215 | | | B | 5 280 |
| | TOTAUX | | | | | |

## 5 Analyser un état de rapprochement ★

La boulangerie de Laurine commercialise du pain à toute heure. Afin d'établir son bilan, le comptable a réalisé l'état de rapprochement (document).

**1. Quel est l'intérêt de réaliser un état de rapprochement au 31/12/N avant de faire le bilan ?**

- ☐ Enregistrer des opérations connues uniquement par la banque
- ☐ Solder le compte Banque
- ☐ Connaître le montant exact du compte Banque pour que le bilan soit fidèle et sincère

**2. Quel montant de trésorerie figurera au bilan au 31/12/N ?**

- ☐ Solde débiteur : 1 030,16
- ☐ Solde créditeur : 1 030,16
- ☐ Solde débiteur : 2 636,16
- ☐ Solde débiteur : 8 804,94

**3. Que traduit le solde créditeur de 1 030,16 € dans les colonnes « Relevé bancaire Crédit mutuel » de l'ERB ?**

- ☐ Un excédent de trésorerie
- ☐ Un déficit de trésorerie

**4. Pourquoi le chèque 6575 figure-t-il au débit dans les colonnes « Relevé bancaire Crédit mutuel » de l'ERB ?**

- ☐ Cette opération n'avait pas été lettrée dans le relevé bancaire.
- ☐ Cette opération n'avait pas été lettrée dans le compte 512 Banque.
- ☐ Cette opération figurait au débit du compte 512.
- ☐ Cette opération figurait au crédit du compte 512.

**5. Pourquoi le virement du client Marquez figure-t-il au débit dans les colonnes « Compte 512 Banque » de l'ERB ?**

- ☐ Cette opération n'avait pas été lettrée dans le relevé bancaire.
- ☐ Cette opération n'avait pas été lettrée dans le compte 512 Banque.
- ☐ Cette opération figurait au débit du relevé bancaire.
- ☐ Cette opération figurait au crédit du relevé bancaire.

**Doc. État de rapprochement au 31/12/N**

| Compte 512 Banque | | État de rapprochement au 31/12/N | Relevé bancaire Crédit mutuel | |
|---|---|---|---|---|
| **Débit** | **Crédit** | | **Débit** | **Crédit** |
| 1 052,98 | | Solde au 31/12/N | | 8 804,94 |
| 1 583,18 | | Virement client Marquez | | |
| | 36,00 | Commission tenue de compte | | |
| | 1 570,00 | Prélèvement SFR | | |
| | | Chèque 6574 Fournisseur Farine de France | 7 674,78 | |
| | | Chèque 6575 Amicale des pompiers | 100,00 | |
| **2 636,16** | **1 606,00** | **Totaux** | **7 774,78** | **8 804,94** |
| | **1 030,16** | **Soldes rapprochés** | **1 030,16** | |
| **2 636,16** | **2 636,16** | **Totaux après rapprochement** | **8 804,94** | **8 804,94** |

## 6 Réaliser un état de rapprochement ★★

L'entreprise Clément est spécialisée dans la vente de produits aux agriculteurs. Des travaux de rénovation du lieu de vente ont été réalisés et M. Clément, le gérant, souhaite savoir si sa trésorerie lui permet d'honorer ces travaux au comptant (75 000 €).

**1.** **À l'aide éventuellement d'un tableur, réalisez l'état de rapprochement bancaire au 15/10/N (document 1 et document 2).**

**2.** **Le paiement au comptant des travaux par M. Clément est-il possible ?**

### Doc. 1 Compte Banque au 15/10/N

| Compte 512 | | | | |
|---|---|---|---|---|
| **Date** | **Libellé** | **Débit** | **Crédit** | **Solde** |
| 01/10/N | Solde débiteur | | | 84 875,50 |
| 01/10/N | Chq n° 401114 | | 1 508,40 | 83 367,10 |
| 02/10/N | Chq n° 401115 | | 1 794,70 | 81 572,40 |
| 03/10/N | Chq n° 401116 | | 2 294,00 | 79 278,40 |
| 04/10/N | Remise chèques | 21 051,50 | | 100 329,90 |
| 06/10/N | Retrait espèces | | 400,00 | 99 929,90 |
| 09/10/N | Virement Colin | 36 296,84 | | 136 226,74 |
| 10/10/N | Remise chèques | 20 568,00 | | 156 794,74 |
| 11/10/N | Chq n° 401117 | | 1 098,42 | 155 696,32 |
| 11/10/N | Échéance crédit-bail | | 17 484,60 | 138 211,72 |
| 12/10/N | Prélèvement ENGIE | | 717,40 | 137 494,32 |
| 13/10/N | Remise chèques | 21 051,50 | | 158 545,82 |
| 14/10/N | Chq n° 401118 | | 496,24 | 158 049,58 |
| 15/10/N | Virement fourn. Balu | | 4 284,40 | 153 765,18 |

### Doc. 2 Relevé bancaire au 15/10/N

| Relevé bancaire | | | | |
|---|---|---|---|---|
| **Date** | **Libellé** | **Valeur** | **Débit** | **Crédit** |
| 01/10/N | Solde créditeur | | | 84 875,50 |
| 02/10/N | Chq n° 401110 | 01/10/N | 8 247,04 | |
| 04/10/N | Chq n° 401114 | 03/10/N | 1 508,40 | |
| 05/10/N | Chq n° 401116 | 04/10/N | 2 294,00 | |
| 05/10/N | Remise chèques | 07/10/N | | 21 051,50 |
| 05/10/N | Virement Remusa | 07/10/N | | 11 794,82 |
| 06/10/N | Retrait espèces | 06/10/N | 400,00 | |
| 09/10/N | Commissions bancaires (21 € HT) | 09/10/N | 25,20 | |
| 09/10/N | Chq n° 401112 | 08/10/N | 5 760,00 | |
| 10/10/N | Prélèvement Orange | 09/10/N | 39,80 | |
| 10/10/N | Virement Donadieu | 09/10/N | | 36 296,84 |
| 11/10/N | Remise chèques | 13/10/N | | 20 568,00 |
| 12/10/N | Chq n° 401115 | 11/10/N | 1 794,70 | |
| 12/10/N | Échéance crédit-bail | 12/10/N | 17 484,60 | |
| 13/10/N | Prélèvement ENGIE | 12/10/N | 717,40 | |
| 14/10/N | Remise chèques | 16/10/N | | 21 051,50 |
| | **Solde créditeur au 15/10** | | | **157 367,02** |

# Le processus d'investissement

6

## Question Investir, quelle traduction comptable ?

**Capacités**

- Repérer les documents commerciaux, financiers et comptables disponibles dans le système d'information.
- Repérer les services produits par le système d'information en réponse à une variété de besoin d'informations.
- Décrire les éléments du coût d'acquisition d'une immobilisation corporelle.
- Élaborer le plan d'amortissement selon une approche économique.

**Vers PIX** 1.3. Traiter des données

## Situation

Sous l'impulsion de Yaël, Crêpe on the Road poursuit sa croissance. La région d'Avignon est attractive, riche en festivals renommés et sites touristiques mondialement connus, elle dispose d'un patrimoine historique présentant des opportunités. Yaël envisage d'investir dans un nouveau food truck et de remplacer certains matériels afin de tenir compte des retours de certains de ses clients.
Avec l'aide de son expert-comptable, et grâce à son PGI, il va pouvoir gérer efficacement ces nouveaux projets.

**Étapes de travail**

1. Gérer les immobilisations à l'aide du PGI
2. Acquérir ou céder des immobilisations
3. Construire un plan d'amortissement

**Support de travail**

PGI Base de données COTR accessible *via* Dailybiz et EBP (facultatif)

# 1 Gérer les immobilisations à l'aide du PGI

## Doc. 1 Extrait de l'entretien entre Yaël et son expert-comptable

**Yaël :** J'ai des difficultés parfois avec certaines factures que je reçois de mes fournisseurs. Je ne sais pas si je dois enregistrer les achats en charges de l'année ou en immobilisations.

**Frédéric Imbert :** Cela dépend de l'utilisation que vous en faites. Nous enregistrons les food trucks en immobilisations car vous en êtes propriétaire et vous vous en servez pendant plusieurs années.

**Yaël :** D'accord, mais lorsque j'achète un lot de 5 lampes à poser à 150 €, pourquoi faut-il l'enregistrer en charges de l'année alors que je vais me servir de ces lampes bien longtemps ?

**Frédéric Imbert :** Les biens immobilisés donnent chaque année beaucoup de travail de suivi car il faut mettre à jour leur valeur dans les comptes. L'administration fiscale nous autorise donc à ne pas enregistrer en immobilisations les achats de petit matériel de moins de 500 €.

## Doc. 2 Extrait du bilan au 31/10/N généré par le PGI

| ACTIF | | | |
|---|---|---|---|
| **Au 31/10/N** | **Brut** | **Amort./ Dépréc.** | **Net N** |
| **Actif immobilisé** | | | |
| Immobilisations incorporelles | 0 | 0 | 0 |
| Immobilisations corporelles | | | |
| Terrain | 20 000 | | 20 000 |
| Constructions | 12 000 | 800 | 11 200 |
| Installation, matériel | 12 582 | 589 | 11 993 |
| Autres | 32 770 | 7 094 | 25 676 |
| Immobilisations financières | 0 | 0 | 0 |
| **Total Actif immobilisé** | **77 352** | **8 483** | **68 869** |

## Doc. 3 Extrait des fonctionnalités du module « Immobilisations » du PGI

**Gérer vos immobilisations**

- Création des fiches pour chaque immobilisation
- Possibilité de détailler les composants
- Calcul des plans d'amortissement
- Génération des écritures comptables : dotations d'amortissements, sorties d'immobilisations
- Calcul des plus ou moins-values de sorties

## Ressources

1. Une **immobilisation** correspond à la traduction comptable d'un **investissement** d'une valeur supérieure à 500 €. Elle désigne un bien durable acquis et détenu pour une **durée supérieure à un an**. L'entreprise en est **propriétaire**, ce bien fait donc partie de son **patrimoine** et figure à l'actif du **bilan**, dans l'**actif immobilisé**.
2. Il existe différentes **natures d'immobilisations** : les immobilisations **incorporelles**, qui n'ont pas d'existence physique (ex. : un logiciel), les immobilisations **corporelles**, qui ont une existence physique (ex. : une machine) et les immobilisations **financières**, actif financier (ex. : des titres de participation au capital d'une autre entreprise).
3. La gestion des immobilisations nécessite chaque année certains travaux spécifiques qui sont, la plupart du temps, réalisés grâce à un **module dédié aux immobilisations** dans le PGI.

**Avant la classe**

Dans quel cas l'opération est-elle un investissement ? Pourquoi ?
1. L'entreprise achète un véhicule.
2. L'entreprise loue un véhicule.

## Situation

L'acquisition d'un troisième food truck est l'occasion pour Yaël de faire un point avec l'expert-comptable au sujet de la gestion des immobilisations. Son entreprise grossit, il dispose de biens coûteux et aimerait pouvoir faire un suivi régulier. M. Imbert lui présente les possibilités offertes par le PGI.

## J'analyse la situation

**1. Quels sont les critères mentionnés par M. Imbert qui permettent de différencier une immobilisation d'une charge ?**

Document 1
Ressource 1

..........

..........

**2. Le bilan présente le patrimoine de Crêpe on the Road. Pourquoi les immobilisations doivent y figurer ? Que remarquez-vous sur leur nature dans ce cas précis ?**

Document 2
Ressource 2

..........

..........

..........

**3. Le PGI utilisé par Yaël et facturé sous forme de service en ligne chaque mois présente-t-il un intérêt dans la gestion des immobilisations ? Est-il une immobilisation pour Crêpe on the Road ?**

Document 3
Ressource 3

..........

..........

..........

..........

## Je retiens l'essentiel

**4. Lors de la réception d'une facture fournisseur, une analyse comptable de l'opération réalisée doit permettre de savoir s'il faut l'enregistrer en charges ou en immobilisations. Citez 3 conditions à respecter pour que cette opération corresponde à un achat d'immobilisation.**

..........

..........

..........

## J'approfondis

**5. Yaël envisage d'acquérir le nouveau food truck et de le financer par emprunt. Quelles seront les incidences de ces deux opérations sur le bilan ?**

..........

..........

..........

..........

**Les flashcards de la séance**

Des cartes questions/réponses pour mémoriser

liennathan.fr/42vryb

# 2 Acquérir ou céder des immobilisations

## Doc. 1 Extrait de la facture du nouveau food truck

| Désignation | Brut | Remise | TVA | Net |
|---|---|---|---|---|
| Camion Mercedes Sprinter | 35 000 | | 20 % | 15 000,00 |
| Frais de mise en circulation | 55 | | 20 % | 55,00 |
| Marquage publicitaire | 400 | | 20 % | 400,00 |
| Aménagements intérieurs | 25 000 | 2 500 | 20 % | 8 500,00 |
| Kit de dépannage rapide | 122 | | 20 % | 122,00 |
| Carburant | 20 | | 20 % | 20,00 |
| Carte grise | 620 | | – | 620,00 |
| | | Base hors TVA | | 24 717,00 |
| | | TVA 20 % | | 4 819,40 |
| | | **Net à payer TTC** | | **29 536,40** |

## Doc. 2 Extrait de l'entretien entre Yaël et son expert-comptable

**Frédéric Imbert :** Combien de temps allez-vous conserver votre food truck ?

**Yaël :** Le camion devrait durer 5 ans, comme les autres. Pour les aménagements intérieurs, je peux imaginer 4 ans.

**Frédéric Imbert :** Alors, il faudra décomposer le food truck pour enregistrer la facture. Voici, en vert, les éléments qui peuvent concerner le camion et, en jaune, les aménagements.

**Yaël :** Et le reste ?

**Frédéric Imbert :** Ce sont des charges. Au fait, où en êtes-vous pour le groupe électrogène ?

**Yaël :** Je l'ai vendu 4 500 € HT. Je viens d'établir la facture.

## Doc. 3 Acquisition d'une immobilisation

01/11/N

| Compte | | Libellé | Débit | Crédit |
|---|---|---|---|---|
| .................. | | Coût d'acquisition du camion | .................. | .................. |
| .................. | | Coût d'acquisition des aménagements | .................. | .................. |
| .................. | | Kit de dépannage | .................. | .................. |
| .................. | | Carburant | .................. | .................. |
| .................. | | Carte grise | .................. | .................. |
| .................. | | TVA déductible sur abs | .................. | .................. |
| .................. | | TVA déductible sur immobilisations | .................. | .................. |
| .................. | | Fournisseur Mercedes | .................. | .................. |

## Doc. 4 Cession d'une immobilisation

01/11/N

| Compte | | Libellé | Débit | Crédit |
|---|---|---|---|---|
| 462 | | Créances sur cessions d'immobilisations | .................. | .................. |
| | 44571 | TVA collectée | .................. | .................. |
| | 757 | Produits des cessions d'immo. incorporelles et corporelles | .................. | .................. |

## Ressources

1. Les immobilisations sont enregistrées au **coût d'acquisition**, qui englobe le prix d'achat du bien et d'autres frais liés. Ainsi, ces frais ne sont pas enregistrés en charges, mais dans un compte de la classe 2 avec l'immobilisation.
Particularité pour les véhicules de transport :
– la TVA des voitures de tourisme n'est pas récupérable → coût d'acquisition ;
– les frais de marquage publicitaire et frais de mise en circulation → coût d'acquisition ;
– les frais de carburant et carte grise → charges.

| Prix HT |
|---|
| – Réductions |
| + Frais de transport |
| + Frais d'installation |
| + Frais de montage |
| = Coût d'acquisition |

2. Une immobilisation doit être **décomposée** lorsqu'elle est constituée d'éléments ayant des **durées d'utilisation prévues différentes.** Chaque composant sera comptabilisé séparément.

3. La **cession d'une immobilisation** est enregistrée le jour de la cession dans un compte de produits exceptionnels (757 Produits des cessions d'immobilisations incorporelles et corporelles) car cela ne participe pas à l'activité courante de l'entreprise. L'écriture de cession n'a pas pour vocation de sortir le bien de l'actif du bilan (aucun compte de la classe 2 n'est utilisé).

**Avant la classe**

L'entreprise Michel a acheté un nouveau bâtiment 500 000 € pour y installer son siège social. Toutefois, elle a enregistré 3 immobilisations : gros œuvre (300 000 €), menuiseries (130 000 €) et chauffage, plomberie (70 000 €), afin de les suivre distinctement.

**Pourquoi, selon vous ?**

## Situation

***Déjà vu :*** *suite à son échange avec M. Imbert, Yaël parvient à différencier immobilisations et charges, et sait que le PGI va lui permettre de traiter les spécificités des immobilisations.*

L'investissement envisagé se concrétise et Yaël reçoit la facture correspondante le 1er novembre. Dans le même temps, il vend un groupe électrogène qui ne lui donne pas satisfaction afin de récupérer un peu de trésorerie.

## J'analyse la situation

**1. Suite aux précisions données par M. Imbert, quels sont les éléments de la facture constitutifs du coût d'acquisition du food truck ?**

Documents 1 et 2
Ressource 1

.......................................................................................................

.......................................................................................................

**2. Une décomposition du food truck est nécessaire. Indiquez pourquoi. Comment cela se traduit-il dans l'ébauche d'enregistrement comptable proposé ?**

Document 3
Ressource 2

.......................................................................................................

.......................................................................................................

**3. Déterminez le coût d'acquisition du camion, puis complétez l'enregistrement comptable de la facture Mercedes.**

.......................................................................................................

**4. Observez puis complétez l'enregistrement de la cession du groupe électrogène. Quel est l'impact de cette écriture sur la trésorerie ? Justifiez.**

Document 4
Ressource 3

.......................................................................................................

.......................................................................................................

## Je retiens l'essentiel

**5. Quels sont les deux critères à prendre en considération afin de valoriser correctement l'acquisition d'une immobilisation en comptabilité ?**

.......................................................................................................

.......................................................................................................

.......................................................................................................

## J'approfondis

**6. Retrouvez la fiche d'immobilisation par composants dans le PGI de Crêpe on the Road, puis passez l'écriture d'acquisition du food truck au journal des OD. Réalisez la cession du groupe électrogène dans le module « Immobilisations », puis passez l'écriture dans le module « Comptabilité ».**

**7. Recherchez sur Internet ce que signifie l'expression : « La TVA des voitures de tourisme n'est pas récupérable. » Quelle est la conséquence sur le coût de l'investissement ?**

.......................................................................................................

.......................................................................................................

.......................................................................................................

## Les flashcards de la séance

**Des cartes questions/réponses pour mémoriser**

liennathan.fr/mto5q3

# 3 Construire un plan d'amortissement

## Doc. 1 Extrait de l'entretien entre Yaël et son expert-comptable

**Yaël :** J'ai voulu ajouter mon nouveau food truck dans le PGI et j'ai remarqué que dans les fiches d'immobilisation, il est nécessaire de renseigner des informations relatives aux amortissements.

**Frédéric Imbert :** C'est normal. Vos immobilisations ont un impact sur plusieurs exercices comptables. Vous avez décomposé le food truck comme nous l'avions évoqué. C'était nécessaire pour pouvoir calculer correctement les amortissements, qui correspondent en quelque sorte à la consommation de vos immobilisations au cours du temps...

## Doc. 2 Plan d'amortissement des aménagements intérieurs

| Aménagements intérieurs | | | | |
|---|---|---|---|---|
| Coût d'acquisition : **8 500,00**<br>Base amort. : **8 500,00** | | | Date d'acquisition : **01/11/N**<br>Mode : **Linéaire** – Taux : **25 %** | |
| **Années** | **Base amort.** | **Amort.** | **Cumul amort.** | **VNC** |
| N | **8 500,00** | 354,17 | 354,17 | 8 145,83 |
| N+1 | 8 500,00 | 2 125,00 | 2 479,17 | 6 020,83 |
| N+2 | 8 500,00 | 2 125,00 | 4 604,17 | 3 895,83 |
| N+3 | 8 500,00 | 2 125,00 | 6 729,17 | 1 770,83 |
| N+4 | 8 500,00 | 1 770,83 | 8 500,00 | 0,00 |
| ***Total*** | | | | |

8 500 × 25 %

## Doc. 3 Extrait du plan d'amortissement du food truck

| Camion Mercedes | | | | | |
|---|---|---|---|---|---|
| Coût d'acquisition : **15 455,00**<br>Base amort. : **15 455,00** | | | | Date d'acquisition : **01/11/N**<br>Mode : **Économique** | |
| **Années** | **Base amort.** | ***Nb de km*** | **Amort.** | **Cumul amort.** | **VNC** |
| N | **15 455,00** | *8 000* | 1 236,40 | 1 236,40 | 14 218,60 |
| N+1 | 15 455,00 | *20 000* | 3 091,00 | 4 327,40 | 11 127,60 |
| N+2 | | *25 000* | | | |
| N+3 | | *25 000* | | | |
| N+4 | | *22 000* | | | |
| ***Total*** | | ***100 000*** | | | |

15 455 × 8 000 / 100 000

## Ressources

1. Dans la plupart des cas, la valeur d'une immobilisation décroît au cours du temps suite à l'**usure** qu'elle subit, à l'**évolution technologique** ou à certaines **dispositions juridiques.**
L'**amortissement** matérialise comptablement l'utilisation de l'immobilisation et mesure la **consommation des avantages économiques attendus** correspondants. Il permet l'étalement du coût de l'immobilisation sur plusieurs exercices comptables.
2. Le **plan d'amortissement** est établi automatiquement et pour chaque immobilisation grâce au PGI. Il présente le montant des amortissements calculés pour chaque exercice comptable et la valeur de l'immobilisation (VNC). Ces amortissements constituent des **charges**, enregistrées **une fois par an à la fin de l'exercice comptable** *(voir chapitre 7)*.
3. Le rythme de consommation de l'immobilisation se mesure soit avec une **unité de temps** (l'année ; c'est l'amortissement linéaire), soit avec une **unité d'œuvre** (l'indicateur de mesure ; c'est l'amortissement économique).
4. Lors de l'utilisation de l'amortissement par unités d'œuvre, il faut que celles-ci soient **déterminables** et **représentatives de la consommation.** Il faut donc à la fois disposer d'une unité d'œuvre adaptée, et pouvoir anticiper la consommation qui en sera faite. Lorsque c'est impossible, il faut recourir à l'amortissement linéaire.

**Avant la classe**

Est-il possible de mesurer l'usure d'un bien ? Donnez des exemples.

## Situation

*Déjà vu : certaines immobilisations doivent faire l'objet d'une décomposition pour les enregistrer correctement en comptabilité lors de leur acquisition, à l'aide de comptes appropriés (classe 2) et en utilisant le coût d'acquisition. Il existe aussi une spécificité lors de la cession, qui utilise des comptes particuliers (462 et 757).*

Yaël cherche à comprendre la nature de certaines informations mentionnées dans le module « Immobilisations ».

### J'analyse la situation

1. Indiquez l'incidence que peut avoir le temps sur les immobilisations de Crêpe on the Road en justifiant votre raisonnement.
Document 1 / Ressource 1

2. Le plan d'amortissement des aménagements intérieurs mentionne un taux d'amortissement de 25 %. Est-ce cohérent avec ce que prévoit Yaël ? Retrouvez par le calcul puis justifiez le montant des amortissements en N.
Document 2 / Ressource 2

3. Le plan d'amortissement du camion utilise une unité d'œuvre. Identifiez laquelle, puis justifiez sa pertinence.
Document 3 / Ressources 3 et 4

4. Complétez les éléments manquants du plan d'amortissement du food truck.
Document 3

### Je retiens l'essentiel

5. Pourquoi la constatation d'amortissements en comptabilité et le choix d'un type d'amortissement adapté sont-ils fondamentaux ?

### J'approfondis

6. Quel intérêt peut présenter un PGI doté d'un module « Immobilisations » pour les travaux liés aux amortissements ?

7. À partir du PGI de l'entreprise, vérifiez la fiche d'immobilisation des aménagements dans le PGI ainsi que le plan d'amortissement correspondant. Retrouvez-vous les mêmes éléments ?
Base PGI COTR

**Les flashcards de la séance** — Des cartes questions/réponses pour mémoriser

liennathan.fr/ihp4jn

# Synthèse

## Le processus d'investissement

▶ Vidéo
Synthèse vidéo
liennathan.fr/z8cp4r

### 1. La distinction entre immobilisation et charge

**Immobilisation**

Bien durable, propriété de l'entreprise générant des avantages économiques

**Actif immobilisé (bilan)**
Immobilisation incorporelle, corporelle ou financière

Gérée dans le **module « Immobilisations »** du PGI

**Charge**

Élément consommé ou détruit lors de son utilisation ou bien d'une valeur < 500 € HT

**Diminue le résultat**
N'apparaît pas dans l'actif

### 2. Le traitement comptable des acquisitions ou cessions

**Acquisition :** compte d'immobilisations (2..)

**Classe 2 pour le coût d'acquisition**
Prix HT – Réductions + Frais de transport, d'installation et de montage

**Décomposition**
Si éléments ayant des durées d'utilisation prévues différentes

**Cession :** compte de produits (757)

**Compte 757 Produits des cessions incorporelles et corporelles**
pour le prix de vente

- **Augmente le résultat**
- Est enregistrée le jour de cession
- Constate la vente réalisée

### 3. L'amortissement des immobilisations

**Plan d'amortissement**

- Réalisé pour chaque immobilisation grâce au PGI
- Calcule les **amortissements** à enregistrer en charges lors de la clôture de chaque exercice comptable (inventaire)
- Permet de déterminer la **valeur nette comptable** (VNC)

**Consommation de l'immobilisation**

Mesurée avec une **unité de temps** (année) ou une **unité d'œuvre** (représentative de la consommation)

**Rédigez votre synthèse personnelle à l'aide des mots-clés suivants :**

Investissement • Bien durable • Immobilisation • Charge • Actif • Bilan • Amortissement • Linéaire • Unité d'œuvre

# Applications

## 1 Tester ses connaissances

Testez vos connaissances avec le quiz numérique. C'est parti !

Quiz
liennathan.fr/x219e7

## 2 Jouer avec le vocabulaire

**Complétez la grille à l'aide des définitions.**

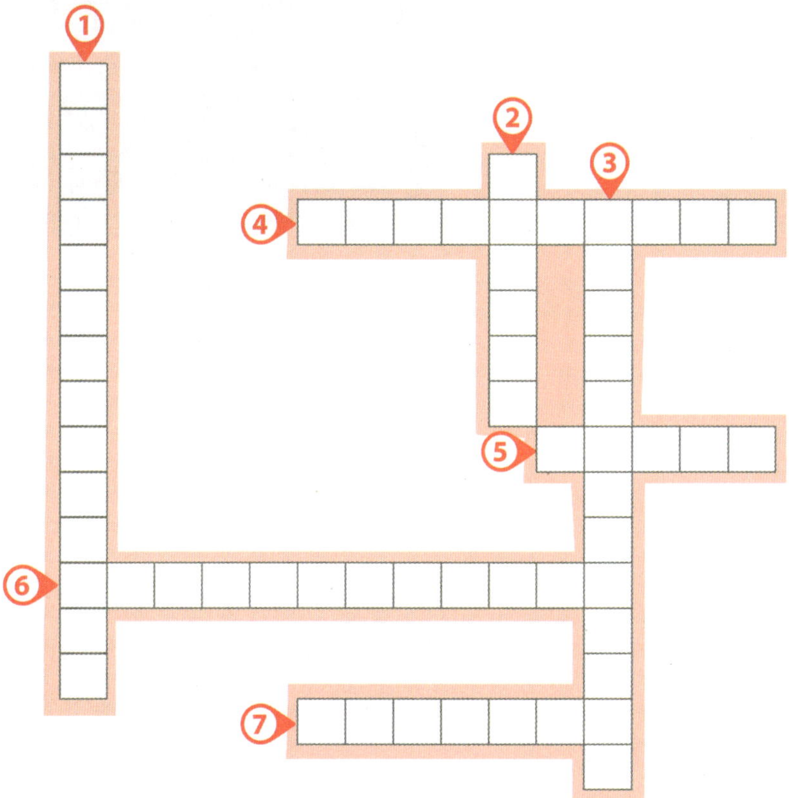


1. Terme désignant comptablement un investissement
2. Ensemble de fonctionnalités liées à un domaine dans un PGI
3. Consommation des avantages économiques attendus d'une immobilisation
4. Éléments constitutifs d'une immobilisation ayant des durées de vie différentes
5. Document comptable où se trouvent les immobilisations
6. Terme désignant l'absence d'existence physique d'une immobilisation
7. Terme utilisé pour la vente d'une immobilisation

## 3 Différencier charges et immobilisations ★

Evann Myrca, jeune diplômé en informatique, a décidé de créer son entreprise de prestation de services informatiques : maintenance informatique, conseil et dépannage. Sa clientèle est composée d'entreprises et de particuliers. Il commence son activité avec quelques achats.

- **Indiquez, pour chacune des situations, s'il s'agit d'une charge ou d'une immobilisation.**

| Situation | Charge | Immobilisation | | |
|---|---|---|---|---|
| | | Incorporelle | Corporelle | Financière |
| Acquisition d'un ordinateur portable : 749 € HT | | | | |
| Loyer relatif au local utilisé : 600 € | | | | |
| Achat d'une imprimante laser couleur : 395 € | | | | |
| Paiement du forfait du téléphone mobile : 25 € | | | | |
| Location du véhicule pour se rendre chez les clients : 400 € | | | | |
| Achat de la licence d'utilisation du logiciel de récupération de données utilisé pour l'activité : 199 € | | | | |
| Achat de casiers de rangement et d'étagères : 200 € | | | | |
| Ensemble mobilier pour aménager le local : 800 € | | | | |

## 4 Enregistrer et amortir des immobilisations ★★

Après plusieurs années d'expérience en tant que mécanicien puis chef d'atelier dans le Garage des 4 roues, Frédéric Sarman a décidé de reprendre l'entreprise suite au départ en retraite du propriétaire actuel. Afin de poursuivre l'activité dans de bonnes conditions, il décide de procéder à différents achats et investissements.

1. **Ces deux achats (document 1) sont des investissements pour l'entreprise, mais un seul sera enregistré en immobilisations. Lequel ? Justifiez.**
2. **Analysez et enregistrez les différentes factures et les règlements correspondants dans la comptabilité de l'entreprise Garage des 4 roues.**
3. **Présentez le plan d'amortissement du pont élévateur (document 2).**

### Doc. 1 Factures reçues

TOUT POUR LE GARAGE
12 rue Armand Pierre
67500 HAGUENAU

Facture n° F6305
Le 01/07/N

Doit : Garage des 4 roues
41 rue d'Épinal
67100 STRASBOURG

| Réf. | Désignation | Montant brut | Remise | Montant net |
|---|---|---|---|---|
| PE010 | Pont élévateur 2 colonnes Heavy Line 5 tonnes | 2 849,00 | 142,45 | 2 706,55 |
| HUI5L | Bidon Huile hydraulique 5 L | 29,40 | | 29,40 |
| PORT | Frais de port | 390,00 | | 390,00 |
| INST | Installation | 450,00 | | 450,00 |
| | | | **Montant net HT** | **3 575,95** |
| | | | TVA 20 % | 715,19 |
| | | | **Net à payer** | **4 291,14** |

Règlement par virement bancaire dès réception

BRICOSTOP
12 rue Armand Pierre
67500 HAGUENAU

Facture n° D48
Le 03/06/N

Doit : Garage des 4 roues
41 rue d'Épinal
67100 STRASBOURG

| Réf. | Désignation | Montant brut | Remise | Montant net |
|---|---|---|---|---|
| SERV7T | Servante caisse à outils sur roulettes 7 tiroirs | 140,00 | | 140,00 |
| PORT | Frais de port | 30,00 | | 30,00 |
| | | | **Montant net HT** | **170,00** |
| | | | TVA 20 % | 34,00 |
| | | | **Net à payer** | **204,00** |

Règlement au comptant en espèces ce jour

### Doc. 2 Modalités d'amortissement

La consommation des avantages procurés par le pont élévateur sera régulière sur 10 ans.

# 5 Traitement comptable d'un investissement ★★

Vous réalisez un stage dans le service comptable de l'entreprise Électron, qui fabrique des composants électroniques utilisés dans l'automobile, les produits électroniques grand public et l'informatique. Nous sommes en N+3. Électron doit investir dans une machine plus performante. Elle souhaite donc céder celle qui est actuellement utilisée (documents 1 et 2).

**1. Quelle unité d'œuvre a été choisie pour dresser le plan d'amortissement de la machine ?**

- ☐ Le temps (6 ans)
- ☐ Le nombre de pièces fabriquées

**2. Pourquoi la dotation de l'année N+4 est plus faible que celle de N+3 ?**

- ☐ Car le plan prévoit une moindre fabrication de pièces en N+4.
- ☐ Car l'année N+4 est incomplète.

**3. Selon le plan, quelle est la valeur de la machine fin N+5 ?**

☐ 50 000 € ☐ 0 € ☐ 30 000 € ☐ 6 000 €

**4. Finalement, cette machine a été revendue fin N+3. Selon vous, quels éléments ont permis de déterminer le prix de vente ?**

- ☐ La valeur nette comptable en N+3
- ☐ La recherche d'une plus-value
- ☐ La base amortissable

**5. Quels sont les impacts de l'enregistrement comptable de la facture de vente ?**

- ☐ La machine est sortie du bilan.
- ☐ Un produit de 15 000 € est apparu au compte de résultat.
- ☐ Une créance est apparue au bilan pour 18 000 €.

**6. Quel est le montant de la plus-value réalisée ?**

- ☐ 15 000 – 14 000 = 1 000 €
- ☐ 18 000 – 14 000 = 4 000 €

## Doc. 1 Extrait du plan d'amortissement de la machine

| Date | Base amortissable | *Nombre de pièces fabriquées* | Dotation | Cumul dotation | Valeur nette comptable |
|---|---|---|---|---|---|
| N | 50 000 | *30 000* | 6 000 | 6 000 | 44 000 |
| N+1 | 50 000 | *40 000* | 8 000 | 14 000 | 36 000 |
| N+2 | 50 000 | *50 000* | 10 000 | 24 000 | 26 000 |
| N+3 | 50 000 | *60 000* | 12 000 | 36 000 | 14 000 |
| N+4 | 50 000 | *40 000* | 8 000 | 44 000 | 6 000 |
| N+5 | 50 000 | *30 000* | 6 000 | 50 000 | 0 |

## Doc. 2 Facture de revente de la machine

**ÉLECTRON**
**Rue Jean Monnet**
**38920 CROLLES**

**Facture n° 487**
Le 31/12/N+3

Doit : **NEOFIM**
**Avenue de la Plaine**
**13790 ROUSSET**

| Référence | Désignation | Montant brut | Remise | Montant net |
|---|---|---|---|---|
| STEPIW | Stepper iW | 15 000 | | 15 000 |
| | | | **Total** | **15 000** |
| | | | TVA 20 % | 3 000 |
| Règlement par virement | | | **Net à payer** | **18 000** |

# Applications

## 6 Traiter les investissements réalisés ★★★

L'hôtel Au Bon Logis a réalisé quelques investissements et vous confie le traitement des factures reçues pour lesquelles plusieurs travaux restent à réaliser et des questions sont en suspens.

**1. Analysez les factures (document) et qualifiez comptablement chacun des éléments mentionnés.**

**2. Présentez les enregistrements comptables correspondants.**

**3. Le responsable comptable pense qu'il faut amortir la hotte sur 5 ans. Un amortissement par unité d'œuvre n'a pas été envisagé. Pourquoi ?**

**4. Présentez le plan d'amortissement linéaire de la hotte.**

**5. À la fin de l'exercice N+3, la hotte est finalement remplacée par un modèle plus performant. L'ancienne est toutefois reprise 100 € HT par l'installateur. Présentez l'enregistrement comptable correspondant et déterminez le résultat de cession.**

**Doc. Factures reçues**

**TOUT POUR LE BUREAU**
**38 bd des Fleurs**
**05200 EMBRUN**
contact@toutpourlebureau.fr
www.toutpourlebureau.fr

**FACTURE**

Référence : F131147
Date : 10/10/N
N° client : C0145

**AU BON LOGIS**
**Route de la Montagne**
**05560 VARS**

| Quantité | Désignation | Prix unitaire HT | Total |
|---|---|---|---|
| 1 | Imprimante laser HP Color Laserjet Pro | 291,66 € | 291,66 € |
| 2 | Pack toner haute capacité | 104,08 € | 208,16 € |
| | | Total HT | 499,82 € |
| | | TVA 20 % | 99,96 € |
| | | **Total TTC** | **599,78 €** |

En votre aimable règlement,
Cordialement

**Restaupro**
**Avenue du Maréchal Leclerc**
**84270 LE PONTET**

Doit : **Au Bon Logis**
**Route de la Montagne**
**05560 VARS**

**FACTURE**

**N° facture : 1384**
**Date : 01/07/N**
**N° client : 322**

| Description | Quantité | Unité | Prix unitaire HT | Remise | Total HT | TVA |
|---|---|---|---|---|---|---|
| Hotte motorisée trapézoïdale inox | 1 | pièce | 897,00 € | 5 % | 852,15 € | 20 % |
| Montage et test de fonctionnement | 3 | heure | 80,00 € | | 240,00 € | 20 % |
| | | | | Total HT | 1 092,15 € | |
| | | | | Escompte 1 % | 10,92 € | |
| | | | | Net financier | 1 081,23 € | |
| | | | | TVA 20 % | 216,24 € | |
| | | | | **Total TTC** | **1 297,47 €** | |

Conditions de paiement : comptant, dès réception de facture
Mode de paiement : par virement ou chèque

Merci pour votre confiance

# L'inventaire de l'actif immobilisé

7

**Question** **Quelles sont les conditions pour communiquer une information comptable fidèle ?**

**Capacités**
- Repérer les services produits par le système d'information en réponse à une variété de besoin d'information.
- Expliciter les postes figurant au bilan et au compte de résultat.
- Élaborer le plan d'amortissement selon une approche économique.

**Vers PIX** 1.3. Traiter des données

## Situation

La SA Kart'Indoor, installée à Saint-Étienne, propose, à des clients particuliers et professionnels, de la conduite de karts électriques sur piste couverte. Au 31 décembre, Corentin et son épouse Manon, tous deux gestionnaires de l'entreprise, ont pu observer, à l'aide de leur PGI, le bilan et le compte de résultat de fin d'année. Doriane Randria, leur experte-comptable, leur explique que ces documents ne représentent toutefois pas encore fidèlement la réalité et qu'il faut procéder à des ajustements. Corentin et Manon ont rendez-vous aujourd'hui avec elle pour préparer l'inventaire.

**Étapes de travail**

1. Comprendre l'intérêt des travaux d'inventaire
2. Évaluer les actifs immobilisés non amortissables
3. Enregistrer des dépréciations
4. Évaluer les actifs immobilisés amortissables
5. Présenter les annexes comptables

**Support de travail**

Chapitre7_Situation.xlsx
liennathan.fr/h4au7c

# 1 Comprendre l'intérêt des travaux d'inventaire

**Doc. 1** Schéma de répartition des travaux comptables chez Kart'Indoor

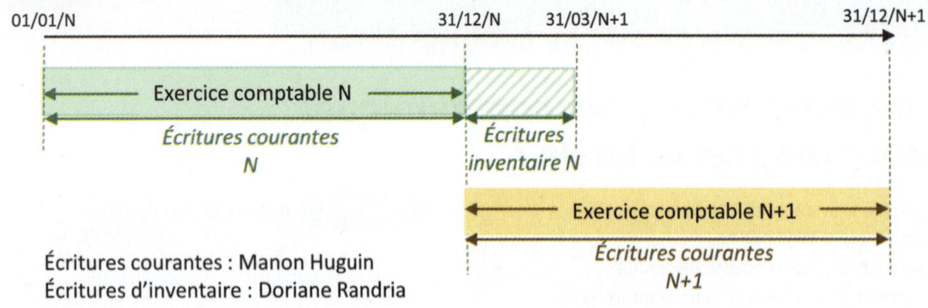


**Doc. 2** Extrait d'une conversation avec l'experte-comptable

**Corentin :** Tu penses que ce bilan et ce compte de résultat sortis du PGI au 31 décembre sont loin de la réalité ?

**Doriane :** Oui, le bilan surtout, il va fortement évoluer après les travaux d'inventaire. Les éléments d'actif ne sont pas à jour. Les amortissements, par exemple, ne sont pas encore passés cette année. Ils vont faire baisser la valeur du patrimoine et celle du bénéfice comptable.

**Manon :** Il y a aussi des biens à sortir du bilan. Par exemple, je vois que le kart K6RT que j'ai revendu en juin apparaît encore dans les comptes.

**Doriane :** C'est juste, je m'en occupe. J'ai aussi commandé une évaluation pour le terrain, j'espère qu'il a repris un peu de valeur… Manon, as-tu pensé au relevé boursier de vos placements en actions ?

**Manon :** Oui, c'est fait. En hausse, cette année !

**Doriane :** Parfait ! Il faudra mettre à jour les stocks aussi : vous savez que les quantités et valeurs au bilan sont encore celles de l'année dernière. Il va falloir faire un tour dans les réserves et compter ce qui reste aujourd'hui.

**Corentin :** Ça, c'est pour moi ! Au fait, tu te souviens de la période de canicule cet été ? Je redoute que cela ait endommagé du petit équipement que j'avais en stock.

**Doriane :** Aïe… Il risque d'avoir perdu de la valeur. Il faut regarder, effectivement.

**Manon :** Tu as vu aussi que le client ASF a finalement payé 50 % de sa facture ? C'est inespéré, non ?!

**Doriane :** Comme tu dis ! Je vais pointer aussi les autres créances clients sur lesquelles on a des doutes.

## Ressources

1. L'**exercice comptable** correspond à une période de temps à l'issue de laquelle l'entreprise est obligée **d'établir et de diffuser des comptes.** Cette période est généralement de 12 mois, souvent alignés sur l'année civile. Le 1er janvier est la **date d'ouverture des comptes** ou de l'exercice comptable, le 31 décembre est la **date de clôture.** Les entreprises à activité saisonnière peuvent choisir d'autres dates. À l'issue de cet exercice comptable, les entreprises ont l'obligation de **déposer les comptes de l'année écoulée** au greffe du tribunal de commerce dans un délai maximum de 7 mois après la date de clôture.

2. À partir de la date de clôture, les entreprises entrent dans une période de « **travaux d'inventaire** » (ou « opérations d'inventaire » ou « travaux de fin d'exercice ») qui durent 3 à 6 mois. Ces travaux consistent à pointer tous les éléments d'actif et de passif du bilan, à vérifier que leur valeur est juste économiquement et à procéder à d'éventuelles corrections (**écritures d'inventaire**) afin que le bilan et le compte de résultat donnent une perception la plus exacte possible de la réalité économique de l'entreprise.

3. Selon l'**article 123-14 du Code de commerce,** « les comptes annuels doivent être **réguliers, sincères** et donner une **image fidèle** du patrimoine, de la situation financière et du résultat de l'entreprise ».

**Avant la classe**

À partir d'une recherche sur l'article 123-12 du Code de commerce, expliquez en 3 ou 4 lignes ce que doivent faire les entreprises tous les 12 mois.

## Situation

Doriane Randria, experte-comptable, arrive chez Kart'Indoor. Elle souhaite lister les points à traiter lors des travaux d'inventaire qui démarrent. Manon et Corentin lui apportent des informations terrain.

### J'analyse la situation

1. **Quelles sont les dates d'ouverture et de clôture de l'exercice comptable de la SA Kart'Indoor ? Que doit établir Doriane en fin d'exercice comptable ?** Document 1 / Ressource 1

..........

..........

2. **Manon et Corentin ont consulté les documents de synthèse le 31 décembre, depuis leur PGI. À cette date, ces documents représentent-ils fidèlement la réalité économique de l'entreprise ? Pourquoi ?** Ressources 2 et 3

..........

..........

3. **Surlignez d'une couleur, dans la conversation avec l'expert-comptable, quatre sujets en lien avec les immobilisations et, d'une autre couleur, deux sujets en lien avec l'actif circulant, à traiter lors des opérations d'inventaire. Justifiez.** Document 2

..........

..........

..........

..........

..........

..........

4. **Selon vous, à quelle date seront enregistrées les écritures d'inventaire de Kart'Indoor pour l'année N ?**

..........

..........

### Je retiens l'essentiel

5. **Quel est le rôle des écritures d'inventaire ?**

..........

..........

..........

### J'approfondis

6. **Trouvez deux ou trois arguments pour justifier que les experts-comptables prennent en responsabilité les travaux d'inventaire.**

..........

..........

..........

**Les flashcards de la séance** — Des cartes questions/réponses pour mémoriser

liennathan.fr/uc1dk8

# 2 Évaluer les actifs immobilisés non amortissables

## Doc. 1 Échange avec l'experte-comptable

Doriane Randri 12:02
Hello ! Pour info, le marché immobilier stéphanois est toujours à la baisse ☹. L'expert d'ImmoBati a évalué le terrain à 89 000 € alors que vous l'aviez acquis 110 000 €... Je passe l'écriture de dotation complémentaire. Manon, peux-tu me donner la cote des actions Primaget ?

Manon Huguin 12:03
Hello. Nos actions Primaget sont cotées 104 € au 31/12 🙂 !!

Doriane Randri 12:04
Bonne nouvelle, la cote remonte ! J'annule la dotation de l'an dernier.

Manon Huguin 12:04
Parfait !

SA Kart'Indoor
3 participants

## Doc. 2 Extrait du bilan au 31/12/N avant inventaire

| ACTIF | N | | |
|---|---|---|---|
| | **Brut** | **Am. Dép.** | **Net** |
| **ACTIF IMMOBILISÉ** | | | |
| **Immobilisations corporelles** | | | |
| Terrains | 110 000,00 | 15 000,00 | 95 000,00 |
| [...] | [...] | [...] | [...] |
| **Immobilisations financières** | | | |
| Autres titres immobilisés | 9 000,00 | 1 000,00 | 8 000,00 |
| [...] | [...] | [...] | [...] |
| **Total Actif immobilisé** | **521 159,00** | **206 644,14** | **314 514,86** |

## Doc. 3 Actions Primaget

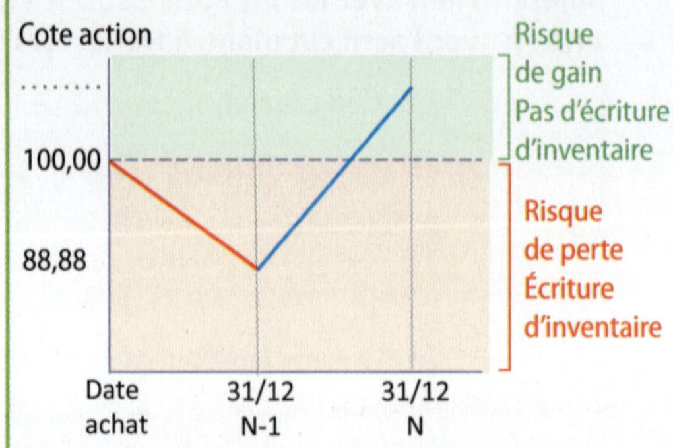


## Ressources

① Les biens possédés par l'entreprise peuvent perdre de la valeur.
Lorsque la perte de valeur est certaine et définitive (usure, obsolescence technologique), le comptable constate un **amortissement**.
*Exemple : perte de valeur d'un véhicule automobile ou d'une machine.*
Lorsqu'elle est incertaine ou temporaire, le comptable constate une **dépréciation**.
*Exemple : perte de valeur d'un terrain ou de titres cotés en Bourse.*
Ces pertes de valeur apparaissent dans la colonne centrale de l'actif du bilan.

② Les travaux d'inventaire et la présentation des comptes qui en découle s'appuient sur des règles appelées « **principes comptables** ». Ces principes s'appliquent à tous et leur respect garantit la sincérité des comptes.
*Exemples de principes comptables :* **prudence comptable, coût historique, continuité d'exploitation, permanence des méthodes, indépendance des exercices.**

③ **Principe de prudence comptable**
La comptabilité est établie selon des règles de prudence pour éviter de transférer sur l'avenir des incertitudes d'aujourd'hui.
Selon ce principe, on enregistre en comptabilité des « risques » de perte, même non avérés. Ce sont les dotations aux dépréciations. Si le risque disparaît, on enregistre l'annulation du risque. Ce sont les reprises sur dépréciations.
Selon ce principe, on n'enregistre jamais des risques de gain.

**Avant la classe**

Quelle différence faites-vous entre les deux expressions suivantes ?
– J'ai perdu 500 € en Bourse.
– Mes actions ont perdu 500 € en Bourse.

Dans quel cas ai-je vendu mes actions et effectivement perdu les 500 € ?

## Situation

*Déjà vu : les écritures d'inventaire ont pour objectif, entre autres, de corriger la valeur des biens de l'entreprise afin que les comptes qui seront publiés représentent le plus fidèlement possible la réalité.*

Doriane commence les travaux d'inventaire par les biens immobilisés. Le terrain et les actions détenus par Corentin et Manon avaient perdu de la valeur l'an dernier, Doriane l'avait signalé dans les comptes. Il s'agit de savoir si c'est toujours d'actualité et de mettre à jour, éventuellement, leur valeur en comptabilité.

### J'analyse la situation

**1.** **Quelle est la valeur du terrain au 31/12/N, selon le cabinet d'expertise ? Quelle était sa valeur au 31/12/N-1 ? son prix d'achat ? Commentez.** | Documents 1 et 2

.....................................................................................................

.....................................................................................................

**2.** **Ces pertes de valeur correspondent-elles à un amortissement ou à une dépréciation ? Justifiez.** | Ressource 1

.....................................................................................................

.....................................................................................................

**3.** **Expliquez pourquoi Doriane doit procéder à une « dotation complémentaire » pour le terrain. Calculez-en le montant.**

.....................................................................................................

.....................................................................................................

.....................................................................................................

**4.** **Pourquoi faut-il enregistrer en comptabilité les pertes de valeur du terrain alors que ce ne sont que des « risques » de perte ?** | Ressources 2 et 3

.....................................................................................................

**5.** **Manon et Corentin possèdent 90 actions Primaget. Quelle est leur cote au 31/12/N ? Complétez le graphique. Doriane doit-elle passer une écriture ?** | Document 3

.....................................................................................................

.....................................................................................................

### Je retiens l'essentiel

**6.** **Pourquoi l'enregistrement d'une dépréciation peut être totalement ou partiellement annulé (repris) l'année suivante ? En est-il de même pour un amortissement ? Justifiez.**

.....................................................................................................

.....................................................................................................

### J'approfondis

**7.** **Lorsqu'un bien se déprécie, quelle sera la conséquence sur la valeur du patrimoine de l'entreprise ? Quels postes de l'actif et du passif seront affectés ?**

.....................................................................................................

.....................................................................................................

**Les flashcards de la séance**

**Des cartes questions/réponses pour mémoriser**

liennathan.fr/rwklt7

# 3 Enregistrer des dépréciations

## Doc. 1 Impact, dans les comptes, de l'écriture d'inventaire relative aux terrains

| 211 Terrains | |
|---|---|
| AN 110 000 | |

| 68162 Dotations | |
|---|---|
| .................. | |

| 2911 Dépréciations | |
|---|---|
| | 15 000 AN |
| | .................. |

| | 31/12/N | | |
|---|---|---|---|
| 68162 | Dotations aux dépréciations | 6 000 | |
| 2911 | Dépréciations des terrains | | 6 000 |
| | *– Selon expert –* | | |

## Doc. 2 Impact, dans les comptes, de l'écriture d'inventaire relative aux actions

| 271 Actions | |
|---|---|
| AN 9 000 | |

| 2971 Dépréciations | |
|---|---|
| .................. | 1 000 AN |

| 7866 Reprises | |
|---|---|
| | .................. |

| | 31/12/N | | |
|---|---|---|---|
| 2971 | Dépréciations des actions | .......... | |
| 7866 | Reprises sur dépréciations | | .......... |
| | *– Selon cotation –* | | |

## Doc. 3 Extrait du bilan au 31/12/N après inventaire

| ACTIF | N | | |
|---|---|---|---|
| | Brut | Am. Dép. | Net |
| **ACTIF IMMOBILISÉ** | | | |
| Terrains | 110 000 | .................... | .................... |
| Autres titres immobilisés | 9 000 | .................... | .................... |

## Ressources

1 Le **bilan** est mis à jour et corrigé chaque année. Ainsi, les comptes de bilan ne sont jamais soldés. À chaque nouvel exercice, on y trouve un montant appelé « **à-nouveau** » (AN) qui correspond à des éléments (le solde) de l'année précédente.
Le **compte de résultat** ne vit qu'un an. À la fin de chaque exercice, les comptes 6 et 7 sont soldés (mis à zéro) et le résultat transféré au passif du bilan. Il n'y a donc pas d'à-nouveau dans les comptes au début de l'exercice suivant.

2 **Principe du coût historique**
On ne doit jamais modifier la valeur d'origine d'un bien à l'actif du bilan. C'est pourquoi l'actif du bilan est structuré en 3 colonnes :
- la colonne « Brut », c'est la valeur d'origine qui reste figée tant que le bien est possédé par l'entreprise ;
- les amortissements et dépréciations apparaissent dans la 2e colonne ;
- la 3e colonne présente la valeur nette comptable (VNC) : Brut – Amortissements.

**Avant la classe**

En quoi consiste le fait de « solder un compte » ? Donnez un exemple.

## Situation

*Déjà vu :* *Doriane a collecté des informations. Au 31/12/N, le terrain a encore perdu de la valeur, la dépréciation enregistrée en N-1 doit donc être accentuée ; la cote des actions Primaget est remontée au-dessus de la valeur d'achat d'origine, la dépréciation N-1 n'a donc plus de raison d'être.*

Doriane procède à la régularisation des écritures d'inventaire relatives aux terrains et aux actions Primaget.

### J'analyse la situation

Document 1 / Ressource 1 / Fiche méthode 2

**1.** À quoi correspondent les montants inscrits en à-nouveaux (AN) dans les comptes relatifs aux terrains ? Pourquoi n'y a-t-il pas d'à-nouveaux en comptes de charges ?

.................................................................................................................

.................................................................................................................

**2.** Reportez dans les comptes (Doc. 1) l'écriture de dépréciation des terrains en N. Fiche méthode 6

**3.** Quelle est la valeur nette du terrain au 31/12/N après écriture d'inventaire ? Cette valeur apparaît-elle dans le compte 211 Terrains ? Justifiez. Ressource 2

.................................................................................................................

.................................................................................................................

.................................................................................................................

.................................................................................................................

**4.** Pour le terrain, Doriane a utilisé un compte de dotation aux dépréciations (charges), mais pour les actions, elle souhaite utiliser un compte de reprise sur dépréciations (produits). Pourquoi ? Document 2

.................................................................................................................

.................................................................................................................

.................................................................................................................

**5.** Complétez l'écriture au journal (Doc. 2) puis reportez cette écriture dans les comptes.

**6.** Complétez l'extrait du bilan au 31/12/N après inventaire. Document 3

### Je retiens l'essentiel

**7.** Au bilan, les comptes de dépréciation des immobilisations (29…) varient souvent à la hausse ou à la baisse. Pourquoi ?

.................................................................................................................

.................................................................................................................

.................................................................................................................

### J'approfondis

**8.** Présentez l'impact de ces deux écritures d'inventaire sur le bilan et le compte de résultat N. Commentez.

.................................................................................................................

.................................................................................................................

**Les flashcards de la séance**

Des cartes questions/réponses pour mémoriser

liennathan.fr/vpjvyn

# 4 Évaluer les actifs immobilisés amortissables

## Doc. 1 Traitement comptable du chargeur CG55 acheté le 15/04/N

| Année | Base | Nb d'heures utilisation | Amort. | Cumul amort. | VNC |
|---|---|---|---|---|---|
| N | 1 356 | 3 500 | 316 | 316 | 1 040 |
| N+1 | 1 356 | 7 000 | 633 | 949 | 407 |
| N+2 | 1 356 | 4 500 | 407 | 1 356 | 0 |
| | | 15 000 | 1 356 | | |

| | | Débit | Crédit |
|---|---|---|---|
| | 15/04/N | | |
| 215510 | Chargeur CG55 | 1 356,00 | |
| 44562 | TVA déd. s/immo. | 271,20 | |
| 404 | Fournisseur Marchillon | | 1 627,20 |
| | 31/12/N | | |
| 681 | Dotations aux amort. chargeur | 316,00 | |
| 281551 | Amort. chargeur CG55 | | 316,00 |

## Doc. 2 Traitement comptable du kart K6RT revendu en cours d'année*

| Année | Base | Nb de km parcourus | Amort. | Cumul amort. | VNC |
|---|---|---|---|---|---|
| N-2 | 3 200 | 10 000 | 800 | 800 | 2 400 |
| N-1 | 3 200 | 8 000 | 640 | 1 440 | 1 760 |
| N | 3 200 | 8 000 | 640 | 2 080 | 1 120 |
| N+1 | 3 200 | 8 000 | 640 | 2 720 | 480 |
| N+2 | 3 200 | 6 000 | 480 | 3 200 | 0 |
| | | 40 000 | 3 200 | | |

* Acheté le 01/01/N-2
Les km sont effectués de manière linéaire sur l'année.

| | | Débit | Crédit |
|---|---|---|---|
| | 01/07/N | | |
| 462 | Créance cession kart | 1 920,00 | |
| 757 | Produit de cession | | 1 600,00 |
| 4457 | TVA collectée | | 320,00 |
| | .................................... | | |
| ............ | .................................... | ............ | ............ |
| ............ | .................................... | ............ | ............ |
| | .................................... | | |
| ............ | .................................... | ............ | ............ |
| ............ | .................................... | ............ | ............ |
| ............ | .................................... | ............ | ............ |

## Doc. 3 Balance des comptes Kart'Indoor (extraits) avant et après inventaire

| N° de compte | Libellé | Soldes 31/12/N* | |
|---|---|---|---|
| | | Débiteur | Créditeur |
| 215510 | Chargeur CG55 | 1 356 | |
| 218250 | Kart K6RT | 3 200 | |
| 281825 | Amort. K6RT | | 1 440 |

* AVANT inventaire

| N° de compte | Libellé | Soldes 31/12/N* | |
|---|---|---|---|
| | | Débiteur | Créditeur |
| | | | |
| | | | |

* APRÈS inventaire

## Ressources

1. Selon le **principe de continuité d'exploitation**, les biens sont évalués au moment de l'inventaire en considérant que l'entreprise va continuer son exploitation. Ils sont donc évalués en suivant les règles comptables (par exemple, à l'aide d'un plan d'amortissement défini par avance) et non en fonction de leur valeur du marché du moment.

2. Selon le **principe de permanence des méthodes**, le comptable doit toujours suivre les mêmes règles d'enregistrement comptable.

3. L'**amortissement** correspond à une perte de valeur **sûre et définitive**. En vertu du **principe du coût historique**, il est enregistré au crédit d'un compte distinct du compte d'immobilisations, avec le **chiffre 8** en seconde position.

4. La **cession (vente) d'une immobilisation** est un événement qui fait l'objet de trois écritures en comptabilité :
   - une écriture courante de cession en cours d'année ;
   - une écriture d'inventaire de dotation aux amortissements pendant la durée de possession du bien ;
   - une écriture d'inventaire de sortie des comptes du bien cédé.

**Avant la classe**

Quelle est l'utilité d'un tableau d'amortissement d'une immobilisation ?

## Situation

***Déjà vu :*** *les biens immobilisés non amortissables peuvent faire l'objet de dépréciations pour constater une perte de valeur, incertaine et non définitive. Leur montant est enregistré en compte 29... et revu chaque année, à la hausse ou à la baisse, selon la valeur du bien en fin d'année.*

Doriane doit désormais ajuster les comptes de biens amortissables : un nouveau chargeur de batterie acheté le 15 avril et un kart revendu le 1er juillet.

### J'analyse la situation

**1. Avec quel type d'écriture et à quelle date le nouveau chargeur a-t-il été enregistré en compte d'immobilisations ?** | Document 1

........................................................................................................

**2. Comment Doriane a-t-elle procédé, au 31/12/N, pour estimer la valeur de ce chargeur ? Que pouvez-vous en conclure quant à l'évaluation des autres chargeurs éventuellement détenus dans l'entreprise ?** | Ressources 1 et 2

........................................................................................................

........................................................................................................

........................................................................................................

**3. Quelle sera la valeur nette du chargeur au 31/12/N après écriture d'inventaire ? Cette valeur apparaîtra-t-elle dans le compte 215510 Chargeurs ? Justifiez.** | Ressource 3

........................................................................................................

........................................................................................................

........................................................................................................

........................................................................................................

**4. L'écriture courante du 1er juillet de revente du kart K6RT a-t-elle sorti ce kart des comptes de l'entreprise ? Justifiez.** | Document 2

........................................................................................................

**5. Calculez l'amortissement du kart du 1er janvier au 1er juillet N, puis passez les deux écritures d'inventaire en lien avec cette cession (Doc. 2).** | Ressource 4 | Fiche méthode 5

........................................................................................................

**6. Complétez l'extrait de balance après inventaire.** | Document 3

### Je retiens l'essentiel

**7. Lorsque l'on achète ou revend un bien immobilisé, quelles écritures sont passées en cours d'année (courantes) ? lors de la clôture des comptes (inventaire) ?**

........................................................................................................

........................................................................................................

### J'approfondis

**8. Calculez le résultat de cession du kart. Manon l'a-t-elle bien revendu ?**

........................................................................................................

**Les flashcards de la séance** — Des cartes questions/réponses pour mémoriser

liennathan.fr/8z4vo6

# 5 Présenter les annexes comptables

## Doc. 1 Annexe comptable : tableau des immobilisations au 31/12/N (extrait)

| Situations et mouvements / Rubriques | A | B | C | D |
|---|---|---|---|---|
| | Montant brut à l'ouverture | Augmentations | Diminutions | Montant brut à la clôture |
| Immobilisations incorporelles | 35 000 | 0 | 0 | 35 000 |
| Immobilisations corporelles | 477 159 | | | |
| Immobilisations financières | 9 000 | 0 | 0 | 9 000 |
| TOTAL | 521 159 | | | |

## Doc. 2 Annexe comptable : tableau des amortissements au 31/12/N (extrait)

| Situations et mouvements / Rubriques | Durée utilisation ou taux | Mode amortissement | A | B | C | D |
|---|---|---|---|---|---|---|
| | | | Amortissements cumulés au début de l'exercice | Augmentations : dotations de l'exercice | Diminutions d'amortissements de l'exercice | Amortissements cumulés à la fin de l'exercice |
| […] | | | […] | […] | […] | […] |
| **Immobilisations corporelles** | | | **200 644** | **47 890** | | |
| Terrain | – | – | 0 | 0 | 0 | 0 |
| Matériel kart | 5 ans | Économique | 62 400 | 12 900 | | |
| Autres matériels | 3 ans | Économique | 4 300 | 864 | 0 | 5 164 |
| […] | | | […] | […] | 0 | […] |
| TOTAL | | | 200 644 | 47 890 | | |

## Doc. 3 Annexe comptable : tableau des dépréciations au 31/12/N (extrait)

| Situations et mouvements / Rubriques | A | B | C | D |
|---|---|---|---|---|
| | Dépréciations cumulées au début de l'exercice | Augmentations : dotations de l'exercice | Diminutions : reprises de l'exercice | Dépréciations cumulées à la fin de l'exercice |
| Immobilisations incorporelles | 0 | 0 | 0 | 0 |
| Immobilisations corporelles | 15 000 | | 0 | |
| Immobilisations financières | 1 000 | | | |
| TOTAL | 16 000 | | | |

### Ressource

L'**annexe comptable** est le 3e document obligatoire après le bilan et le compte de résultat. Elle a pour objectif d'apporter des éléments d'information de détail pour aider à lire et comprendre le bilan et le compte de résultat. Elle contient des informations obligatoires, d'autres à la libre appréciation de l'entreprise.

**Avant la classe**

Aidez-vous du site liennathan.fr/j5i11e pour répondre à la question suivante.

Quel est le rôle de l'annexe comptable ?

## Situation

*Déjà vu : les biens immobilisés non amortissables peuvent faire l'objet de dépréciations, enregistrées en compte 29… à ajuster chaque année. Les biens immobilisés amortissables font l'objet d'amortissements, définitifs, enregistrés en compte 28… Les amortissements et dépréciations apparaissent en colonne centrale du bilan. La VNC est calculée par différence entre les comptes 2… et les comptes 28… ou 29…*

La période d'inventaire est pratiquement terminée. Les documents de synthèse sont prêts. Doriane contrôle maintenant le contenu des annexes qu'elle devra joindre aux documents de synthèse pour constituer un rapport financier.

### J'analyse la situation

1. **Comparez les trois annexes comptables : quelles sont les quatre colonnes que l'on retrouve systématiquement ?** Documents 1, 2 et 3

.......................................................................................................

.......................................................................................................

2. **Dans quelle(s) annexe(s) et dans quelle colonne peut-on voir des charges de l'exercice ? des produits de l'exercice ?**

.......................................................................................................

.......................................................................................................

.......................................................................................................

.......................................................................................................

3. **Complétez les trois annexes à l'aide des travaux d'inventaire réalisés par Doriane.** Doc. 1 et 2 p. 102 / Doc. 2 p. 102 / Doc. 1 et 2 p. 100

4. **À partir d'exemples de votre choix, démontrez que ces annexes apportent des informations supplémentaires par rapport au bilan.** Ressource

.......................................................................................................

.......................................................................................................

.......................................................................................................

.......................................................................................................

.......................................................................................................

### Je retiens l'essentiel

5. **Citez deux raisons pour que Doriane produise les annexes comptables.**

.......................................................................................................

.......................................................................................................

### J'approfondis

6. **En vous appuyant sur le tableau des dépréciations, expliquez comment la dépréciation du terrain de 21 000 € a impacté le résultat comptable dans le temps.**

.......................................................................................................

.......................................................................................................

.......................................................................................................

## Les flashcards de la séance

**Des cartes questions/réponses pour mémoriser**

liennathan.fr/ytaxju

# Synthèse

## L'inventaire de l'actif immobilisé

**Vidéo** Synthèse vidéo
liennathan.fr/0w6exs

### 1. L'intérêt des travaux d'inventaire

**Quand ?**

**Une fois par an**, en fin d'exercice comptable. Ils durent 3 à 6 mois.

→ **Comment ?**

La valeur de tous les éléments du bilan est contrôlée. Si besoin, des corrections sont apportées *via* des **écritures d'inventaire.**

→ **Pourquoi ?**

Pour garantir que les comptes annuels sont **réguliers, sincères** et donnent de l'entreprise une image fidèle à la réalité.

### 2, 3, 4. La perte de valeur des biens immobilisés

**2, 3. Dépréciation**

RISQUE de perte

- **Prudence comptable** : On enregistre un risque de perte, jamais un risque de gain.
- **Ajustements** : Chaque année, **dotation supplémentaire ou reprise**

**Principe du coût historique :**
dépréciations enregistrées dans un **compte 29…**

**4. Amortissement**

Perte de valeur CERTAINE, définitive

- **Continuité d'exploitation** : **Plan d'amortissement** établi par avance
- **Permanence des méthodes** : Mêmes règles de calcul d'une année sur l'autre

**Principe du coût historique :**
amortissements enregistrés dans un **compte 28…**

### 5. L'annexe comptable

**Le rôle de l'annexe**

Apporte des informations de détails qui n'apparaissent pas dans les documents de synthèse.

→ **Exemples**

Tableau des immobilisations, des amortissements, des dépréciations

**Rédigez votre synthèse personnelle à l'aide des mots-clés suivants :**
Clôture des comptes • Inventaire • Image fidèle • Principes comptables • Amortissements • Dépréciation • Dotation • Reprise • Sortie d'actif • Annexes comptables

# Applications

## 1 Tester ses connaissances

Testez vos connaissances avec le quiz numérique. C'est parti !

Quiz
liennathan.fr/4magsg

## 2 Jouer avec le vocabulaire

**1. Affectez à chaque situation le principe comptable qui convient.**

| | |
|---|---|
| Les pertes de valeur d'un bien immobilisé sont enregistrées dans un compte 28… ou 29… | |
| Le véhicule du commercial sera amorti sur 5 ans, comme celui acheté il y a 2 ans pour le responsable atelier. | |
| Le plan d'amortissement permet d'anticiper les pertes de valeur futures d'un bien immobilisé. | |
| La cotation des actions possédées par l'entreprise a progressé de 20 % par rapport à leur valeur d'origine. Cette information n'est pas traduite en comptabilité. | |

**2. Complétez, sans utiliser la liste des comptes du PCG, les écritures au journal avec les termes suivants.**

*(Attention, un intrus s'est glissé dans la liste !)*

- Dotation aux amortissements
- Moins-value immobilière
- Dotation aux dépréciations
- VNC des immobilisations cédées
- Produit de cession d'élément d'actif

| | | 01/07/N | | |
|---|---|---|---|---|
| 462 | | Créance | 2 400,00 | |
| | 757 | ............ | | 2 000,00 |
| | 4457 | TVA collectée | | 400,00 |
| | | **31/12/N** | | |
| 681 | | ............ | 120,00 | |
| | 281 | Matériel X | | 120,00 |
| | | **31/12/N** | | |
| 681 | | ............ | 120,00 | |
| | 291 | Matériel Y | | 120,00 |
| | | **31/12/N** | | |
| 657 | | ............ | 1 150,00 | |
| 281825 | | Solde amortissement machine M | 1 350,00 | |
| | 218250 | Solde compte machine M | | 2 500,00 |

Support de travail
Chapitre7_Applications.xlsx
liennathan.fr/oukbrc

## 3 Évaluer le portefeuille titres ★★

Vous travaillez dans l'entreprise Fabio, fabricant de composants électroniques pour l'industrie informatique. Cette entreprise en pleine activité a pris des participations dans des entreprises partenaires en début d'année N-1. Elle détient aujourd'hui 400 actions dans trois entreprises différentes. Depuis leur acquisition, le nombre d'actions détenu n'a pas varié. Vous êtes chargé(e) de mettre à jour les comptes relatifs à ce portefeuille titres.

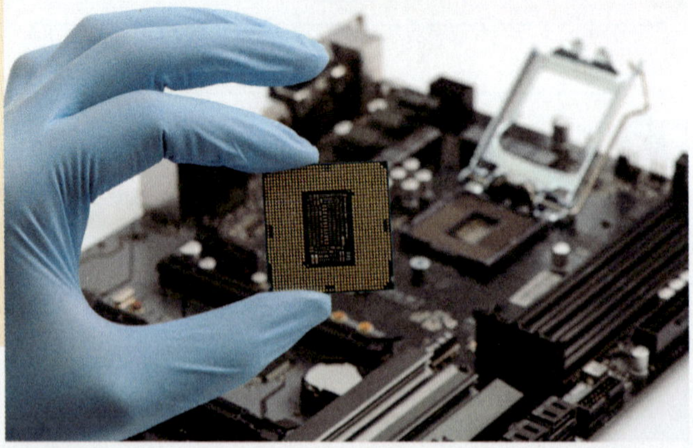

1. **Selon quel principe comptable les actions Azur (document 1) n'ont-elles fait l'objet d'aucun enregistrement au 31/12/N-1 ?**
2. **Observez l'évolution des actions Brochat et Cerfeuil au cours de l'année N-1. L'entreprise a-t-elle perdu de l'argent ? À quoi correspond une « dépréciation » en comptabilité ?**
3. **Selon quel principe comptable ces dépréciations ont-elles été enregistrées en N-1 dans un compte spécifique (2971) distinct du compte de titres (271) ?**
4. **Observez l'évolution de chaque action en N par rapport au 31/12/N-1 et par rapport à son coût d'origine. Pour chacune, précisez s'il faut enregistrer une dépréciation, une reprise ou ne rien faire. Complétez le tableau.**
5. **Passez les écritures d'inventaire en distinguant Total des dotations et Total des reprises.**
6. **Complétez le compte 2971 (document 2 et document 3) puis présentez un extrait du bilan au 31/12/N après inventaire.**

### Doc. 1 Tableau préparatoire aux écritures d'inventaire de l'année N

| Titres | Qté | Valeur achat | | Valeur 31/12/N-1 | | | Valeur 31/12/N | | | |
|---|---|---|---|---|---|---|---|---|---|---|
| | | PU* | Total | PU* | Total | Dépréc. | PU* | Total | Dépréc. | Reprise |
| Actions Azur | 150 | 115 | 17 250 | 120 | 18 000 | 0 | 117 | | | |
| Actions Brochat | 200 | 87 | 17 400 | 79 | 15 800 | 1 600 | 83 | | | |
| Actions Cerfeuil | 50 | 150 | 7 500 | 140 | 7 000 | 500 | 134 | | | |
| Total | 400 | | 42 150 | | 40 800 | 2 100 | | | | |

* Prix unitaire

### Doc. 2 Compte 2971 au 31/12/N

| 2971 Dépréciations des titres | |
|---|---|
| | 2 100 *AN** |
| .......................... | .......................... |
| .......................... | .......................... |

..........................................................

* À-nouveau

### Doc. 3 Extrait du bilan comptable au 31/12/N avant inventaire

| | Brut | Dép. | Net |
|---|---|---|---|
| **Immobilisations financières** | | | |
| Titres immobilisés | 42 150 | 2 100 | 40 050 |

## 4 Enregistrer des amortissements ★

Vous travaillez dans la menuiserie Pallut. Vous préparez l'enregistrement des amortissements en comptabilité pour l'année N (documents 1 et 2).

**1. Quel est le montant de l'amortissement du local ?**

☐ 12 000 € ☐ 1 200 € ☐ 10 000 €

**2. Quel est le montant de l'amortissement du matériel de transport ?**

☐ 40 000 € ☐ 5 000 € ☐ 12 500 €

**3. Quel est le montant de l'amortissement de la machine A ?**

☐ 1 756,10 € ☐ 2 700,10 € ☐ 8 200 €

**4. Quelle est la valeur d'acquisition de la machine B ?**

☐ 1 100 € ☐ 5 500 € ☐ 4 849,17 €

**5. La machine B a été vendue le 10 mars N. Quel est le montant de l'amortissement en N ?**

☐ 0 € ☐ 1 100 € ☐ 213,89 €

**6. Quel est le montant des amortissements à annuler en N pour la machine B ?**

☐ 1 549,17 € ☐ 3 950,83 € ☐ 3 064,72 €

**7. Quelle est la valeur nette de la machine B le jour de la cession ?**

☐ 2 435,28 € ☐ 3 064,72 € ☐ 1 549,17 €

**8. Le comptable a revendu la machine B 1 500 € HT. Qu'en pensez-vous ?**

☐ Malheureusement, il a réalisé une moins-value de 935,28 €.

☐ C'est un prix avantageux : il a réalisé une plus-value de 2 435,28 €.

☐ C'est un prix un peu bas : il a réalisé une moins-value de 49,17 €.

### Doc. 1 Éléments collectés sur les biens immobilisés gardés dans l'entreprise

- Un local acheté 120 000 € HT le 15 juillet N-8, amortissable en 12 ans, de 10 000 € chaque année.
- Un matériel de transport acheté 25 000 € HT le 1er septembre N-1. Ce véhicule est prévu pour réaliser 200 000 km, dont 40 000 € en année N.
- Une machine A acquise le 1er août N-4 pour 12 000 € HT et amortissable selon les heures d'utilisation prévues : 12 000 € la 1re année, 25 000 € par an les 3 années suivantes, 18 000 € les 2 dernières années.

### Doc. 2 Plan d'amortissement de la machine B cédée

**Valeur brute** 5 500 €
**Date d'acquisition** 27/05/N-3
**Mode** Linéaire 5 ans

| Année | Base amort. | Amort. | Cumul amort. | VNC |
|---|---|---|---|---|
| N-3 | **5 500,00** | 650,83 | 650,83 | 4 849,17 |
| N-2 | **5 500,00** | 1 100,00 | 1 750,83 | 3 749,17 |
| N-1 | **5 500,00** | 1 100,00 | 2 850,83 | 2 649,17 |
| N* | **5 500,00** | 1 100,00 | 3 950,83 | 1 549,17 |
| N+1 | **5 500,00** | 1 100,00 | 5 050,83 | 449,17 |
| N+2 | **5 500,00** | 449,17 | 5 500,00 | 0,00 |
| | Total | 5 500,00 | | |

* Montant des amortissements du 01/01/N au 10/03/N : 213,89 €

## 5 Traiter les immobilisations lors de l'inventaire ★★

Vous intégrez le service comptable de l'entreprise Mazzoni. Cette PME entretient et répare les véhicules automobiles légers. Après 5 années d'activité, elle est bien implantée sur son marché, son chiffre d'affaires est en croissance régulière. Afin de poursuivre son activité, l'entreprise doit petit à petit renouveler le matériel acquis lors de sa création.
L'exercice comptable de l'entreprise se déroule du 1er janvier au 31 décembre. L'exercice N vient de s'achever et vous entrez dans la période d'inventaire qui doit aboutir à la présentation des documents de synthèse de l'année N. À l'aide de l'expert-comptable, vous travaillez sur le dossier des immobilisations.

1. **Observez la balance issue du PGI de l'entreprise (document 1).**
   **Les amortissements et/ou dépréciations de l'année N ont-ils été enregistrés ? Justifiez.**
2. **Dans quels comptes sont enregistrées les valeurs d'origine des biens ?**
   **les amortissements et/ou dépréciations ? Justifiez à l'aide d'un principe comptable.**
3. **Comparez les modes d'amortissement des deux ponts élévateurs (document 2).**
   **Quel principe comptable justifie qu'ils soient similaires ?**
4. **Démontrez que les deux ponts élévateurs sont présents en comptabilité, mais qu'un seul a été amorti.**
5. **Que pouvez-vous en conclure sur la date d'acquisition du second pont élévateur ?**
6. **Le pont élévateur PTEL1 a été vendu fin février N (document 3).**
   **Pourquoi est-il encore présent en comptabilité ?**
7. **Passez les différentes écritures d'inventaire relatives à ces deux matériels.**
   **Le pont PTEL1 a-t-il été « bien vendu » ? Justifiez.**
8. **Quelle est la valeur d'origine du terrain de Bernac (document 4) ?**
9. **Selon la balance avant inventaire, de quel montant était-il déprécié au 31/12/N-1 ?**
   **Quelle information supplémentaire apporte l'annexe comptable (document 5) ?**
10. **Passez l'écriture d'inventaire nécessaire pour ce terrain.**
11. **Comparez l'impact de cette écriture sur le résultat comptable de l'année N et la perte de valeur globale du terrain. Expliquez l'écart.**

### Doc. 1 Balance au 31/12/N avant inventaire (extrait)

| N° | Comptes | Totaux | | Soldes | |
|---|---|---|---|---|---|
| | | Débit | Crédit | Débiteur | Créditeur |
| […] | […] | […] | […] | […] | […] |
| 211 | Terrains Albi + Bernac | 180 000,00 | | 180 000,00 | 0,00 |
| 2131 | Constructions | 56 000,00 | | 56 000,00 | 0,00 |
| 21541 | Pont élévateur | 17 087,00 | | 17 087,00 | 0,00 |
| 21542 | Banc de freinage | 8 798,00 | | 8 798,00 | 0,00 |
| 21543 | Autres matériels industriels | 8 765,00 | | 8 765,00 | 0,00 |
| […] | […] | […] | […] | […] | […] |
| 28131 | Amort. constructions | | 36 000,00 | 0,00 | 36 000,00 |
| 281541 | Amort. pont élévateur | | 5 740,50 | 0,00 | 5 740,50 |
| 281542 | Amort. banc de freinage | | 7 991,52 | 0,00 | 7 991,52 |
| 281543 | Amort. autres matériels industriels | | 5 573,14 | 0,00 | 5 573,14 |
| 2911 | Dépréciation terrain Bernac | | 8 500,00 | 0,00 | 8 500,00 |

## Doc. 2 Tableaux d'amortissement des ponts élévateurs

| Pont élévateur PTEL1 | | | | | |
|---|---|---|---|---|---|
| Coût d'acquisition : | **7 654 €** | | Date : | 15/06/N-4 | |
| **Année** | **Base amort.** | **Nombre d'heures** | **Amort.** | **Cumul amort.** | **VNC** |
| N-4 | **7 654,00** | 1 500 | 1 148,10 | 1 148,10 | 6 505,90 |
| N-3 | 7 654,00 | 2 000 | 1 530,80 | 2 678,90 | 4 975,10 |
| N-2 | 7 654,00 | 2 000 | 1 530,80 | 4 209,70 | 3 444,30 |
| N-1 | 7 654,00 | 2 000 | 1 530,80 | 5 740,50 | 1 913,50 |
| N* | 7 654,00 | 1 500 | 1 148,10 | 6 888,60 | 765,40 |
| N+1 | 7 654,00 | 1 000 | 765,40 | 7 654,00 | 0,00 |
| **Total** | | **10 000** | **7 654,00** | | |

* Amortissements du 01/01/N au 28/02/N : 535,78 €

| Pont élévateur PTEL2 | | | | | |
|---|---|---|---|---|---|
| Coût d'acquisition : | **9 433 €** | | Date : | 01/03/N | |
| **Année** | **Base amort.** | **Nombre d'heures** | **Amort.** | **Cumul amort.** | **VNC** |
| N | **9 433,00** | 1 200 | 1 131,96 | 1 131,96 | 8 301,04 |
| N+1 | 9 433,00 | 2 000 | 1 886,60 | 3 018,56 | 6 414,44 |
| N+2 | 9 433,00 | 2 000 | 1 886,60 | 4 905,16 | 4 527,84 |
| N+3 | 9 433,00 | 2 000 | 1 886,60 | 6 791,76 | 2 641,24 |
| N+4 | 9 433,00 | 1 500 | 1 414,95 | 8 206,71 | 1 226,29 |
| N+5 | 9 433,00 | 1 300 | 1 226,29 | 9 433,00 | 0,00 |
| **Total** | | **10 000** | **9 433,00** | | |

## Doc. 3 Informations de cession du pont élévateur PTEL1

Date de cession : 28/02/N
Nombre d'heures d'utilisation en N : 700
Prix de cession : 1 000 € HT
TVA : 20 %

## Doc. 4 Informations relatives aux terrains

**Terrain 1** : 130 000 €
45 avenue du Commerce – ZI – 81000 Albi
Excellent emplacement

**Terrain 2** : 50 000 €
12 chemin des Crêtes – 81150 Bernac
Le terrain est assez mal placé. Il est évalué 39 000 € au 31/12/N par un expert immobilier.

## Doc. 5 Tableau de dépréciations au 31/12/N-1

| Situations et mouvements | A Dépréciations cumulées en début d'exercice | B Dotations de l'exercice | C Reprises de l'exercice | D Dépréciations cumulées en fin d'exercice |
|---|---|---|---|---|
| Immobilisations incorporelles | 0 | 0 | 0 | 0 |
| Immobilisations corporelles | 3 500 | 5 000 | 0 | 8 500 |
| Immobilisations financières | 0 | 0 | 0 | 0 |
| TOTAL | **3 500** | **5 000** | **0** | **8 500** |

## 6 Utiliser un PGI pour passer des écritures d'inventaire ★

PGI

Yaël Policard est le responsable d'une entreprise de food truck, Crêpe on the Road, installée à Barbentane dans le Vaucluse. Il détient 3 camions et a embauché 2 salariés. Yaël et son expert-comptable, M. Imbert, travaillent tous les deux simultanément sur le PGI, accessible en ligne. À la fin de l'exercice N, M. Imbert fait participer Yaël aux écritures d'inventaire.

**1.** **Quelles sont les dates d'ouverture et de clôture des exercices comptables de Crêpe on the Road ? Combien de temps dure l'inventaire comptable en général ?**

**2.** **Accédez au module « Immobilisations » du PGI de Yaël et consultez la liste des immobilisations (document 1). Vérifiez que le groupe électrogène 1 acquis en N-1 a bien été inscrit en « sortie » au 30/10/N *(voir chapitre 6)*.**

**3.** **À quelle date le plan d'amortissement du groupe électrogène 1 se termine-t-il ?**

**4.** **Dans l'onglet « Traitement », en quoi consiste le sous-onglet « Inventaire » ? Qu'allez-vous renseigner en face de l'immobilisation « Groupe électrogène 1 » ?**

**5.** **Votre inventaire est terminé, vous devez enregistrer en comptabilité les amortissements de l'année N de tous les biens immobilisés. Procédez à un export automatique du module « Immobilisations » vers le module « Comptabilité » (document 2).**

**6.** **Dans le module « Comptabilité », éditez les documents de synthèse. Vérifiez que les écritures d'amortissements de l'année N ont bien été prises en compte. Mesurez l'impact sur le résultat comptable de l'entreprise.**

### Doc. 1 Accès à la liste des immobilisations dans le PGI Dailybiz

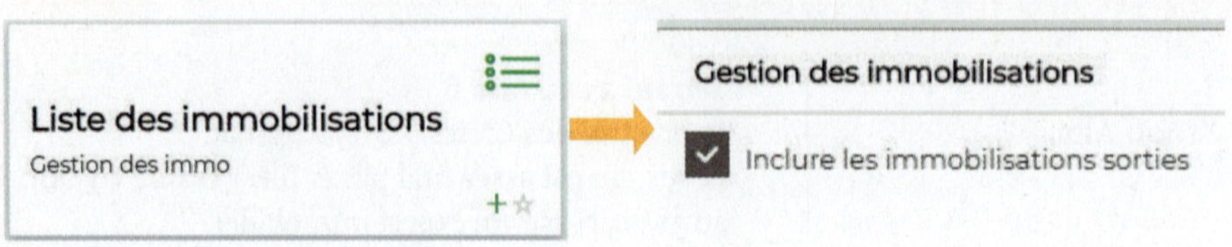


### Doc. 2 Enregistrement comptable automatique des amortissements dans le PGI Dailybiz

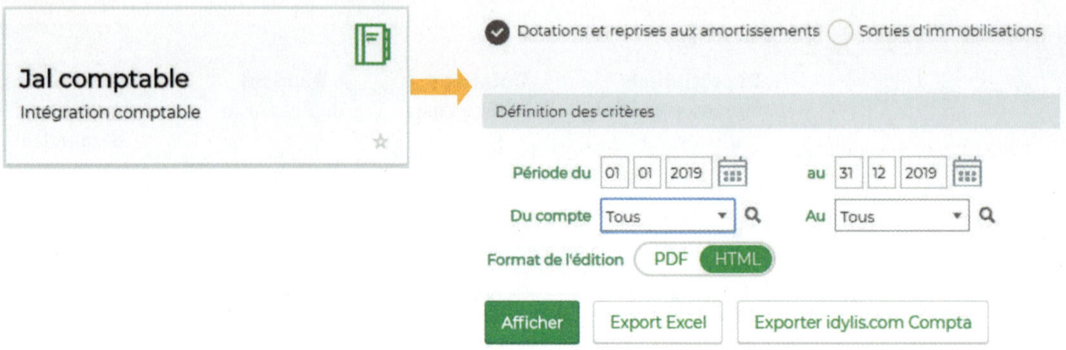

# L'inventaire de l'actif circulant

# 8

**Question** **Quelles sont les conditions pour communiquer une information comptable fidèle ?**

**Capacités**
- Repérer les services produits par le système d'information en réponse à une variété de besoin d'information.
- Expliciter les postes figurant au bilan et au compte de résultat.

**Vers PIX** **1.3.** Traiter des données

## Situation

La SA Kart'Indoor, installée à Saint-Étienne, propose, à des clients particuliers ou professionnels, de la conduite de karts électriques sur piste couverte. Elle est dirigée par Corentin et Manon Huguin. Leur experte-comptable, Doriane Randria, prépare la clôture des comptes. L'inventaire de l'actif immobilisé est terminé (chapitre 7). Il s'agit désormais d'aborder les travaux d'inventaire liés aux actifs circulants : stocks et créances clients essentiellement. L'inventaire est complexe car ces éléments d'actif sont souvent nombreux et changent chaque jour de l'année, mais ne sont mis à jour en comptabilité qu'une fois par an.

**Étapes de travail**

1. Mettre à jour les stocks après inventaire
2. Enregistrer des dépréciations de stocks
3. Suivre les créances douteuses
4. Enregistrer des dépréciations de créances

**Support de travail**

Chapitre8_Situation.xlsx
liennathan.fr/il1qub

# 1 Mettre à jour les stocks après inventaire

## Doc. 1 Balance globale au 31/12/N avant inventaire

| N° compte | Libellé | Soldes Débiteur | Soldes Créditeur |
|---|---|---|---|
| [...] | [...] | [...] | [...] |
| 311 | Stocks de MP, denrées, tissus | 950 | |
| 322 | Stocks de fournitures | 2 400 | |
| 355 | Stocks de PF, protections | 750 | |
| [...] | [...] | [...] | [...] |
| 6011 | Achats de matières premières | 35 500 | |
| 6022 | Achats de fournitures | 42 000 | |
| 7011 | Ventes de sous-casques, sous-gants | | 27 600 |

## Doc. 2 Inventaire physique des stocks au 31/12/N

Manon et Corentin ont compté les stocks un à un pendant toute une journée. Puis ils ont procédé à leur estimation grâce aux fiches de stock manuelles qu'ils mettent à jour à chaque entrée et sortie de stock. À l'issue de ce travail minutieux, ils ont pu apporter à Doriane les informations suivantes : la valeur des matières premières est de 1 450 €, celle des fournitures de 3 550 € et celle des produits finis de 855 €.

## Doc. 3 Inventaire comptable : les deux écritures de mise à jour des stocks

| | 31/12/N | Débit | Crédit |
|---|---|---|---|
| 60311 | Variation stocks MP | 950 | |
| ............ | Variation stocks fournitures | ................ | ................ |
| ............ | Variation stocks PF | ................ | ................ |
| 311 | SI de MP, denrées, tissus | ................ | 950 |
| ............ | SI de fournitures | ................ | ................ |
| ............ | SI de PF, protections | ................ | ................ |

| | 31/12/N | Débit | Crédit |
|---|---|---|---|
| 311 | Stock final de MP, denrées, tissus | 1 450 | |
| ............ | Stock final de fournitures | ................ | ................ |
| ............ | Stock final de PF, protections | ................ | ................ |
| 60311 | Variation stocks MP | ................ | 1 450 |
| ............ | Variation stocks fournitures | ................ | ................ |
| ............ | Variation stocks PF | ................ | ................ |

## Doc. 4 Documents de synthèse au 31/12/N après inventaire

| BILAN Kart'Indoor – 31/12/N (extrait) | |
|---|---|
| ACTIF | N Brut |
| **ACTIF CIRCULANT** | |
| **Stocks et en-cours** | |
| Matières premières et fournitures | |
| Marchandises | |
| Produits finis | |
| **Total** | |

| COMPTE DE RÉSULTAT Kart'Indoor – Année N (extrait) | |
|---|---|
| **Produits d'exploitation** | |
| Production vendue | 27 600 |
| Production stockée | |
| **Charges d'exploitation** | |
| Achats de MP et autres approv. | 77 500 |
| Variation des stocks de MP et autres approv. | |

## Ressources

1. L'**inventaire physique** des stocks consiste à compter physiquement l'ensemble des biens en stocks. Il est **obligatoire** au moins une fois par an.
2. L'**inventaire comptable intermittent** des stocks consiste à mettre à jour la valeur des **comptes de stocks (31, 32, 35, 37)** qui apparaissent dans la **colonne « Brut » du bilan**, en fonction des résultats de l'inventaire physique. Il est obligatoire une fois par an.
Si les moyens informatiques le permettent, les stocks peuvent être mis à jour à chaque achat ou vente, toute l'année. On parle alors d'**inventaire permanent**.
3. La mise à jour des stocks nécessite l'utilisation de **comptes de variation de stocks** :
   - des comptes **603..** pour les stocks de matières et marchandises **achetées** ;
   - des comptes **713..** pour les stocks de produits finis en **attente d'être vendus**.
4. Le **coût d'achat des marchandises vendues** (comptes 607 et 6037) et le **coût d'achat des matières consommées** (comptes 601 et 602) + (comptes 6031 et 6032) correspondent au coût des matières utilisées dans l'année.

**Avant la classe**

À l'aide d'une recherche, expliquez en quoi consiste le principe d'indépendance des exercices comptables.

## Situation

Kart'Indoor dispose de stocks variés : des denrées et boissons (l'entreprise dispose d'un espace bar), quelques produits finis fabriqués sur place, des pièces de rechange pour l'entretien des karts et des batteries. L'inventaire comptable chez Kart'Indoor est intermittent. Doriane souhaite mettre à jour ces stocks en comptabilité. À sa demande, Manon et Corentin ont fermé l'entreprise une journée et organisé un pointage physique minutieux de l'ensemble des stocks.

### J'analyse la situation

**1.** **Quelle est la valeur des stocks en comptabilité dans la balance avant inventaire ? Ces montants sont-ils à jour ? Justifiez.** | Document 1

**2.** **Selon vous, quel est le rôle de l'inventaire physique des stocks réalisé par Manon et Corentin ?** | Document 2 | Ressources 1 et 2

**3.** **À partir de l'exemple de mise à jour des stocks de denrées et à l'aide de votre liste des comptes du PCG, terminez les écritures des mises à jour des stocks.** | Document 3 | Ressource 3

**4.** **À l'appui des écritures d'inventaire, calculez les soldes des comptes de variation de stock puis complétez les extraits des documents de synthèse.** | Document 4

### Je retiens l'essentiel

**5.** **L'inventaire comptable des stocks peut-il se passer de l'inventaire physique ?**

**6.** **La mise à jour des stocks en comptabilité se fait en deux étapes. Lesquelles ?**

### J'approfondis

**7.** **Les stocks de MP ont augmenté, mais la variation à inscrire dans les charges du compte de résultat est négative. Pourquoi ?**

**8.** **Calculez le coût d'achat des MP et fournitures consommées dans l'année. Quelle différence faites-vous entre ce montant et le montant des achats ?** | Ressource 4

**Les flashcards de la séance** — Des cartes questions/réponses pour mémoriser

liennathan.fr/erb1gi

# 2 Enregistrer des dépréciations de stocks

## Doc. 1 Extrait de l'entretien avec Doriane, experte-comptable

**Doriane :** Je vous rappelle que l'an dernier, nous avons enregistré une dépréciation des batteries de 150 € car trois batteries mal conditionnées risquaient d'avoir été détériorées.

**Manon :** Cette année, le risque de dépréciation est nettement plus élevé !

**Doriane :** La canicule, c'est ça ?

**Manon :** Oui, les batteries sont restées stockées à des températures très élevées pendant plus de trois semaines.

**Corentin :** Un stockage dans ces conditions peut avoir un « effet retard » sur la durée de vie des batteries. Elles risquent de se décharger plus vite et de vieillir prématurément. Notre expert estime le risque de perte de valeur à 1 000 €.

## Doc. 2 Extrait du bilan au 31/12/N avant inventaire

| Société : Kart'Indoor | | Éditée le 31/12/N | |
|---|---|---|---|
| N° compte | Libellé | Soldes | |
| | | Débiteur | Créditeur |
| [...] | [...] | [...] | [...] |
| 311 | Stocks de MP, denrées, tissus | 1 450 | |
| 322 | Stocks de fournitures | 3 550 | |
| 355 | Stocks de PF, protections | 855 | |
| [...] | [...] | [...] | [...] |
| 3922 | Dépréciations des batteries | | 150 |

## Doc. 3 Écritures de dépréciations des stocks de fournitures

| | | 31/12/N | | |
|---|---|---|---|---|
| | ........... | Dépréciations batteries N-1 | ........... | |
| | ........... | Reprise s/dépréc. des stocks N-1 | | ........... |

| | | 31/12/N | | |
|---|---|---|---|---|
| | ........... | Dotations dépréciations batteries N | ........... | |
| | ........... | Dépréciations batteries N | | ........... |

## Doc. 4 Impact des écritures sur le bilan comptable

| BILAN Kart'Indoor – 31/12/N (extrait) | | | | |
|---|---|---|---|---|
| ACTIF | N | | | N-1 |
| | Brut | Am. Dép. | Net | Net |
| **ACTIF CIRCULANT** | | | | |
| **Stocks et encours** | | | | |
| Mat. premières et fournitures | | | | 3 200 |
| Marchandises | 0 | 0 | 0 | 0 |
| Produits finis | | | | 750 |

| COMPTE DE RÉSULTAT Kart'Indoor – Année N (extrait) | |
|---|---|
| [...] | N |
| **Produits d'exploitation** | |
| Reprises sur dépréciations | |
| **Charges d'exploitation** | |
| Sur actif circulant, dot. aux dépréciations | |

## Ressources

① **Les stocks peuvent se déprécier** s'ils se sont détériorés, démodés ou sont devenus obsolètes. Cette perte de valeur éventuelle ne sera effective que le jour de la vente si l'entreprise doit revoir le prix à la baisse. Par respect du principe de prudence comptable, il faut tenir compte de ce risque en fin d'exercice comptable en enregistrant une dépréciation des stocks.

② Les stocks sont des actifs circulants, ils changent chaque jour. Les biens en stock au 31/12/N ne sont donc pas les mêmes que ceux au 01/01/N. C'est pourquoi, lors des écritures d'inventaire, il faut systématiquement **reprendre les éventuelles dépréciations de stock de l'année N-1**, dans leur intégralité, quelle que soit l'évolution de la dépréciation. Si besoin, on passe ensuite une **nouvelle écriture de dépréciation des stocks** de fin d'année N.

**Avant la classe**

Quelle est la différence entre un amortissement et une dépréciation ? Pourquoi les stocks ne peuvent-ils être concernés que par des dépréciations ?

## Situation

***Déjà vu :*** *grâce aux informations fournies par l'inventaire physique, Doriane a pu mettre à jour les stocks en comptabilité : les valeurs brutes au bilan ont été corrigées, les variations de stocks ont été intégrées au compte de résultat de l'année N.*

Toutefois, le dossier n'est pas encore clos : l'inventaire a permis d'observer que certains stocks semblent avoir perdu de leur valeur au cours de l'année N. Doriane doit constater ces dépréciations en comptabilité.

### J'analyse la situation

1. **Pourquoi les stocks de batteries ont-ils perdu de la valeur en N-1 ? en N ?** | Document 1

.....................................................................................................................

.....................................................................................................................

2. **Cette perte de valeur est-elle certaine ? Faut-il la mentionner en comptabilité ? Justifiez.** | Ressource 1

.....................................................................................................................

.....................................................................................................................

3. **À l'aide de la balance de Kart'Indoor et de votre plan comptable, recherchez les comptes de dotation et de reprise pour dépréciation des stocks puis complétez les écritures d'inventaire.** | Documents 2 et 3 · Ressource 2 · Fiche méthode 6

4. **Complétez l'extrait des documents de synthèse.** | Document 4

### Je retiens l'essentiel

5. **Quelle différence faites-vous entre la mise à jour des stocks et la mise à jour des dépréciations de stocks ?**

.....................................................................................................................

.....................................................................................................................

.....................................................................................................................

.....................................................................................................................

6. **La mise à jour des dépréciations des stocks en comptabilité se fait en deux étapes. Lesquelles ?**

.....................................................................................................................

.....................................................................................................................

.....................................................................................................................

### J'approfondis

7. **Pourquoi une écriture de dépréciation des stocks permet-elle de réaliser des économies d'impôt ?**

.....................................................................................................................

.....................................................................................................................

.....................................................................................................................

**Les flashcards de la séance** — **Des cartes questions/réponses pour mémoriser**

liennathan.fr/x9o2vx

# 3 Suivre les créances douteuses

## Doc. 1 Extrait de la balance avant inventaire N

| Société : Kart'Indoor | | Éditée le 31/12/N | |
|---|---|---|---|
| **BALANCE GLOBALE avant inventaire N** | | | |
| **N° compte** | **Libellé** | **Soldes** | |
| | | **Débiteur** | **Créditeur** |
| [...] | [...] | [...] | [...] |
| 411 | Créances clients | 5 480 | |
| 416 | Créances douteuses | 1 490 | |
| 4916 | Dépréc. créances douteuses | | 742 |

## Doc. 2 Extrait de l'entretien avec Doriane, experte-comptable

**Doriane :** Nous avions deux créances douteuses l'an passé, celles des clients ASF et Bernard...

**Manon :** Malheureusement, leur situation s'est encore aggravée cette année : même si j'ai obtenu un petit règlement de 200 € de la part d'ASF, je redoute aujourd'hui qu'il ne règle que la moitié de ce qu'il nous doit encore. Quant à Bernard, nous n'obtiendrons rien, l'entreprise va fermer.

**Doriane :** OK. Je traduis ça en compta...

**Manon :** Attention, cette année, j'ai aussi des doutes sur la créance Choukroun !

## Doc. 3 Tableau de suivi des créances douteuses au 31/12/N

| Liste des créances douteuses | 1. Base de calcul des dépréciations N | | | | 2. Calcul du risque N | | | 3. Impact en comptabilité | | |
|---|---|---|---|---|---|---|---|---|---|---|
| | TTC N-1 | Règl[t] N | TTC N | HT N* | Taux Risque N | Dépréc. fin N | Irrécouvrable N | Rappel dép. N-1 | Dotation suppl. | Reprise |
| ASF | 650 | 200 | 450 | 375 | 50 % | | | 217 | | |
| Bernard | 840 | 0 | 840 | 700 | 100 % | | | 525 | | |
| Choukroun | | | 1 200 | 1 000 | 25 % | | | 0 | | |
| **Total** | **1 490** | **200** | **2 490** | **2 075** | | | | **742** | | |

* Taux de TVA : 20 %

## Ressources

1. Les créances clients enregistrées en compte 411 correspondent à des sommes TTC dues par les clients qui ont obtenu un délai de règlement. Si un client est en difficulté financière, **l'entreprise risque de ne pas voir sa créance remboursée**, ou seulement partiellement. Le client doit alors faire l'objet d'un suivi rigoureux : lors des opérations d'inventaire, la totalité de la créance TTC est sortie du compte 411 et placée dans un compte **416 Clients douteux**.

2. Lorsque l'entreprise risque de ne pas récupérer une partie ou l'intégralité d'une créance devenue douteuse, elle doit, en fonction du **principe de prudence comptable**, signaler dans les comptes le montant qu'elle pourrait ne pas recouvrer. Le risque de perte apparaît alors dans un compte 4916 Dépréciation des créances douteuses.

3. Les dossiers de suivi des clients douteux peuvent s'étaler sur quelques exercices. Tous les ans, l'entreprise fait le point sur les sommes versées ou non par chaque client et ajuste les risques de l'année. Pour cela, le comptable complète un **tableau préparatoire de suivi des créances douteuses**.

4. Généralement, le risque de non-recouvrement est exprimé en **pourcentage** du montant de la créance. Il est calculé sur la **valeur hors taxes (HT) de la créance** car, en cas de défaillance avérée du client, l'entreprise pourra récupérer la TVA déjà versée à l'État.

5. **Risque = Créance douteuse HT × Taux de risque.** Tant que le taux est < 100 %, le montant obtenu correspond à une dépréciation. S'il atteint 100 %, la créance est dite « irrécouvrable ». Ce n'est plus un risque (dépréciation), mais une perte effective (perte irrécouvrable).

6. Préparation de l'impact en comptabilité :

| Dotation aux dépréciations | Reprise sur dépréciations |
|---|---|
| • Nouvelle créance douteuse : risque de l'année<br>• Ancienne créance douteuse dont la situation s'aggrave : risque supplémentaire | • Ancienne créance douteuse dont la situation s'améliore : risque moindre<br>• Ancienne créance douteuse devenue irrécouvrable : annulation totalité du risque |

**Avant la classe**

Les créances clients inscrites au bilan sont-elles TTC ou HT ?
Expliquez pourquoi avec un exemple.

## Situation

***Déjà vu :*** *Doriane a enregistré les écritures d'inventaire relatives aux stocks : elle a mis à jour les valeurs des comptes 31, 32, 35 et 37 (pour corriger la valeur en colonne « Brut » du bilan), ainsi que les risques de dépréciation des comptes 39… (pour corriger les montants en colonne centrale du bilan).*

Les travaux d'inventaire se terminent par un travail sur les créances clients. Doriane fait le point sur les risques encourus.

### J'analyse la situation

**1.** **Quel est le total des créances clients attendues par Kart'Indoor fin N ? Dans ce total, certaines créances anciennes avaient été classées « douteuses » fin N-1. Pourquoi ?** — Document 1 / Ressource 1

**2.** **Lors de l'exercice comptable précédent, quel montant l'entreprise pensait ne pas recouvrer ?** — Ressource 2

**3.** **À l'appui des informations fournies par Manon, listez au moins trois corrections que Doriane va devoir apporter dans les comptes pour l'inventaire N.** — Document 2

**4.** **Doriane a construit un tableau pour suivre les trois créances douteuses. Pourquoi a-t-elle prévu une colonne « HT » dans la base de calcul des dépréciations ?** — Document 3 / Ressources 3 et 4

**5.** **En fonction de l'évaluation du taux de risque au 31/12/N, chiffrez ces risques et classez-les en dépréciation ou en perte (complétez la partie 2 du doc. 3).** — Ressource 5

**6.** **Préparez l'impact en comptabilité (complétez la partie 3 du doc. 3).** — Ressource 6

### Je retiens l'essentiel

**7.** **Citez deux situations pour lesquelles une créance douteuse doit faire l'objet :**
**– d'une dotation aux dépréciations ;**
**– d'une reprise sur dépréciations.**

### J'approfondis

**8.** **Comparez une dépréciation des créances et une perte irrécouvrable. Laquelle est guidée par le principe de prudence comptable ? Justifiez.**

**Les flashcards de la séance** — **Des cartes questions/réponses pour mémoriser**
liennathan.fr/0j35h1

# 4 Enregistrer des dépréciations de créances

## Doc. 1 Rappel des éléments préparatoires

| Liste des créances douteuses | 1. Base de calcul des dépréciations N | | | | 2. Calcul du risque N | | | 3. Impact en comptabilité | | |
|---|---|---|---|---|---|---|---|---|---|---|
| | TTC N-1 | Règlt N | TTC N | HT N * | Taux Risque N | Dépréc. fin N | Irrécouvrable N | Rappel dép. N-1 | Dotation suppl. | Reprise |
| ASF | 650 | 200 | 450 | 375 | 50 % | | | 217 | | |
| Bernard | 840 | 0 | 840 | 700 | 100 % | | | 525 | | |
| Choukroun | | | 1 200 | 1 000 | 25 % | | | 0 | | |
| Total | 1 490 | 200 | 2 490 | 2 075 | | | | 742 | | |

* Taux de TVA : 20 %

## Doc. 2 Écritures d'inventaire

| | | 31/12/N | | |
|---|---|---|---|---|
| ........... | | ........................................ | ........... | ........... |
| ........... | | ........................................ | ........... | ........... |
| | | *Passage Choukroun en créance douteuse* | | |

| | | 31/12/N | | |
|---|---|---|---|---|
| ........... | | ........................................ | ........... | ........... |
| ........... | | ........................................ | ........... | ........... |
| ........... | | ........................................ | ........... | ........... |
| | | *Perte irrécouvrable Bernard* | | |

| | | 31/12/N | | |
|---|---|---|---|---|
| ........... | | ........................................ | ........... | ........... |
| ........... | | ........................................ | ........... | ........... |
| | | *Dotations N* | | |

| | | 31/12/N | | |
|---|---|---|---|---|
| ........... | | ........................................ | ........... | ........... |
| ........... | | ........................................ | ........... | ........... |
| | | *Reprises N* | | |

## Doc. 3 Impact des écritures dans les comptes

| 411 | | 416 | | 4916 | | 654 | | 68174 | | 78174 | |
|---|---|---|---|---|---|---|---|---|---|---|---|
| 5 480 | ........... | 1 490 | 200 | ........... | 742 | ........... | ........... | ........... | ........... | ........... | ........... |
| ........... | ........... | ........... | ........... | ........... | ........... | ........... | ........... | ........... | ........... | ........... | ........... |
| ........... | | ........... | | ........... | | | | | | | |

## Doc. 4 Impact des écritures dans les documents de synthèse

| COMPTE DE RÉSULTAT – Année N (extrait) | N |
|---|---|
| [...] | [...] |
| **Produits d'exploitation** | |
| Reprises sur dépréciations | |
| **Charges d'exploitation** | |
| Sur actif circulant, dot. aux dép. | |
| Autres charges | |

| BILAN Kart'Indoor – 31/12/N (extrait) | | | | |
|---|---|---|---|---|
| ACTIF | N | | | N-1 |
| | Brut | Am. Dép. | Net | Net |
| ACTIF CIRCULANT | | | | |
| Créances clients | | | | 6 228 |

**Avant la classe**

Les travaux d'inventaire s'étalent de janvier à mars ou avril. Pendant ce temps, de nombreuses écritures d'inventaire sont enregistrées au journal.

**Dans quel journal ? À quelle date ? Justifiez.**

## Situation

***Déjà vu :*** *Doriane a établi le tableau de suivi des créances clients, qui permet de préparer les écritures en comptabilité.*

À partir de ce tableau de suivi, Doriane procède aux écritures d'inventaire liées aux créances clients.

### J'analyse la situation

1. **À partir du tableau de suivi des créances clients, transférez la créance Choukroun en client douteux, enregistrez la perte irrécouvrable de Bernard, puis les dotations et reprises sur dépréciations.** Documents 1 et 2 · Fiche méthode 6

2. **Transférez l'impact de ces écritures dans les comptes simplifiés.** Document 3

3. **Complétez l'extrait des documents de synthèse après inventaire.** Document 4

### Je retiens l'essentiel

4. **Généralement, quatre types d'écritures sont saisis au journal pour mettre à jour les créances douteuses : mouvements sur les comptes 416, 654, 68174 et 78174. Listez-les.**

..........

..........

..........

..........

..........

..........

..........

..........

..........

### J'approfondis

5. **Doriane a constaté une perte de 700 € sur la créance Bernard. Pourtant, grâce au principe de prudence qui a permis d'anticiper un risque, l'impact de cette perte sur le résultat de l'année N n'est que de 175 €. Expliquez.**

..........

..........

..........

..........

..........

..........

..........

..........

..........

**Les flashcards de la séance**

**Des cartes questions/réponses pour mémoriser**

liennathan.fr/vct0ug

# Synthèse

## L'inventaire de l'actif circulant

Vidéo
Synthèse vidéo
liennathan.fr/9suiwf

### 1, 2. La mise à jour des stocks après inventaire

**Comptes de stocks**

Comptes 31, 32, 35, 37
= montants en colonne « Brut » du bilan

↓

**Inventaire physique** une fois par an
↓
**Inventaire comptable**
Mise à jour des valeurs
en compte classe 3
- Sortir des comptes les SI
- Enregistrer en compte les SF

**Comptes de dépréciations des stocks**

Comptes 391, 392, 395, 397
= montants en colonne centrale du bilan

↓

Analyse de l'état des stocks
et des risques de dépréciation
↓
Mise à jour des valeurs
en compte 39
- Sortir des comptes les dépréciations N-1
- Enregistrer en compte les dépréciations N

### 3, 4. La mise à jour des créances douteuses après inventaire

**Tableau de suivi des créances douteuses**

- Suivi individuel de chaque créance douteuse (compte 416)
- Mise à jour de la situation en fonction du **taux de risque**

→

**Mise à jour des dépréciations de créances**

Mise à jour des comptes
416 Clients douteux
654 Pertes irrécouvrables
681 Dotations aux dépréciations
781 Reprises sur dépréciations

**Rédigez votre synthèse personnelle à l'aide des mots-clés suivants :**
Inventaire physique, inventaire comptable, inventaire intermittent • Dépréciations des stocks, dépréciations des créances • Dotations • Reprises • Clients douteux • Pertes sur créances irrécouvrables

# Applications

## 1 Tester ses connaissances

**Testez vos connaissances avec le quiz numérique. C'est parti !**

Quiz
liennathan.fr/c24o7a

## 2 Jouer avec le vocabulaire

**Complétez la grille à l'aide des définitions.**

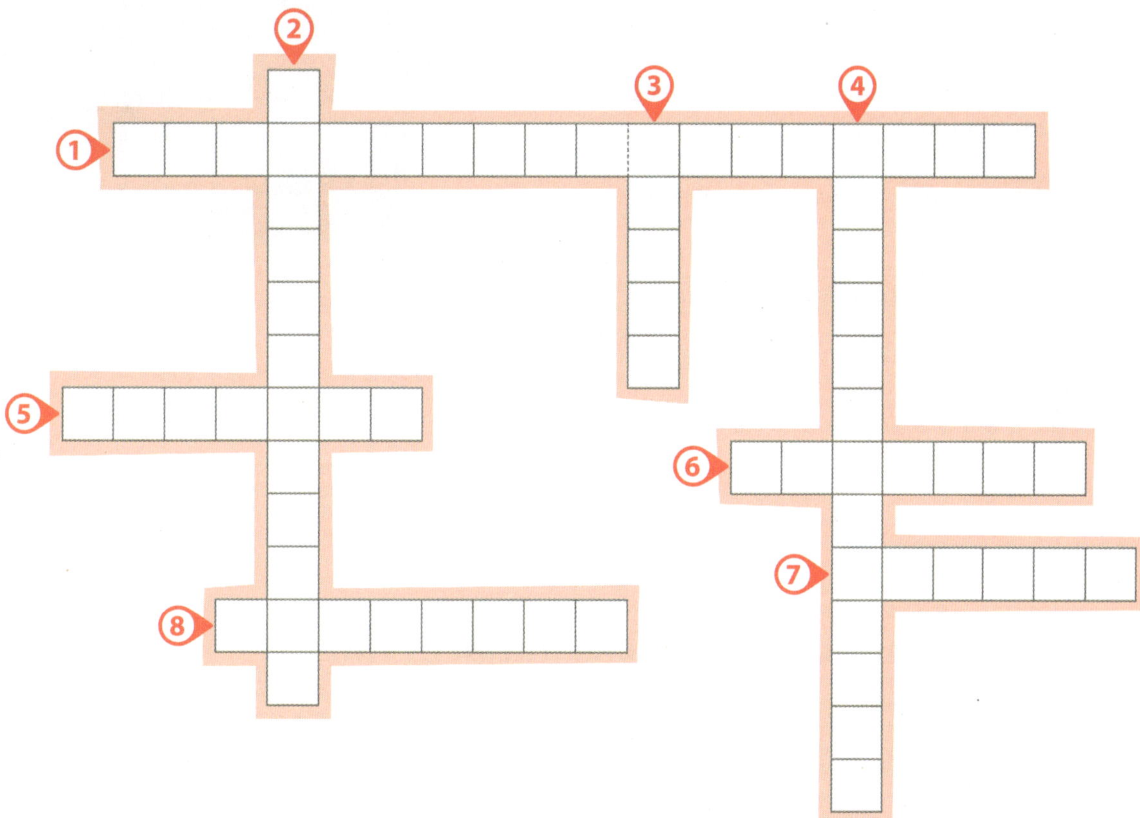


1. Opération de comptage manuel des biens détenus en stock dans l'entreprise.
2. Terme comptable pour parler d'un risque de perte de valeur d'un bien.
3. Lorsqu'une créance est devenue irrécupérable, on l'enregistre en comptabilité.
4. Se dit d'une créance client qui n'a plus aucune chance d'être encaissée.
5. Lorsqu'une situation s'améliore, que le risque de perte s'atténue, on enregistre une … sur dépréciation.
6. Se dit d'un client en retard de paiement, qui ne répond pas aux relances.
7. Lorsqu'une créance est douteuse, on l'enregistre en comptabilité.
8. Opération comptable qui consiste à enregistrer un risque de perte.

# Applications

Support de travail
Chapitre8_Applications.xlsx
liennathan.fr/2q5gwm

## 3 Mettre à jour les comptes de stocks ★

Vous travaillez dans l'entreprise Colin, fabricant de bijoux fantaisie. L'inventaire physique des stocks se termine. Vous devez mettre à jour les comptes de stocks après inventaire.

1. **Sachant que l'entreprise Colin dispose d'un PGI, l'inventaire physique des stocks était-il obligatoire ?**
2. **Passez au journal les écritures de mise à jour des stocks (document 1 et document 2).**
3. **Présentez l'impact de ces écritures sur le résultat et sur la trésorerie.**

### Doc. 1 Comptes de stocks avant inventaire

| Société : Colin | | Éditée le 31/12/N | |
|---|---|---|---|
| **BALANCE GLOBALE avant inventaire** | | | |
| **N° compte** | **Libellé** | **Soldes** | |
| | | **Débiteur** | **Créditeur** |
| [...] | [...] | [...] | [...] |
| 310 | Matières premières | 7 500 | |
| 355 | Produits finis | 16 000 | |

### Doc. 2 Résultat de l'inventaire physique des stocks

Matières premières : 5 400 €
Produits finis : 15 000 €

## 4 Maîtriser les notions de stocks initial et final ★★

Vous souhaitez intégrer l'entreprise Gilbert, fabricant d'objets en céramique, sur un poste de comptable, responsable des écritures d'inventaire. Pour tester votre aisance sur les notions de stock, on vous demande de résoudre quelques cas.

| Cas 1 |
|---|
| Stock initial de MP : 13 560 |
| Stock final de MP : 17 800 |
| Total du compte 601 : 123 456 |

1. **Quel est le montant de la variation de stocks ?**
   - ☐ + 4 240
   - ☐ + 17 800
   - ☐ – 4 240
2. **Quel est le montant des matières consommées en N ?**
   - ☐ 123 456
   - ☐ 13 560
   - ☐ 119 216

| Cas 2 |
|---|
| Stock final de marchandises : 65 432 |
| Compte 6037 créditeur : 8 900 |
| Total du compte 607 : 231 654 |

3. **Quelle était la valeur du stock initial ?**
   - ☐ 8 900
   - ☐ 231 654
   - ☐ 74 332
4. **Quel est le coût des marchandises vendues en N ?**
   - ☐ 231 654
   - ☐ 240 554
   - ☐ 222 754

| Cas 3 |
|---|
| Stock initial de produits finis : 43 678 |
| Compte 7135 créditeur : 7 900 |
| Total du compte 701 : 631 654 |

5. **Quelle est la valeur finale du stock ?**
   - ☐ 7 900
   - ☐ 51 578
   - ☐ 35 778
6. **Quelle est la production totale de l'année ?**
   - ☐ 631 654
   - ☐ 639 554
   - ☐ 623 754

## 5 Calculer et enregistrer des dépréciations de stocks ★

Vous travaillez dans l'entreprise Vidal, fabricant de mobilier de jardin en ferronnerie. Vous êtes en charge du dossier des dépréciations de stocks.

1. **Passez au journal les écritures de variation des stocks (document).**
2. **Passez les écritures nécessaires à la mise à jour des dépréciations de stocks.**
3. **Présentez les comptes en T relatifs aux stocks et variations de stocks.**
4. **Présentez un extrait du bilan après inventaire.**
5. **Quel est l'impact de ces écritures sur le résultat comptable de l'entreprise Vidal ?**

**Doc. Éléments de stocks issus du PGI**

| Stocks | 31/12/N-1 | | 31/12/N | |
|---|---|---|---|---|
| | Valeur brute | Total des dépréciations | Valeur brute | Total des dépréciations |
| Matières premières | 22 081 | 1 642 | 18 654 | 2 022 |
| Produits finis | 64 220 | 3 055 | 51 650 | 2 920 |

## 6 Calculer et enregistrer des dépréciations de créances clients ★★

Vous poursuivez votre travail d'inventaire dans l'entreprise Vidal, fabricant de mobilier de jardin en ferronnerie. Vous procédez à l'évaluation et à la mise à jour des créances clients.

1. **Sur tableur, construisez un tableau de suivi des dépréciations des clients au 31/12/N (document).**
2. **Passez au journal les écritures d'inventaire.**
3. **Présentez les comptes en T des comptes utilisés puis un extrait du bilan après inventaire N.**
4. **Analysez le cas du client Cochin : combien l'entreprise Vidal a-t-elle perdu suite aux difficultés de ce client ? Expliquez pourquoi l'impact sur les comptes de l'année N est bien inférieur à ce montant.**

**Doc. Éléments préparatoires aux écritures d'inventaire**

| Créances | Créances TTC 31/12/N-1 | Dépréciations 31/12/N-1 | Inventaire du 31/12/N |
|---|---|---|---|
| Alonso | 2 499,64 | 1 045,00 | On espère recouvrer 20 %. |
| Brunet | 3 013,92 | 630,00 | Risque de perte de 80 % |
| Cochin | 4 530,45 | 3 030,00 | Un certificat d'irrécouvrabilité a été reçu en octobre N. |

Le compte « 411 Créances clients » présente un solde de 56 800 € TTC. Le taux de TVA est de 20 %.
Les clients douteux Alonso, Brunet et Cochin n'ont effectué aucun règlement au cours de l'année N.
Au cours de l'année N, le client Domingel s'est trouvé en difficulté financière et risque une procédure de redressement judiciaire. L'entreprise Vidal détient une créance de 1 794 € TTC. Elle risque de ne recouvrer que 50 % de cette créance.

## 7 Prendre en charge l'inventaire de l'actif immobilisé ★★

La SA Azur est spécialisée depuis plus de 20 ans dans la fabrication de piscines en polyester. Elle travaille en B to B. Ses clients sont des revendeurs et installateurs de piscines. L'entreprise leur propose des délais de règlement à 60 jours. En période de récession économique, certains clients voient leur activité baisser et, par conséquent, ont du mal à honorer leurs factures. Par ailleurs, la demande des produits est très dépendante de la mode : couleur du revêtement, forme... Certaines piscines très prisées jusqu'à présent sont actuellement moins demandées et stagnent en stock... L'entreprise clôture ses comptes au 31 décembre. Vous travaillez dans le service Comptabilité et participez aux travaux d'inventaire. Votre responsable vous confie le dossier délicat de l'évaluation des actifs de l'entreprise.

1. **En vertu de quel objectif comptable faut-il procéder, à la fin de chaque exercice, à une évaluation des actifs de l'entreprise ? Justifiez.**
2. **Les valeurs en comptes de la classe 3 (document 1) correspondent aux stocks de l'année N-1. Quelle est la méthode d'inventaire mise en place dans la SA Azur ?**
3. **À partir des informations transmises par les responsables du service Achats et du service commercial (document 2), enregistrez au journal toutes les écritures d'inventaire liées aux stocks.**
4. **À l'aide d'un tableur, présentez un tableau de suivi des créances au 31/12/N puis enregistrez au journal l'ensemble des écritures nécessaires à la régularisation des créances.**
5. **Votre responsable vous demande d'analyser la créance de la SARL Bonjardin : expliquez comment le principe de prudence lié à l'enregistrement des dépréciations des créances a permis d'étaler la perte sur les 2 exercices comptables.**

### Doc. 1 Extrait de la balance au 31/12/N avant inventaire

| Comptes | | Solde débiteur | Solde créditeur |
|---|---|---|---|
| [...] | [...] | [...] | [...] |
| 311 | Stocks de matières premières | 321 456 | 0 |
| 355 | Stocks de produits finis | 234 123 | 0 |
| 411 | Créances clients | 92 456 | 0 |
| 416 | Créances douteuses | 22 500 | 0 |
| [...] | [...] | [...] | [...] |
| 3955 | Dépréciations stocks de PF | 0 | 14 000 |
| 4916 | Dépréciations créances clients | 0 | 8 681 |
| [...] | [...] | [...] | [...] |

### Doc. 2 Résultat de l'inventaire des stocks et des créances clients

**Les stocks** de matières premières sont de 250 500 €, ceux de produits finis de 254 000 €. Le responsable commercial constate une baisse actuelle de la demande sur des coques de couleur sombre car le produit passe de mode : un lot en stock d'une valeur de 76 000 € risque de se déprécier de 25 %.

**L'entreprise dispose d'une créance** de 17 500 € sur la SARL Bonjardin depuis juin N-1. Elle a été dépréciée de 7 291,67 € au 31/12/N-1. Bonjardin n'a rien réglé depuis cette date. Cette créance ne sera jamais remboursée.

La SA Miccolus devait 5 000 € au 31/12/N. Cette créance douteuse a été dépréciée de 1 388,89 € en N-1. Après de nombreuses relances, elle a réglé 2 000 € au cours de l'année N. Azur espère aujourd'hui recouvrer 60 % du solde restant.

Le nouveau client Garnier n'a pas réglé ses factures du mois de mai N. Il doit 18 500 €. Azur risque de perdre 25 % de cette créance. Le taux de TVA est de 20 %.

# L'analyse de la profitabilité et de la rentabilité

9

**Question** Mesurer la performance, des approches multiples ?

**Capacités**
- Analyser la performance de l'activité à l'aide d'indicateurs de profitabilité et de rentabilité en effectuant des comparaisons dans le temps et dans l'espace.
- Estimer les effets d'une évolution de l'activité sur la performance de l'entreprise.
- Établir un lien entre l'endettement et la rentabilité financière (effet de levier, sans le calculer).

**Vers PIX** 1.3. Traiter des données

## Situation

La confiserie Les Guimauves de Manon vend depuis 20 ans des guimauves aux couleurs et saveurs variées. Elle dispose d'ateliers de fabrication à Pernes-les-Fontaines, dans le Vaucluse, et de magasins à l'enseigne Les Guimauves de Manon répartis dans tout l'Hexagone. Les guimauves sont aussi vendues chez des pâtissiers et chocolatiers dans toutes les grandes villes de France.
Au cours de l'année N, Manon Huguin, PDG de l'entreprise, a pris deux décisions importantes pour améliorer l'activité et la performance de son outil de travail. D'une part, un partenariat la lie désormais à Valentin Delcastillo, auprès duquel elle s'approvisionne en calissons pour les revendre *via* les magasins de l'entreprise. Une nouvelle embauche doit permettre de gérer et développer cette nouvelle gamme de produits. D'autre part, Manon a souhaité moderniser ses ateliers de fabrication. Un matériel flambant neuf a pu être financé par emprunt. Il doit permettre de travailler plus rapidement et d'économiser quelques charges externes. Pourtant, en fin d'année N, alors que le chiffre d'affaires a effectivement augmenté, le bénéfice comptable est réduit de moitié ! Manon souhaite comprendre ce qu'il s'est passé.

**Étapes de travail**

1. Analyser la profitabilité à partir du compte de résultat
2. Étudier les soldes de gestion et la capacité d'autofinancement
3. Mesurer la rentabilité et l'effet de levier

**Support de travail**

Chapitre9_Situation.xlsx
liennathan.fr/m9w4dk

# 1 Analyser la profitabilité à partir du compte de résultat

**Doc.** Compte de résultat année N

| Les Guimauves de Manon | Exercice N | Exercice N-1 | Évol. en % |
|---|---|---|---|
| **Produits d'exploitation** | | | |
| Ventes de marchandises | 103 000 | 0 | |
| Production vendue [biens et services] | 1 120 000 | 1 115 000 | ........................ |
| **Montant net du chiffre d'affaires** | **1 223 000** | **1 115 000** | ........................ |
| Reprises sur amort., dépréciations | 17 500 | 16 800 | |
| Produits des cessions des immo. | 12 500 | 0 | |
| Autres produits | 1 250 | 1 300 | |
| **Charges d'exploitation** | | | |
| Achats de marchandises | 59 000 | 0 | |
| Variation des stocks de marchandises | – 2 500 | 0 | |
| Achats de MP et autres approv. | 395 000 | 390 000 | |
| Variation des stocks de MP | – 15 000 | – 10 500 | |
| Autres achats et charges externes | 225 000 | 260 000 | |
| Impôts, taxes et versements assimilés | 30 211 | 29 110 | |
| Salaires et traitements | 420 553 | 345 503 | |
| Dotations aux amort., dépréciations | 70 701 | 35 651 | |
| VNC des immobilisations cédées | 11 765 | 0 | |
| Autres charges | 200 | 340 | |
| **RÉSULTAT D'EXPLOITATION** | **59 320** | **82 996** | ........................ |
| **Produits financiers** | | | |
| Autres intérêts et produits assimilés | 1 080 | 1 250 | |
| Reprises sur amort., dépréciations | 1 000 | 1 200 | |
| **Charges financières** | | | |
| Intérêts et charges assimilées | 21 500 | 2 400 | |
| Dotations aux amort., dépréciations | 0 | 0 | |
| **RÉSULTAT FINANCIER** | **– 19 420** | **50** | |
| **RÉSULTAT COURANT AVANT IMPÔTS** | **39 900** | **83 046** | ........................ |
| **Produits exceptionnels** | 285 | 274 | |
| **Charges exceptionnelles** | 240 | 234 | |
| **RÉSULTAT EXCEPTIONNEL** | **45** | **40** | ........................ |
| Impôts sur les bénéfices | 9 986 | 20 772 | |
| **RÉSULTAT NET COMPTABLE** | ........................ | ........................ | ........................ |
| **Taux de profitabilité** | ........................ | ........................ | |

Résultat « métier » de l'entreprise : ventes, achats, salaires, amortissements

Résultat « normal » de l'entreprise (exploitation + financier)

Bénéfice ou perte
Indicateur principal de la profitabilité de l'entreprise

**Ressource**

La **profitabilité** mesure la capacité de l'entreprise à générer des bénéfices (résultat net comptable) grâce à son activité (chiffre d'affaires). Le compte de résultat permet une première analyse car il met en évidence des indicateurs clés pouvant **expliquer la formation du résultat comptable** : le **chiffre d'affaires (CA)**, le **résultat d'exploitation**, le **résultat financier**, le **résultat exceptionnel**, le **résultat net comptable (RNC)**.

Taux de profitabilité = RNC / CA

**Avant la classe**

Aidez-vous du site liennathan.fr/uoa929 pour répondre à la question suivante.

Expliquez en quoi consiste la « maximisation des profits » souhaitée par les actionnaires.

## Situation

Manon a rendez-vous avec l'expert-comptable. Ils analysent ensemble le compte de résultat établi pour l'année N.

### J'analyse la situation

1. **Calculez l'impact de la nouvelle activité commerciale de revente de calissons sur l'évolution du chiffre d'affaires (CA) par rapport à N-1. Commentez.** | Document

..........................................................................................

..........................................................................................

2. **Calculez les résultats nets comptables des années N et N-1, les pourcentages d'évolution et les taux de profitabilité. Comparez avec l'évolution du CA. Commentez.** | Ressource

..........................................................................................

..........................................................................................

3. **Surlignez, dans le compte de résultat, les postes qui ont pu être affectés par les décisions de gestion de Manon : le développement d'une activité commerciale, l'embauche de deux salariés, la revente d'un ancien matériel et le financement d'un nouveau plus performant, permettant des économies de charges externes.**

4. **Calculez l'évolution des résultats intermédiaires. Donnez quelques explications à la forte baisse du résultat comptable.**

..........................................................................................

..........................................................................................

..........................................................................................

..........................................................................................

### Je retiens l'essentiel

5. **Citez deux postes du compte de résultat qui sont très souvent affectés lorsqu'une entreprise doit financer un nouvel investissement.**

..........................................................................................

..........................................................................................

6. **Selon vous, lorsqu'une entreprise est en perte, pourquoi est-ce inquiétant si cette perte émane du résultat d'exploitation et plutôt rassurant si elle émane du résultat exceptionnel ?**

..........................................................................................

..........................................................................................

### J'approfondis

7. **Imaginez une situation chiffrée où une hausse du résultat en volume cache une situation à surveiller.**

..........................................................................................

..........................................................................................

8. **L'ancien matériel de fabrication a-t-il été « bien » vendu ?**

..........................................................................................

## Les flashcards de la séance

**Des cartes questions/réponses pour mémoriser**

liennathan.fr/nti67s

# 2 Étudier les soldes de gestion et la CAF

## Doc. 1 Les soldes de gestion

| Les Guimauves de Manon | N | N-1 | % Évol. |
|---|---|---|---|
| Chiffre d'affaires | 1 223 000 | 1 115 000 | 9,7 % |
| Ventes de marchandises | 103 000 | 0 | |
| – Coût d'achat des marchandises vendues | 56 500 | 0 | |
| **= Marge commerciale**[(1)] | ...................... | **0** | |
| Production vendue | 1 120 000 | 1 115 000 | |
| + Production stockée | 0 | 0 | |
| + Production immobilisée | 0 | 0 | |
| **= Production de l'exercice**[(2)] | ...................... | **1 115 000** | ...................... |
| Marge commerciale | ...................... | 0 | |
| + Production de l'exercice | ...................... | 1 115 000 | |
| – Consommation de l'exercice en prov. de tiers | 605 000 | 639 500 | |
| **= Valeur ajoutée**[(3)] | ...................... | **475 500** | ...................... |
| – Impôts et taxes | 30 211 | 29 110 | |
| – Charges de personnel | 420 553 | 345 503 | |
| **= Excédent brut d'exploitation**[(4)] | ...................... | **100 887** | ...................... |
| + Reprises sur amortissements, dépréciations | 17 500 | 16 800 | |
| + Produits des cessions des immobilisations | 12 500 | 0 | |
| + Autres produits d'exploitation | 1 250 | 1 300 | |
| – Dotations aux amortissements, dépréciations | 70 701 | 35 651 | |
| – VNC des immobilisations cédées | 11 765 | 0 | |
| – Autres charges d'exploitation | 200 | 340 | |
| **= Résultat d'exploitation** | **59 320** | **82 996** | **– 28,5 %** |
| **Produits financiers** | | | |
| Autres intérêts et produits assimilés | 1 080 | 1 250 | |
| Reprises sur amort., dépréciations | 1 000 | 1 200 | |
| **Charges financières** | | | |
| Intérêts et charges assimilées | 21 500 | 2 400 | |
| Dotations aux amort., dépréciations | 0 | 0 | |
| **= Résultat financier** | **– 19 420** | **50** | |
| **= Résultat courant avant impôts** | **39 900** | **83 046** | **– 52,0 %** |
| + Résultat exceptionnel | 45 | 40 | |
| – Impôts sur les bénéfices | 9 986 | 20 772 | |
| **Résultat net** | **29 959** | **62 315** | **– 51,9 %** |

(1) Flux financiers dégagés grâce aux ventes de marchandises (calissons)
(2) Flux financiers dégagés grâce aux ventes de produits fabriqués (guimauves)
(3) Valeur créée par l'entreprise grâce à son travail
(4) Flux financiers dégagés par l'entreprise dans son cœur de métier

### Ressources

1. Alors que le résultat net comptable tient compte de l'ensemble des charges et des produits, la **capacité d'autofinancement (CAF)** ne tient compte que des flux financiers (charges décaissables et produits encaissables) issus de la gestion courante de l'entreprise. Elle correspond à l'argent dégagé après une année de travail. Elle peut être calculée à partir de l'EBE ou d'un retraitement du résultat comptable. C'est un **flux de trésorerie potentiel** dont pourrait bénéficier l'entreprise.
2. Après avoir versé des dividendes aux associés (sortie d'argent), l'entreprise peut bénéficier des ressources financières restantes : il s'agit de l'autofinancement.

**Autofinancement = CAF – Dividendes**

## Doc. 2 Le calcul de la capacité d'autofinancement

| Éléments de calcul de la CAF | N | N-1 |
|---|---|---|
| EBE | .............................. | 100 887 |
| + Autres produits d'exploitation | .............................. | 1 300 |
| – Autres charges d'exploitation | .............................. | 340 |
| + Autres intérêts et produits assimilés | .............................. | 1 250 |
| – Intérêts et charges assimilées | .............................. | 2 400 |
| + Résultat exceptionnel | .............................. | 40 |
| – Impôts sur les bénéfices | .............................. | 20 772 |
| = CAPACITÉ D'AUTOFINANCEMENT | .............................. | 79 966 |

**Avant la classe**

Aidez-vous du site liennathan.fr/t3gf77 pour répondre à la question suivante.

Parmi les 9 soldes intermédiaires de gestion, lesquels n'apparaissent pas dans un compte de résultat en liste ?

## Situation

***Déjà vu :*** *alors que son CA a augmenté de près de 10 %, l'entreprise subit une forte baisse de profitabilité (de 5,6 % à 2,4 %). L'analyse du compte de résultat a montré que l'amortissement des nouveaux matériels explique au moins pour partie la forte baisse du résultat d'exploitation, et que les intérêts financiers liés à l'investissement ont fortement réduit le résultat courant.*

Manon prend acte de ces mauvais résultats mais reste convaincue d'avoir fait les bons choix… et son expert-comptable est assez d'accord ! Ensemble, ils approfondissent l'analyse de l'activité à l'aide des soldes de gestion.

### J'analyse la situation

**1.** **Le tableau de l'expert-comptable a fait ressortir quatre soldes qui n'apparaissaient pas dans le compte de résultat. Repérez-les. Calculez leur montant pour l'année N et leur évolution par rapport à N-1.** | Document 1

**2.** **À quoi correspond la marge commerciale apparue en N ?**

……………………………………………………………………………………

……………………………………………………………………………………

**3.** **À quoi correspond la valeur ajoutée ? Donnez deux explications à sa forte progression.**

……………………………………………………………………………………

……………………………………………………………………………………

……………………………………………………………………………………

**4.** **L'EBE est aussi en hausse, mais un peu moins que la valeur ajoutée. Pourquoi ?**

……………………………………………………………………………………

……………………………………………………………………………………

**5.** **À quoi correspond la capacité d'autofinancement ? Calculez son montant en N. Commentez.** | Document 2 | Ressource 1

……………………………………………………………………………………

……………………………………………………………………………………

### Je retiens l'essentiel

**6.** **Quels indicateurs faut-il observer pour répondre aux besoins suivants ?**

**a.** **Connaître un résultat métier comparable aux concurrents, non affecté par les politiques d'investissement ou de financement :** ………………

**b.** **Connaître les flux de trésorerie dégagés par l'activité de l'année :** ………………

**c.** **Connaître la richesse créée par l'entreprise grâce à son travail :** ………………

### J'approfondis

**7.** **Les résultats de cette année vont desservir les associés (dividendes) mais servir l'entreprise (autofinancement). Pourquoi ?** | Ressource 2

……………………………………………………………………………………

……………………………………………………………………………………

……………………………………………………………………………………

**Les flashcards de la séance**

**Des cartes questions/réponses pour mémoriser**

liennathan.fr/ms0eph

# 3 Mesurer la rentabilité et l'effet de levier

## Doc. 1 Coût du projet et modalités de financement

**Coût du projet « Boutique à Milan » : 900 000 €**

| Financement | Modalité 1 | Modalité 2 |
|---|---|---|
| Emprunt | **700 000** | 300 000 |
| Augmentation de capital | 200 000 | **600 000** |

## Doc. 2 Calculs de rentabilité dans une situation de taux d'intérêt à 3,5 %

| Éléments prévisionnels | Taux d'intérêt : 3,5 % | |
|---|---|---|
| | Modalité 1 | Modalité 2 |
| Chiffre d'affaires | 450 000 | 450 000 |
| – Charges d'exploitation | 385 000 | 385 000 |
| **= Résultat d'exploitation** | **65 000** | **65 000** |
| – Charges d'intérêts | 24 500 | 10 500 |
| = Résultat avant impôts | 40 500 | 54 500 |
| – Impôt sur les sociétés 25 % | 10 125 | 13 625 |
| **= Résultat net comptable** | **30 375** | **40 875** |

| | Calculs de rentabilité | Modalité 1 | Modalité 2 |
|---|---|---|---|
| a | Résultat d'exploitation | 65 000 | 65 000 |
| b | Capitaux investis | 900 000 | 900 000 |
| a/b | **Rentabilité économique** | ............ | ............ |
| c | Résultat net comptable | 30 375 | 40 875 |
| d | Capitaux propres investis | 200 000 | 600 000 |
| c/d | **Rentabilité financière** | ............ | ............ |

## Doc. 3 Calculs de rentabilité dans une situation de taux d'intérêt à 8 %

| Taux d'intérêt : 8,00 % | |
|---|---|
| Modalité 1 | Modalité 2 |
| 450 000 | 450 000 |
| 385 000 | 385 000 |
| **65 000** | **65 000** |
| ............ | ............ |
| ............ | ............ |
| ............ | ............ |
| ............ | ............ |

| Modalité 1 | Modalité 2 |
|---|---|
| 65 000 | 65 000 |
| 900 000 | 900 000 |
| ............ | ............ |
| ............ | ............ |
| ............ | ............ |
| ............ | ............ |

## Ressources

1. Calculer une **rentabilité** consiste à comparer deux masses : le **coût** des investissements et les **revenus** dégagés par ces investissements. L'investissement est rentable s'il génère plus de revenus que ce qu'il a coûté. La rentabilité est généralement exprimée en pourcentage. Plus le pourcentage est élevé, plus l'investissement est rentable. Il existe plusieurs méthodes de calcul de rentabilité, chacune mesurant un type de performance différent.

2. La **rentabilité économique*** mesure la performance économique de l'ensemble des capitaux investis par l'entreprise. Cet indicateur intéresse les **dirigeants**.

$$\frac{\text{Résultat d'exploitation}}{\text{Capitaux propres + Emprunts}} \times 100$$

* Par simplification, l'ensemble des capitaux investis correspond aux **capitaux permanents (capitaux propres + dettes financières à long terme)**.

3. La **rentabilité financière** mesure la performance financière des capitaux propres investis dans l'entreprise. Cet indicateur intéresse les **actionnaires**.

$$\frac{\text{Résultat net comptable}}{\text{Capitaux propres investis}} \times 100$$

4. On parle d'**effet de levier** lorsque :
Taux de rentabilité économique > Taux d'intérêt des emprunts
L'entreprise a intérêt à emprunter.
Dans cette situation, la rentabilité financière s'améliore de fait et satisfait les actionnaires.
On parle d'**effet de massue** lorsque :
Taux de rentabilité économique < Taux d'intérêt des emprunts
L'entreprise n'a pas intérêt à emprunter.
Dans cette situation, la rentabilité financière se dégrade de fait et mécontente les actionnaires.

**Avant la classe**

À partir d'une recherche Internet, comparez un financement par emprunt et un financement par augmentation de capital sur les deux points suivants :
– Qui apporte de l'argent à l'entreprise ?
– L'entreprise doit-elle payer des intérêts ?

## Situation

***Déjà vu :*** *l'analyse des soldes de gestion a montré que la valeur ajoutée, l'EBE et la CAF de l'entreprise progressent. Avec l'accord de ses associés et le soutien du banquier, Manon devrait donc pouvoir poursuivre sa stratégie de développement.*

Manon étudie aujourd'hui l'intérêt d'exporter son concept en ouvrant une première boutique à Milan, dans le nord de l'Italie.

### J'analyse la situation

**1.** **Pour financer la boutique de Milan, Manon souhaite comparer les rentabilités futures selon deux modalités de financement. Quelle modalité sera la plus coûteuse *a priori* ?** Document 1

**2.** **Calculez les rentabilités économique et financière du projet pour les deux modalités de financement, avec un taux d'intérêt prévisionnel de 3,5 %.** Document 2 / Ressources 1 à 3

**3.** **Quelle que soit la modalité de financement, le taux de rentabilité économique est le même. Pourquoi ?**

**4.** **Du point de vue comptable, quelle modalité de financement est à privilégier ?**

**5.** **Du point de vue des associés, bien que le RNC soit plus faible, le financement majoritairement par emprunt (modalité 1) est à privilégier. Pourquoi ?**

**6.** **La rentabilité financière en modalité 1 bénéficie d'un effet de levier. Pourquoi ?** Ressource 4

**7.** **Complétez l'étude prévisionnelle dans l'hypothèse d'un taux de rentabilité à 8 %. Pourquoi les conclusions s'inversent-elles ?** Document 3

### Je retiens l'essentiel

**8.** **Pourquoi le dirigeant et les actionnaires ne s'intéressent-ils pas au même calcul de rentabilité ?**

### J'approfondis

**9.** **Sur tableur, utilisez l'outil « Valeur cible » pour chercher le taux d'intérêt pour lequel les deux modalités de financement dégageront la même rentabilité financière.** Fiche outil numérique 10

**Les flashcards de la séance**

**Des cartes questions/réponses pour mémoriser**

liennathan.fr/bvzrje

# Synthèse

## L'analyse de la profitabilité et de la rentabilité

Vidéo
Synthèse vidéo
liennathan.fr/2bbu79

### 1. L'analyse du compte de résultat

**Le rôle du compte de résultat**

1. Calculer le résultat net comptable (RNC) de l'année : bénéfice ou perte.
2. Expliquer sa formation avec des résultats intermédiaires (résultats d'exploitation [RE], courant, exceptionnel…).

**La profitabilité**

Capacité de l'entreprise à dégager des bénéfices
**Taux de profitabilité = RNC / CA**

### 2. L'analyse des soldes de gestion et de la capacité d'autofinancement (CAF)

**Les soldes de gestion**

En plus des soldes du compte de résultat, on fait apparaître :
- la marge commerciale ;
- la production de l'exercice ;
- la valeur ajoutée ;
- l'excédent brut d'exploitation (EBE).

**La capacité d'autofinancement**

**CAF = Produits encaissables – Charges décaissables**

Elle permet de calculer l'autofinancement de l'entreprise :
**CAF – Dividendes**

### 3. L'analyse des rentabilités

**La rentabilité économique**

Capitaux propres + Dettes financières à long terme

Regard du point de vue de l'entreprise

**La rentabilité financière**

RNC / Capitaux propres

Regard du point de vue des actionnaires

**Rédigez votre synthèse personnelle à l'aide des mots-clés suivants :**
Profitabilité • Compte de résultat • Soldes intermédiaires de gestion • Capacité d'autofinancement • Rentabilité économique • Rentabilité financière • Effet de levier

# Applications

## 1 Tester ses connaissances

Testez vos connaissances avec le quiz numérique. C'est parti !

Quiz
liennathan.fr/5m3umk

## 2 Jouer avec le vocabulaire

Complétez la grille à l'aide des définitions.

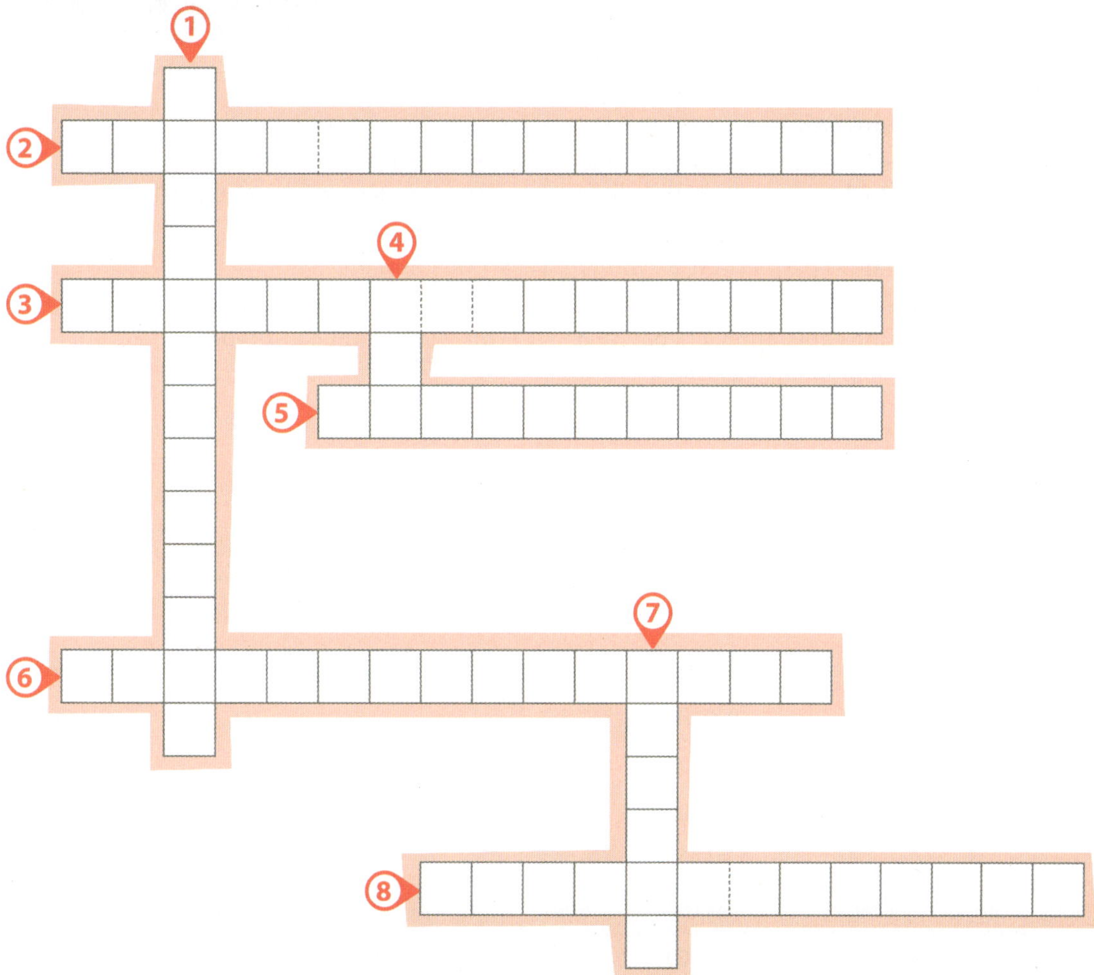

1. Mesure de la capacité de l'entreprise à générer des bénéfices
2. Richesse dégagée grâce aux ventes de marchandises
3. Total des ventes en valeur
4. Argent dégagé par l'entreprise grâce à son cœur de métier (abréviation)
5. Calcul dont l'objectif est de comparer deux masses (par exemple, un financement et les résultats qu'il a procurés)
6. Flux financiers dégagés par l'entreprise après une année de travail et qui restent effectivement dans l'entreprise
7. Lorsque l'entreprise emprunte, effet au cours duquel elle dégrade sa rentabilité financière.
8. Richesse dégagée par l'entreprise grâce à son travail

# Applications

**Support de travail**
**Chapitre9_Applications.xlsx**
liennathan.fr/s3fgtg

## 3 Analyser les soldes intermédiaires de gestion ★★

Régis travaille dans l'entreprise Cyclo, fabricant de vélos et revendeur d'accessoires. Son responsable, M. Beaufils, regrette une baisse du résultat net comptable alors que le chiffre d'affaires est passé de 800 000 à 1 000 000 € ! Il vous demande d'analyser la situation.

1. **Préparez l'analyse : calculez les résultats nets puis l'évolution des soldes entre N-1 et N (document 1).**
2. **Repérez les soldes qui ont augmenté dans les mêmes proportions que le chiffre d'affaires, ceux qui ont augmenté moins vite que le chiffre d'affaires et ceux qui ont baissé.**
3. **Calculez, pour l'année N, la part de chaque solde dans le chiffre d'affaires (document 2). Comparez avec N-1. Quels sont les soldes dont la part s'est dégradée par rapport à N-1 ?**
4. **À chaque passage d'un solde à l'autre, des charges sont déduites. Citez les postes de charges permettant d'expliquer l'écart de montant d'un solde à l'autre (document 3).**
5. **Concluez : proposez une explication à la baisse de 10 % du résultat net comptable alors que le chiffre d'affaires a progressé de 25 %.**

### Doc. 1 Évolution des soldes de gestion entre N-1 et N

| Soldes de gestion | N | N-1 | Évol. en % |
|---|---|---|---|
| Chiffre d'affaires | 1 000 000 | 800 000 | 25,0 % |
| Marge commerciale | 38 000 | 30 000 | |
| Production de l'exercice | 930 000 | 745 000 | |
| Valeur ajoutée | 530 000 | 425 000 | |
| Excédent brut d'exploitation | 100 000 | 95 000 | |
| Résultat d'exploitation | 61 000 | 59 000 | |
| Résultat courant avant impôts | 44 000 | 49 000 | |
| Résultat exceptionnel | 1 000 | 950 | |
| Résultat net | | | |

(a : Marge commerciale et Production de l'exercice → Valeur ajoutée ; b : Valeur ajoutée → Excédent brut d'exploitation ; c : Excédent brut d'exploitation → Résultat d'exploitation ; d : Résultat d'exploitation → Résultat courant avant impôts)

### Doc. 2 Part de chaque solde dans le CA

| N en % CA | N-1 en % CA |
|---|---|
| 100,0 % | 100,0 % |
| | 3,8 % |
| | 93,1 % |
| | 53,1 % |
| | 11,9 % |
| | 7,4 % |
| | 6,1 % |
| | 0,1 % |
| | 6,2 % |

### Doc. 3 Éléments de passage d'un solde à l'autre : le poste de charges incontournable à déduire

| | |
|---|---|
| a | Déduction des consommations intermédiaires (Autres achats et charges externes) |
| b | Déduction des ............................................................. |
| c | Déduction des ............................................................. |
| d | Déduction des ............................................................. |

# 4 Calculer la capacité d'autofinancement ★

Vous êtes comptable dans la miroiterie Belfond. Suite à une restructuration, le résultat comptable de l'entreprise a fortement baissé au cours de l'année N, passant de 560 k€ en N-1 à 196 k€ en N. Vous redoutez un impact sur la capacité d'autofinancement de l'entreprise, qui était de 375 k€ en N-1. Or, vous avez besoin de ressources pour financer d'autres projets à venir.

**Calculez la capacité d'autofinancement (CAF) pour l'année N à partir du résultat comptable, puis à partir de l'EBE. Commentez.**

**Doc.** Éléments de calcul de la capacité d'autofinancement pour l'année N

| | N |
|---|---|
| **Produits d'exploitation** | |
| Montant net du chiffre d'affaires | 6 554 |
| Autres produits | 152 |
| *Dont reprises sur amortissements, dépréciations et provisions* | *18* |
| *Dont produits des cessions des immobilisations* | *121* |
| *Dont quote-part des subventions virées au compte de résultat* | *0* |
| **Total des produits d'exploitation** | **6 706** |
| **Charges d'exploitation** | |
| Achats et autres charges externes | 4 677 |
| Impôts, taxes et versements assimilés | 10 |
| Salaires et cotisations sociales | 1 301 |
| Dotations aux amortissements et aux dépréciations | 302 |
| Dotations aux provisions | 0 |
| VNC des immobilisations corporelles et incorporelles cédées | 124 |
| Autres charges | 7 |
| **Total des charges d'exploitation** | **6 421** |
| **RÉSULTAT D'EXPLOITATION** | **285** |
| **Quote-part de résultat sur opérations faites en commun** | |
| **Produits financiers** | |
| De participation | 36 |
| Reprises sur dépréciations et provisions | |
| **Total des produits financiers** | **36** |
| **Charges financières** | |
| Dotations aux amortissements, aux dépréciations et aux provisions | |
| Intérêts et charges assimilées | 52 |
| **Total des charges financières** | **52** |
| **RÉSULTAT FINANCIER** | **– 16** |
| **RÉSULTAT COURANT AVANT IMPÔTS** | **269** |
| Produits exceptionnels | |
| *Dont reprises sur dépréciations ou provisions exceptionnelles* | 0 |
| Charges exceptionnelles | |
| *Dont dotations aux amort., dépréciations ou provisions except.* | 3 |
| **RÉSULTAT EXCEPTIONNEL** | **– 3** |
| Impôts sur les bénéfices | 70 |
| **BÉNÉFICE ou PERTE** | **196** |

| **RÉSULTAT NET** | **196** |
|---|---|
| + VNC des immobilisations cédées | |
| – Produits des cessions des immobilisations | |
| + Dotations aux amortissements, dépréciations et provisions | |
| – Reprises sur amortissements, dépréciations et provisions | |
| – Quote-part des subventions virées au CR | |
| = **CAPACITÉ D'AUTOFINANCEMENT** | |

| **EXCÉDENT BRUT D'EXPLOITATION** | **566** |
|---|---|
| + Autres produits d'exploitation | |
| – Autres charges d'exploitation | |
| + Produits financiers encaissables | |
| – Charges financières décaissables | |
| + Produits exceptionnels | |
| – Charges exceptionnelles | |
| – Impôts sur les bénéfices | |
| = **CAPACITÉ D'AUTOFINANCEMENT** | |

## 5 Mesurer la rentabilité d'un projet ★★

Vous êtes responsable administratif dans l'entreprise de transport routier TLU, installée à Vitrolles, dans les Bouches-du-Rhône. Le dirigeant, M. Garcia, souhaite aménager un nouvel entrepôt à Givors, près de Lyon, afin de faciliter le chargement des camions en retour de tournée. Vous devez proposer un moyen de financement à votre supérieur.

**1. Quel est le besoin en financement nécessaire à la réalisation du projet (document 1) ?**

- ☐ 5 000
- ☐ 27 000
- ☐ 82 000

**2. *A priori*, quelle solution de financement est à privilégier pour l'entreprise ?**

- ☐ La solution 1, moins coûteuse
- ☐ La solution 2, moins coûteuse

**3. Complétez les calculs de résultat prévisionnel. Pourquoi les résultats d'exploitation (RE) sont-ils égaux dans les deux solutions (document 2) ?**

- ☐ Le RE n'est pas affecté par les choix d'investissement et amortissement.
- ☐ Le RE est exceptionnel.
- ☐ Le RE n'est pas affecté par les coûts financiers.

**4. Quels postes expliquent la différence de résultat net comptable entre les deux solutions ?**

- ☐ Le chiffre d'affaires
- ☐ L'impôt
- ☐ Les charges d'exploitation
- ☐ Les intérêts bancaires

**5. Quelle est la rentabilité économique du projet ?**

- ☐ 12 %
- ☐ 20 %

**6. Les actionnaires seront certainement favorables à un financement majoritairement par emprunt (solution 2). Pourquoi ?**

- ☐ Le taux d'intérêt est inférieur à la rentabilité économique.
- ☐ Il est possible de bénéficier d'un effet de massue.
- ☐ Les apports sont réduits.
- ☐ Les dividendes sont moins élevés mais la rentabilité est meilleure.

### Doc. 1 Données prévisionnelles

| Solutions de financement | Solution 1 | Solution 2 |
|---|---|---|
| Trésorerie | 5 000 | 12 000 |
| Augmentation de capital | 50 000 | 20 000 |
| Emprunt bancaire* | 27 000 | 50 000 |
| TOTAL | 82 000 | 82 000 |

* L'emprunt supportera un taux d'intérêt de 5 %.

### Doc. 2 Calcul des résultats prévisionnels

| Éléments prévisionnels | Solution 1 | Solution 2 |
|---|---|---|
| CA additionnel | 40 000 | 40 000 |
| Charges d'exploitation | 30 000 | 30 000 |
| Résultat d'exploitation | | |
| Charges d'intérêts | | |
| Résultat avant impôts | | |
| IS à 25 % | | |
| Résultat net comptable | | |

# La structure financière de l'entreprise

10

Question **Quelle structure financière pour assurer la pérennité de l'entreprise ?**

Capacités
- Évaluer globalement la situation financière de l'entreprise.
- Formuler des recommandations pour une amélioration de la structure financière.
- Analyser un bilan fonctionnel.
- Énoncer les limites de l'analyse fonctionnelle.

Vers PIX **1.3.** Traiter des données

## Situation

La serrurerie MB Métal est dirigée par Julien Brun. À partir d'acier, elle fabrique puis pose des ouvrages métalliques pour le bâtiment. Cette jeune entreprise connaît un grand succès : les commandes se multiplient, le chiffre d'affaires progresse rapidement, le résultat comptable a augmenté de 20 % en N. Cependant, Julien constate un manque récurrent de trésorerie. Bien que son assistant comptable, Philippe Piolet, réalise désormais tous les 15 jours des lettrages de comptes et un rapprochement bancaire, les découverts bancaires se multiplient. Or, Julien souhaiterait investir dans un nouveau matériel afin de répondre à une demande des clients. Il redoute que son banquier refuse de l'accompagner dans ce projet et s'inquiète quant à la pérennité de son entreprise.

**Étapes de travail**

1. Comprendre l'approche du bilan comptable
2. Comprendre l'approche du bilan fonctionnel
3. Analyser les ratios du bilan

**Support de travail**

Chapitre10_Situation.xlsx
liennathan.fr/f5frz3

# 1 Comprendre l'approche du bilan comptable

## Doc. Bilan comptable au 31/12/N

| Actif | N | | | N-1 | Passif | N | N-1 |
|---|---|---|---|---|---|---|---|
| | Brut | Am. et dép.(1) | VNC | VNC | | | |
| Capital souscrit non appelé | | | | | **Capital** | 10 000 | 10 000 |
| Frais d'établissement | | | | | **Réserves** | | |
| **Immobilisations incorporelles** | | | | | Réserve légale | 1 000 | 1 000 |
| **Immobilisations corporelles** | | | | | Réserves statutaires | | |
| Terrains | | | | | Autres réserves | 1 500 | 1 000 |
| Constructions | | | | | Report à nouveau | | |
| Install. techn., mat. et out. ind. | 15 600 | 5 300 | 10 300 | 12 300 | **Résultat de l'exercice** | 71 234 | 58 950 |
| Autres immob. corporelles | 6 100 | 2 500 | 3 600 | 4 500 | | | |
| **Immobilisations financières** | | | | | | | |
| **Total de l'actif immobilisé** | **21 700** | **7 800** | **13 900** | **16 800** | **Total des capitaux propres** | **83 734** | **70 950** |
| **Stocks et en-cours** | | | | | | | |
| Mat. premières et autres approv. | 8 600 | | 8 600 | 5 050 | Emprunts oblig. convertibles | | |
| Produits intermédiaires et finis | | | | | Emprunts auprès établ. de crédit(2) | 30 650 | 31 700 |
| Marchandises | | | | | Emprunts et dettes financières | | |
| **Créances d'exploitation** | | | | | | | |
| Clients et comptes rattachés | 137 504 | 11 400 | 126 104 | 106 519 | Dettes fourn. et comptes rattachés | 35 000 | 42 000 |
| Autres créances | 20 600 | | 20 600 | 7 450 | Dettes fiscales et sociales | | |
| Valeurs mobilières de placement | 450 | | 450 | 22 300 | Dettes diverses | | |
| Disponibilités | 2 100 | | 2 100 | 9 600 | Dettes sur immobilisations | | |
| Charges constatées d'avance | 1 600 | | 1 600 | 800 | Autres dettes | 23 970 | 23 869 |
| | | | | | Produits constatés d'avance | | |
| **Total de l'actif circulant** | **170 854** | **11 400** | **159 454** | **151 719** | **Total des dettes** | **89 620** | **97 569** |
| **TOTAL GÉNÉRAL de l'actif** | **192 554** | **19 200** | **173 354** | **168 519** | **TOTAL GÉNÉRAL du passif** | **173 354** | **168 519** |

(1) Amort. installation technique N-1 : 3 300
Amort. autres immobilisations N-1 : 1 600
Dépréciations créances clients N-1 : 2 000
**Total Amort. et dépréciations N-1 : 6 900**

(2) Dont concours bancaires courants : 4 100 0

## Ressources

1 Le **bilan comptable** est un document de synthèse obligatoire qui décrit la **situation patrimoniale** de l'entreprise à un instant donné. Il liste les biens possédés par l'entreprise (à l'actif) et ce qu'elle doit (emprunts et dettes au passif). On dit que le bilan comptable a une **approche patrimoniale**.

Total Actif net – Total Emprunts et dettes
= Patrimoine net

2 Dans un bilan comptable, **les amortissements et dépréciations représentent les pertes de valeur des biens possédés** (du fait qu'on les utilise ou à cause de l'obsolescence). Ainsi, les 3 colonnes de l'actif montrent la valeur d'acquisition des biens (brut), la perte de valeur depuis l'acquisition (amortissement, dépréciation), la valeur restante ou valeur actuelle nette (VNC) à date du bilan.

3 Les **valeurs mobilières de placement (VMP)** correspondent à des placements financiers à court terme, réalisés par les entreprises lorsqu'elles ont un surplus momentané de trésorerie. Elles rapportent quelques intérêts et peuvent être revendues très simplement. Dans un bilan comptable, les VMP ne sont pas considérées comme de la trésorerie, elles apparaissent sur un poste distinct en actif circulant.

4 Dans un bilan comptable, on distingue les ressources propres, en provenance de l'entreprise ou des associés – ce sont les capitaux propres –, et les ressources étrangères, en provenance des partenaires – ce sont les **emprunts et dettes**.
Le **poste « Emprunts auprès des établissements de crédit »** regroupe à la fois les emprunts à long terme et les découverts bancaires qui sont à court terme (appelés « concours bancaires courants », CBC).

**Avant la classe**

Rappelez les éléments qui composent le patrimoine d'une entreprise. À quoi correspond le patrimoine net ?

## Situation

Julien a conscience qu'il doit d'abord trouver une solution durable à ses problèmes de découverts bancaires avant de solliciter son banquier pour financer son projet. Avec l'aide de Philippe, il débute une analyse de la structure financière de l'entreprise afin de disposer de quelques éléments chiffrés.

### J'analyse la situation

1. **La valeur de l'entreprise de Julien correspond à celle du patrimoine net. Quelle est-elle en N ? en N-1 ? Commentez.** Document · Ressource 1

2. **Observez le matériel de Julien : est-il usagé ? Faut-il bientôt le remplacer ? Justifiez.** Ressource 2

3. **L'entreprise de Julien vous semble-t-elle très endettée ? (Comparez avec N-1 et le niveau des capitaux propres.)**

4. **Surlignez, sur ce bilan, trois informations chiffrées en lien avec les liquidités à disposition de Julien au 31/12/N. Pourquoi pouvons-nous penser que l'entreprise dispose de deux comptes Banque ?** Document · Ressources 3 et 4

5. **Calculez le montant global de trésorerie au 31/12/N et au 31/12/N-1. Confirmez-vous les inquiétudes de Julien ?**

### Je retiens l'essentiel

6. **Listez quatre informations clés mises en évidence dans un bilan, qui permettent une première analyse financière de l'entreprise.**

### J'approfondis

7. **Les créances clients sont supérieures aux dettes fournisseurs. Quel est, selon vous, l'avis du gestionnaire « en bon père de famille » sur ce point ? celui du financier ?**

## Les flashcards de la séance

**Des cartes questions/réponses pour mémoriser**

liennathan.fr/ps3xlg

# 2 Comprendre l'approche du bilan fonctionnel

## Doc. 1 Bilan fonctionnel au 31/12/N

| | BILAN FONCTIONNEL SIMPLIFIÉ – Entreprise MB Métal | | | | | | |
|---|---|---|---|---|---|---|---|
| | **EMPLOIS** | | | **RESSOURCES** | | | |
| | | **N** | **N-1** | | **N** | **N-1** | |
| Cycle d'investissement | **EMPLOIS STABLES** | | | **RESSOURCES STABLES** | | | Cycle de financement |
| | Immobilisations incorporelles | | | Capitaux propres | ............... | 70 950 | |
| | Immobilisations corporelles | ............... | 21 700 | Amortissements et dépréc. | ............... | 6 900 | |
| | Immobilisations financières | | | Dettes financières | ............... | 31 700 | |
| | **TOTAL I** | ............... | **21 700** | **TOTAL I** | ............... | **109 550** | |
| Cycle d'exploitation | **ACTIF CIRCULANT** | | | **PASSIF CIRCULANT** | | | Cycle d'exploitation |
| | Stocks et en-cours | ............... | 5 050 | Dettes | ............... | 65 869 | |
| | Créances | ............... | 115 969 | Produits constatés d'avance | ............... | 0 | |
| | Charges constatées d'avance | ............... | 800 | | | | |
| | **TOTAL II** | ............... | **121 819** | **TOTAL II** | ............... | **65 869** | |
| | **TRÉSORERIE ACTIVE** | | | **TRÉSORERIE PASSIVE** | | | |
| | Valeurs mobilières de plac. | ............... | 22 300 | Concours bancaires courants | ............... | 0 | |
| | Disponibilités | ............... | 9 600 | | | | |
| | **TOTAL III** | ............... | **31 900** | **TOTAL III** | ............... | **0** | |
| | **TOTAL GÉNÉRAL** | ............... | **175 419** | **TOTAL GÉNÉRAL** | ............... | **175 419** | |

## Doc. 2 Analyse du bilan fonctionnel

| | Mesure d'équilibre financier | N | N-1 |
|---|---|---|---|
| | Ressources stables | | 109 550 |
| – | Emplois stables | | 21 700 |
| = | **Fonds de roulement net global (FRNG)** | | **87 850** |
| | Actif circulant | | 121 819 |
| – | Passif circulant | | 65 869 |
| = | **Besoin en fonds de roulement (BFR)** | | **55 950** |
| | **FRNG** | | 87 850 |
| – | **BFR** | | 55 950 |
| = | Trésorerie | | **31 900** |

→ **Surplus** de ressources financières à long terme qui peut être utilisé quotidiennement

→ **Manque** de trésorerie pour financer le quotidien

→ **FRNG – BFR = Reste en trésorerie**

## Ressources

1. Le **bilan fonctionnel** est construit à partir du bilan comptable, auquel on apporte quelques retraitements afin qu'il facilite l'analyse financière de l'entreprise : d'où vient l'argent (ressources) ? Quels sont les besoins (emplois) ? Comment sont-ils couverts ?

2. Le bilan fonctionnel est construit avec une logique financière : alors que, pour un comptable, les **amortissements** correspondent à une perte de valeur des biens (actif soustractif), pour un financier, ils correspondent à des **ressources mises de côté** pour financer les prochains biens (ressources stables).

3. Le bilan fonctionnel met en évidence la **structure financière** de l'entreprise et les éventuels **déséquilibres** qui sont souvent la cause des découverts bancaires.

L'équilibre financier se mesure à l'aide de deux principes :
**Principe 1 : les besoins à long terme (emplois stables) doivent être financés par des ressources à long terme (ressources stables).**
Donc : Ressources stables > Emplois stables
Le surplus éventuel de ressources stables s'appelle le **fonds de roulement net global (FRNG).**
**Principe 2 : le besoin à court terme (BFR) doit être financé par le surplus à long terme (FRNG).**
La structure est équilibrée si FRNG > BFR.

4. Lorsque le FRNG est supérieur au BFR, la trésorerie de l'entreprise est positive. Dans le cas contraire, l'entreprise est en découvert.

**Avant la classe**

Vidéo : Le besoin en fonds de roulement (BFR)
liennathan.fr/7um9l1

Démontrez que le BFR est un besoin « d'argent » lié au fonctionnement quotidien de l'entreprise.

## Situation

***Déjà vu :*** *l'analyse du bilan comptable a montré que la valeur de l'entreprise a progressé (patrimoine net), que les matériels sont récents (peu amortis) et que l'entreprise semble peu endettée. Cependant, l'entreprise souffre quotidiennement d'une trésorerie globale négative.*

Philippe décide de poursuivre l'analyse financière à l'aide du bilan fonctionnel.

### J'analyse la situation

Document 1
Doc. p. 140
Ressource 1

**1. Comparez le bilan comptable et le bilan fonctionnel. Relevez trois différences de forme.**

..................................................

..................................................

**2. Repérez les trois cycles économiques de l'entreprise. Lesquels sont des cycles à long terme ? à court terme ?**

..................................................

..................................................

**3. Pourquoi les dettes fournisseurs sont-elles considérées comme des ressources ? les créances clients comme des emplois ?**

..................................................

..................................................

..................................................

**4. À partir du travail réalisé pour l'année N-1, complétez le bilan fonctionnel pour l'année N.**

Doc. p. 140
Ressource 2

**5. À partir du travail réalisé pour N-1, calculez les équilibres financiers pour N. Observez l'évolution du FRNG et du BFR puis expliquez les difficultés de trésorerie.**

Document 2
Ressources 3 et 4

..................................................

..................................................

### Je retiens l'essentiel

**6. Expliquez la différence entre le FRNG et le BFR.**

..................................................

..................................................

..................................................

### J'approfondis

**7. Selon vous, le besoin en fonds de roulement peut-il être négatif ?**

..................................................

..................................................

**8. Selon vous, quelles sont les limites à cette analyse fonctionnelle ?**

..................................................

## Les flashcards de la séance

**Des cartes questions/réponses pour mémoriser**

liennathan.fr/5cqxwk

# 3 Analyser les ratios du bilan

## Doc. 1 Données extraites du PGI

| Données d'activité | N | N-1 |
|---|---|---|
| Ventes HT | 340 000 | 298 000 |
| Achats HT | 125 000 | 104 000 |
| Achats + Services extérieurs HT | 145 000 | 120 000 |
| Capacité d'autofinancement | 74 234 | 61 950 |
| Taux moyen de TVA | 20 % | 20 % |

| Données bilancielles | N | N-1 |
|---|---|---|
| Stocks bruts | 8 600 | 5 050 |
| Créances clients brutes | 137 504 | 108 519 |
| Dettes fournisseurs | 35 000 | 42 000 |
| Capitaux propres | 83 734 | 70 950 |
| Emprunts et dettes | 26 550 | 31 700 |

## Doc. 2 Les ratios du cycle d'exploitation

| Délais de rotation | MB Métal | | Concurrent | Secteur |
|---|---|---|---|---|
| | N | N-1 | N | N |
| Des stocks[1] | | 19 j | 29 j | 25 j |
| Des créances clients[2] | | 94 j | 85 j | 76 j |
| Des dettes fournisseurs[3] | | 104 j | 115 j | 106 j |

(1) (Stocks moyens / Achats HT) × 360. Stock moyen N = (Stock N + Stock N-1) / 2
(2) (Créances moyennes / Ventes TTC) × 360
(3) [Dettes fournisseurs moyennes / (Achats + Services ext. TTC)] × 360

## Doc. 3 Les ratios financiers

| Ratios financiers | MB Métal | | Concurrent | Secteur |
|---|---|---|---|---|
| | N | N-1 | N | N |
| Indépendance financière[1] | | 45 % | 110 % | 55 % |
| Capacité de remboursement[2] | | 0,51 | 3,20 | 1,40 |

(1) (Emprunts et dettes / Capitaux propres) × 100
(2) (Emprunts et dettes / CAF) × 100

## Ressources

1. Les **ratios du cycle d'exploitation** introduisent une dimension temporelle dans l'analyse du besoin en fonds de roulement. Ils sont exprimés en jours : on parle ainsi de **délai de rotation (DR)**.
Les **délais de rotation des stocks** et les **délais de règlement accordés aux clients** doivent être les plus courts possible ; les **délais de règlement obtenus auprès des fournisseurs** doivent être les plus longs possible.
2. Quelques **ratios financiers** permettent de compléter l'analyse fonctionnelle.
Le **ratio d'indépendance financière** compare le montant des emprunts (financement apporté par les banques) aux capitaux propres (financement apporté par les sociétés). Il doit rester en dessous de 100 %, voire 80 %. En effet, le banquier ne voudra pas prendre le risque d'apporter plus de ressources que les propriétaires.
La **capacité de remboursement** compare les emprunts à la capacité d'autofinancement de l'entreprise.
*Exemple :* capacité de remboursement = 1,5 : il faut 1 an et demi de CAF pour rembourser la totalité des emprunts. On considère généralement que les emprunts doivent pouvoir être remboursés en 3 années de CAF au maximum.

**Avant la classe**

Pourquoi une entreprise a-t-elle forcément moins d'argent en trésorerie lorsqu'elle accorde de longs délais de paiement à ses clients ?

## Situation

***Déjà vu :*** *l'analyse du bilan fonctionnel a montré un déséquilibre : le surplus de ressources à long terme (FRNG) ne couvre plus les besoins d'exploitation à court terme (BFR). Ce décalage est lié à une augmentation très nette du BFR au cours de l'année N.*

Julien est désormais convaincu qu'il faut prendre des mesures pour corriger ce déséquilibre financier. Mais faut-il réduire le besoin en fonds de roulement ? augmenter le fonds de roulement ? Il demande à Philippe de calculer quelques ratios afin de l'aider dans sa décision.

### J'analyse la situation

Documents 1 et 2
Ressource 1

1. **Calculez les délais du cycle d'exploitation.**
2. **Comparez ces délais avec ceux de N-1, du principal concurrent et de la moyenne du secteur. Proposez une explication à la dégradation de la trésorerie.**

........................................................................................................................

........................................................................................................................

........................................................................................................................

........................................................................................................................

Document 3
Ressource 2

3. **Calculez l'indépendance financière et la capacité de remboursement de MB Métal fin N.**
4. **Si Julien n'arrive pas à réduire le BFR, quelle autre solution pourra-t-il envisager pour rééquilibrer la structure financière de l'entreprise ?**

........................................................................................................................

........................................................................................................................

........................................................................................................................

........................................................................................................................

5. **Pensez-vous que Julien pourrait convaincre son banquier de lui accorder un nouvel emprunt pour financer son projet ?**

........................................................................................................................

........................................................................................................................

........................................................................................................................

### Je retiens l'essentiel

6. **Quel est l'impact d'une augmentation des délais de stockage ou de règlement sur la trésorerie ?**

........................................................................................................................

........................................................................................................................

### J'approfondis

7. **Quel montant d'emprunt Julien peut-il obtenir de sa banque tout en gardant une indépendance financière de 80 % maximum ?**

........................................................................................................................

........................................................................................................................

## Les flashcards de la séance

**Des cartes questions/réponses pour mémoriser**

liennathan.fr/el8d2u

# Synthèse

## La structure financière de l'entreprise

▶ Vidéo
Synthèse vidéo
liennathan.fr/2slfpn

### 1. Le bilan comptable

**Approche patrimoniale**

**Actif** = biens possédés par l'entreprise
- Brut = valeur d'origine
- Amort./dép. = cumul pertes de valeur
- VNC = valeur nette comptable

**Passif** = moyens de financement de l'actif

→ **Chiffres clés**

Valeur patrimoine nette (= capitaux propres)
Valeur actuelle du matériel
Niveau d'endettement
Niveau des disponibilités

### 2. Le bilan fonctionnel

**Approche financière**

**Emplois** = valeur brute des biens
**Ressources** = moyens de financement des emplois (y compris total des amort. et dép.)
Mise en évidence des **cycles d'investissement, de financement, d'exploitation**

→ **Agrégats**

**FRNG** = surplus de financement à long terme
**BFR** = besoin de financement pour l'exploitation
**TN** = trésorerie nette = FRNG – BFR

### 3. Les ratios du bilan

**Ratios du cycle d'exploitation**

Délai de rotation des stocks
Délai de règlement des créances clients
Délai de règlement des dettes fournisseurs

**Ratios financiers**

Indépendance financière
Capacité de remboursement

**Rédigez votre synthèse personnelle à l'aide des mots-clés suivants :**

Bilan fonctionnel • Cycles d'investissement, de financement, d'exploitation • Fonds de roulement, besoin en fonds de roulement, trésorerie nette • Délai de rotation • Équilibre financier

# Applications

## 1 Tester ses connaissances

Testez vos connaissances avec le quiz numérique. C'est parti !

Quiz
liennathan.fr/9vqmyd

## 2 Jouer avec le vocabulaire

**1. Placez dans les bonnes cases, et dans un ordre cohérent (partie droite ou partie gauche de chaque bilan), les termes des bilans comptable et fonctionnel. Certains termes peuvent apparaître deux fois.**

- Actif
- Ressources
- Disponibilités
- Amortissements
- Valeurs brutes
- Emprunts et dettes
- Découvert bancaire
- Emplois
- Passif
- Capitaux propres

| Bilan comptable | | Bilan fonctionnel | |
|---|---|---|---|
| ........ | ........ | ........ | ........ |
| ........ | ........ | ........ | ........ |
| ........ | ........ | ........ | ........ |
| ........ | ........ | ........ | ........ |
| ........ | ........ | ........ | ........ |
| ........ | ........ | ........ | ........ |

**2. Complétez le schéma avec les termes suivants. (Attention, un intrus s'est glissé dans la liste.)**

- Emplois stables
- Ressources stables
- Emplois à CT
- Ressources à CT
- Trésorerie positive
- Découvert bancaire

| | |
|---|---|
| ........ | ........ |
| ........ BFR | FRNG |
| ........ | ........ |

## Applications

**Support de travail**
**Chapitre10_Applications.xlsx**
liennathan.fr/gz5w0j

## 3 Construire un bilan fonctionnel très simplifié ★

Vous travaillez dans l'entreprise Macha, un commerce de revente d'objets de décoration pour l'habitat. Cette entreprise termine son premier exercice comptable. Votre responsable vous demande de préparer les éléments pour faire un point sur la structure financière après un an d'activité.

1. **Pourquoi le bilan comptable n'est-il pas très adapté pour une analyse financière de l'entreprise ?**
2. **Identifiez sur ce bilan (document 1) les postes et/ou montants qu'il faut retraiter pour construire un bilan fonctionnel.**
3. **Complétez le bilan fonctionnel (document 2) très simplifié. Vous pouvez utiliser un tableur.**
4. **L'équilibre financier est-il respecté dans la SARL Macha ?**

### Doc. 1 Bilan comptable au 31/12/N

| BILAN au 31/12/N – SARL Macha | | | | | |
|---|---|---|---|---|---|
| ACTIF | N | | | PASSIF | N |
| | Brut | Am./dép. | VNC | | |
| Capital souscrit non appelé | | | | **Capital** | 30 000 |
| Frais d'établissement | | | | Réserve légale | 1 000 |
| **Immobilisations incorporelles** | 25 000 | | 25 000 | Autres réserves | 12 000 |
| **Immobilisations corporelles** | | | | Report à nouveau | |
| Terrains | | | | Résultat de l'exercice | 45 000 |
| Constructions | 55 000 | 17 000 | 38 000 | | |
| Install. techn., mat. et out. industriels | 34 000 | 5 300 | 28 700 | **Total capitaux propres** | **88 000** |
| Autres immobilisations corporelles | 12 500 | 2 500 | 10 000 | **Dettes financières** | |
| **Immobilisations financières** | | | | Emprunts oblig. convertibles | |
| **Total actif immobilisé** | **126 500** | **24 800** | **101 700** | Emprunts auprès ét. de crédit[1] | 63 000 |
| **Stocks et en-cours** | | | | Emprunts et dettes financières | |
| Marchandises | 22 500 | 3 200 | 19 300 | **Dettes d'exploitation** | |
| **Créances d'exploitation** | | | | Dettes fourn. et comptes rattach. | 35 000 |
| Clients et comptes rattachés | 65 000 | 8 700 | 56 300 | Dettes fiscales et sociales | |
| Autres créances | 20 000 | | 20 000 | Dettes sur immo. | |
| Valeurs mobilières de placement | 10 000 | | 10 000 | Autres dettes | 26 000 |
| Disponibilités | 3 600 | | 3 600 | Produits constatés d'avance | 500 |
| Charges constatées d'avance | 1 600 | | 1 600 | | |
| **Total actif circulant** | **122 700** | **11 900** | **110 800** | **Total des dettes** | **124 500** |
| **TOTAL GÉNÉRAL** | **249 200** | **36 700** | **212 500** | **TOTAL GÉNÉRAL** | **212 500** |

(1) Dont concours bancaires courants : 2 100

### Doc. 2 Tracé du bilan fonctionnel simplifié au 31/12/N

| BILAN FONCTIONNEL SIMPLIFIÉ – SARL Macha | | | |
|---|---|---|---|
| EMPLOIS | | RESSOURCES | |
| | N | | N |
| EMPLOIS STABLES | | RESSOURCES STABLES | |
| ACTIF CIRCULANT | | PASSIF CIRCULANT | |
| TRÉSORERIE ACTIVE | | TRÉSORERIE PASSIVE | |
| TOTAL GÉNÉRAL | | TOTAL GÉNÉRAL | |

## 4 Comprendre une dégradation de trésorerie ★

Vous prenez vos fonctions dans l'entreprise Fresh, fabricant de plats surgelés à destination des collectivités. Le dernier rapprochement bancaire de l'année vous montre une trésorerie déficitaire. Vous cherchez une explication à l'aide du bilan fonctionnel (document).

**1. Quelle est la valeur du fonds de roulement net en N ?**

- ☐ 31 250
- ☐ – 31 250
- ☐ 101 110

**2. Quelle est la valeur du besoin en fonds de roulement en N ?**

- ☐ 32 000
- ☐ 31 250
- ☐ 101 110

**3. Quel est le montant de la trésorerie en N ?**

- ☐ 3 100
- ☐ 63 250
- ☐ – 750

**4. La règle de l'équilibre financier :**

- ☐ est respectée en N-1.
- ☐ est respectée en N.
- ☐ n'est jamais respectée.
- ☐ n'est pas respectée en N.

**5. Au cours de l'année N, une erreur de financement a été commise.**

- ☐ Un nouvel investissement a été financé par des ressources à court terme.
- ☐ Les dettes fournisseurs ont augmenté de 4 000.
- ☐ Les besoins à court terme ont été financés par le FRNG.

**6. Pour rétablir l'équilibre financier, l'entreprise va devoir :**

- ☐ réduire les stocks et créances et allonger le DR fournisseur.
- ☐ augmenter les stocks et créances et réduire le DR fournisseur.
- ☐ rembourser les emprunts le plus vite possible.
- ☐ augmenter les emprunts à long terme.

**Doc. Bilan comptable au 31/12/N**

| BILAN FONCTIONNEL SIMPLIFIÉ – Entreprise Fresh | | | | | |
|---|---|---|---|---|---|
| **EMPLOIS** | | | **RESSOURCES** | | |
| | **N** | **N-1** | | **N** | **N-1** |
| **EMPLOIS STABLES** | | | **RESSOURCES STABLES** | | |
| Immobilisations incorporelles | 0 | 0 | Capitaux propres | 34 000 | 32 000 |
| Immobilisations corporelles | 43 000 | 22 000 | Amortissements et dépréc. | 14 000 | 12 000 |
| Immobilisations financières | 0 | 0 | Dettes financières | 26 250 | 31 000 |
| **TOTAL I** | **43 000** | **22 000** | **TOTAL I** | **74 250** | **75 000** |
| **ACTIF CIRCULANT** | | | **PASSIF CIRCULANT** | | |
| Stocks et en-cours | 9 000 | 8 000 | Dettes fournisseurs | 59 000 | 55 000 |
| Créances | 89 000 | 87 000 | Autres dettes | 7 000 | 3 600 |
| **TOTAL II** | **98 000** | **95 000** | **TOTAL II** | **66 000** | **58 600** |
| **TRÉSORERIE ACTIVE** | | | **TRÉSORERIE PASSIVE** | | |
| **VMP** | 0 | 7 000 | CBC | 3 850 | 0 |
| Disponibilités | 3 100 | 9 600 | | | |
| **TOTAL III** | **3 100** | **16 600** | **TOTAL III** | **3 850** | **0** |
| **TOTAL GÉNÉRAL** | **144 100** | **133 600** | **TOTAL GÉNÉRAL** | **144 100** | **133 600** |

# Applications

## 5 Analyser la structure financière d'une entreprise ★★

Vous travaillez dans l'entreprise InfoPlus, concepteur et installateur de matériels et solutions informatiques à destination des professionnels. L'activité de l'entreprise progresse régulièrement depuis 5 ans. La responsable, Mme Vernet, a investi 60 000 € dans un nouveau data center durant l'année N. Elle a aussi modifié l'approvisionnement des composants électroniques. Le nouveau fournisseur, installé en Asie, la contraint à passer 2 grosses commandes par an, mais propose des prix d'achat plus avantageux, ce qui améliore encore la marge nette de l'entreprise. Pourtant, Mme Vernet termine son exercice comptable avec des difficultés de trésorerie. Vous étudiez la situation.

1. **Calculez le fonds de roulement, le besoin en fonds de roulement et la trésorerie nette en N. Expliquez l'évolution du FRNG par rapport à N-1, celle du BFR, puis justifiez la baisse de la trésorerie (document 2).**
2. **Calculez les ratios de rotation des stocks, des créances et des dettes. Sur quel poste l'entreprise devrait-elle pouvoir améliorer ses performances ?**
3. **Proposez des solutions pour réduire les stocks, d'autres pour réduire les créances clients. Expliquez pourquoi cela devrait améliorer la trésorerie.**
4. **Si vos solutions ne sont pas suffisantes pour réduire le BFR, quelle possibilité reste-t-il à Mme Vernet pour rétablir durablement l'équilibre financier ?**

### Doc. 1 Bilan fonctionnel au 31/12/N

| BILAN FONCTIONNEL SIMPLIFIÉ – Entreprise InfoPlus | | | | | |
|---|---|---|---|---|---|
| EMPLOIS | | | RESSOURCES | | |
| | N | N-1 | | N | N-1 |
| **EMPLOIS STABLES** | | | **RESSOURCES STABLES** | | |
| Immobilisations incorporelles | 30 000 | 36 000 | Capitaux propres | 88 000 | 85 000 |
| Immobilisations corporelles | 163 000 | 102 000 | Amortissements et dépréc. | 42 500 | 40 000 |
| Immobilisations financières | 500 | 2 500 | Dettes financières | 85 000 | 55 000 |
| **TOTAL I** | **193 500** | **140 500** | **TOTAL I** | **215 500** | **180 000** |
| **ACTIF CIRCULANT** | | | **PASSIF CIRCULANT** | | |
| Stocks et en-cours | 35 000 | 23 500 | Dettes fournisseurs | 83 000 | 76 000 |
| Créances | 87 000 | 76 000 | Autres dettes | 8 000 | 5 000 |
| **TOTAL II** | **122 000** | **99 500** | **TOTAL II** | **91 000** | **81 000** |
| **TRÉSORERIE ACTIVE** | | | **TRÉSORERIE PASSIVE** | | |
| VMP | 0 | 12 000 | CBC | 11 500 | 0 |
| Disponibilités | 2 500 | 9 000 | | | |
| **TOTAL III** | **2 500** | **21 000** | **TOTAL III** | **11 500** | **0** |
| **TOTAL GÉNÉRAL** | **318 000** | **261 000** | **TOTAL GÉNÉRAL** | **318 000** | **261 000** |

### Doc. 2 Éléments d'analyse de la structure financière

| | N | N-1 |
|---|---|---|
| Ressources stables | | 180 000 |
| Emplois stables | | 140 500 |
| **FRNG** | | 39 500 |
| Actif circulant | | 99 500 |
| Passif circulant | | 81 000 |
| **BFR** | | 18 500 |
| FRNG | | 39 500 |
| BFR | | 18 500 |
| **Trésorerie** | | 21 000 |

| | N | N-1 |
|---|---|---|
| Ventes HT | 850 000 | 790 000 |
| Achats + services extérieurs HT | 350 000 | 348 000 |
| Capacité d'autofinancement | 25 000 | 21 000 |
| Taux moyen de TVA | 20 % | 20 % |

| Ratios de rotation | Entreprise | | Concurrent |
|---|---|---|---|
| | N | N-1 | N |
| Délai rotation des stocks | | 24 j | 28 j |
| Délai rotation des créances clts | | 29 j | 27 j |
| Délai rotation des dettes four. | | 66 j | 60 j |

# Les modalités de financement de l'organisation

11

Question **Quels critères d'arbitrage entre les modalités de financement de l'organisation ?**

Capacités
- Recenser les différents modes de financement mobilisables.
- Identifier les paramètres qui vont influencer l'arbitrage entre différents modes de financement à long terme et comprendre les enjeux de cet arbitrage en fonction de la situation de l'entreprise et de sa stratégie.

Vers PIX **1.3.** Traiter des données

## Situation

Le Dancefloor est une école de danse spécialisée dans la danse de couple (rock, salsa, valse, tango, cha-cha-cha…). Cette SARL, située à Joinville-le-Pont, dans le Val-de-Marne (94), a été créée il y a 5 ans par trois associés : Raphaëlle, la gérante, Blandine et Xavier. L'école de danse est très performante et les demandes d'inscription se multiplient, notamment depuis le succès de l'émission de télévision Danse avec les stars. Raphaëlle ne peut toutefois accepter de nouveaux adhérents, contrainte de limiter les groupes à 20 participants, pour des raisons d'assurance.

Lorsque Raphaëlle apprend qu'une salle voisine est disponible à la location, elle saisit cette opportunité pour répondre à la demande. Un accueil suffirait pour les deux salles mais il faudrait aménager la seconde (parquet, miroirs, vestiaires, douches…) et prévoir un budget de communication. Raphaëlle doit trouver les fonds nécessaires pour financer cet investissement.

**Étapes de travail**

1. Connaître les différents modes de financement
2. Arbitrer entre les différents modes de financement

**Support de travail**

Chapitre11_Situation.xlsx
liennathan.fr/rp5e6g

# 1 Connaître les différents modes de financement

## Doc. 1 Discussion entre les trois associés

**Blandine :** J'ai chiffré le montant de l'investissement. Il est de 35 000 € pour l'aménagement de la salle, plus des frais de publicité pour compléter les adhésions que j'estime à 5 400 €, plus un BFR supplémentaire de 9 600 € (je l'estime à 6 % du CA annuel). Il nous faut donc trouver 50 000 € pour réaliser ce projet.

**Raphaëlle :** Je suppose que l'on n'a pas assez de **disponibilités** ?

**Xavier :** Non, on a 10 000 € de trésorerie mais, par sécurité, je souhaite garder un plancher de 5 000 €. Il restera l'**emprunt**, mais je ne sais pas combien la banque acceptera de nous prêter… Cela risque de ne pas suffire.

**Blandine :** Il faudrait arriver à mixer les moyens de financement. Seriez-vous prêts à apporter encore quelques fonds dans l'entreprise ? Pour ma part, c'est franchement compliqué car si j'apportais des fonds, par exemple 10 000 € au maximum, il faudrait que je les récupère dans 3 ou 4 ans, car il me faudra financer les études de mon aîné.

**Raphaëlle :** un **apport en compte courant d'associé** pourrait fonctionner dans ton cas. Mais il faudra que l'on anticipe les remboursements. Moi, je pourrais aussi apporter une petite partie des fonds et les laisser plus longuement dans l'entreprise. Pourquoi ne pas faire une **augmentation de capital** pour ne pas avoir d'intérêts à payer ni avoir trop à rembourser plus tard ?

**Xavier :** J'ai déjà apporté des fonds sous forme de capital il y a 5 ans, lorsque nous avons créé l'entreprise. Nous ne percevons des dividendes sur les bénéfices que depuis 2 ans. Il est trop tôt pour moi, je suis fauché ! Franchement désolé… En revanche, j'aimerais que nous conservions la répartition des pouvoirs dans l'entreprise telle qu'elle est aujourd'hui.

## Doc. 2 Extrait issu du PGI

| Passif | N |
|---|---|
| **Capitaux propres** | |
| Capital | 45 000 |
| Réserves | 35 000 |
| **Total Capitaux propres** | **80 000** |
| **Emprunts et dettes** | |
| Emprunts bancaires | 30 660 |

Taux d'endettement* : 38,33 %

* Emprunts / Capitaux propres

## Ressources

| | |
|---|---|
| ① **L'autofinancement** | L'entreprise finance un investissement en puisant sur ses disponibilités. Il s'agit d'un **financement interne**. Il est gratuit, mais réduit la trésorerie disponible. |
| ② **L'emprunt** | Il s'agit d'un **financement externe**. Il est coûteux car l'entreprise rembourse avec des intérêts. La banque n'accorde d'emprunt que si elle juge qu'il ne fragilise pas l'équilibre financier de l'entreprise. |
| ③ **L'apport en compte courant d'associé** | C'est un prêt accordé par un ou des associés ou, sous certaines conditions, un ou des salariés, à la société. Il s'agit, le plus souvent, d'un **financement interne**. Les apports en compte courant ont vocation à être remboursés, mais une période de blocage des fonds peut être prévue. Les associés sont rémunérés avec des **intérêts** financiers, une fois par an, indépendamment de la réalisation ou non de bénéfices. |
| ④ **L'augmentation de capital** | Elle consiste à faire croître la valeur du capital d'une entreprise en créant de nouvelles actions, qui sont achetées par les associés existants ou par de nouveaux associés. C'est pourquoi ces apports sont considérés comme un **financement externe**. Les apports en capital n'ont pas vocation à être remboursés. Une augmentation de capital modifie la répartition des actions entre les associés et, par conséquent, la **répartition du pouvoir de décision**. Les actionnaires ont droit à des **dividendes**, c'est-à-dire à une part des bénéfices. |

**Avant la classe**

**Vidéo :** L'emprunt, modalités de remboursement
liennathan.fr/y7g9w0

**Quels sont les deux éléments qui composent une annuité de remboursement d'emprunt ?**

## Situation

Raphaëlle a réalisé une étude prévisionnelle de chiffre d'affaires et a sollicité l'aide de Blandine pour estimer les coûts du projet. Elles ont conclu que celui-ci serait vite rentable. Reste désormais à trouver de quoi le financer !

### J'analyse la situation

Document 1
Ressource 1

**1.** **Le montant total à financer est de 50 000 €. Le projet peut-il être autofinancé ?**

..............................................................................................................................

..............................................................................................................................

Document 2
Ressource 2

**2.** **Sachant que le taux d'endettement maximal accepté par la banque est de 80 %, le projet peut-il être financé par emprunt ?**

..............................................................................................................................

..............................................................................................................................

Ressources 3 et 4

**3.** **Citez deux autres pistes envisagées pour financer le projet. Quelles sont les limites à ce type de financement ?**

..............................................................................................................................

..............................................................................................................................

..............................................................................................................................

..............................................................................................................................

..............................................................................................................................

..............................................................................................................................

**4.** **Pourquoi Blandine pense-t-elle qu'il faudra « mixer » les moyens de financement ?**

..............................................................................................................................

..............................................................................................................................

### Je retiens l'essentiel

**5.** **Complétez le tableau ci-dessous.**

| | Autofinancement | Emprunt | CCA | Augmentation de capital |
|---|---|---|---|---|
| **Limites** | .................... | .................... | .................... | .................... |
| **Coûteux ?** | ☐ Oui ☐ Non | ☐ Oui ☐ Non | ☐ Oui ☐ Non | ☐ Oui ☐ Non |

### J'approfondis

**6.** **La loi fixe un taux d'intérêt maximum pour les comptes courants. Pourquoi, selon vous ?**

..............................................................................................................................

..............................................................................................................................

..............................................................................................................................

**Les flashcards de la séance**

**Des cartes questions/réponses pour mémoriser**
liennathan.fr/h6q3ep

# 2 Arbitrer entre les différents modes de financement

## Doc. 1 Solutions de financement

| | Solution 1 | Solution 2 | Solution 3 |
|---|---|---|---|
| Disponibilités | 10 000 | 5 000 | 5 000 |
| Emprunt | 40 000 | 25 000 | 25 000 |
| Apport en CCA | | 10 000 | 20 000 |
| Aug. de capital | | 10 000 | |
| Total | 50 000 | 50 000 | 50 000 |

## Doc. 2 Conditions décidées pour les apports en compte courant

| Apporteurs | Montants |
|---|---|
| Blandine | 10 000 € |
| Raphaëlle | 10 000 € |

| Conditions | |
|---|---|
| Taux | 4 % |
| Délai de blocage | 3 ans |

## Doc. 3 Tableau de remboursement de l'emprunt à annuité constante

Durée : 5 ans
Taux : 3,50 %

| Années | Capital début | Intérêts | Amort. | Annuité | Capital restant |
|---|---|---|---|---|---|
| 1 | 25 000 | | | | |
| 2 | | | | | |
| 3 | | | | | |
| 4 | | | | | |
| 5 | | | | | |
| Total | | | | | |

## Doc. 4 Tableau de remboursement *in fine* des apports en compte courant

Durée : 3 ans
Taux : 4 %

| Années | Capital début | Intérêts | Amort. | Annuité | Capital restant |
|---|---|---|---|---|---|
| 1 | 20 000 | | | | |
| 2 | | | | | |
| 3 | | | | | |
| Total | | | | | |

## Ressource

Il existe **3 modes de remboursement de l'emprunt bancaire** :

| La mensualité (ou l'annuité) constante | L'amortissement constant | Le remboursement in fine |
|---|---|---|
| Une formule mathématique permet de calculer une répartition entre amortissement et intérêts telle que les versements au banquier sont fixes. En revanche, le calcul des intérêts est désavantageux. | Le remboursement de l'emprunt, appelé « amortissement », est du même montant à chaque période. Les intérêts, calculés sur les sommes restant à rembourser, baissent régulièrement. Ainsi, les sommes versées au banquier (remboursement + intérêts) ne sont jamais les mêmes. Ce mode de remboursement est le moins coûteux. | La totalité des sommes empruntées est remboursée en une fois, en dernière période. Des intérêts sont toutefois payés à chaque période. Ce mode de remboursement est très coûteux mais permet de conserver des liquidités jusqu'à la fin de la durée de l'emprunt. |

**Avant la classe**

Aidez-vous du site liennathan.fr/gz822c pour répondre à la question suivante.

Quel est l'intérêt pour un associé de choisir l'apport en compte courant plutôt que l'augmentation de capital ?

## Situation

***Déjà vu :*** *pour financer leur projet d'aménagement de la seconde salle de danse, les associés ont un besoin de financement de 50 000 €. Ils vont devoir mixer quatre modes de financement : l'autofinancement, l'emprunt, les apports en compte courant et l'augmentation de capital.*

Les trois associés comparent trois solutions de financement.

### J'analyse la situation

1. Quel est l'intérêt de la solution 1 de financement ? Pourquoi cette solution n'est-elle pas réalisable ?

Document 1
Doc. 1 et 2 p. 152

2. Quel est l'intérêt de la solution 2 de financement ? Pourquoi cette solution n'est-elle pas réalisable ?

3. Démontrez que la solution 3 est réalisable.

4. Complétez les tableaux de remboursement d'emprunt et des prêts en compte courant d'associé. Quel sera l'impact de la solution 3 sur la performance de l'entreprise en année 1 du projet ?

Documents 2, 3 et 4
Ressource

### Je retiens l'essentiel

5. Listez quelques critères à prendre en compte dans le choix d'un mode de financement.

### J'approfondis

6. Le capital de la SARL est divisé en 360 actions de 125 €. Xavier et Blandine détiennent chacun 100 actions et Raphaëlle 160. Calculez les dividendes à distribuer par associé à partir d'une hypothèse de bénéfice distribuable de 15 000 €. Reprenez vos calculs dans l'hypothèse où Raphaëlle a participé à une augmentation de capital de 10 000 € (soit une création de 80 actions). Démontrez l'intérêt pour Xavier ou Blandine que le financement complémentaire soit fait par apport en compte courant plutôt que par augmentation de capital.

Fiche outil numérique 9

## Les flashcards de la séance

**Des cartes questions/réponses pour mémoriser**

liennathan.fr/t5dkg2

# Synthèse

## La structure financière de l'entreprise

▶ Vidéo
Synthèse vidéo
liennathan.fr/yngraz

### 1. Les différents moyens de financement

**Financement interne**

- **Autofinancement :** l'entreprise puise dans ses disponibilités. Ce financement est gratuit.
- **Apports en CCA :** les associés accordent un prêt à l'entreprise, qui est remboursable avec des intérêts.

**Financement externe**

- **Emprunt bancaire :** la banque accorde un prêt à l'entreprise, remboursable avec des intérêts.
- **Augmentation de capital :** non remboursable, elle peut venir d'associés nouveaux.

### 2. Les critères de choix d'une solution de financement

**L'équilibre financier**

- L'**autofinancement** puise dans la trésorerie utile au quotidien. Il doit être très limité.
- L'**emprunt bancaire** rend l'entreprise dépendante. Il est limité à un certain taux d'endettement

**La performance**

- L'**emprunt bancaire** et les **apports en CCA** sont coûteux (intérêts). Ils impactent le résultat comptable à la baisse.
- L'**emprunt bancaire** peut permettre un effet de levier qui augmente la rentabilité financière.

**La répartition des pouvoirs**

L'**augmentation de capital** consiste à créer des actions nouvelles qui modifient la répartition des actions entre les associés et donc la répartition des pouvoirs et des dividendes.

**Rédigez votre synthèse personnelle à l'aide des mots-clés suivants :**

Financement interne et financement externe • Autofinancement • Emprunt bancaire • Apports en compte courant d'associés • Augmentation de capital

# Applications

## 1 Tester ses connaissances

Testez vos connaissances avec le quiz numérique. C'est parti !

Quiz
liennathan.fr/766a9n

## 2 Jouer avec le vocabulaire

**1.** Complétez la grille à l'aide des définitions.

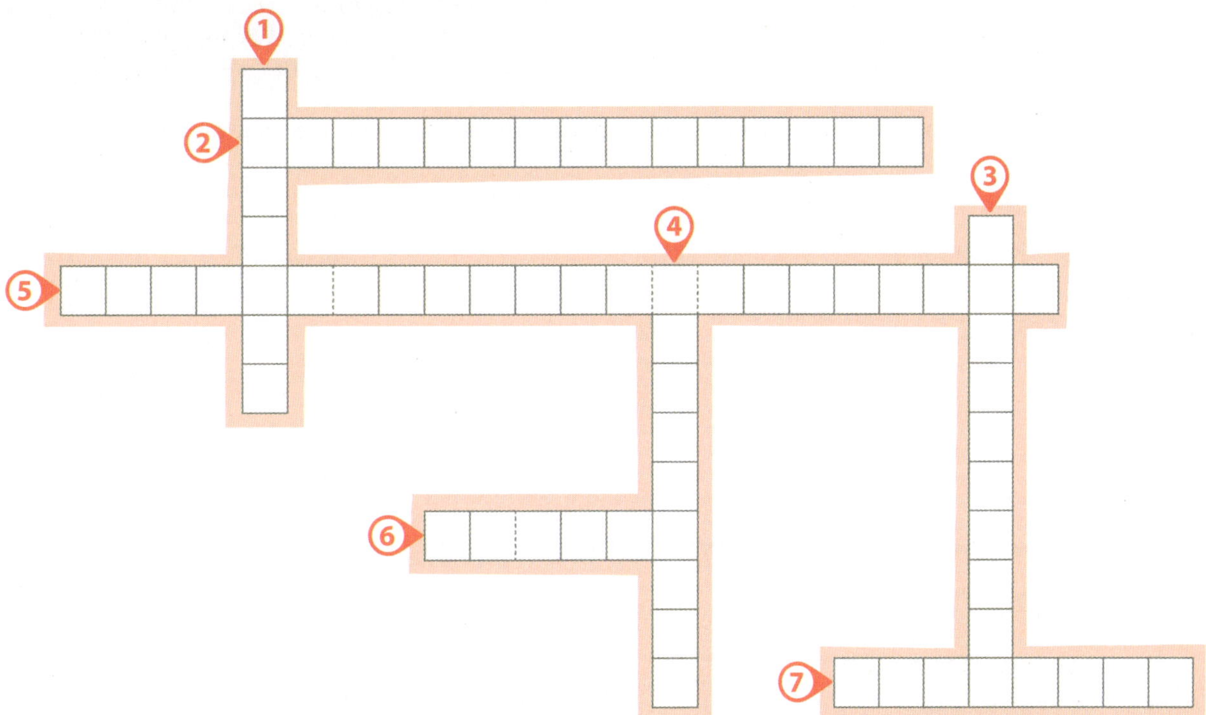

(1) Ensemble des actions achetées par les associés de l'entreprise
(2) Situation ou l'entreprise finance ses projets avec l'argent qu'elle a déjà
(3) Montant d'emprunt rendu chaque mois au banquier
(4) Part du résultat versée aux associés
(5) Signification de CCA
(6) Emprunt dont le capital est rendu en une seule fois
(7) Coût d'un emprunt

**2.** Complétez le tableau à l'aide des mots suivants : financement interne ; financement externe.

| Autofinancement | Emprunt | Apports en CCA | Subventions | Apports en numéraire des associés | Augmentation de capital par introduction en bourse |
|---|---|---|---|---|---|
| | | | | | |

# Applications

## 3 Calculer l'autofinancement ★

Vous êtes assistant(e) de gestion dans une petite menuiserie. Le responsable, M. Martin, a besoin d'acheter une nouvelle machine à bois plus performante pour répondre à la demande des clients. Il vous demande de calculer le montant d'autofinancement possible, tout en conservant une trésorerie minimale de 5 000 € pour pouvoir faire face à d'éventuels achats.

1. **Calculez la trésorerie de la menuiserie pour l'année N (document).**
2. **Déduisez-en le montant de l'autofinancement disponible pour financer la machine à bois.**

**Doc.** Extrait du bilan fonctionnel – Année N

| Actif | | Passif | |
|---|---|---|---|
| **Trésorerie active** | | **Trésorerie passive** | |
| Valeurs mobilières de placement (VMP) | 7 000 | Concours bancaires courants (CBC) | 4 500 |
| Disponibilités | 10 000 | Effets escomptés non échus (EENE) | 500 |
| **Total** | **17 000** | **Total** | **5 000** |

## 4 Comparer les différents modes de remboursement d'un emprunt bancaire ★

Vous travaillez pour M. Pavenot, gérant d'une pâtisserie, qui souhaite ouvrir un petit coin salon de thé. Il se renseigne auprès de sa banque pour souscrire un emprunt bancaire de 80 000 € sur 10 ans. Celle-ci lui propose un taux d'intérêt de 1,5 %.
Vous étudiez les différents modes de remboursement de l'emprunt pour aider M. Pavenot à faire son choix.

1. **Construisez sur tableur un tableau de remboursement d'emprunt à amortissement constant.**
2. **Copiez-collez ce tableau puis changez les formules pour en faire un tableau à annuité constante.**
3. **Si M. Pavenot souhaite que son emprunt lui coûte le moins cher possible, quel mode de remboursement doit-il choisir ?**

## 5 Augmenter le capital et répartir les pouvoirs ★

À vos marques, SARL spécialisée dans la vente d'articles de sport, dispose d'un capital composé de 9 000 actions de 100 € chacune, réparties à parts égales entre les trois associés, Jules, Karim et Théo. En N-1, le bénéfice distribuable s'élevait à 63 000 €.
L'entreprise a besoin de financer l'ouverture d'un deuxième magasin. Au cours de l'année N, Jules a donc fait une augmentation de capital à hauteur de 300 000 €. Le bénéfice distribuable s'élève à 80 000 €.

1. **En N-1, de combien de capital dispose chaque associé ?**
2. **Combien de dividendes chacun va-t-il percevoir sur cette même année ?**
3. **Après l'augmentation de capital en N, calculez le pourcentage de capital détenu par chaque associé. Déduisez-en les dividendes perçus par chacun en N.**
4. **Qu'en concluez-vous en ce qui concerne l'évolution de la répartition des pouvoirs ?**

# 6 Classer les financements ★

Vous êtes stagiaire dans un restaurant bio à Clamart (92). Mme Carlier, la gérante, souhaite refaire ses cuisines qui datent de presque quinze ans. Le montant des travaux s'élève à 48 500 €. Elle vous demande de distinguer les différentes modalités de financement (document 1).

**1. Parmi les financements suivants, lesquels sont considérés comme « internes » ?**

- ☐ Prêt bancaire de 14 500 €
- ☐ Financement participatif
- ☐ Compte bancaire (7 000 €)
- ☐ Augmentation de capital (12 000 €)
- ☐ Subvention
- ☐ Caisse (1 200 €)
- ☐ ACC

**2. Parmi les deux modes de financement suivants, quel est celui qui est coûteux pour le restaurant ?**

- ☐ Augmentation de capital
- ☐ Apport en CCA

**3. Quelle forme de financement est appelée « autofinancement » ?**

- ☐ 7 000 € sur le compte de Mme Carlier
- ☐ 1 200 € dans la caisse du restaurant

**4. Pourquoi Mme Carlier a peu de chance d'obtenir une subvention ?**

- ☐ Elle dirige une entreprise.
- ☐ Son projet ne relève pas vraiment d'un « intérêt général ».

**5. Quel serait le montant des apports en compte courant ?**

- ☐ 5 000 €
- ☐ 10 000 €
- ☐ 17 000 €
- ☐ 18 200 €

**6. Si Mme Carlier obtient un financement participatif (document 2), les préteurs seront :**

- ☐ des associés.
- ☐ des dirigeants de l'entreprise.
- ☐ des banquiers.
- ☐ de simples débiteurs.

## Doc. 1 Modalités de financement

- La banque a accepté d'accorder un prêt de 14 500 € à Mme Carlier.
- Mme Carlier souhaite faire appel au financement participatif (document 2). Elle ne sait pas vraiment quelle somme elle pourra en obtenir.
- Elle dispose, sur un compte courant personnel, de 7 000 € qu'elle peut prêter à l'entreprise.
- Ses trois associés acceptent de faire une augmentation de capital à hauteur de 4 000 € chacun.
- Mme Carlier va essayer de bénéficier d'une subvention (document 2) en faisant valoir le fait que son restaurant est bio et qu'ainsi, la nourriture qu'elle sert est bonne pour la santé générale de ses clients. Elle est toutefois consciente d'avoir peu de chance de l'obtenir.
- Elle dispose de 1 200 € dans la caisse du restaurant. Elle pense les utiliser également si besoin.
- Deux de ses associés souhaitent faire un apport de 5 000 € chacun en compte courant d'associés. Le taux de rémunération de ces apports est de 2 %.

## Doc. 2 Vocabulaire

Le **financement participatif** (***crowdfunding***) représente l'ensemble des méthodes utilisées pour faire appel à un grand nombre de personnes afin de financer un projet. Ce mode de financement ne fait pas intervenir d'institutions financières intermédiaires. Les nouvelles technologies ont favorisé son développement car de nombreuses plateformes Internet facilitent leur mise en œuvre, moyennant parfois une commission calculée sur les fonds levés. Le *crowdfunding* peut prendre deux formes : le don ou le prêt (dans ce dernier cas, l'apporteur de fonds prête une somme qui sera ensuite remboursée, sans intérêts ou avec intérêts à un taux fixé à l'avance). Cette solution est de plus en plus utilisée par les PME qui ont du mal à obtenir des emprunts bancaires.

Une **subvention** est une aide de toute nature attribuée de manière facultative par l'État ou les collectivités territoriales. Toute association déclarée, régie par la loi de 1901, peut effectuer une demande de subvention dans le cadre de son activité alors que les entreprises doivent démontrer que leur projet relève d'un intérêt général.

# Applications

## 7 Financer un nouveau projet ★★

M. Sacart, gérant de la SARL Toutcouleur, entreprise de confection de vêtements spécialisée dans les coloris vifs, souhaiterait se diversifier en créant une gamme de draps et de serviettes de toilette. L'entreprise est dirigée par trois associés, dont M. Sacart.
Ce projet nécessiterait un financement de 120 000 € mais M. Sacart n'est pas certain de réussir à réunir cette somme.

1. **À combien s'élève l'autofinancement disponible pour financer ce projet (document 1) ?**
2. **En tenant compte de la contrainte du taux d'endettement, calculez le montant maximal que l'entreprise Toutcouleur peut emprunter pour financer ce nouveau projet (document 2).**
3. **À l'aide d'un tableur, présentez le tableau de remboursement de cet emprunt, sachant que l'entreprise souhaite rembourser tous les ans la même somme à la banque.**
4. **Expliquez quels auraient été les avantages pour les deux autres associés de Toutcouleur de choisir d'apporter des fonds sur un compte courant d'associés plutôt que de participer à l'augmentation de capital.**
5. **Si l'on tient compte de l'ensemble des modalités de financement dont dispose M. Sacart, le projet peut-il être financé dans sa totalité ?**

### Doc. 1 Liste des contraintes liées au financement du projet

- Conserver un minimum de 7 000 € en trésorerie pour faire face à d'éventuels aléas.
- Ne pas dépasser un taux d'endettement de 80 % des capitaux propres.
- S'endetter sur 10 ans.
- Le dossier de demande de subvention a été refusé.
- Les associés peuvent apporter 10 000 € pour une augmentation de capital. La répartition des pouvoirs n'en sera pas modifiée.
- M. Sacart peut apporter 15 000 € en compte courant d'associés. Il peut laisser cette somme à l'entreprise pendant 4 ans. Le taux de rémunération est de 3 %.
- Le taux d'intérêt à la banque est de 2,5 %.

### Doc. 2 Extrait de la balance comptable

| BALANCE PARTIELLE | | | | | |
|---|---|---|---|---|---|
| N° compte | Libellé | Total | | Solde | |
| | | débit | crédit | débiteur | créditeur |
| 101000 | Capital | | 50 000 | | 50 000 |
| 106100 | Réserve légale | | 5 000 | | 5 000 |
| 106800 | Autres réserves | | 155 000 | | 155 000 |
| 164000 | Emprunt auprès de l'établissement de crédit | 52 000 | 150 000 | | 98 000 |
| **Total classe 1** | | **52 000** | **360 000** | **0** | **308 000** |
| 512000 | Banques | 20 000 | 5 000 | 15 000 | |
| **Total classe 5** | | **20 000** | **5 000** | **15 000** | **0** |

# La gestion de la trésorerie

12

**Question** Optimiser la trésorerie, une nécessité ?

**Capacité**
- Caractériser la situation de trésorerie et choisir une solution pour équilibrer la trésorerie.

**Vers PIX** 1.3. Traiter des données

## Situation

West Indies Vakans (WIV) est une agence spécialisée dans la conception et l'organisation de voyages à destination des Antilles françaises (Guadeloupe, Martinique, Saint-Martin). Située à Deshaies, en Guadeloupe, elle commercialise ses voyages *via* son site Internet. Elle s'adresse à des particuliers et aux salariés des entreprises dont le comité social et économique (CSE) a signé un partenariat, permettant de leur faire bénéficier de tarifs plus avantageux.

L'entreprise, créée par deux sœurs, Lou et Giulia, connaît un véritable succès depuis sa création, il y a 5 ans. Résidant en Guadeloupe depuis leur enfance, les deux jeunes femmes ont une parfaite connaissance des Antilles françaises et ont noué des contacts privilégiés avec de nombreuses installations touristiques.

Face au succès grandissant de l'agence, Lou souhaiterait la développer davantage, mais Giulia est inquiète, car leur trésorerie est parfois limitée.

**Étapes de travail**

1. Adopter une démarche budgétaire
2. Préparer les budgets mensuels prévisionnels
3. Élaborer le budget de trésorerie
4. Analyser et optimiser la trésorerie

**Support de travail**

Chapitre12_Situation.xlsx
liennathan.fr/w1fxt3

# 1 Adopter une démarche budgétaire

## Doc. 1 Fonctionnement de l'activité

West Indies Vakans (WIV) a signé des partenariats avec des compagnies aériennes et des hôtels des îles françaises de la Caraïbe. Lou gère la partie commerciale et démarche les hôteliers afin d'obtenir des tarifs préférentiels. Elle propose à des CSE une adhésion, sous forme de cotisation annuelle, qui permet à leurs salariés de bénéficier d'avantages (réduction de prix, surclassement…) sur une sélection de voyages.

Un site en ligne permet de faire la promotion des voyages et de les réserver.

Lorsqu'un client réserve un voyage :

- il verse à WIV un acompte de 30 % du prix de vente au moment de la réservation et le solde un mois avant la date du départ ;
- WIV verse aux hôteliers et compagnies aériennes, dès la réservation, l'intégralité du prix d'achat du voyage afin que la réservation soit confirmée.

Lou souhaite développer l'activité vers les autres îles anglophones de la Caraïbe, dans les mêmes conditions, afin d'augmenter les bénéfices de l'entreprise.

## Doc. 2 Prévisions de Lou pour développer l'activité sur d'autres îles

| | |
|---|---|
| **Impact sur les produits** | Augmentation du chiffre d'affaires mensuel entre 40 et 50 % |
| **Impacts sur les charges** | – Embauche d'un salarié parlant couramment anglais<br>– Prix d'achat des prestations de transport aérien et d'hébergements avec des marges identiques aux prestations proposées sur les îles déjà exploitées |

## Doc. 3 Informations à recueillir pour mesurer l'impact du développement

**Liste des informations à recueillir**

– Demander à Nora, la responsable des ressources humaines en charge du recrutement du nouveau salarié, de chiffrer le salaire et les charges sociales.

– Demander à Sarah, la comptable, s'il y aura un impact sur les autres charges et le montant des remboursements mensuels.

– Demander à Thomas, le responsable du site Internet, si l'augmentation de l'activité nécessite des investissements supplémentaires.

## Ressources

1. La **démarche budgétaire** est une démarche de planification qui permet d'impliquer le personnel dans la réalisation des objectifs stratégiques de la direction, en lui fixant des objectifs à atteindre (réunis dans un « plan d'action ») avec des moyens pour les atteindre (budgets). La direction contrôle à tout moment les réalisations et met en œuvre des mesures correctives en cas d'écarts importants.
2. Un **budget** détaille mois par mois, et pour un an en général, les prévisions chiffrées d'un plan d'action. Certains budgets s'expriment en quantité et en valeur (budgets des ventes, des achats). D'autres ne s'expriment qu'en valeur (budgets des encaissements, des décaissements, de trésorerie).
3. Les **prévisions chiffrées** prennent en compte les données historiques (frais de la structure actuelle, marge commerciale) et les changements sur l'activité liés à la réalisation des objectifs.

**Avant la classe**

- Quelle différence faites-vous entre le résultat et la trésorerie ?
- En langage de gestionnaire, comment s'appelle le besoin d'avance en trésorerie ?

## Situation

Chaque année, les avances à verser aux prestataires de transport et d'hébergements lors des réservations sont importantes. En vue du développement de l'activité, Giulia veut chiffrer les prévisions pour vérifier que la trésorerie suffira à assurer la pérennité de l'entreprise.

### J'analyse la situation

1. **Quel est l'objectif stratégique que souhaitent mettre en œuvre Lou et Giulia ?** | Document 1

..................................................

..................................................

2. **Pourquoi la société WIV a-t-elle besoin de disposer d'une trésorerie suffisante pour la réalisation de son objectif ?**

..................................................

..................................................

..................................................

3. **Comment Giulia peut-elle s'assurer que l'objectif sera réalisable ?** | Ressources 1 et 2

..................................................

..................................................

4. **Comment Lou a-t-elle établi les prévisions de développement de l'activité ?** | Document 2, Ressource 3

..................................................

..................................................

5. **Pourquoi Giulia a listé les informations à recueillir et les personnes concernées ?** | Document 3

..................................................

..................................................

### Je retiens l'essentiel

6. **Pourquoi la réalisation de prévisions budgétaires est-elle essentielle à la réussite des objectifs stratégiques ?**

..................................................

..................................................

7. **Comment les prévisions budgétaires sont-elles réalisées ?**

..................................................

..................................................

..................................................

### J'approfondis

8. **En quoi la mise en place d'une gestion budgétaire permet à l'entreprise d'être plus performante ?**

..................................................

..................................................

**Les flashcards de la séance** — Des cartes questions/réponses pour mémoriser

liennathan.fr/jswvcw

# 2 Préparer les budgets mensuels prévisionnels

## Doc. 1 Budgets mensuels élaborés par Giulia en fonction des informations recueillies

| Budget des ventes prévisionnelles | Janvier | Février | Mars | Avril | Mai | Juin |
|---|---|---|---|---|---|---|
| Ventes HT Hébergements | 47 500 | 54 900 | 50 500 | 71 100 | 81 100 | 67 600 |
| Ventes HT Transport aérien | 36 600 | 42 300 | 38 900 | 54 700 | 62 400 | 52 000 |
| Ventes HT CSE | | | | | | 100 000 |
| TVA collectée sur les ventes | 16 820 | 19 440 | 17 880 | 25 160 | 28 700 | 43 920 |
| **Total des ventes TTC** | **100 920** | **116 640** | **107 280** | **150 960** | **172 200** | **263 520** |

| Budget des achats de prestations | Janvier | Février | Mars | Avril | Mai | Juin |
|---|---|---|---|---|---|---|
| Achats Hébergements | 28 500 | 32 940 | 30 300 | 42 660 | 48 660 | 40 560 |
| Achats Transport aérien | 19 032 | 21 996 | 20 228 | 28 444 | 32 448 | 27 040 |
| TVA déductible | 9 506 | 10 987 | 10 106 | 14 221 | 16 222 | 13 520 |
| **Total des achats de prestations TTC** | **57 038** | **65 923** | **60 634** | **85 325** | **97 330** | **81 120** |

| Budget des autres charges | Janvier | Février | Mars | Avril | Mai | Juin |
|---|---|---|---|---|---|---|
| Frais généraux HT | 9 000 | 9 000 | 9 000 | 9 000 | 9 000 | 9 000 |
| TVA déductible sur frais généraux | 1 800 | 1 800 | 1 800 | 1 800 | 1 800 | 1 800 |
| Charges diverses (pas de TVA) | 3 600 | 3 600 | 3 600 | 3 600 | 3 600 | 3 600 |
| Salaires nets | 9 500 | 9 500 | 9 500 | 9 500 | 9 500 | 9 500 |
| Cotisations sociales | 6 460 | 6 460 | 6 460 | 6 460 | 6 460 | 6 460 |
| **Total des autres charges** | **30 360** | **30 360** | **30 360** | **30 360** | **30 360** | **30 360** |

## Doc. 2 Budget de TVA découlant des budgets mensuels

| Budget de TVA | Janvier | Février | Mars | Avril | Mai | Juin |
|---|---|---|---|---|---|---|
| TVA collectée | | | | | | |
| TVA déductible | | | | | | |
| **TVA à décaisser** | | | | | | |

## Ressource

L'**articulation des budgets** : tous les budgets découlent du budget des ventes. Chacun influe soit sur le budget des encaissements, soit sur celui des décaissements. Le budget de trésorerie est construit à partir de ces deux derniers.

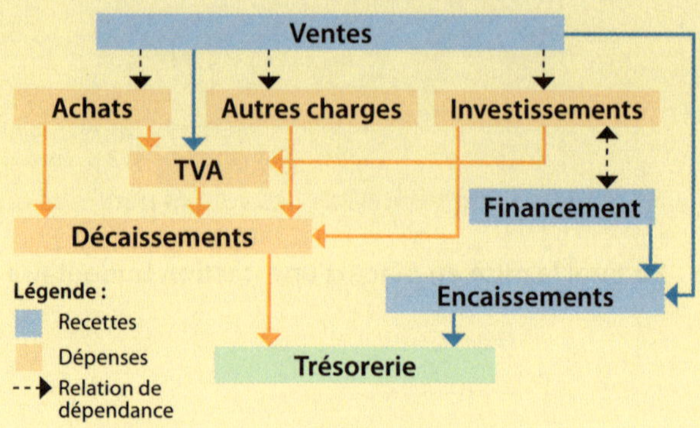

**Avant la classe**

- Comment se calcule la TVA à décaisser ?
- Quel est le coût mensuel des salariés pour l'entreprise ?

## Situation

***Déjà vu :*** *l'augmentation de l'activité va engendrer une hausse des recettes mais aussi des dépenses. La mise en place de budgets est nécessaire afin de chiffrer la réalisation de cet objectif de développement.*

L'activité est irrégulière car elle est fortement liée aux vacances scolaires, alors que les coûts sont réguliers. Nora et Sarah ont fourni à Giulia les informations demandées, Thomas pense que le système informatique actuel sera suffisant et que des investissements supplémentaires ne sont donc pas nécessaires.

## J'analyse la situation

**1. Comment Giulia a-t-elle établi les budgets des ventes et des achats de prestations ?** Document 1

.....

.....

**2. Lors des règlements des clients, l'entreprise WIV va-t-elle percevoir le montant HT ou TTC des ventes ? Pourquoi ?**

.....

.....

**3. Pour quel budget les informations fournies par Nora sur le recrutement d'un nouveau salarié sont-elles nécessaires ?**

.....

.....

**4. Quels sont les budgets élaborés par Giulia qui vont influer sur le budget des décaissements ?** Documents 1 et 2 Ressource

.....

.....

.....

**5. Complétez le budget de TVA. Quel impact a-t-il sur la trésorerie ?**

.....

.....

## Je retiens l'essentiel

**6. Démontrez que les budgets dépendent les uns des autres, et que le budget de trésorerie est la résultante de ces budgets.**

.....

.....

.....

## J'approfondis

**7. En quoi une augmentation des ventes peut-elle engendrer une augmentation des besoins de trésorerie ?**

.....

.....

.....

## Les flashcards de la séance

**Des cartes questions/réponses pour mémoriser**

liennathan.fr/04v80g

# 3 Élaborer le budget de trésorerie

## Doc. 1 Informations issues du PGI

| Solde au 31/12/N | | Échéance |
|---|---|---|
| Créances clients | 127 600 | 30 % en janvier<br>45 % en février<br>25 % en mars |
| Disponibilités | 35 750 | Janvier |
| Dettes : | | |
| Fournisseurs | 4 700 | Janvier |
| Charges sociales | 5 350 | Janvier |
| TVA à décaisser | 10 958 | Janvier |
| Concours bancaires | 5 200 | Janvier |

## Doc. 2 Conditions de règlement des tiers

- **Les clients** : acompte de 30 % à la réservation et solde (70 %) au moins un mois avant le départ (soit 3 mois après la réservation).
- **Les CSE** : cotisation annuelle versée intégralement lors de la facturation au mois de juin.
- **Les fournisseurs** : afin de garantir des places, les compagnies aériennes exigent le paiement intégral des vols dès leur réservation. Les hôtels demandent aussi le versement intégral dès la réservation. Les frais généraux de fonctionnement sont payés mensuellement.

## Doc. 3 Budgets des encaissements et des décaissements du 1er semestre N+1

| Budget des encaissements TTC | Janvier | Février | Mars | Avril | Mai | Juin |
|---|---|---|---|---|---|---|
| Règlement 30 % des ventes TTC du mois | 30 276 | 34 992 | 32 184 | 45 288 | | |
| Règlement solde des voyages à 90 jours | 38 280 | 57 420 | 31 900 | 70 644 | | |
| Versement des cotisations CSE | 0 | 0 | 0 | 0 | | |
| **Total Encaissements TTC** | **68 556** | **92 412** | **64 084** | **115 932** | | |

| Budget des décaissements TTC | Janvier | Février | Mars | Avril | Mai | Juin |
|---|---|---|---|---|---|---|
| Dettes fournisseurs | 4 700 | | | | | |
| Paiement des hébergements | 34 200 | 39 528 | 36 360 | 51 192 | 58 392 | 48 672 |
| Paiement des compagnies aériennes | 22 838 | 26 395 | 24 274 | 34 133 | 38 938 | 32 448 |
| Frais généraux | 10 800 | 10 800 | 10 800 | 10 800 | 10 800 | 10 800 |
| Charges diverses | 3 600 | 3 600 | 3 600 | 3 600 | 3 600 | 3 600 |
| Salaires nets | 9 500 | 9 500 | 9 500 | 9 500 | 9 500 | 9 500 |
| Charges sociales | 5 350 | 6 460 | 6 460 | 6 460 | 6 460 | 6 460 |
| TVA à décaisser | 10 958 | 5 514 | 6 653 | 5 974 | 9 139 | 10 678 |
| Remboursement mensualité emprunt | 1 200 | 1 200 | 1 200 | 1 200 | 1 200 | 1 200 |
| **Total Décaissements TTC** | **103 146** | **102 997** | **98 846** | **122 859** | **138 029** | **123 358** |

## Doc. 4 Budget de trésorerie du 1er semestre N+1

| Budget de trésorerie | Janvier | Février | Mars | Avril | Mai | Juin |
|---|---|---|---|---|---|---|
| Trésorerie initiale | 30 550 | – 4 040 | – 14 625 | – 49 388 | | |
| Encaissements TTC | 68 556 | 92 412 | 64 084 | 115 932 | | |
| Décaissements TTC | 103 146 | 102 997 | 98 846 | 122 859 | | |
| **Trésorerie finale** | **– 4 040** | **– 14 625** | **– 49 388** | **– 56 315** | | |

### Ressources

1. Les **concours bancaires courants** sont un ensemble de crédits ou de prêts accordés par une banque à court terme : facilité de caisse, découvert, et autres crédits et prêts à moins d'un an.

2. La plupart des charges qui figurent dans un compte de résultat donnent lieu à une sortie de trésorerie ; on parle de **charges décaissables.** Mais certaines charges n'impliquent pas de sortie d'argent et n'ont donc aucun impact sur la trésorerie ; on parle de **charges calculées.**

**Avant la classe**

- Où se trouvent les concours bancaires courants dans le bilan ?
- À quoi correspond la trésorerie nette ?

## Situation

***Déjà vu :*** *les budgets mensuels ont pu être établis en fonction des prévisions chiffrées liées à l'atteinte des objectifs stratégiques. Ces budgets vont avoir un impact sur les encaissements et les décaissements de l'entreprise.*

Les réservations nécessitent des versements immédiats aux prestataires et les autres charges sont versées régulièrement chaque mois. Giulia s'inquiète de savoir si la trésorerie sera suffisante avec l'augmentation de l'activité.

### J'analyse la situation

**1.** **Expliquez à quoi correspond le poste « Créances clients » figurant dans l'extrait des comptes au 31/12/N de l'entreprise WIV ?** | Document 1

..........

..........

**2.** **Pourquoi les ventes de janvier sont-elles différentes des encaissements de janvier ?** | Documents 2 et 3

..........

..........

**3.** **Retrouvez le calcul des encaissements du mois d'avril, puis complétez le budget des encaissements des mois de mai et juin.**

..........

..........

..........

**4.** **À quoi correspond la trésorerie initiale ? Retrouvez le montant de la trésorerie disponible début janvier. Terminez le budget de trésorerie.** | Document 4 | Ressource 1

..........

..........

..........

**5.** **Quel problème a été mis en évidence par le budget de trésorerie établi par Giulia ?**

..........

### Je retiens l'essentiel

**6.** **De quoi dépendent les budgets des encaissements et des décaissements ?**

..........

..........

..........

**7.** **Comment est calculée la trésorerie de chaque fin de mois ?**

..........

### J'approfondis

**8.** **Pourquoi certaines charges comme les dotations aux amortissements ne sont-elles pas retenues dans le budget des décaissements ?** | Ressource 2

..........

**Les flashcards de la séance**

**Des cartes questions/réponses pour mémoriser**

liennathan.fr/2wbdga

# 4 Analyser et optimiser la trésorerie

## Doc. 1 Analyse de Giulia sur les prévisions de trésorerie

Les prévisions de trésorerie font apparaître des périodes de découvert pouvant dépasser les 60 000 € dès le début de l'année. La trésorerie ne redevient positive qu'à partir du mois de juin. Le banquier accorde un découvert à hauteur de 30 000 €, mais il est réticent à aller au-delà. De plus, ce découvert est très coûteux, avec un taux de 10 % et des commissions bancaires élevées à chaque paiement effectué, alors que les taux de placement de la trésorerie ne dépassent pas 3 %. Giulia doit trouver d'autres solutions pour équilibrer la trésorerie de l'entreprise.

## Doc. 2 Discussion entre les deux fondatrices de l'entreprise

**Giulia :** Plus nous développons l'activité, plus nous avons besoin de trésorerie. Il faut donc trouver des solutions.

**Lou :** Je vais négocier avec nos partenaires commerciaux. Les fournisseurs pourraient accepter que nous les payions plus tard... Et nous pourrions obtenir les cotisations des CSE plus tôt dans l'année. Peut-être pourrions-nous aussi demander un acompte plus important aux clients lors de leur réservation ?

**Giulia :** Mais est-ce que nous resterons toujours compétitives face à nos concurrents ? Moi, je peux faire une avance en compte courant d'associés de 15 000 €.

**Lou :** Pour ma part, je n'ai pas beaucoup d'argent sur mes comptes bancaires. Il faut demander aux autres associés s'ils accepteraient de prêter de l'argent à l'entreprise.

## Doc. 3 Options envisagées par Giulia et Lou concernant les encaissements

| | Solutions envisagées | Impact des solutions sur la trésorerie finale | | | | | |
|---|---|---|---|---|---|---|---|
| | | Janvier | Février | Mars | Avril | Mai | Juin |
| 1 | Demander aux clients un acompte de 50 % à la réservation et le solde un mois avant le départ, soit à 90 jours. | 16 144 | 28 887 | | | | 147 094 |
| 2 | Facturer les CSE en deux fois : 30 % en janvier et 70 % en juin. | 31 960 | 15 375 | | | | 47 758 |
| 3 | Apports en CCA de 15 000 € de Giulia en janvier et 30 000 € des autres associés en février. | 10 960 | 30 375 | | | | 98 758 |

## Ressources

1 Le **compte courant d'associé** est une somme prêtée par un associé à son entreprise pour financer un investissement ou faire face à un déficit de trésorerie. Les modalités de remboursement ainsi que le taux d'intérêt sont plus avantageux pour l'entreprise que ceux d'un organisme financier.

2 On parle d'**autorisation de découvert bancaire** (ou facilité de trésorerie) lorsque la banque permet à son client de continuer à utiliser son compte malgré le déficit. Son montant est toutefois plafonné et le découvert engendre le paiement d'**agios**.

Agios = Intérêts + Commissions diverses (frais bancaires)

3 Le **besoin en fonds de roulement (BFR)** est le montant qu'une entreprise a besoin de financer pour le fonctionnement de son activité. Pour le réduire, elle peut raccourcir le délai de rotation des stocks, diminuer les délais de paiement accordés aux clients ou allonger les délais de paiement aux fournisseurs.

4 Les **valeurs mobilières de placement (VMP)** sont des titres de placement à court terme utilisés pour faire fructifier les liquidités. Elles sont cotées en Bourse, ce placement s'avère donc risqué.

5 Un **compte à terme** est un compte bancaire rémunéré de type « Livret A ». L'argent déposé est en principe disponible, mais la rémunération peut être conditionnée à une durée minimale de placement. Le taux de rémunération est inférieur au taux d'intérêt des emprunts.

**Avant la classe**

- D'où provient le besoin en fonds de roulement ?
- Comment se calcule-t-il ?

## Situation

***Déjà vu :*** *les prévisions mettent en avant des périodes de trésorerie négative car certains mois, les décaissements sont supérieurs aux encaissements.*

Giulia doit absolument trouver des solutions. Elle consulte sa sœur pour qu'elle l'aide dans cette démarche auprès des différentes parties prenantes de l'entreprise.

### J'analyse la situation

**1. D'après son analyse, pourquoi Giulia doit-elle trouver des solutions pour équilibrer le budget de trésorerie de WIV ?** | Document 1

**2. Testez sur tableur les solutions envisagées par Giulia et complétez l'impact sur la trésorerie de ces solutions. Déterminez, pour chaque solution, si elle peut résoudre le problème de trésorerie de l'entreprise.** | Documents 2 et 3 | Ressources 1 et 2

**3. D'après les prévisions de Giulia, à partir du mois de juin et jusqu'à la fin de l'année, la trésorerie de l'entreprise reste positive. Que peut-elle envisager ?** | Ressources 4 et 5

### Je retiens l'essentiel

**4. Listez les solutions possibles pour améliorer une trésorerie en découvert.** | Ressource 3

### J'approfondis

**5. Déterminez les inconvénients de chacune des solutions de rééquilibrage envisagées par Giulia.**

## Les flashcards de la séance

**Des cartes questions/réponses pour mémoriser**

liennathan.fr/u21zc7

# Synthèse

## La gestion de la trésorerie

Vidéo
Synthèse vidéo
liennathan.fr/gdc88p

### 1. Adopter une démarche budgétaire

Objectif stratégique → Planifier les moyens d'action → Recherche de solutions

### 2. Préparer les budgets mensuels prévisionnels

- Budget des ventes
  - Budget des approvisionnements → Budget de TVA
  - Budget des autres charges
  - Budget des investissements → Budget de financement ; → Budget de TVA
  - → Budget de TVA

### 3. Élaborer le budget de trésorerie

- Budget des encaissements
- Budget des décaissements

*Valeurs TTC*
*Sont exclus les charges et produits calculés*
*en fonction des dates de paiement effectif*

→ **Budget de trésorerie**

### 4. Analyser et optimiser la trésorerie

**Si trésorerie déficitaire**

- Réduction des délais clients
- Augmentation des délais fournisseurs
- Apports en compte courant d'associé
- Découvert autorisé

**Si trésorerie excédentaire**

- Valeurs mobilières de placement
- Placement sur compte à terme

**Rédigez votre synthèse personnelle à l'aide des mots-clés suivants :**
Gestion prévisionnelle • Budget de trésorerie • Délai de règlement • BFR • Solutions d'équilibrage • VMP

# Applications

## 1 Tester ses connaissances

Testez vos connaissances avec le quiz numérique. C'est parti !

Quiz
liennathan.fr/y4tn1o

## 2 Jouer avec le vocabulaire

Complétez la grille à l'aide des définitions.

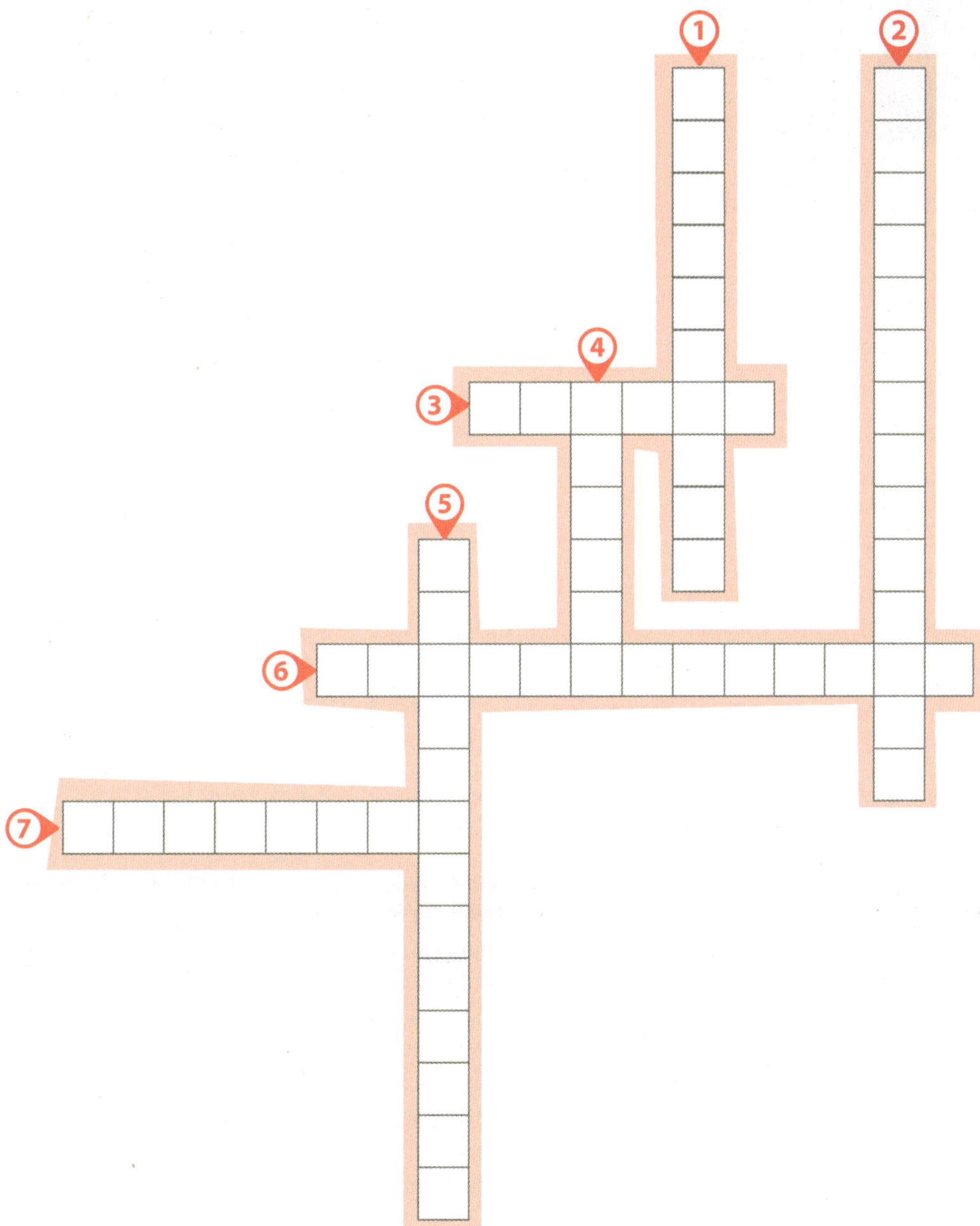

**Vertical**

1. Différence entre les encaissements et les décaissements
2. Argent en banque et en caisse
4. Montants TTC dus aux fournisseurs
5. Flux entrants de trésorerie

**Horizontal**

3. Prévisions chiffrées d'un plan d'action
6. Flux sortants de trésorerie
7. Montants TTC dus par les clients

Support de travail
Chapitre12_Applications.xlsx
liennathan.fr/ifb2z9

## 3 Comprendre la construction des budgets ★

Le magasin The Class Look propose une large gamme de vêtements tendance très appréciés des jeunes. Afin de rester attractif face à la concurrence, le gérant, M. Yanis, désire se diversifier en développant une gamme de chaussures. Pour cela, il doit repenser l'agencement du point de vente et envisager des travaux afin que le magasin reste agréable. Cette activité complémentaire lui permettrait de développer son chiffre d'affaires, mais il souhaite évaluer l'impact de ce projet sur la trésorerie (document).

**1. Quelles sont les conditions de paiement accordées aux clients ?**

☐ Paiement comptant
☐ Paiement à 30 jours
☐ Paiement 90 % comptant et 10 % à 30 jours
☐ Paiement 10 % comptant et le solde à 30 jours

**2. Comment est calculée la TVA à décaisser ?**

☐ TVA collectée – TVA déductible sur ABS – TVA sur immobilisations
☐ TVA collectée – TVA déductible
☐ TVA collectée + TVA déductible

**3. Pourquoi la TVA du mois d'avril est-elle différente dans le budget de TVA et le budget des encaissements ?**

☐ L'entreprise avait des retards de paiement en matière de TVA.
☐ La TVA due au titre d'un mois est reversée à l'État le mois suivant.
☐ Le montant de TVA déductible est trop élevé par rapport à la TVA collectée.
☐ L'entreprise n'avait pas la trésorerie suffisante.

**4. Pourquoi n'y a-t-il pas de dotations aux amortissements dans le budget de décaissements ?**

☐ Il n'y a pas d'immobilisations.
☐ Les investissements ne sont pas réglés.
☐ L'amortissement ne donne pas lieu à un décaissement.
☐ Les amortissements ne sont payés qu'à la clôture de l'exercice.
☐ L'investissement n'est pas amortissable.

**5. Comment se trouve la situation de la trésorerie sur la période ?**

☐ Elle est toujours négative.
☐ Elle est toujours positive.
☐ Elle est négative à partir du courant du mois d'avril.

**6. Est-ce problématique d'avoir une trésorerie passagèrement négative ?**

☐ Oui, cela met l'entreprise en cessation de paiements.
☐ Non, si l'entreprise l'a anticipé en négociant avec son banquier.
☐ Non, le banquier sera dans l'obligation d'accepter.

**7. D'où provient la situation de trésorerie négative ?**

☐ D'un montant de TVA à payer trop important.
☐ De l'autofinancement des travaux d'aménagement.
☐ Des délais de paiement accordés aux clients trop longs.
☐ Des délais de paiement consentis par les fournisseurs trop courts.

**8. Quelles solutions seraient envisageables pour améliorer la trésorerie ?**

☐ Reporter les décaissements suivants : TVA à décaisser, cotisations sociales.
☐ Demander un emprunt pour le financement des travaux d'aménagement.
☐ Agir sur le BFR.
☐ Demander aux associés de faire un apport en compte courant.
☐ Demander au fournisseur de travaux d'aménagement un étalement des paiements.

## Doc. Budgets des mois d'avril à juin

| **Budget des ventes** | **Avril** | **Mai** | **Juin** |
|---|---|---|---|
| Ventes HT | 75 000 | 90 000 | 90 000 |
| TVA collectée | 15 000 | 18 000 | 18 000 |
| **Ventes TTC** | **90 000** | **108 000** | **108 000** |

| **Budget des achats** | **Avril** | **Mai** | **Juin** |
|---|---|---|---|
| Achats HT | 48 750 | 58 500 | 58 500 |
| TVA déductible sur ABS | 9 750 | 11 700 | 11 700 |
| **Achats TTC** | **58 500** | **70 200** | **70 200** |

| **Budget des investissements** | **Avril** | **Mai** | **Juin** |
|---|---|---|---|
| Travaux d'aménagement | 40 000 | | |
| TVA sur immobilisations | 8 000 | | |
| **Acquisitions TTC** | **48 000** | **0** | **0** |

| **Budget de TVA** | **Avril** | **Mai** | **Juin** |
|---|---|---|---|
| TVA collectée | 15 000 | 18 000 | 18 000 |
| TVA déductible sur ABS | 9 750 | 11 700 | 11 700 |
| TVA sur immobilisations | 8 000 | 0 | 0 |
| Crédit de TVA à reporter | 0 | – 2 750 | 0 |
| **TVA à décaisser ou crédit de TVA** | **– 2 750** | **3 550** | **6 300** |

| **Budget des encaissements** | **Avril** | **Mai** | **Juin** |
|---|---|---|---|
| Créances clients antérieures | 21 325 | | |
| Encaissements des ventes d'avril | 81 000 | 9 000 | |
| Encaissements des ventes de mai | | 97 200 | 10 800 |
| Encaissements des ventes de juin | | | 97 200 |
| Emprunt | 0 | | |
| **Totaux** | **102 325** | **106 200** | **108 000** |

| **Budget des décaissements** | **Avril** | **Mai** | **Juin** |
|---|---|---|---|
| Règlements sur dettes fournisseurs antérieures | **51 500** | **14 800** | |
| Règlements sur les achats d'avril | 17 550 | 40 950 | |
| Règlements sur les achats de mai | | 21 060 | 49 140 |
| Règlements sur les achats de juin | | | 21 060 |
| Règlements de la TVA à décaisser | **5 400** | 0 | 3 550 |
| Paiements des salaires | 10 500 | 10 500 | 10 500 |
| Paiements des cotisations sociales | **4 725** | 4 725 | 4 725 |
| Paiements sur travaux d'agrandissement | 24 000 | 24 000 | |
| Règlements des mensualités d'emprunts | **1 230** | 1 230 | 1 230 |
| **Totaux** | **114 905** | **117 265** | **90 205** |

| **Budget de trésorerie** | **Avril** | **Mai** | **Juin** |
|---|---|---|---|
| Trésorerie initiale | **4 758** | – 7 822 | – 18 887 |
| Encaissements | 102 325 | 106 200 | 108 000 |
| Décaissements | 114 905 | 117 265 | 90 205 |
| **Trésorerie finale** | **– 7 822** | **– 18 887** | **– 1 092** |

## 4 Construire un budget des ventes ★

L'entreprise Pool installe et entretient des piscines. Le responsable commercial a élaboré un budget des ventes pour avril, mai et juin, mois de pleine saison pour cette activité. Vous êtes chargé(e) de préparer le budget des encaissements.

1. **Expliquez pourquoi les données présentées dans le budget des ventes (document 1) ne permettent pas d'anticiper correctement le budget des encaissements.**
2. **Proposez sur tableur une amélioration de la présentation de ce budget des ventes.**
3. **Vérifiez que le budget des ventes permet désormais de renseigner le budget des encaissements : construisez et automatisez un budget des encaissements de mars à août (document 2).**

**Doc. 1 Budget des ventes élaboré par le responsable commercial**

| | Avril | Mai | Juin |
|---|---|---|---|
| Ventes HT de piscines* | 106 800 | 108 600 | 111 000 |
| Entretien HT* | 71 200 | 72 400 | 74 000 |
| **Total Ventes HT** | **178 000** | **181 000** | **185 000** |

* TVA 20 %

**Doc. 2 Modalités de règlement des clients**

| | Clients professionnels* | Clients particuliers* |
|---|---|---|
| **Installation** | 30 jours | 30 % à la commande, un mois avant, le reste au comptant. |
| **Entretien** | 60 jours | Comptant |

* 25 % du chiffre d'affaires (installation + entretien) sont réalisés par des clients professionnels.

## 5 Finaliser le budget de trésorerie ★

Vous travaillez dans l'entreprise AtoutJeu (application 4). M. Carles vous demande de l'aider à compléter le budget de trésorerie des 6 prochains mois.

1. **À l'aide d'un tableur, élaborez le budget de trésorerie (document). Appliquez la mise en forme conditionnelle suivante sur la ligne « Trésorerie finale » : montant en vert si excédent, en rouge si déficit.**
2. **Sous la ligne de trésorerie finale, automatisez les cellules en affichant « Alerte ! » lorsque les découverts sont inférieurs à 1 000 €.**
3. **Commentez ce budget et proposez des solutions de réajustement.**

**Doc. Préparation du budget de trésorerie**

| Budget de trésorerie | Janvier | Février | Mars | Avril | Mai | Juin |
|---|---|---|---|---|---|---|
| Trésorerie initiale | 1 970 | | | | | |
| Total des encaissements | 89 076 | 89 900 | 90 765 | 93 245 | 94 876 | 97 654 |
| Total des décaissements | 79 000 | 89 076 | 106 789 | 102 345 | 92 345 | 87 000 |
| **Trésorerie finale** | | | | | | |

# 6 Mesurer l'impact d'une solution de réajustement ★

La SARL Fantasia est un grossiste en bijoux fantaisie. Sa clientèle est composée de magasins indépendants et de centrales d'achat. Mme Bousaïd, la gérante, a établi l'état des ventes prévisionnelles pour le premier semestre de l'année N+1. Avec les conditions de règlement actuelles, son budget de trésorerie fait apparaître une trésorerie négative de février à début juin. Afin d'améliorer cette situation, Mme Bousaïd envisage de modifier les délais de règlement de ses clients à compter de janvier N+1 de la façon suivante :
- 15 % au comptant ;
- 25 % à 30 jours ;
- 60 % à 60 jours.

**1.** **Retrouvez les anciennes conditions de règlement accordées aux clients (document).**
**2.** **Corrigez le budget des encaissements avec les nouveaux délais de paiement accordés à compter de janvier N+1.**
**3.** **Mesurez l'impact de la solution proposée sur le budget de trésorerie.**

**Doc.** **Budgets N+1 établis selon les conditions actuelles de règlement**

| Budget des ventes | Janvier | Février | Mars | Avril | Mai | Juin |
|---|---|---|---|---|---|---|
| Ventes HT magasins indépendants | 48 000 | 57 000 | 76 000 | 84 000 | 78 000 | 75 000 |
| Ventes HT centrales d'achat | 231 000 | 252 000 | 258 000 | 263 000 | 254 000 | 231 000 |
| TVA collectée | 55 800 | 61 800 | 66 800 | 69 400 | 66 400 | 61 200 |
| **Ventes TTC** | **334 800** | **370 800** | **400 800** | **416 400** | **398 400** | **367 200** |

| Budget des encaissements | Janvier | Février | Mars | Avril | Mai | Juin |
|---|---|---|---|---|---|---|
| Créances clients antérieures | 285 490 | 220 540 | | | | |
| Encaissements de janvier | 66 960 | | 267 840 | | | |
| Encaissements de février | | 74 160 | | 296 640 | | |
| Encaissements de mars | | | 80 160 | | 320 640 | |
| Encaissements d'avril | | | | 83 280 | | 333 120 |
| Encaissements de mai | | | | | 79 680 | |
| Encaissements de juin | | | | | | 73 440 |
| Totaux | **352 450** | **294 700** | **348 000** | **379 920** | **400 320** | **406 560** |

| Budget de trésorerie | Janvier | Février | Mars | Avril | Mai | Juin |
|---|---|---|---|---|---|---|
| Trésorerie initiale | 16 020 | 38 800 | – 18 300 | – 43 700 | – 49 070 | – 23 250 |
| Encaissements | 352 450 | 294 700 | 348 000 | 379 920 | 400 320 | 406 560 |
| Décaissements | 329 670 | 351 800 | 373 400 | 385 290 | 374 500 | 353 170 |
| **Trésorerie finale** | **38 800** | **– 18 300** | **– 43 700** | **– 49 070** | **– 23 250** | **30 140** |

## 7 Équilibrer un budget de trésorerie ★★

Lili et Nina, 2 amies biologistes, ont décidé il y a 3 ans de créer Bioté, une start-up spécialisée dans la fabrication et la commercialisation de cosmétiques bio, qu'elles vendent *via* leur site Internet. Leur clientèle est essentiellement composée de particuliers. Quelques pharmacies locales les référencent également.
Leurs produits ont rapidement séduit de plus en plus de consommateurs et leur chiffre d'affaires a été multiplié par 10 depuis la création de Bioté. Leur petite entreprise a été bénéficiaire dès la 2e année et compte aujourd'hui 10 salariés.
Aujourd'hui, les 2 fondatrices envisagent des travaux d'agrandissement des locaux administratifs afin de créer un véritable *open space* accueillant et fonctionnel. Elles comptent l'autofinancer car elles ne souhaitent pas s'endetter davantage pour l'instant.
Leur comptable, Elio, a déjà élaboré quelques budgets.

1. **À partir des budgets construits par Elio, retrouvez et expliquez les conditions de règlement accordées aux clients (document 1).**
2. **À partir des éléments préparatoires (document 2), complétez le budget des décaissements.**
3. **Complétez le budget de trésorerie, puis expliquez la situation.**
4. **Essayez de rééquilibrer le budget de trésorerie à partir des éléments fournis par Elio (document 3).**
5. **Le problème est-il résolu ?**

### Doc. 1 Budgets des ventes et des encaissements

| Budget des ventes | | Janvier | Février | Mars |
|---|---|---|---|---|
| Ventes HT | | 85 000 | 95 200 | 109 480 |
| TVA collectée | *20 %* | 17 000 | 19 040 | 21 896 |
| **Ventes TTC** | | **102 000** | **114 240** | **131 376** |

| Budget des encaissements | | Janvier | Février | Mars |
|---|---|---|---|---|
| Créances clients du bilan | | 23 749 | | |
| Ventes janvier | *80 %* | 81 600 | 20 400 | |
| Ventes février | *80 %* | | 91 392 | 22 848 |
| Ventes mars | *80 %* | | | 105 101 |
| Emprunt | | | | |
| **Total Encaissements** | | **105 349** | **111 792** | **127 949** |

## Doc. 2 Éléments préparatoires au budget des décaissements

| Budget des achats | | Janvier | Février | Mars |
|---|---|---|---|---|
| Achats HT | | 33 200 | 48 700 | 57 000 |
| TVA déductible sur autres biens & services | *20 %* | 6 640 | 9 740 | 11 400 |
| **Total Achats TTC** | | **39 840** | **58 440** | **68 400** |

| Budget des investissements | | Janvier | Février | Mars |
|---|---|---|---|---|
| Agrandissement des locaux | | 32 000 | | |
| TVA sur immobilisations | *20 %* | 6 400 | | |
| **Total Investissements TTC** | | **38 400** | – | – |

| Budget de TVA | | Janvier | Février | Mars |
|---|---|---|---|---|
| TVA collectée | | 17 000 | 19 040 | 21 896 |
| TVA déductible sur autres biens & services | | 6 640 | 9 740 | 11 400 |
| TVA sur immobilisations | | 6 400 | | |
| Crédit de TVA à reporter | | – | – | – |
| **TVA à décaisser ou Crédit de TVA** | | **3 960** | **9 300** | **10 496** |

| Autres charges | | Janvier | Février | Mars | Observations |
|---|---|---|---|---|---|
| Salaires | | 28 000 | 28 000 | 28 000 | *Payés le mois même* |
| Cotisations sociales | | 14 000 | 14 000 | 14 000 | *Réglées le mois suivant* |
| Mensualités d'emprunt | | 1 500 | 1 500 | 1 500 | *Sur les emprunts en cours* |
| Dotations aux amortissements | | 1 380 | 1 380 | 1 380 | *Sur les immobilisations* |

| Actif circulant | Brut | Amort. et prov. | Net | Dettes | Net |
|---|---|---|---|---|---|
| Stock de produits finis | 25 920 | 5 200 | 20 720 | Emprunts | 11 000 |
| Créances clients | 24 225 | 476 | 23 749 | Dettes fournisseurs[1] | 61 005 |
| VMP | 2 910 | | 2 910 | Dettes fiscales et sociales[2] | 21 620 |
| Disponibilités | 3 549 | | 3 549 | Concours bancaires courants | – |
| **Total Actif circulant** | **56 604** | **5 676** | **50 928** | **Total Passif circulant** | **93 625** |

**1.** 3/4 seront réglés en janvier et le solde en février.
**2.** Dont cotisations sociales à régler en janvier : 15 500.
Dont TVA à décaisser en janvier : 6 120.

**Informations :**
– Les achats sont réglés à hauteur de 30 % au comptant, les 70 % restants à 30 jours.
– La TVA à décaisser est payée dans les 15 premiers jours du mois suivant.
– L'investissement (32 000 €) est réglé pour moitié au comptant, le reste le mois suivant.

## Doc. 3 Éléments de rééquilibrage

- Les valeurs mobilières de placement peuvent être vendues dès le 1er janvier.
- 80 % des fournisseurs devraient raisonnablement accepter un règlement à 30 jours pour 100 % de la dette. Les autres conserveront les modalités de règlement actuelles.
- Le délai de règlement de 30 jours pour les travaux d'agrandissement porte sur toute la facture.
- Nina et Lili ont négocié avec leur banquier un découvert autorisé à hauteur de 1 500 €.
- Lili peut prêter 22 000 € pendant 6 mois à la société.

## 8 Arbitrer entre placement et règlement anticipé ★★

L'entreprise ÔChic est spécialisée dans le commerce de vêtements de mode dans la région de Nantes. Sa trésorerie est régulièrement excédentaire puisque les clients particuliers paient comptant et les fournisseurs sont en partie réglés à 30 jours. Son comptable estime que 5 000 € de trésorerie sont suffisants pour l'activité courante, aussi les excédents de trésorerie au-delà de cette somme sont-ils placés sur des comptes à terme. Cependant, il se demande s'il ne serait pas plus intéressant de régler les fournisseurs avant la date prévue, moyennant une réduction financière (escompte).

1. **Calculez les intérêts mensuels perçus sur la trésorerie (document 1), au-delà de 5 000 €, placée chaque fin de mois sur un compte à terme. Utilisez la fonction « Si » de votre tableur.**
2. **Calculez le montant de la réduction accordée par les fournisseurs en cas de règlement anticipé (documents 2 et 3).**
3. **Quelle option est la plus intéressante financièrement ?**
4. **Déterminez le montant de la trésorerie fin mars en cas de règlement anticipé.**
5. **Le comptable décide de placer la trésorerie au-delà de 5 000 €. À partir de la dernière situation, déterminez le montant des intérêts perçus.**
6. **Quel sera alors le gain total par rapport au placement simple sur le compte à terme ?**

### Doc. 1 Trésorerie prévisionnelle des 3 prochains mois

| Mars | Avril | Mai |
|---|---|---|
| 30 000 € | 35 000 € | 28 000 € |

### Doc. 2 Montant des dettes fournisseurs

| Mars | Avril | Mai |
|---|---|---|
| 15 000 € | 20 000 € | 13 000 € |

Les dettes seront réglées à 30 jours.

### Doc. 3 Taux d'intérêt pratiqués

- Taux d'intérêt du compte à terme : 0,8 % (taux annuel)
- Taux d'escompte accordé par les fournisseurs pour règlement anticipé : 1 %*

* Réduction calculée sur le montant total de la dette.

# L'affectation du résultat

13

Question **Un choix qui engage l'avenir ?**

Capacité
- Présenter les possibilités d'affectation du résultat et en comprendre les enjeux, notamment en cas d'appel public à l'épargne.

Vers PIX **1.3.** Traiter des données

## Situation

La société anonyme aubagnaise Marsiho Saboun est l'une des dernières savonneries artisanales rentables de la région sud. Sous l'impulsion de son nouveau PDG, Pierre Breissan, son chiffre d'affaires et son résultat ont doublé en quatre ans. Grâce à la démarche budgétaire mise en place par Lisa Brun, la directrice comptable, le niveau de trésorerie permet d'envisager sereinement une répartition des bénéfices entre les actionnaires de l'entreprise. L'assemblée générale ordinaire (AGO) est prévue courant juin. Pierre Bressan va devoir proposer une affectation du résultat qui convienne à l'ensemble des actionnaires, y compris les nouveaux actionnaires qui ont investi lorsque la société a fait un appel public à l'épargne.

**Étapes de travail**

1. Analyser l'affectation du résultat
2. Comprendre l'enjeu de l'affectation du résultat

**Support de travail**

Chapitre13_Situation.xlsx
liennathan.fr/xxxx

# 1 Analyser l'affectation du résultat

## Doc. 1 Extrait de la balance avant et après l'AGO d'affectation du résultat de N

| N° compte | Libellé | Soldes AVANT AGO | | Soldes APRÈS AGO | |
|---|---|---|---|---|---|
| | | D | C | D | C |
| 101000 | Capital | | 1 500 000 | | 1 500 000 |
| 106100 | Réserve légale | | 45 000 | | 60 500 |
| 106300 | Réserve statutaire | | 130 000 | | 140 000 |
| 106800 | Autres réserves | | 62 000 | | 147 000 |
| 110000 | Report à nouveau | | (*) 1 700 | | 3 200 |
| 120000 | Résultat de l'exercice | | 310 000 | | 0 |
| [...] | [...] | [...] | [...] | [...] | [...] |
| Total | | 0 | 2 048 700 | 0 | 1 850 700 |

(*) Ce RAN provient de l'affectation du résultat N-1.

## Doc. 2 Tableau de l'affectation du résultat décidée par l'AGO

| Affectation du résultat N selon AGO | |
|---|---|
| **Résultat de l'exercice N à affecter**[1] | |
| – Report à nouveau N-1 (si débiteur)[1] | |
| = **Base de calcul de la réserve légale** | |
| – Dotation à la réserve légale[2] | |
| – Dotation à la réserve statutaire[3] | |
| + Report à nouveau N-1 (si créditeur)[1] | |
| = **Bénéfice distribuable** | |
| – Dividendes[4] | |
| – Dotation à la réserve facultative[4] | |
| = **Report à nouveau N**[5] | |

(1) Source : balance ou bilan avant répartition

(2) 5 % × base de calcul (dans la limite de 10 % du capital)

(3) Les statuts prévoient 10 000 € de réserve statutaire.

(4) Source : compte rendu AGO

(5) Décision d'affectation reportée à l'année suivante

## Doc. 3 Compte rendu de l'AGO du 15/06/N (extrait)

**Les actionnaires ont décidé d'affecter :**

– 198 000 € en dividendes ;

– 85 000 € en autres réserves.

Les dividendes seront mis en paiement le 03/07/N [...].

## Doc. 4 Écriture d'affectation du résultat

| Comptes | 15/06/N | Débit | Crédit |
|---|---|---|---|
| | Résultat de l'exercice N | | |
| | Report à nouveau N-1 | | |
| | Réserve légale | | |
| | Réserve statutaire | | |
| | Autres réserves | | |
| | Report à nouveau N | | |
| | Associés – Dividendes à payer | | |
| | 03/07/N | | |
| | Associés – Dividendes à payer | | |
| | Banque | | |

## Ressources

1 Dans une société avec plusieurs actionnaires, l'affectation du résultat peut poser problème : certains veulent recevoir de l'argent immédiatement (dividendes), d'autres parient plutôt sur le développement à long terme de la société (mise en réserve). C'est pourquoi **l'affectation du résultat est une décision collective**, votée par les actionnaires en AGO.

Cette décision doit respecter certaines contraintes :

- **apurer prioritairement les pertes antérieures** (report à nouveau négatif) ;
- mettre obligatoirement en **réserve légale** une partie du bénéfice ;
- respecter les **statuts** de l'entreprise concernant la **réserve statutaire**.

2 On constate une écriture unique au journal des opérations diverses (OD) à la date de l'AGO. Elle s'appuie sur le compte rendu de l'AGO qui sert de pièce comptable. Cette écriture solde le résultat N et le RAN N-1 et constate les flux affectés dans le tableau d'affectation.

**Avant la classe**

**Vidéo :** Les actions à dividendes, c'est quoi ?
liennathan.fr/uoczp0

Que cherche une entreprise quand elle ne distribue pas de dividendes ?

## Situation

La clôture des comptes de l'exercice N vient d'être validée par l'expert-comptable. Lisa Brun prépare la prochaine assemblée générale ordinaire (AGO) durant laquelle les actionnaires approuveront les comptes et décideront de l'affectation du résultat. Elle se remet en tête les choix faits l'an dernier (N-1) car les actionnaires vont naturellement comparer...

### J'analyse la situation

1. **À partir des informations de la balance avant et après AGO, complétez les 6 premières lignes du tableau d'affectation du résultat et calculez le bénéfice distribuable.** — Documents 1 et 2 / Ressource 1

2. **Quel est le total des sommes dont l'affectation a été décidée en AGO ?** — Document 3

3. **Par rapport au bénéfice distribuable, combien d'argent l'AGO n'a-t-elle pas affecté ? À quoi correspond cette somme ? Terminez de compléter le document 2.** — Document 2

4. **À l'aide de votre plan comptable et de la balance, complétez les écritures d'affectation du résultat et de mise en paiement des dividendes.** — Document 4 / Ressource 2

5. **La décision de l'AGO a-t-elle favorisé l'entreprise ou les actionnaires ? Expliquez.**

### Je retiens l'essentiel

6. **Comment s'appelle le bénéfice sur lequel l'AGO a réellement un pouvoir de décision d'affectation ?**

7. **Parmi ces éléments, lesquels sont obligatoires et lesquels résultent d'une décision de l'AGO ?** ***Dotation à la réserve facultative – Dotation à la réserve légale – Dotation à la réserve statutaire – Dividendes***

### J'approfondis

8. **Calculez l'écart du total de la balance avant et après l'AGO. Qu'est devenu cet argent ?**

**Les flashcards de la séance**

**Des cartes questions/réponses pour mémoriser**
liennathan.fr/0zpw1i

# 2 Comprendre l'enjeu de l'affectation du résultat

**Doc. 1 Extrait du passif au 31/12/N+1 avant répartition**

| PASSIF | N+1 *Avant répartition* |
|---|---|
| **Capitaux propres** | |
| Capital | 1 500 000 |
| Réserve légale | 60 500 |
| Réserve statutaire | 140 000 |
| Autres réserves | 147 000 |
| Report à nouveau | 3 200 |
| Résultat de l'exercice | 370 000 |
| **Total** | **2 220 700** |

**Doc. 2 Tableau de calcul du bénéfice distribuable N+1**

| Calcul du bénéfice distribuable | Montants |
|---|---|
| **Résultat net comptable N+1** | |
| – RAN N–1 (si débiteur) | |
| – Dotation Réserve légale | |
| – Dotation Réserve statutaire | |
| + RAN N–1 (si créditeur) | |
| **= Bénéfice distribuable N+1** | |

**Doc. 3 Entretien entre Lisa et Pierre sur l'affectation du résultat N+1**

**Lisa :** Quelle répartition du bénéfice souhaites-tu proposer aux actionnaires lors de l'AGO ?

**Pierre :** Idéalement, il faudrait laisser 200 000 € en réserves facultatives afin de conserver de la trésorerie pour la construction de l'annexe à la nouvelle usine.

**Lisa :** Tu as raison, car les banques risquent de nous en refuser le financement. Nous sommes déjà très endettés. Mais attention, depuis que nous avons fait un appel public à l'épargne, 20 % du capital est flottant, c'est-à-dire coté en Bourse. Nous avons donc 20 % d'actionnaires spéculateurs dans notre capital !

**Pierre :** C'est bien mon dilemme. Si nous privilégions les réserves, les dividendes vont baisser et ces actionnaires risquent de vendre leurs actions, la valeur boursière de Marsiho risque donc de baisser. Cela enverra de mauvais signaux à nos partenaires...

**Lisa :** C'est le risque ! Mais si nos partenaires étudient notre situation d'un peu plus près, ils peuvent être rassurés, comme nos dix actionnaires fondateurs, par notre prudence, et favoriser l'autofinancement !

**Ressource**

Plus le nombre d'associés ou d'actionnaires est important, plus il est difficile de se mettre d'accord en AGO pour la répartition des bénéfices. Les intérêts des actionnaires sont parfois opposés.

| | Manager / Actionnaires fondateurs | Actionnaires spéculateurs |
|---|---|---|
| **Objectifs** | **Long terme :** développer l'entreprise, accroître sa solidité financière, assurer sa pérennité. | **Court terme :** obtenir un fort dividende, faire évoluer favorablement le cours de Bourse pour permettre une plus-value. |
| **Souhaits en AGO** | Affecter un maximum en réserve et éviter de sortir de la trésorerie pour payer des dividendes. | Affecter un maximum en dividendes pour encaisser l'argent en provenance de l'entreprise. |

## Avant la classe

À partir de vos connaissances ou d'une recherche Internet, rappelez la signification des expressions suivantes :
- appel public à l'épargne ;
- capital flottant ;
- capitalisation boursière.

## Situation

***Déjà vu :*** *les AGO se sont toujours bien déroulées car les décisions d'affectation, prises après proposition du PDG, privilégiaient les dividendes.*

Cette année, Pierre aimerait poursuivre la politique de modernisation de l'entreprise par l'autofinancement. Cela suppose de réexaminer l'affectation du résultat.

### J'analyse la situation

**1.** **Calculez le bénéfice distribuable.**

**2.** **Quelles sont les deux possibilités d'affectation ? Qui les propose ? Qui les décide ?** Documents 1 et 2

..................................................

..................................................

**3.** **Dans la proposition d'affectation que Pierre envisage, quel serait le montant de dividendes maximum ? Calculez le taux de variation du montant des dividendes par rapport à N (arrondir à l'entier le plus proche).** Document 3

..................................................

..................................................

..................................................

**4.** **Comment les actionnaires risquent-ils de réagir ? Pourquoi ?** Ressource 1

..................................................

..................................................

..................................................

**5.** **Pourquoi Pierre devrait-il maintenir sa proposition d'affectation ? Par qui serait-il certainement soutenu ?**

..................................................

..................................................

..................................................

### Je retiens l'essentiel

**6.** **À l'aide des numéros de comptes, justifiez pourquoi la mise en réserves permet de conserver de l'autofinancement tandis que les dividendes appauvrissent l'entreprise.**

..................................................

..................................................

..................................................

..................................................

### J'approfondis

**7.** **Selon vous, pourquoi le législateur a-t-il prévu la dotation de réserves obligatoires à chaque exercice ?**

..................................................

..................................................

## Les flashcards de la séance

**Des cartes questions/réponses pour mémoriser**

liennathan.fr/s5bax8

## Synthèse L'affectation du résultat

▶ Vidéo
Synthèse vidéo
liennathan.fr/chgo67

### 1. L'analyse de l'affectation du résultat

**Résultat net comptable**

**Obligations légales**

- Apurer les pertes antérieures *(report à nouveau débiteur)*
- Doter une réserve légale
- Doter une réserve statutaire

Bénéfice distribuable
*(reste + report à nouveau créditeur)*

**Décisions en AGO**

- Réserve facultative
- Dividendes
- Arrondi en report à nouveau

**Écriture comptable**

D120 Résultat N (bénéfice)
D 110 RAN N-1
C 1061 Réserve légale
C 1063 Réserve statutaire
C 1068 Autres réserves
C 457 Dividendes
C 110 RAN N *(pour ce qui reste)*

### 2. L'enjeu de l'affectation du résultat

**Des objectifs contradictoires en cas d'appel à l'épargne publique**

- Le manager ou l'actionnaire fondateur a une vue à long terme : il privilégie la solidité financière.
- En cas d'appel à l'épargne publique, l'actionnaire investisseur a une vue à court terme : il privilégie la rentabilité de son investissement ou la spéculation.

**Dont l'affectation du résultat devient l'enjeu**

- **La mise en réserve solidifie l'entreprise :** elle dispose d'autofinancement pour se développer.
- **La distribution de dividendes appauvrit l'entreprise :** elle satisfait cependant l'actionnaire investisseur et valorise le cours de Bourse.

**Rédigez votre synthèse personnelle à l'aide des mots-clés suivants :**
Bénéfice distribuable • Arbitrage • Mise en réserve • Autofinancement • Dividendes • Valeur boursière • Capitaux propres • Pérennité

# Applications

## 1 Tester ses connaissances

**Testez vos connaissances avec le quiz numérique. C'est parti !**

Quiz
liennathan.fr/6zkgn8

## 2 Jouer avec le vocabulaire

**Complétez la grille à l'aide des définitions.**

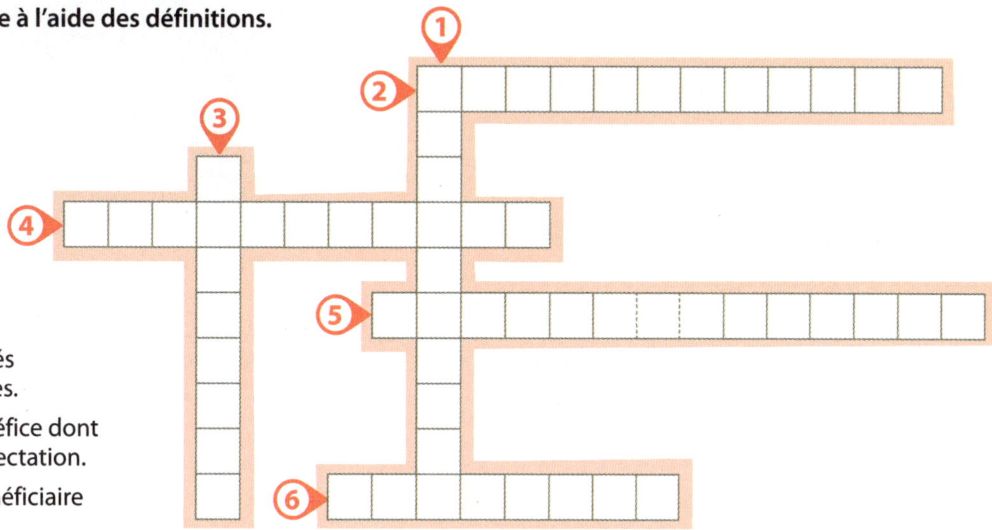


(1) Ils sont attribués aux actionnaires.
(2) Qualifie le bénéfice dont l'AGO vote l'affectation.
(3) Il peut être bénéficiaire ou déficitaire.
(4) Ce que doit décider l'AGO concernant le résultat.
(5) Il est parfois en plus, parfois en moins, mais toujours présent à la fin !
(6) Elles peuvent être obligatoires ou facultatives.

## 3 Calculer le bénéfice distribuable ★

Clematys est une entreprise horticole spécialisée dans les plantes d'ornement créée il y a 5 ans. Alicia, la gérante, est ravie de présenter cette année un résultat positif aux associés. Elle a réuni les documents nécessaires pour calculer le bénéfice distribuable, en vue de l'AGO.

1. **Le passif présente un report à nouveau négatif** (document 1)**. Que pouvez-vous en conclure sur les résultats passés de Clematys ?**
2. **Calculez le résultat à répartir cette année** (document 2)**.**
3. **Repérez les autres réserves obligatoires puis déterminez le bénéfice distribuable.**

### Doc. 1 Extrait du passif du bilan

| PASSIF | Montants avant répartition |
|---|---|
| **Capitaux propres** | |
| Capital | 198 000 |
| Réserve légale | 18 740 |
| Autres réserves | 27 560 |
| Report à nouveau | – 10 780 |
| Résultat de l'exercice | 65 230 |
| **Total** | **298 750** |

### Doc. 2 Extrait des statuts

**Article 20. Affectation et répartition du résultat**

Sur le bénéfice, diminué le cas échéant des pertes antérieures, il est d'abord prélevé :

– la dotation à la réserve légale conformément à l'article L232-10 du Code de commerce ;

– cinq mille euros pour constituer une réserve statutaire ;

– [...].

## 4 Choisir l'affectation du bénéfice distribuable ★★

Le camping Les Pins, SARL familiale au capital de 600 000 €, partagée en 5 000 actions de 120 €, a ouvert 25 % de ce capital à l'appel public à l'épargne afin de financer d'importants travaux au cours des dernières années. Ces travaux se poursuivent par une rénovation de l'espace piscine, prévue pour le mois de juin N. Cette rénovation doit être autofinancée compte tenu du taux d'endettement déjà élevé (documents 1 et 2).

**1. Avant l'AGO du 1er juin, on peut dire que :**

- ☐ l'entreprise n'a pas assez de liquidités pour financer les travaux.
- ☐ l'entreprise a suffisamment de liquidités pour financer les travaux.
- ☐ les liquidités seront de + 34 432 € après les travaux.
- ☐ les liquidités seront de – 34 432 € après les travaux.

**2. Analysez le document 2 : quelle(s) affirmation(s) est (sont) exacte(s) ?**

- ☐ L'année dernière, le résultat a été une perte.
- ☐ L'année dernière, le résultat a été bénéficiaire.
- ☐ La base de calcul de la réserve légale est de 172 658 €.
- ☐ L'AGO de N devra voter sur l'affectation d'une somme de 171 858 €.

**3. Quel montant de dividendes maximum peut-on verser aux actionnaires, sachant qu'il doit rester en trésorerie 15 000 € après avoir payé les travaux ?**

- ☐ 19 432 €
- ☐ 149 065 €
- ☐ 249 432 €
- ☐ 115 367 €

**4. L'AGO est prévue pour le 1er juin N, avant de faire les travaux. Si les dirigeants versaient l'intégralité du bénéfice distribuable en dividendes, combien resterait-il sur le compte bancaire de l'entreprise ?**

- ☐ 65 935 €
- ☐ 100 367 €
- ☐ 92 574 €
- ☐ 7 793 €

**5. En supposant que l'AGO du 1er juin N ne dote aucune réserve libre, à combien se monterait le dividende par action ?**

- ☐ 34,37 €
- ☐ 32,81 €
- ☐ 0,27 €
- ☐ 131,25 €

**Doc. 1 Éléments relatifs au coût du projet**

| | |
|---|---|
| Devis rénovation piscine | 230 000 € |
| Disponibilités au 30/05/N | 264 432 € |

**Doc. 2 Calcul du bénéfice distribuable (N-1)**

| | Montants |
|---|---|
| Bénéfice de l'exercice | 171 858 |
| – Dotation Réserve légale | 8 593 |
| + Report à nouveau créditeur | 800 |
| **Bénéfice distribuable** | **164 065** |

## 5 Automatiser l'affectation du bénéfice ★★

Marc est collaborateur dans un cabinet comptable où il est en charge de l'affectation du bénéfice. Il cherche à simplifier son travail.

1. **Créez sur tableur l'application qui va aider Marc à automatiser ses calculs, à partir de la trame proposée (document) : les cellules contenant une formule de calcul sont en vert et celles saisies sont en jaune.**
2. **Testez votre application avec les données du client Norbert (document).**

### Doc. Proposition de trame

| | A | B | C | D | E |
|---|---|---|---|---|---|
| 1 | **Données avant répartition à saisir** | | | **Répartition du bénéfice** | **Montants** |
| 2 | Capital | 100 000,00 | | Bénéfice de l'exercice | |
| 3 | Réserve légale | 9 300,00 | | Report à nouveau débiteur | |
| 4 | Réserve statutaire | 25 000,00 | | **= Bénéfice à répartir** | |
| 5 | Autres réserves | | | Réserve légale | |
| 6 | Report à nouveau | – 400,00 | | Réserve statutaire | |
| 7 | Résultat N | 20 000,00 | | Report à nouveau créditeur | |
| 8 | **Statuts et AGO à saisir** | | | **= Bénéfice distribuable** | |
| 9 | À affecter en réserve statutaire | 1 000,00 | | Réserves facultatives | |
| 10 | Décidé en réserves facultatives | 5 000,00 | | Dividendes | |
| 11 | Décidé en dividendes | 12 000,00 | | Reste = report à nouveau | |
| 12 | **Calculs préparatoires** | | | | |
| 13 | Bénéfice à répartir | | | | |
| 14 | Réserve légale théorique | | 5 % | | |
| 15 | Plafond de la réserve légale | | 10 % | | |
| 16 | **Réserve légale retenue** | | | | |

## 6 Enregistrer la répartition du bénéfice ★★

Les établissements Transport routier Faure ont envoyé à Emmanuel, le collaborateur comptable en charge de leur dossier, le compte rendu de l'AGO avec, notamment, leur choix de répartition du bénéfice.

1. **Enregistrez au journal cette répartition du bénéfice en date du 16 juin ainsi que le règlement des dividendes le 28 juin (document 1).**
2. **Complétez l'extrait du passif du bilan (document 2). Vous pouvez utiliser un tableur. Commentez la colonne « Après répartition » du bilan.**

### Doc. 1 Compte rendu de l'AGO – Affectation du résultat

– Dotation au compte de réserve légale 3 312 €
– Dotation au compte de réserve statutaire 4 600 €
– Dotation au compte des autres réserves 18 000 €
– Somme distribuée au titre de dividendes 40 000 €
– Le solde de 328 € sera affecté en report à nouveau créditeur.

### Doc. 2 Extrait du passif du bilan

| PASSIF | Avant répartition | Après répartition |
|---|---|---|
| Capital | 140 000 | |
| Réserve légale | 10 600 | |
| Réserve statutaire | 16 000 | |
| Autres réserves | 25 000 | |
| Report à nouveau | – 12 000 | |
| Résultat de l'exercice | 78 240 | |
| **Capitaux propres** | **257 840** | |

## 7 Affecter le bénéfice ★★

La société Bouge'Up a été créée il y a plusieurs années et a ouvert des salles de crossfit dans de nombreuses villes. Toutefois, le retour sur investissement a été long et ce n'est que cette année que l'entreprise réalise enfin un bénéfice de 80 000 €.
Les dirigeants ont réfléchi à deux propositions d'affectation qu'ils soumettront à l'AGO, fixée au 18 juin.

1. **Complétez l'extrait du passif du bilan après répartition (document 1).**
2. **Calculez le dividende par action dans chacune des deux propositions d'affectation (document 2).**
3. **À partir des informations du document 3, quelle proposition d'affectation vous semble préférable ? Argumentez.**

### Doc. 1 Extrait du passif du bilan

| PASSIF | N-1 avant répartition | N-1 après répartition | N avant répartition | N après répartition |
|---|---|---|---|---|
| Capital (2 800 actions) | 350 000 | 350 000 | 350 000 | |
| Réserve légale | 8 400 | 8 400 | 8 400 | |
| Autres réserves | – | – | – | |
| Report à nouveau | – 16 000 | – 26 000 | – 26 000 | |
| Résultat de l'exercice | – 10 000 | – | 80 000 | |
| **Capitaux propres** | **332 400** | **332 400** | **412 400** | |

### Doc. 2 Projets d'affectation du bénéfice N

| Bénéfice distribuable | |
|---|---|
| Bénéfice de l'exercice | 80 000 |
| Report à nouveau débiteur | – 26 000 |
| Bénéfice à répartir | 54 000 |
| Réserve légale | 2 700 |
| **Bénéfice distribuable** | **51 300** |

| | Proposition 1 | Proposition 2 |
|---|---|---|
| Réserves facultatives | 41 000 | 10 000 |
| Dividendes distribués | 9 800 | 40 600 |
| Report à nouveau créditeur | 500 | 700 |
| Dividendes par action | | |

### Doc. 3 Extrait des statuts de la société Bouge'Up

**Article 21 – APPEL PUBLIC À L'ÉPARGNE**
Une fraction du capital, fixée à 52 500 euros, divisée en 420 actions de 125 euros chacune, a été ouverte par un appel public à l'épargne. Ces parts sont cotées sur le marché boursier.

# L'analyse par les coûts de la rentabilité individuelle des produits

# 14

**Question** Qu'apporte l'analyse des coûts à la prise de décision ?

**Capacité**

- Apprécier la pertinence du choix de la méthode de calcul de coûts dans une situation donnée ou les éventuelles limites de ce choix.

**Vers PIX** 1.3. Traiter des données

## Situation

Giovanni est une petite entreprise artisanale productrice de pâtes alimentaires. Située à Tulle, en Corrèze, elle est dirigée depuis 2 ans par Enzo Giovanni, qui travaille avec Louis, agent de fabrication, et Nelly, vendeuse. L'entreprise possède un lieu de stockage de ses matières premières (œufs, semoule, sel...), avec toutes sortes de matériels de manutention, et un atelier de production, où des machines électriques sont utilisées (pétrins, batteurs...). Elle loue également un local qui a été transformé en point de vente. Enzo se charge de la gestion administrative dans une pièce de ce magasin.

Giovanni propose trois gammes de pâtes fabriquées à partir d'une recette unique : des tagliatelles, des pennes et des farfalles (pâtes pliées en forme de papillon appréciées des enfants).

Elle réalise des bénéfices, mais pas autant qu'Enzo l'avait budgété. Ce dernier s'interroge sur les raisons de la faiblesse de son résultat et, en particulier, sur la rentabilité individuelle de chaque gamme de pâtes. Son expert-comptable lui propose de mettre en œuvre la méthode des coûts complets par les centres d'analyse.

**Étapes de travail**

1. Préparer le calcul des coûts complets
2. Comprendre le rôle des unités d'œuvre
3. Calculer le coût de production
4. Analyser les coûts de revient complets

**Support de travail**

Chapitre14_Situation.xlsx
liennathan.fr/kby31i

# 1 Préparer le calcul des coûts complets

## Doc. 1 Échange entre Enzo et son expert-comptable

**Enzo :** Je me demande si j'ai intérêt à proposer d'autres types de pâtes ? Et si oui, lesquelles ? Au contraire, je dois peut-être supprimer une des trois gammes de pâtes qui me coûterait trop cher ? J'ai analysé le compte de résultat de l'année. Je vois le résultat global de l'entreprise, mais je ne vois pas de résultat par gamme de produits...

**L'expert-comptable :** Effectivement, la comptabilité générale ne fournit pas ces informations de détail. Pour calculer une rentabilité par produit, il faut mettre en place une comptabilité de gestion. Il existe plusieurs méthodes : la méthode des coûts complets, par exemple, consiste à répartir l'intégralité des charges de la comptabilité sur les différents produits pour calculer le coût de revient complet de chaque produit. Je pense que c'est ce qu'il vous faut...

## Doc. 2 Tableau de répartition des charges de la comptabilité générale du 1er trimestre N

| Comptes | | Charges comptabilité générale | Charges indirectes aux produits | | | | Charges directes aux produits |
|---|---|---|---|---|---|---|---|
| N° | Libellé | | Approvisionnement | Fabrication | Distribution | Administration générale | |
| 6011 | Achats de semoule de blé dur | 2 736 | | | | | 2 736 |
| 6012 | Achats d'œufs | 588 | | | | | 588 |
| 606111 | Eau | 560 | 50 | 490 | 20 | | |
| 606112 | Électricité | 3 844 | 300 | 2 475 | 1 049 | 20 | |
| 6068 | Achats d'emballages | 240 | | | | | 240 |
| 613 | Locations | 3 600 | | | 3 300 | 300 | |
| 616 | Primes d'assurance (1) | 950 | 200 | 450 | 300 | | |
| 6226 | Honoraires de l'expert-comptable | 800 | | | | 800 | |
| 64 | Rémunérations | | | | | | |
| | *Enzo (chef d'entreprise)* (2) | 10 200 | | | | 4 080 | 6 120 |
| | *Louis (agent de fabrication)* | 7 195 | | | | | 7 195 |
| | *Nelly (vendeuse)* | 6 800 | 700 | | 6 100 | | |
| 68112 | Amortissements (3) | 1 715 | 550 | 765 | 290 | 110 | |
| | **TOTAL** | **39 228** | | | | | |

(1) Réparties proportionnellement à la surface des locaux : 50 m² au total, dont 10,5 m² pour l'approvisionnement, 23,7 m² pour la fabrication et 15,8 m² pour le magasin. Le montant est arrondi à l'euro le plus proche.

(2) Enzo estime à 40 % de son temps de travail le temps passé à gérer son entreprise. Ce travail s'opère dans un petit bureau situé dans le magasin.

(3) L'entreprise dispose de 4 immobilisations (une dans chaque centre). Chacune fait l'objet d'un tableau d'amortissement.

## Ressources

1. La **méthode du coût complet** permet de mesurer la rentabilité de chaque produit fabriqué.

   Prix de vente du produit – Coût de revient complet du produit = Résultat par produit

2. **Pour préparer le calcul du coût de revient complet** de chaque produit, le gestionnaire récupère les charges de la comptabilité générale (classe 6) et les répartit en deux groupes : les charges directes aux produits et les charges indirectes aux produits. *(Voir 1re SdGN, chapitre 15.)*

Certaines charges sont dites « indirectes aux produits » car elles permettent le fonctionnement des services de l'entreprise (ou centres d'analyse).
Lorsque les charges indirectes concernent plusieurs services, on les dispatche en utilisant une clé de répartition. Exemples : les primes d'assurance sont réparties entre les différents services par le biais de la surface occupée, le salaire d'un salarié peut se répartir à l'aide du temps passé dans chaque service.

**Avant la classe**

Rappelez comment s'effectue le classement des charges en charges directes et indirectes aux produits, en illustrant par deux exemples de votre choix.

## Situation

Enzo cherche une solution pour améliorer la rentabilité de son entreprise. Ainsi, il sait qu'aujourd'hui, les trois gammes de pâtes sont vendues 17 €/kg alors qu'elles ne sont pas fabriquées tout à fait de la même manière. Il souhaiterait connaître la rentabilité de chaque gamme de pâtes.

### J'analyse la situation

1. Quelle information Enzo cherche-t-il dans les documents comptables de son entreprise ? Pourquoi ne la trouve-t-il pas ? | Document 1

..........

..........

2. Quels sont les deux éléments que doit connaître Enzo pour calculer un résultat par gamme de pâtes ? Quelle méthode de calcul de coût lui permettra de les obtenir ? | Ressource 1

..........

..........

3. Observez le travail préparatoire de l'expert-comptable : comment les charges de l'entreprise, classées par natures en comptabilité générale, sont-elles reclassées pour préparer le calcul des coûts complets ? Prenez quelques exemples. | Document 2, Ressource 2

..........

..........

4. Vérifiez par le calcul que la répartition des charges a été effectuée dans son intégralité en complétant le document 2. | Document 2

5. Pourquoi certaines charges sont-elles réparties entre plusieurs services ? Comment a-t-il fallu procéder ?

..........

..........

### Je retiens l'essentiel

6. Quel est l'intérêt principal de la mise en place d'une méthode de calcul du coût complet ? Comment préparer ce calcul ?

..........

..........

..........

### J'approfondis

7. Retrouvez par le calcul la répartition des charges d'assurance des locaux entre chaque centre (arrondi à l'euro le plus proche).

..........

..........

**Les flashcards de la séance** Des cartes questions/réponses pour mémoriser

liennathan.fr/e7jesc

# 2 Comprendre le rôle des unités d'œuvre

## Doc. 1 Échange entre Enzo et son expert-comptable

**Enzo :** Tout est prêt pour calculer les coûts complets. Les charges directes de 16 879 € seront facilement réparties entre les produits. En revanche, je suis moins à l'aise avec les charges indirectes aux produits (22 349 € en tout), que nous avons réparties dans les différents centres de l'entreprise. Par exemple, comment répartir le coût de 1 800 € du centre Approvisionnement entre les trois gammes de pâtes ?

**L'expert-comptable :** Nous devons trouver une clé de répartition. Il n'y a pas de clé parfaite, mais nous devons tenter de trouver la plus pertinente possible. Pour cela, **chaque clé doit représenter le plus possible l'activité du centre.** Par exemple, lorsque Nelly vous a fait remarquer qu'elle était de plus en plus occupée par le centre Approvisionnement, vous avez décidé d'observer l'activité de ce centre de plus près. Pour cela, vous avez comparé les kilos de produits achetés d'une année sur l'autre plutôt que le montant des achats. Vous avez ainsi pu constater que l'activité augmente et qu'il vous faudra prendre des mesures. Cela nous montre que les « kilos achetés » représentent correctement la quantité de travail fournie par ce centre. La clé de répartition peut donc être les « kilos achetés », cela me semble cohérent… Au fait, les clés de répartition des charges indirectes s'appellent des unités d'œuvre !

## Doc. 2 Proposition d'unités d'œuvre par l'expert-comptable

| Données réelles au 31/03/N (1er trimestre N) | Charges indirectes aux produits | | | | |
|---|---|---|---|---|---|
| | Approvisionnement | Fabrication | Distribution | Administration générale | |
| Charges du centre(1) | 1 800 € | 4 180 € | 11 059 € | 5 310 € | ← Coût total du centre |
| Unité d'œuvre (UO)(2) | kg de matière première acheté | h travaillée dans l'atelier | kg de produits finis vendus | € de chiffre d'affaires | ← Indicateur d'activité |
| Nombre d'UO(3) | 2 400 | 824 | 2 400 | 40 800 | |
| Coût d'une UO(4) | 0,75 | | | | ← Coût moyen de l'UO |

1. Les charges indirectes du centre ont été calculées à partir des charges de la comptabilité générale du 1er trimestre N.
2. Les unités d'œuvre proposées par l'expert-comptable représentent l'activité de chaque centre.
3. Au cours du 1er trimestre, 2 400 kg de matières ont été achetés, l'atelier de fabrication a nécessité 824 heures de travail, Nelly a vendu 2 400 kg de pâtes, le chiffre d'affaires du trimestre a été de 40 800 €.
4. Le coût de l'UO est une moyenne (charges du centre / nombre d'UO). Par exemple, au cours du 1er trimestre, on a dépensé 1 800 € pour approvisionner en tout 2 400 kg de matière, soit une moyenne de 0,75 € par kg acheté.

Attention : dans le tableau ci-dessus, lorsque le coût d'UO ne tombe pas juste, il est toujours présenté arrondi à deux décimales ; toutefois, pour la suite des calculs, il sera gardé l'ensemble des décimales lorsque ce coût d'UO sera réutilisé.

## Ressources

1. L'**unité d'œuvre (UO)** est un élément de mesure de l'activité d'un service (ou centre), c'est-à-dire la quantité de travail que ce centre fournit. Elle correspond souvent à une donnée physique, mais peut être aussi une donnée monétaire.
   Exemples :
   - dans un centre Approvisionnement : quantités achetées (en nombre, en kg, en mètres, en litres… selon le type d'achat effectué) ou montants achetés (en euros) ;
   - dans un atelier : quantités produites (en nombre, kg, mètres, litres…) ou nombre d'heures de travail effectuées par le personnel ;
   - dans un service commercial : quantités vendues (en nombre, kg, mètres, litres…) ou chiffre d'affaires (en euros) ;
   - dans un service administratif : chiffre d'affaires de l'entreprise, coût de production.
2. L'unité d'œuvre est aussi une **clé de répartition** car elle permet de répartir les charges indirectes des centres sur les coûts des produits.

**Avant la classe**

Vous êtes marathonien(ne). Quel indicateur représente le plus fidèlement votre activité annuelle ? Justifiez .

1. Le nombre de villes traversées
2. Le nombre de sorties effectuées
3. Le nombre de kilomètres parcourus
4. Le nombre de paires de chaussures usées

## Situation

*Déjà vu : afin de connaître le résultat dégagé par chaque gamme de pâtes, Enzo doit mettre en place une comptabilité de gestion et utiliser la méthode du coût complet. Pour préparer les calculs, l'expert-comptable a réparti les charges de la comptabilité générale entre les charges directes au produit et les charges indirectes qui servent au fonctionnement des centres.*

Enzo et son expert-comptable doivent désormais choisir le moyen de répartir le coût des centres sur les trois gammes de pâtes...

## J'analyse la situation

**1. Pourquoi Enzo a-t-il souhaité mesurer l'activité du centre Approvisionnement ? Comment s'y est-il pris ? Qu'a-t-il constaté ?**

Document 1
Ressource 1

..........

**2. Observez le centre Approvisionnement : si l'entreprise a acheté en tout 2 280 kg de farine et 120 kg d'œufs au cours du trimestre, comment sera réparti le coût de ce centre entre ces deux matières achetées ? Commentez.**

Document 2
Ressource 2

..........

**3. Calculez le coût de l'UO pour les autres centres de l'entreprise en complétant le document 2.**

Document 2

**4. Si les tagliatelles ont nécessité 242 heures de travail dans le centre Fabrication, quelle quote-part du coût de ce centre, et donc de charges indirectes, faut-il affecter à cette gamme de produits ?**

..........

## Je retiens l'essentiel

**5. Quels sont les deux rôles des unités d'œuvre ?**

..........

## J'approfondis

**6. Sachant que les pennes ont nécessité l'achat de 800 kg de matière première, 232 heures de travail en atelier et que 800 kg de cette gamme de pâtes ont été vendus à 17 € ce trimestre, calculez le montant de charges indirectes aux pennes ce trimestre, pour chaque centre d'analyse.**

..........

**Les flashcards de la séance**

**Des cartes questions/réponses pour mémoriser**

liennathan.fr/1td5tz

# 3 Calculer le coût de production

## Doc. 1 Coût d'acquisition des matières premières achetées

| | Semoule de blé dur | | | Œufs | | |
|---|---|---|---|---|---|---|
| | Quantité | Montant unitaire | Montant total | Quantité | Montant unitaire | Montant total |
| **Charges directes** | | | | | | |
| Matières 1res achetées | 2 280 | 1,20 | 2 736 | 120 | 4,90 | 588 |
| **Charges indirectes** | | | | | | |
| Centre Approvisionnement | 2 280 | 0,75 | 1 710 | 120 | 0,75 | 90 |
| **Total Coût d'acquisition** | **2 280** | | | **120** | | |

Prix d'achat chez le fournisseur

Coût de l'UO Approvisionnement

## Doc. 2 Coût de production des produits finis fabriqués

| | Tagliatelles | | | Pennes | | | Farfalles | | |
|---|---|---|---|---|---|---|---|---|---|
| | Quantité | Montant unitaire | Montant total | Quantité | Montant unitaire | Montant total | Quantité | Montant unitaire | Montant total |
| **Coût d'acquisition des matières 1res consommées** | | | | | | | | | |
| Semoule | 1 045 | | | 760 | | | 475 | | |
| Œufs | 55 | | | 40 | | | 25 | | |
| **Charges directes de production** | | | | | | | | | |
| Heures travail direct Louis | 110 | 15,51 | 1 705,71 | 104 | 15,51 | 1 612,67 | 250 | 15,51 | 3 876,62 |
| Heures travail direct Enzo | 132 | 17,00 | 2 244,00 | 128 | 17,00 | 2 176,00 | 100 | 17,00 | 1 700,00 |
| **Charges indirectes de production** | | | | | | | | | |
| Centre Fabrication* | 242 | 5,07 | 1 227,62 | 232 | 5,07 | 1 176,89 | 350 | 5,07 | 1 775,49 |
| **Total Coût de production** | **1 100** | | **7 525,83** | **800** | | **6 673,57** | **500** | | **8 419,60** |

* Fabrication du trimestre : tagliatelles 1 100 kg ; pennes 800 kg ; farfalles 500 kg.

## Doc. 3 Nomenclature pour 100 kg de pâtes (quel que soit le type)

– 95 kg de semoule de blé dur
– 5 kg d'œufs

## Doc. 4 Gamme de fabrication pour 100 kg de chaque type de pâtes

| | Tagliatelles | Pennes | Farfalles |
|---|---|---|---|
| Louis | 10 heures | 13 heures | 50 heures |
| Enzo | 12 heures | 16 heures | 20 heures |

Taux horaires : Louis 15,51 € ; Enzo 17 €.

## Ressources

1 Le **coût d'acquisition des matières premières achetées** est composé de 2 éléments :
– les **charges directes d'approvisionnement** (prix d'achat des matières premières) ;
– les **charges indirectes d'approvisionnement** (coût de fonctionnement du centre Approvisionnement).

2 Le **coût de production des produits fabriqués** est composé de 3 éléments :
– le **coût d'acquisition des matières premières** utilisées pour la fabrication ;
– les **charges directes de production** (ex. : salaires versés à des employés travaillant directement sur un produit) ;
– les **charges indirectes de production** (coût de fonctionnement du centre Fabrication).

**Avant la classe**

Recherchez sur Internet ou dans votre cours de management ce que sont une nomenclature et une gamme (ou gamme de fabrication).

## Situation

***Déjà vu :*** *tout est prêt pour calculer les coûts de revient ! Les charges ont été réparties en charges directes et indirectes, et des unités d'œuvre ont été choisies pour répartir les charges indirectes.*

Le calcul du coût de revient des produits se déroule en plusieurs étapes. Enzo commence par le coût de production des produits fabriqués.

### J'analyse la situation

**1.** **L'entreprise achète deux produits : de la semoule et des œufs. Quels sont les deux éléments qui composent le coût d'acquisition ? Distinguez-les.**
Document 1 | Ressource 1

..........

**2.** **Calculez le coût moyen d'acquisition d'un kg de semoule et d'un kg d'œufs. Complétez le document 1.**
Document 1

**3.** **Quelles sont les trois composantes du coût de fabrication des pâtes ?**
Document 2 | Ressource 2

..........

..........

**4.** **Démontrez que, dans l'entreprise Giovanni, la totalité des matières achetées a été consommée lors de la fabrication des pâtes.**

..........

..........

**5.** **Calculez les coûts de fabrication total et unitaire de chaque type de pâtes. Complétez le document 2.**
Document 2

**6.** **Comparez le coût unitaire de chaque gamme de pâtes. Expliquez pourquoi les farfalles sont les plus coûteuses à fabriquer.**

..........

..........

..........

### Je retiens l'essentiel

**7.** **Quelles sont les trois composantes du coût de production ? Précisez s'il s'agit de charges directes ou indirectes.**

..........

..........

..........

### J'approfondis

**8.** **Justifiez les montants en colonne « Quantité » pour les tagliatelles.**
Documents 2, 3 et 4

..........

..........

..........

..........

**Les flashcards de la séance** — **Des cartes questions/réponses pour mémoriser**

liennathan.fr/zclc03

# 4 Analyser les coûts de revient complets

## Doc. 1 Rappel des données utiles au calcul du coût de revient complet

| | Charges indirectes aux produits | | | |
|---|---|---|---|---|
| | Approvisionnement | Fabrication | Distribution | Administration générale |
| Unité d'œuvre (UO) | Kg de matière première acheté | Heure travaillée dans l'atelier | Kg de produits finis vendus | € de chiffre d'affaires |
| Nombre UO (B) | 2 400 | 824 | 2 400 | 40 800 |
| Coût UO (A/B) | 0,75 | | | |

| | Tagliatelles | | | Pennes | | | Farfalles | | |
|---|---|---|---|---|---|---|---|---|---|
| | Quantité | Montant unitaire | Montant total | Quantité | Montant unitaire | Montant total | Quantité | Montant unitaire | Montant total |
| TOTAL coût de production des produits fabriqués | 1 100 | | | 800 | | | 500 | | |

## Doc. 2 Calcul du coût de revient complet des produits vendus

| Coût de revient des produits vendus | Tagliatelles | | | Pennes | | | Farfalles | | |
|---|---|---|---|---|---|---|---|---|---|
| | Quantité | Montant unitaire | Montant total | Quantité | Montant unitaire | Montant total | Quantité | Montant unitaire | Montant total |
| **Coût de production** | | | | | | | | | |
| Coût de prod. des pdts vendus | 1 100 | | | 800 | | | 500 | | |
| **Charges dir. hors production** | | | | | | | | | |
| Emballages | 1 100 | 0,10 | 110,00 | 800 | 0,10 | 80,00 | 500 | 0,10 | 50,00 |
| **Charges ind. hors production** | | | | | | | | | |
| Centre Distribution | 1 100 | 4,61 | 5 068,71 | 800 | 4,61 | 3 686,33 | 500 | 4,61 | 2 303,96 |
| Centre Admin. générale | 18 700 | 0,13 | 2 433,75 | 13 600 | 0,13 | 1 770,00 | 8 500 | 0,13 | 1 106,25 |
| **TOTAL Coût de revient complet des pdts vendus** | **1 100** | | | **800** | | | **500** | | |

## Doc. 3 Informations sur la commercialisation des pâtes

Les pâtes sont vendues emballées en sachets de 1 kg acheté 0,10 € l'unité. Chaque sachet de 1 kg de pâte est vendu 17 € quelle que soit la gamme.
**Ventes du trimestre** : Tagliatelles : 1 100 kg – Pennes : 800 kg – Farfalles : 500 kg

## Ressources

1 Le **calcul du coût de revient complet** est la dernière étape d'un long processus de calcul des coûts complets. Il intègre un coût direct qui provient des étapes précédentes (coût de production qui lui-même contient le coût d'acquisition) ainsi que des charges directes et indirectes hors production (qui interviennent après la fabrication du produit : coûts liés à la vente/distribution et coûts liés au service administratif de l'entreprise). Comme pour les autres étapes, les charges indirectes sont réparties grâce aux UO.

2 Résultat par produit = Prix de vente du produit – Coût de revient complet du produit

Le résultat par produit est aussi appelé « marge nette par produit ». Un produit dont la marge nette est négative n'est pas rentable (il est vendu à perte).
Le coût de revient complet est donc un indicateur pour fixer le prix de vente du produit (prix de vente ≥ coût complet).

**Avant la classe**

À partir d'une recherche sur Internet, expliquez ce qu'est la vente à perte et pourquoi l'entreprise Giovanni n'est pas soumise à cette législation.

## Situation

***Déjà vu :** le coût de production des pâtes a été calculé. Il se compose du coût d'acquisition des matières utilisées pour la production ainsi que des charges directes et indirectes de fabrication. Il fait apparaître des disparités.*

Enzo doit désormais finaliser son travail afin de déterminer le coût de revient complet qui lui permettra de calculer la rentabilité de chaque gamme de pâtes.

## J'analyse la situation

**1.** **Expliquez pourquoi Enzo n'aurait pas pu calculer directement le coût de revient complet des pâtes.** — Ressource 1

..........

**2.** **Collectez les informations nécessaires au calcul du coût de revient complet à partir de vos calculs précédents et complétez les tableaux pour rappel.** — Document 1 ; Doc. 2 p. 192 ; Doc. 2 p. 194

**3.** **Vous disposez de tous les éléments pour calculer le coût de revient complet des trois gammes de pâtes. Complétez les tableaux. Commentez.** — Documents 2 et 3

..........

**4.** **Calculez la marge nette unitaire pour 1 kg de chaque gamme de produits. Que remarquez-vous ?** — Ressource 2

..........

..........

**5.** **À quel prix plancher (arrondi à l'euro le plus proche) faut-il vendre les farfalles pour ne plus perdre d'argent ?**

..........

## Je retiens l'essentiel

**6.** **Pourquoi dit-on que le coût de revient est un coût « complet » ?**

..........

**7.** **Quelle est l'utilité fondamentale du coût de revient complet ?**

..........

## J'approfondis

**8.** **Recalculez les marges nettes globales dans les deux hypothèses suivantes :**
**– H1 : le prix de vente des farfalles est de 24 € (prix des autres gammes inchangé) ;**
**– H2 : le prix de vente des 3 gammes passe à 19 €.**
**Commentez ces résultats financièrement et commercialement.**

..........

..........

..........

..........

..........

## Les flashcards de la séance

**Des cartes questions/réponses pour mémoriser**

liennathan.fr/f2lljq

# Synthèse

## L'analyse par les coûts de la rentabilité individuelle des produits

▶ Vidéo
Synthèse vidéo
liennathan.fr/xfunxn

### 1. Préparer le calcul des coûts complets

**Charges de la comptabilité générale**

Elles sont séparées en deux groupes :
– les charges directes vont directement dans les produits ;
– les charges indirectes vont d'abord dans les centres d'analyse.

### 2. Comprendre le rôle des unités d'œuvre

**Mesure de l'activité des centres d'analyse**

Unité d'œuvre = donnée physique ou monétaire qui mesure la quantité du travail du centre pendant la période

**Clé de répartition**

Pour chaque centre, on calcule un **coût d'unité d'œuvre (UO).**
**Coût UO = Montant de charges indirectes** du centre / **Quantité d'UO** du centre
Le coût d'unité d'œuvre permet de répartir les charges indirectes à chaque produit.

### 3. Calculer le coût de production

**Coût d'acquisition**

Prix d'achat + Charges indirectes du centre ou des centres liées à l'approvisionnement

**Coût de production**

**Coût d'acquisition** + Charges directes de production + Charges indirectes du ou des centres liées à la production

### 4. Analyser les coûts de revient complets

**Coût de revient complet**

Coût de production + Charges directes de distribution + Charges indirectes du ou des centres liées à la distribution et à l'administration générale de l'entreprise
Il est **complet** car il intègre toutes les charges (directes et indirectes).

**Utilité du coût de revient complet**

Fixer un prix de vente (PV) qui assure la rentabilité individuelle d'un produit
(PV ≥ coût complet unitaire)
On appelle « marge nette » le résultat réalisé sur chaque produit individuellement.
Marge nette = Chiffre d'affaires du produit – Coût complet du produit

**Rédigez votre synthèse personnelle à l'aide des mots-clés suivants :**

Charges directes / indirectes • Tableau de répartition des charges indirectes • Unité d'œuvre • Coût d'acquisition, coût de production, coût de revient • Méthode du coût complet

# Applications

## 1 Tester ses connaissances

**Testez vos connaissances avec le quiz numérique. C'est parti !**

Quiz
liennathan.fr/63nl6w

## 2 Jouer avec le vocabulaire

**Complétez chaque formule avec les éléments qui conviennent dans la liste suivante (réutilisation possible).**

- Charges directes d'achat
- Coût d'achat
- Charges directes de production
- Coût de production
- Charges directes de distribution
- Charges indirectes de distribution
- Coût de revient complet

**1.** Prix d'achat + .................... + Charges indirectes d'achat = ....................

**2.** .................... + .................... + Charges indirectes de production = ....................

**3.** Coût de production + .................... + .................... + Charges indirectes d'administration = ....................

**4.** Chiffre d'affaires – .................... = Résultat

## 3 Ordonner les étapes de calcul d'un coût complet

**Un élève a écrit sur des petits papiers les étapes de réalisation d'un calcul de coût complet, mais un coup de vent a tout mélangé. Remettez ces étapes dans l'ordre logique de réalisation.**

① *Calcul du coût de revient des produits vendus*

② *Calcul du coût d'acquisition des matières achetées*

③ *Calcul de la marge nette par produit et globale*

④ *Analyse des charges de la comptabilité générale entre charges directes et charges indirectes*

⑤ *Calcul du nombre d'UO et du coût unitaire d'UO pour chaque centre*

⑥ *Répartition des charges indirectes entre les différents centres d'analyse (services)*

⑦ *Calcul du coût de production des produits fabriqués*

Support de travail
Chapitre14_Applications.xlsx
liennathan.fr/3vcxk7

## 4 Répartir les charges de la comptabilité générale ★

Vous travaillez dans l'entreprise Alfa, qui commercialise 17 modèles de deux-roues différents. Le dirigeant souhaite mettre en place un calcul de coût complet pour évaluer la rentabilité de chaque modèle.

1. **Proposez et justifiez un classement des charges de la comptabilité générale en charges directes et indirectes (document 1).**
2. **Répartissez les charges indirectes puis calculez le coût de chaque centre (document 2).**
3. **Quel service a été le plus coûteux pour l'entreprise ce semestre ? Expliquez pourquoi.**

### Doc. 1 Données comptables du 1er semestre N

| Charges | Montants | Commentaires |
|---|---|---|
| Prix d'achat des motos | 140 000 | Le PGI permet de connaître le prix d'achat unitaire consacré à chaque modèle. |
| Salaires du personnel | 330 000 | Le personnel administratif travaille indistinctement sur tous les modèles (achat, suivi comptable…). Les vendeurs ne sont pas spécialisés. L'entreprise n'a pas mis en place de système de traçage qui permettrait de retrouver le vendeur de chaque vente de moto. |
| Assurances | 20 000 | Concernent l'ensemble de l'entreprise. |
| Loyer | 10 000 | |
| Autres charges | 40 000 | |

### Doc. 2 Modalités de répartition des charges indirectes

| Centres | Répartition des charges de personnel selon le nombre de salariés* | Répartition des charges d'assurance et de loyer | Répartition des « autres charges » |
|---|---|---|---|
| Achat | 8 | 45 % | Selon le nombre de salariés par service |
| Distribution | 25 | 50 % | |
| Administration | 3 | 5 % | |

* L'écart entre les salaires étant faible, on considère par simplification que tous les salariés touchent le même salaire.

## 5 Calculer et analyser le coût d'unité d'œuvre ★

L'entreprise Alfa poursuit la mise en place de son calcul de coût selon la méthode des coûts complets.

**1. Les charges du centre Achat :**

- ☐ contiennent le prix d'achat des motos.
- ☐ ne contiennent pas le prix d'achat des motos.
- ☐ contiennent des charges directes d'approvisionnement.
- ☐ contiennent des charges indirectes d'approvisionnement.

**2. Le coût d'unité d'œuvre du centre Achat est de :**

- ☐ 0,30 €.
- ☐ 3,36 €.
- ☐ 384 €.
- ☐ 391,84 €.

**3. Combien coûte une moto achetée au 2nd semestre ?**

- ☐ 1 290 €
- ☐ 3 765,61 €
- ☐ 1 316,33 €
- ☐ 1 674 €

**4. Combien de charges indirectes du centre Distribution recevra une moto vendue 3 000 € ?**

- ☐ 360 €
- ☐ 75 €
- ☐ 0,1220 €
- ☐ 8,33 €

**5. Quel est le coût de revient complet d'une moto achetée 4 000 € et vendue 5 000 € au cours du 2nd semestre N ?**

- ☐ 4 917 €
- ☐ 5 044,84 €
- ☐ 5 037 €
- ☐ 6 037 €

### Doc. Informations sur l'activité du 2e semestre N

**Achats :** 500 motos pour une valeur en prix d'achat de 645 000 €
**Ventes :** 490 motos pour une valeur de 1 875 000 €

**Données réelles au 31/12/N (2e semestre N)**

| | Charges indirectes aux produits | | |
|---|---|---|---|
| | **Centre Achat** | **Centre Distribution** | **Centre Administration** |
| **Charges du centre** | 192 000 | 225 000 | 25 970 |
| **Unité d'œuvre (UO)** | Nombre de motos achetées | € de vente | Nombre de motos vendues |

## 6 Compléter un tableau de répartition de charges indirectes avec centre auxiliaire ★★

Vous travaillez dans l'entreprise Beta, fabricant de montres de luxe.

1. **Pourquoi le service Maintenance du matériel fait-il l'objet d'une répartition « secondaire » (document 1) ?**
2. **Complétez le tableau de répartition des charges indirectes (document 2).**
3. **Le total des coûts de la répartition primaire et celui de la répartition secondaire ont-ils varié ? Justifiez.**
4. **Calculez le coût d'UO pour chaque centre et expliquez comment les 15 000 € de charges du centre auxiliaire vont finalement se retrouver dans le coût des montres fabriquées.**
5. **Concluez en expliquant l'utilité d'un tableau de répartition des charges indirectes.**

### Doc. 1 Entretien avec le contrôleur de gestion

**Vous** : Pourquoi ne prévoyez-vous pas d'unité d'œuvre pour le centre Maintenance du matériel ?
**Le contrôleur de gestion** : Il ne travaille pas pour les montres, n'achète pas de matière en lien avec les montres, ne fabrique ou ne vend pas de montres. Ce centre aide les autres centres à fonctionner. C'est pour cela qu'on l'appelle « centre auxiliaire ».
**Vous** : Alors, comment répartir son coût sur celui des montres ?
**Le contrôleur de gestion** : Impossible ! Après avoir réparti les charges de la comptabilité générale dans tous les centres (c'est la répartition primaire), il faut procéder à une répartition secondaire, c'est-à-dire répartir son coût de 15 000 € sur les autres services puisqu'il travaille pour eux. J'ai pu calculer qu'il a servi à 20 % le centre Approvisionnement et à 80 % le centre Fabrication.

### Doc. 2 Tableau de répartition des charges indirectes

**Données réelles au 31/03/N (1er trimestre N)**

| | TOTAL | Centre auxiliaire | Centres principaux | | | |
|---|---|---|---|---|---|---|
| | | Maintenance du matériel | Approvisionnement | Fabrication | Distribution | Administration générale |
| Répartition primaire | 227 030 | 15 000 | 17 880 | 111 600 | 50 800 | 31 750 |
| Répartition secondaire | | – 15 000 | | | | |
| Totaux après répartition secondaire | 227 030 | 0 | | | 50 800 | 31 750 |
| Unité d'œuvre (UO) | | | € acheté | h de MOD* | € de coût de production | € de coût de production |
| Nombre d'UO | | | 90 000 | 5 150 | 635 000 | 635 000 |
| Coût d'une UO | | | | | | |

* Main-d'œuvre directe.

## 7 Interpréter l'enchaînement des calculs pour la détermination du coût de revient ★★

Vous travaillez dans l'entreprise Delta, qui fabrique 3 modèles de deltaplane à partir de tubes en aluminium et de tissu synthétique : le modèle « Loisir », qui représente à lui seul presque la moitié de la fabrication, le modèle « Sport » et le modèle « Confort ». À l'occasion d'une compétition internationale de deltaplanes qui se déroulera sur deux semaines en août N, le dirigeant de l'entreprise souhaite faire la promotion du modèle « Loisir » en le vendant à prix coûtant. Il a donc besoin de connaître le coût de revient de ce modèle et se base sur les données comptables du 1er trimestre N.

1. **Expliquez la composition du coût d'acquisition de ces deux matières premières achetées (document 1 et document 2).**
2. **Combien l'entreprise a-t-elle fabriqué de deltaplanes, tous modèles confondus, ce trimestre ? Combien a-t-elle fabriqué de deltaplanes « Loisir » ?**
3. **Combien coûte la fabrication d'un deltaplane « Loisir » (document 3) ?**
4. **Sachant qu'il n'y a pas de charges directes de distribution, déterminez les coûts de revient global et unitaire des deltaplanes « Loisir » au 1er trimestre N ainsi que les résultats global et unitaire correspondant au prix de vente actuel de 1 600 €.**
5. **Quel prix de vente promotionnel le dirigeant peut-il proposer sur ce modèle ?**

### Doc. 1 Tableau de répartition des charges indirectes du 1er trimestre N

| | Montant | Approvisionnement | Montage | Finition | Distribution |
|---|---|---|---|---|---|
| **Totaux secondaires** | 236 760 | 76 860 | 66 000 | 45 000 | 48 900 |
| **Nature de l'unité d'œuvre (UO)** | | € d'achat de matières | m de tube consommé | deltaplane fabriqué | 100 € de coût de production |
| **Nombre d'UO** | | 549 000,00 | 50 000,00 | 1 000,00 | 15 876,92 |
| **Coût d'une UO** | | 0,14 | 1,32 | 45,00 | 3,08 |

### Doc. 2 Coût d'acquisition des matières premières du 1er trimestre N

| Éléments | Tubes | | | Tissu | | |
|---|---|---|---|---|---|---|
| | Quantité en m | Coût unitaire | Montant | Quantité en m | Coût unitaire | Montant |
| Prix d'achat | 50 000 | 0,18 | 9 000 | 51 000 | 10,59 | 540 000 |
| Charges indirectes d'approvisionnement | 9 000 | 0,14 | 1 260 | 540 000 | 0,14 | 75 600 |
| **Coût d'acquisition** | **50 000** | **0,2052** | **10 260** | **51 000** | **12,07** | **615 600** |

### Doc. 3 Coût de production de 480 deltaplanes « Loisir » au 1er trimestre N

| Éléments | Quantité | Coût unitaire | Montant |
|---|---|---|---|
| **Charges directes** | | | |
| Tubes consommés | 34 080 | 40,2052 | 6 993,22 |
| Tissu consommé | 24 480 | 12,07 | 295 488,00 |
| Main-d'œuvre directe | 5 280 | 25,00 | 132 000,00 |
| Fournitures diverses | 480 | 197,00 | 94 560,00 |
| **Charges indirectes de fabrication** | | | |
| Centre Montage | 34 080 | 1,32 | 44 985,60 |
| Centre Finition | 480 | 45,00 | 21 600,00 |
| **Total** | **480** | **1 240,89** | **595 626,82** |

**Nomenclature et gamme pour 1 deltaplane « Loisir »**
- 71 m de tubes
- 51 m de tissu
- 11 h de main-d'œuvre directe
- 197 € de fournitures diverses

**Informations sur la marge**
Le modèle « Loisir » est vendu 1 600 € HT.

## 8 Tenir compte des stocks dans un calcul de coût de revient ★★

La SARL La Chips d'Aubagne est spécialisée dans la production de chips traditionnelles et de chips bleues à partir de pommes de terre achetées dans la France entière. Une fois découpées, cuites et salées, les chips sont mises en sachets de 200 g et stockées en attente de distribution.
Le gérant de la société, M. Amiel, pense que la production des chips bleues ne dégage pas les marges attendues et souhaite mener une étude des coûts de revient des deux produits avant de prendre une décision. Chaque année, l'entreprise produit 200 000 sachets de chips traditionnelles et 100 000 sachets de chips bleues. Un paquet de chips traditionnelles est vendu 1,20 € et un paquet de chips bleues 1,40 €.

1. Que deviennent les chips fabriquées dans l'année mais non encore vendues (document 1) ?
2. Le coût de fabrication des chips est-il forcément le même chaque année ?
   Selon vous, pourquoi y aurait-il des différences ?
3. Le responsable des stocks tient à jour une fiche pour chaque gamme de chips (document 2).
   De quel côté sont placées les « entrées » en stock ? les « sorties » ?
4. Les chips inscrites sur la ligne « Stock initial » ont-elles été fabriquées dans l'année ?
   Expliquez.
5. Retrouvez, sur la fiche de stock de chaque gamme de chips, le coût de fabrication d'un sachet en N.
   D'où provient cette information ? Est-il le même qu'en N-1 ?
6. Combien de sachets de chips bleues ont été produits cette année ? Combien ont été vendus ?
   Combien reste-t-il de sachets en stock à la fin de l'année ? Justifiez par le calcul.
7. À quoi correspond le CMP de sortie de stock ? Retrouvez son calcul mathématique.
8. Observez le calcul du coût de revient complet. Quelle quantité de chips a été prise en compte ?
   D'où provient ce chiffre ? Justifiez.
9. Calculez les résultats unitaire et global dégagés sur les chips traditionnelles et les chips bleues.
   Concluez.
10. M. Amiel souhaiterait réaliser une marge bénéficiaire de 30 % sur les chips bleues.
    Quel serait alors le nouveau prix de vente unitaire de ce produit ?

## Doc. 1 Informations fournies par le gestionnaire

Il est rare que l'on vende, au cours d'une période, tous les sachets produits. Il reste alors un stock utilisable pour la prochaine période. Le problème est que, d'une période à l'autre, nos produits ne sont pas fabriqués au même coût. La production d'une période vient donc se mélanger au stock existant (stock initial, SI). Les produits sont identiques mais leur coût de fabrication ne l'est pas et quand on pioche dans le stock pour les ventes, on ne peut pas savoir quel est le coût de cette sortie. Il faut donc calculer un coût moyen pondéré (CMP) de sortie de stock selon la formule suivante :

**CMP = (SI + Entrée) en € / (SI + Entrée) en quantité**

En multipliant ce CMP par les quantités sorties, on obtient le coût de production des sachets sortis du stock pour les ventes (et non fabriqués).

## Doc. 2 Tableaux de calcul de coûts annuels pour l'année N

**Coûts de production des produits fabriqués en N**

| | Coût de production des chips traditionnelles | | | Coût de production des chips bleues | | |
|---|---|---|---|---|---|---|
| | Quantité | Coût unitaire | Montant | Quantité | Coût unitaire | Montant |
| Coût de production d'un sachet de 200 g | 200 000 | 0,82 | 164 000 | 100 000 | 0,92 | 92 000 |

**Fiches de stock**

| Stock de sachets de chips traditionnelles | | | | | | | |
|---|---|---|---|---|---|---|---|
| | Quantité | Coût unitaire | Montant | | Quantité | CMP | Montant |
| Stock initial au 31/12/N-1 | 50 000 | 0,78 | 38 500 | Coût de production des chips sorties du stock | 198 000 | 0,81 | 160 380 |
| Coût de production des chips fabriquées entrées en stock | 200 000 | 0,82 | 164 000 | Stock final au 31/12/N | 52 000 | 0,81 | 42 120 |
| **Total** | **250 000** | **0,81** | **202 500** | **Total** | **250 000** | **0,81** | **202 500** |

| Stock de sachets de chips bleues | | | | | | | |
|---|---|---|---|---|---|---|---|
| | Quantité | Coût unitaire | Montant | | Quantité | CMP | Montant |
| Stock initial au 31/12/N-1 | 10 000 | 1,25 | 12 500 | Coût de production des chips sorties du stock | 99 000 | 0,95 | 94 050 |
| Coût de production des chips fabriquées entrées en stock | 100 000 | 0,92 | 92 000 | Stock final au 31/12/N | 11 000 | 0,95 | 10 450 |
| **Total** | **110 000** | **0,95** | **104 500** | **Total** | **110 000** | **0,95** | **104 500** |

**Coûts de revient des produits vendus**

| | Coût de revient des chips traditionnelles | | | Coût de revient des chips bleues | | |
|---|---|---|---|---|---|---|
| | Quantité | Coût unitaire | Montant | Quantité | Coût unitaire | Montant |
| Coût de production des chips sorties du stock | 198 000 | 0,81 | 160 380 | 99 000 | 0,95 | 94 050 |
| Charges indirectes de distribution | 198 000 | 0,12 | 23 760 | 99 000 | 0,11 | 10 890 |
| **Coût de revient complet** | **198 000** | **0,93** | **184 140** | **99 000** | **1,06** | **104 940** |

## 9 Utiliser la méthode des coûts complets pour fixer un prix de vente ★★

L'entreprise Gamma développe et commercialise des logiciels de gestion conçus sur mesure pour chaque client. Pour chaque nouveau logiciel développé, le directeur souhaite connaître son coût de revient afin d'en fixer le prix de vente pour réaliser une certaine marge.

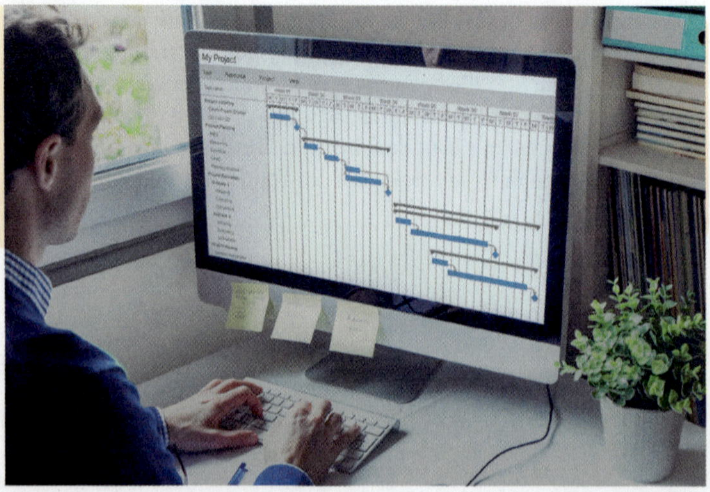

1. **Calculez le montant de la main-d'œuvre directe (MOD) pour le projet du client Saillard et expliquez pourquoi cette main-d'œuvre est « directe » (document 1 et document 2).**
2. **L'unité d'œuvre du centre Développement est le nombre d'heures ingénieur. Justifiez la pertinence de ce choix.**
3. **Interprétez le coût de l'unité d'œuvre (58 €) du centre Développement. Comment a pu être calculé ce montant ?**
4. **Justifiez le montant des charges indirectes. Quelle limite pouvez-vous formuler ?**
5. **Le dirigeant de Gamma souhaite réaliser une marge bénéficiaire de 10 % du coût de revient sur ce logiciel. Calculez le prix de vente qui permet d'atteindre cet objectif.**
6. **De plus en plus de clients de Gamma souhaitent connaître le prix de vente définitif du logiciel avant son développement. En quoi la méthode des coûts complets vous semble critiquable ?**

### Doc. 1 Les modalités de développement d'un logiciel

Les logiciels sont développés par des équipes d'ingénieurs qui travaillent sur un projet. En fonction du projet, chaque équipe passe plus ou moins de temps au sein du centre Développement, qui est le lieu de travail des équipes.

Chaque fois que des ingénieurs travaillent sur un projet, une fiche de temps est complétée, permettant de calculer le nombre d'heures de main-d'œuvre directe totale passé par l'équipe sur le projet.

### Doc. 2 Éléments financiers du projet du client Saillard

- Nombre d'heures de développement pour ce projet (issu de la fiche de temps) : 245 h
- Les ingénieurs sont rémunérés 45 € l'heure (charges comprises).
- Autres coûts directs : 3 458,54 €
- Le centre Développement génère des coûts indirects (électricité, fournitures administratives, amortissements...). Son activité est mesurée par l'heure de main-d'œuvre des ingénieurs avec un coût d'unité d'œuvre de 58 €.
- Les frais indirects de commercialisation représentent 3 % du coût direct.

Ces données ont permis d'élaborer le tableau suivant :

| | |
|---|---|
| Charges directes | 14 483,54 € |
| Charges indirectes | 14 644,51 € |
| **Coût de revient du logiciel du client Saillard** | **29 128,05 €** |

# L'analyse par les coûts de la rentabilité globale de l'entreprise

# 15

**Question** Qu'apporte l'analyse des coûts à la prise de décision ?

**Capacités**
- Mesurer l'impact de la modification de l'offre commerciale d'une entreprise sur ses coûts.
- Mesurer l'impact d'une commande supplémentaire sur le résultat de l'entreprise.
- Apprécier la pertinence du choix de la méthode de calcul de coûts dans une situation donnée ou les éventuelles limites de ce choix.

**Vers PIX** 1.3. Traiter les données

## Situation

Les résultats comptables de la petite entreprise artisanale de pâtes alimentaires Giovanni sont assez faibles. Un premier travail sur les coûts a été réalisé grâce à la mise en place d'une méthode de calcul des coûts complets (voir chapitre 14). Il ressort de cette analyse que les pâtes farfalles sont vendues à perte. Enzo s'apprête à arrêter la fabrication et la vente de ce produit. Cependant, l'expert-comptable lui suggère de compléter son étude avant toute prise de décision, avec des données issues de la méthode des coûts variables.

**Étapes de travail**

1. Mettre en œuvre la méthode du coût variable
2. Prendre une décision à l'aide du coût spécifique
3. Prendre une décision à l'aide du coût marginal

**Support de travail**

Chapitre15_Situation.xlsx
liennathan.fr/k970vc

# 1 Mettre en œuvre la méthode du coût variable

## Doc. 1 Données comptables au 31/03/N

| Comptes | | Montant total | V | F |
|---|---|---|---|---|
| N° | Libellé | | | |
| 6011 | Achat de semoule de blé dur | 2 736 | 2 736 | |
| 6012 | Achat d'œufs | 588 | 588 | |
| 606111 | Eau atelier Fabrication | 560 | 560 | |
| 606112 | Électricité atelier Fabrication | 3 844 | 3 844 | |
| 6026 | Achat d'emballages | 240 | 240 | |
| 613 | Locations | 3 600 | | 3 600 |
| 616 | Primes d'assurance | 950 | | 950 |
| 6226 | Honoraires de l'expert-comptable | 800 | | 800 |
| 64 | Rémunérations (bruts + charges) | | | |
| | *Enzo (chef d'entreprise)** | *10 200* | *2 040* | *8 160* |
| | *Louis (agent de fabrication)** | *7 195* | *1 439* | *5 756* |
| | *Nelly (vendeuse)* | *6 800* | | *6 800* |
| 68112 | Dotations aux amortissements | 1 715 | | 1 715 |
| | **Total des charges** | **39 228** | **11 447** | **27 781** |
| | | | 29,2 % | 70,8 % |

* On estime à 20 % la part de salaire variable.

## Doc. 2 Compte de résultat différentiel au 31/03/N

| | Montant total | % du CA |
|---|---|---|
| Chiffre d'affaires (CA) | 40 800 | |
| – Coût variable (CV) | | |
| **= Marge sur coût variable** | | |
| – Charges fixes (CF) | | |
| **= Résultat différentiel** | | |

## Doc. 3 Marge sur coût variable par produit

| | Tagliatelles | Pennes | Farfalles | Total | % du CA |
|---|---|---|---|---|---|
| Chiffre d'affaires (CA) | 18 700 | 13 600 | 8 500 | 40 800 | |
| – Coût variable (CV)* | 4 328 | 3 532 | 3 587 | | |
| **= Marge sur coût variable** | | | | | |
| – Charges fixes (CF) | | | | | |
| = **Résultat différentiel** | | | | | |

* Les coûts variables ont été répartis à l'aide de l'expert-comptable.

## Ressources

1. Comme la méthode des coûts complets, la **méthode des coûts variables** s'appuie sur les charges de la comptabilité générale. Mais cette méthode répartit les charges de la comptabilité entre charges variables et charges fixes afin d'obtenir un résultat différentiel (basé sur une classification variable et fixe des charges). Les charges variables augmentent ou se réduisent en fonction des quantités produites et vendues. Comme leur nom l'indique, les charges fixes ne varient pas.
2. La méthode des coûts variables permet de calculer un **coût variable**, une **marge sur coût variable (MsCV)** et un **taux de marge sur coût variable (TxMsCV)** par rapport au chiffre d'affaires. Ces trois indicateurs permettent alors de calculer le **seuil de rentabilité** de l'entreprise, c'est-à-dire le niveau de chiffre d'affaires à partir duquel l'entreprise commence à faire des bénéfices. La **marge de sécurité** ou l'**indice de sécurité** mesurent les risques associés. (Voir *1re STMG*, chapitre 17.)
3. Pour mesurer la rentabilité de chaque produit, on calcule une **MsCV par produit. Si la MsCV est positive**, cela signifie que les ventes du produit couvrent les charges variables nécessaires pour ce produit ; la marge dégagée permettra d'absorber une partie des charges fixes de l'entreprise. **Si la MsCV est négative**, le produit n'est pas rentable, il faut l'abandonner.

**Avant la classe**

Quand une entreprise est bénéficiaire, cela signifie-t-il que le seuil de rentabilité est atteint ?

**Justifiez en quelques lignes en rappelant les notions de seuil de rentabilité, de marge de sécurité et d'indice de sécurité.**

## Situation

Enzo poursuit son analyse de la rentabilité de chaque gamme de produits à l'aide de la méthode du coût variable. Il connaît cette méthode, grâce à laquelle il peut calculer son seuil de rentabilité, mais découvre qu'elle lui permet aussi de réfléchir sur la rentabilité de chaque produit.

### J'analyse la situation

1. **Calculez la marge sur coût variable globale de l'entreprise puis le résultat différentiel. Observez le poids des charges fixes. Commentez.**

Documents 1 et 2
Ressources 1 et 2

2. **Enzo pense supprimer les ventes de farfalles. Rappelez le principe des économies d'échelle pour démontrer que cette décision comporte un risque.**

3. **Enzo poursuit son analyse et calcule une marge sur coût variable par produit. Complétez le tableau. Confirmez-vous que la suppression des farfalles comporte un risque ?**

Document 3
Ressource 3

### Je retiens l'essentiel

4. **Pour les farfalles, la marge nette calculée par la méthode des coûts complets est négative et laisse penser que ce produit n'est pas rentable. La marge sur coût variable calculée avec la méthode des coûts variables est positive et laisse penser que ce produit est rentable. Pourquoi y a-t-il une telle différence ?**

### J'approfondis

5. **Calculez le seuil de rentabilité et l'indice de sécurité. Plus globalement, Enzo peut-il prendre le risque d'une baisse du chiffre d'affaires ?**

## Les flashcards de la séance

**Des cartes questions/réponses pour mémoriser**

liennathan.fr/0796ye

# 2 Prendre une décision à l'aide du coût variable

## Doc. 1 Échange entre Enzo et son expert-comptable

**Enzo** : D'un côté, la méthode des coûts complets montre que les farfalles sont vendues à perte. De l'autre, la méthode du coût variable nous montre que supprimer les ventes de farfalles ne va pas améliorer le résultat autant que l'on pourrait le penser…

**L'expert-comptable** : Effectivement, la méthode du coût complet est pertinente pour calculer la rentabilité de chaque produit en tenant compte de toutes les charges de l'entreprise. On l'utilise dans une situation où la fabrication des produits n'est pas remise en question. **Mais elle ne montre pas comment va évoluer le résultat global si on abandonne un produit.**
Grâce à la méthode du coût variable, on sait que les charges variables sont propres au produit et qu'elles seront supprimées si on l'abandonne. Mais les charges fixes… Cela dépend ! Si elles sont propres aux farfalles, elles seront supprimées, mais si elles concernent toute l'entreprise, il faudra continuer à les payer ! Laissez-moi quelques jours, je vais affiner mes calculs…

## Doc. 2 Calculs du coût et de la marge spécifique

| | | Tagliatelles | Pennes | Farfalles | Total |
|---|---|---|---|---|---|
| **Chiffre d'affaires (CA)** | | 18 700 | 13 600 | 8 500 | 40 800 |
| Coût variable (CV) | | 4 328 | 3 532 | 3 587 | 11 447 |
| Charges fixes spécifiques* | | 3 160 | 3 031 | 4 461 | 10 652 |
| – | ***Total coût spécifique*** | | | | |
| = | **Marge sur coût spécifique** | | | | |
| – | Charges fixes communes | | | | |
| = | **Résultat différentiel** | | | | |

* La répartition des charges fixes entre spécifiques et communes a été élaborée avec l'expert-comptable.

## Ressources

1. La méthode du coût spécifique est une prolongation de la méthode du coût variable lorsqu'une entreprise est multiproduits. Les coûts sont classés en trois catégories :
   - les charges variables par produit qui sont toutes **directes** ;
   - les charges fixes spécifiques par produit : ce sont des charges fixes **directes** qui ne concernent qu'un produit (ex. : amortissement d'une machine qui ne sert qu'à la fabrication du produit A) ;
   - les charges fixes communes à l'ensemble des produits : ce sont des charges fixes **indirectes** qui concernent l'ensemble des produits (ex. : assurance de l'usine).

2. **Coût spécifique d'un produit (CS) = Charges variables + Charges fixes spécifiques**
   Il est important de connaître ce coût car les charges qui le composent disparaîtraient si la fabrication du produit était abandonnée.

3. **Marge sur coût spécifique (MsCS) = CA – CS**
   La MsCS représente l'argent dégagé par la vente du produit après paiement des charges variables et fixes qui ne concernent que ce produit.
   Si MsCS < 0 : le produit n'est pas profitable. En l'abandonnant, on améliore le résultat global de l'entreprise.
   Si MsCS > 0 : le produit est profitable. Il faut le maintenir car la marge qu'il dégage contribue au paiement des charges fixes communes.

## Avant la classe

Inventez une entreprise qui a une activité industrielle et fabrique plusieurs produits, et trouvez 4 exemples de charges à mettre dans les 4 cellules du tableau ci-contre.

| | Variable | Fixe |
|---|---|---|
| Directe | *1 exemple* | *1 exemple* |
| Indirecte | *1 exemple* | *1 exemple* |

## Situation

***Déjà vu :*** *alors que la méthode du coût complet (voir chapitre 14) montre que les farfalles sont vendues à perte, la méthode du coût variable montre que ces pâtes dégagent une marge sur coût variable positive qui contribue à l'absorption des charges fixes. Or, les charges fixes de l'entreprise sont élevées et l'indice de sécurité est très faible.*

Enzo a bien compris qu'il doit à tout prix maintenir, voire augmenter son chiffre d'affaires. Mais les farfalles étant les plus coûteuses, il se demande s'il ne doit pas abandonner cette production pour se concentrer sur d'autres gammes plus rentables. Toutefois, son expert-comptable l'alerte sur la suppression d'un produit tant qu'une étude du coût spécifique n'a pas été réalisée.

## J'analyse la situation

**1. Devant l'indécision d'Enzo quant à la suppression des farfalles, quelle méthode de calcul doit être mobilisée ? Pourquoi ?**

Document 1
Ressource 1

........................................................................................................

........................................................................................................

........................................................................................................

**2. En quoi la méthode des coûts spécifiques peut-elle apporter des éléments de réponse décisifs à Enzo ?**

........................................................................................................

........................................................................................................

........................................................................................................

**3. Calculez la marge sur coût spécifique pour chaque produit de l'entreprise (complétez le tableau). Faut-il abandonner les farfalles ?**

Document 2
Ressources 2 et 3

........................................................................................................

........................................................................................................

## Je retiens l'essentiel

**4. Classez dans l'ordre croissant les 3 niveaux de marge suivants : marge nette, marge sur coût variable, marge sur coût spécifique. Justifiez.**

........................................................................................................

........................................................................................................

........................................................................................................

........................................................................................................

........................................................................................................

## J'approfondis

**5. Comment évoluerait le résultat de l'entreprise si Enzo abandonnait les farfalles ?**

........................................................................................................

........................................................................................................

## Les flashcards de la séance

**Des cartes questions/réponses pour mémoriser**

liennathan.fr/2vos3s

# 3 Prendre des décisions à l'aide du coût marginal

## Doc. 1 Étude de la proposition de la commune de Tulle

**Proposition**
Dans le cadre de son programme « Manger mieux à l'école », la commune de Tulle souhaite introduire des produits locaux dans ses cantines. Elle propose un contrat d'un an portant sur la livraison de 600 kg de pâtes des trois différentes variétés chaque trimestre au prix de vente de 7 € le kg.

**Contrainte**
Pour produire et livrer 600 kg supplémentaires, il faudra investir dans un laminoir automatique, ce qui engendrera une dotation aux amortissements annuelle de 3 200 €, soit 800 € par trimestre.

## Doc. 2 Collecte d'informations

| Données trimestrielles | Tagliatelles | Pennes | Farfalles | Moyenne |
|---|---|---|---|---|
| Nb de kg vendus au trimestre | 1 100 | 800 | 500 | 2 400 |
| Coût de revient complet unitaire | 13,76 | 15,26 | 23,76 | 16,34 |
| Charges variables unitaires | 3,93 | 4,42 | 7,17 | 4,77 |

## Doc. 3 Calcul de rentabilité trimestrielle de la commande de la mairie de Tulle

| | Commande exceptionnelle |
|---|---|
| Quantité (en kg) | 600 |
| Prix unitaire | 7 |
| **Chiffre d'affaires (CA)** | |
| Coût variable moyen | |
| Charges fixes spécifiques commande | |
| **Coût total commande** | |
| **Résultat commande** | |

## Ressources

1. On appelle « **coût marginal (CM)** » le coût de production d'une commande supplémentaire et exceptionnelle. Il n'est composé que des charges que cette commande génère pour elle toute seule, sans inclure les charges habituelles de l'entreprise.
Deux situations peuvent se présenter :
   - une nouvelle commande est réalisée avec les capacités actuelles de l'entreprise : **CM = coût variable (CV)** de la commande ;
   - une nouvelle commande nécessite d'investir (machine, personnel) : **CM = coût spécifique (CS)** de la commande.
2. **Résultat marginal (RM) = CA marginal – CM**
Si RM > 0, la commande peut être acceptée.
3. Le raisonnement en coût marginal permet de **calculer le prix le plus bas que l'on peut accepter**, sur une commande exceptionnelle et non pérenne, sans perdre d'argent.

**Avant la classe**

Quatre amis se rendent en voiture à un concert et décident de partager les frais de transport de 100 €, soit 25 € par personne. Au dernier moment, un cinquième ami se joint à eux.

**Combien doit-il payer ? 25 € (puisque cela coûte 25 € à chacun) ? 20 € (ils divisent 100 € par 5 maintenant) ? 0 € (une personne de plus dans la voiture ne coûte rien) ?**

## Situation

***Déjà vu :** l'analyse du coût variable a montré l'insuffisance des ventes en général. L'analyse du coût spécifique a montré qu'aucun produit ne doit être abandonné.*

Afin de développer ses ventes, Enzo souhaite diversifier sa clientèle. Il se fait connaître auprès de nombreux établissements publics et privés (hôpitaux, maisons de retraite, cantines scolaires...) en s'inscrivant sur des sites d'appels d'offres. Il reçoit alors une proposition de la commune de Tulle et cherche conseil auprès de son expert-comptable pour prendre la bonne décision.

### J'analyse la situation

**1. Avant de prendre une décision, Enzo a collecté les coûts de revient complets de chaque gamme de pâtes. Quel problème se pose ?** Documents 1 et 2

..........

..........

**2. Selon vous, pourquoi, dans le cas d'une commande exceptionnelle qui ne fait pas partie des commandes habituelles de l'entreprise, Enzo peut-il réfléchir à un tarif nettement plus bas que son tarif habituel à 17 €/kg ?** Ressource 1

..........

..........

..........

**3. À partir des charges variables moyennes et de la méthode du coût marginal, calculez la rentabilité de la commande (complétez le tableau). Cette commande peut-elle être acceptée finalement ?** Document 3 / Ressource 2

..........

**4. Quel est le prix en dessous duquel Enzo n'aurait pas pu accepter cette commande ?** Ressource 3

..........

### Je retiens l'essentiel

**5. Quelle méthode de calcul de coût faut-il utiliser pour calculer la rentabilité d'une vente exceptionnelle qui ne fait pas partie du quotidien de l'entreprise ? Justifiez.**

..........

..........

..........

..........

### J'approfondis

**6. Quel prix proposé par la mairie aurait permis à Enzo de réaliser un résultat égal à 15 % du chiffre d'affaires ?**

..........

..........

..........

..........

**Les flashcards de la séance** — Des cartes questions/réponses pour mémoriser

liennathan.fr/goypp7

# Synthèse

## L'analyse par les coûts de la rentabilité globale de l'entreprise

Vidéo
Synthèse vidéo
liennathan.fr/otndaj

### 1. La méthode du coût variable

| Principe | Indicateurs | Principales analyses |
|---|---|---|
| Utilisée pour savoir si une activité unique est rentable<br>Distinction charges variables / charges fixes | Coût variable, marge sur coût variable (MsCV), taux de marge sur coût variable, seuil de rentabilité | • Si MsCV < 0, l'activité n'est pas rentable. Il faut l'abandonner.<br>• Si MsCV > 0, l'activité est rentable. Elle peut couvrir les charges fixes, l'abandon comporte un risque. |

### 2. La méthode du coût spécifique

| Principe | Indicateurs | Principales analyses |
|---|---|---|
| Complément de la méthode du coût variable pour entreprise multiproduits<br>Les charges fixes sont décomposées en :<br>– charges fixes spécifiques (propres à chaque produit) ;<br>– charges fixes communes. | Charges fixes spécifiques, coût spécifique, marge sur coût spécifique (MsCS) | • Si MsCS < 0, le produit n'est pas profitable.<br>→ Abandonner **améliore** le résultat global.<br>• Si MsCS > 0, le produit est profitable.<br>→ Abandonner **détériore** le résultat global. |

### 3. La méthode du coût marginal (CM)

| Principe | Indicateurs | Principales analyses |
|---|---|---|
| Utilisée lors d'une commande exceptionnelle<br>CM = coût variable (capacités actuelles suffisantes)<br>**Ou**<br>CM = coût spécifique (capacités actuelles insuffisantes = investissement nécessaire) | Coût marginal, résultat marginal (RM) | • CA de la commande > CM de la commande<br>→ ACCEPTER (RM > 0)<br>• CA de la commande < CM de la commande<br>→ REFUSER (RM < 0) |

**Rédigez votre synthèse personnelle à l'aide des mots-clés suivants :**

Charges variables / fixes • Coût variable • Marge sur coût variable • Seuil de rentabilité • Coût spécifique • Marge sur coût spécifique • Coût marginal • Résultat marginal

# Applications

## 1 Tester ses connaissances

**Testez vos connaissances avec le quiz numérique. C'est parti !**

Quiz
liennathan.fr/76wo1m

## 2 Jouer avec le vocabulaire

**1. Ordonnez les termes suivants dans l'ordre de leur enchaînement successif de calcul.**

Coût variable • Résultat différentiel • Charges fixes directes • Chiffre d'affaires • Marge sur coût variable • Charges fixes communes • Marge sur coût spécifique

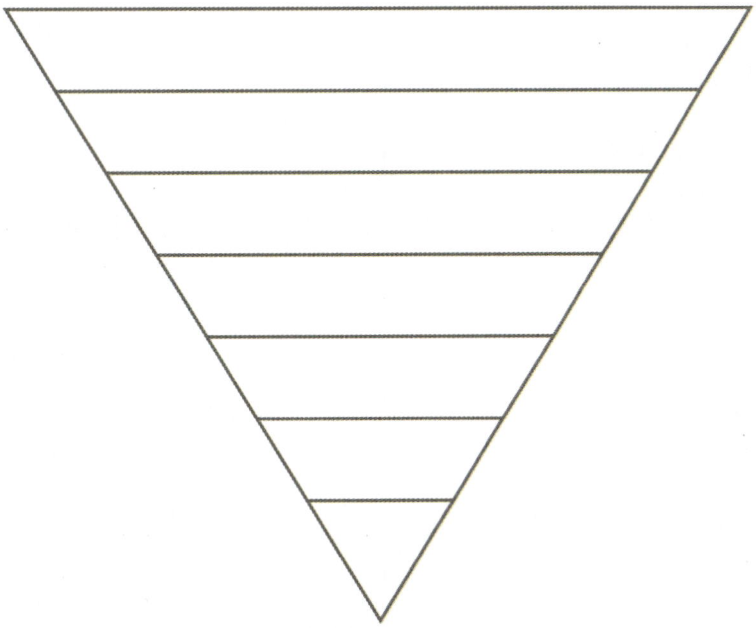

**2. Complétez la grille à l'aide des définitions.**

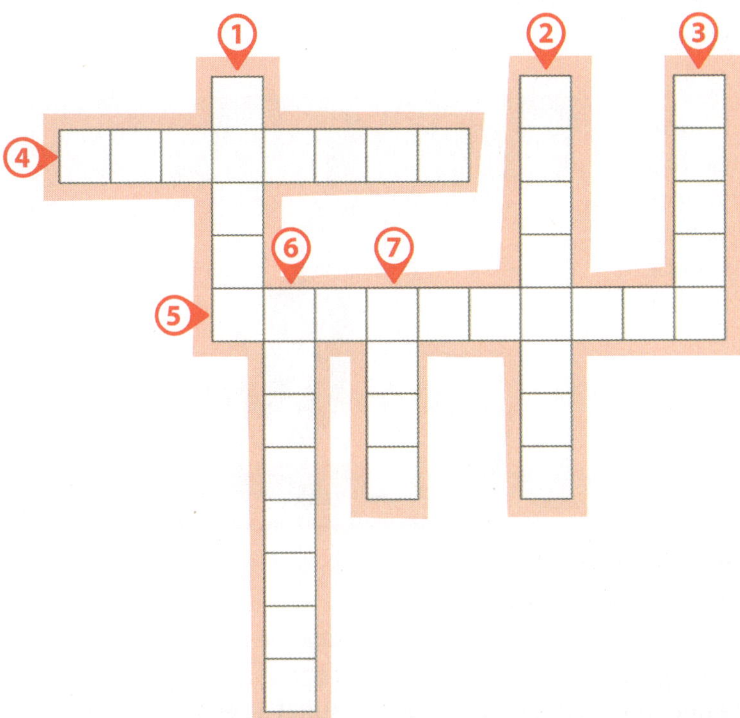


(1) Ces charges peuvent être spécifiques ou communes.
(2) Coût qui ne comprend que les charges amenées par cette commande unique
(3) Différence entre un CA et un coût
(4) Lorsque la charge est liée à l'activité
(5) Se dit d'une charge fixe directe.
(6) Ces coûts ne sont pas complets !
(7) Accumulation de charges : il peut être complet, variable ou fixe.

**Support de travail**
**Chapitre15_Applications.xlsx**
liennathan.fr/bnfnj8

## 3 Classer les charges comptables ★

Vous travaillez dans l'entreprise Skate&Co, qui fabrique et vend des skateboards. Vous êtes chargé(e) d'analyser les charges de l'entreprise.

1. **Rappelez la définition des charges fixes et des charges variables.**
2. **Proposez un classement de chaque charge en « fixe » et « variable » (document). Justifiez ce classement.**
3. **Calculez le montant des charges fixes et variables pour l'année N.**

**Doc. Données comptables – Année N**

| Charges | Montants |
|---|---|
| Achat de matières premières | 90 000 |
| Main-d'œuvre* | 265 000 |
| Assurance | 8 000 |
| Loyer | 36 000 |
| Amortissement matériel | 46 000 |
| **Total** | **445 000** |

* 35 000 € sont considérés comme fixes.

## 4 Réaliser un compte de résultat différentiel et effectuer des simulations ★

Le dirigeant de l'entreprise Skate&Co souhaite évaluer la rentabilité de son activité, sachant que 10 000 skates ont été vendus à 50 € le skate durant l'année N. Vous avez déterminé les différentes charges fixes et variables pour cette même année. On vous confie le soin de réaliser un compte de résultat différentiel.

1. **Réalisez un compte de résultat différentiel à partir des données précédentes (application 3). Vous pouvez utiliser un tableur.**
2. **Calculez le seuil de rentabilité en valeur et en volume.**
3. **Quelle est la marge de sécurité ? Quel est l'indice de sécurité ?**
4. **Quel jugement portez-vous sur la rentabilité de l'activité ? Justifiez.**
5. **Calculez le chiffre d'affaires, en valeur et en volume, qui permettrait de doubler le résultat de l'entreprise.**
6. **Le dirigeant envisage d'effectuer une campagne publicitaire (coût fixe de 8 000 €) qui lui permettrait d'espérer une augmentation de 20 % des quantités vendues. Calculez le résultat attendu et concluez sur la réalisation de cette campagne publicitaire.**

## 5 Évaluer la rentabilité de nouvelles activités ★★

La société Orange Verte est une salle de Laser Game située à Brive-la-Gaillarde. Actuellement, elle occupe le rez-de-chaussée d'un très grand bâtiment et tout le premier étage est disponible. La dirigeante, Christelle Rebouissoux, s'interroge sur l'occupation de cet étage et la diversification des activités qui pourraient l'accompagner. Elle hésite entre plusieurs hypothèses (document).

1. **Par groupes de 3 élèves, chacun se chargeant d'une hypothèse, réalisez le compte de résultat différentiel puis calculez le seuil de rentabilité et la marge de sécurité de l'hypothèse traitée (document).**
2. **Comparez vos résultats et indiquez la solution la plus rentable.**

**Doc. Possibilité d'activité**

| | Hypothèse 1 Salle de billard | Hypothèse 2 Salle de jeux vidéo | Hypothèse 3 Salle de billard et salle de jeux vidéo |
|---|---|---|---|
| CA prévisionnel | 33 000 | 38 608 | Cumul des 2 CA |
| Taux de coût variable | 8 % | 8 % | 8 % |
| Charges fixes | 34 012 | 21 251 | À déterminer, sachant que la réunion des 2 activités entraînera une réduction de 2 % du cumul des charges fixes. |

## 6 Décider d'abandonner ou non un produit ★

Lors d'un recrutement pour un poste de comptable, on vous soumet le test suivant concernant différents produits de beauté.

- **Complétez les données de l'année N (document) puis indiquez s'il faut abandonner ou non la fabrication des différents produits de beauté présentés en justifiant votre réponse.**

**Doc. Données de l'année N**

| | Produits de beauté | | | | | | | |
|---|---|---|---|---|---|---|---|---|
| | 1 | 2 | 3 | 4 | 5 | 6 | 7 | 8 |
| Chiffre d'affaires | 100 | | 120 | 150 | 150 | 300 | | 120 |
| Coût spécifique | 150 | 120 | | 120 | | | 150 | 80 |
| Marge / CS | | 70 | – 10 | | – 10 | 160 | 50 | |

## 7 Calculer et analyser un coût spécifique ★★

L'entreprise Martel fabrique trois types de marteau destinés à différents usages : un marteau d'électricien (M1), un marteau de vitrier (M2) et un marteau multi-usage (M3). Les résultats de l'entreprise sont faibles depuis plusieurs années et son dirigeant, M. Cyril, s'interroge sur un recentrage de son activité sur un ou deux produits seulement.

**1.** **Par groupes de 3, choisissez chacun un produit et calculez le coût spécifique et la marge sur coût spécifique (document). Commentez individuellement vos résultats et concluez sur l'abandon ou non de votre produit.**

**2.** **Mettez en commun vos travaux puis calculez chacun le résultat de l'entreprise sur l'année. Vérifiez ensemble vos calculs.**

**3.** **En supposant que l'entreprise abandonne le produit M3, calculez le montant des charges et des produits qui disparaîtront. Cela améliorera-t-il le résultat de l'exercice ?**

**Doc. Données de l'année N**

| | M1 | M2 | M3 | Total |
|---|---|---|---|---|
| Chiffre d'affaires | 966 000 | 455 000 | 1 190 000 | 2 611 000 |
| Charges variables | 840 000 | 250 000 | 1 050 000 | 2 140 000 |
| Charges fixes spécifiques | 18 600 | 114 700 | 178 700 | 312 000 |
| | | | Charges fixes communes | 266 000 |

## 8 Prendre une décision à l'aide des coûts partiels ★★

L'entreprise Marami est une petite usine de fabrication de briquets. Récemment, elle a développé le modèle « Rando », un briquet spécial pour la randonnée et le camping. La dirigeante de l'entreprise, Leila Marami, souhaite estimer la profitabilité du briquet « Rando » pour l'année N à l'aide de la méthode du coût variable.

**1.** **Quel chiffre d'affaires minimum l'entreprise doit-elle réaliser afin que son projet dégage un bénéfice. Combien de briquets « Rando » cela représente-t-il (document 1) ?**

**2.** **L'entreprise Marami a-t-elle la capacité de produire la commande du client Hebraud (document 2) ? A-t-elle intérêt à l'accepter ? Justifiez.**

**Doc. 1 Données d'activité**

Pour N, les ventes de briquets « Rando » s'élèvent à 38 000 unités à 14 € pièce. Le coût variable représente 28 % de ce prix. Les charges fixes sont de 302 000 €. L'entreprise a une capacité de production de 40 000 unités par an. Les salariés ont produit 38 000 unités sans qu'il y ait recours aux heures supplémentaires. Pour N+1, le carnet de commandes est déjà complet.

**Doc. 2 Nouvelle commande**

Le client Hebraud propose une commande supplémentaire de 1 500 briquets « Rando » livrable en mars N+1. Le prix souhaité par le client est de 10 €. Cette commande supplémentaire entraînerait le recours aux heures supplémentaires à hauteur de 3 000 € (charges sociales incluses).

# 9 Accepter ou refuser une commande ★

La chocolaterie Hawecker fabrique et vend des chocolats en sachets de 250 g. À l'occasion des fêtes de fin d'année, son dirigeant, Frédéric Hawecker, reçoit une proposition d'une grande chaîne de supermarchés qui lui demande une offre de prix. M. Hawecker comprend qu'il doit proposer le prix le plus bas possible pour espérer travailler avec cette chaîne.

**1. Quel est le coût marginal d'un sachet ?**
- ☐ 1,10 €
- ☐ 1,60 €
- ☐ 1,70 €
- ☐ 5 €

**2. Dans cet exemple, le coût marginal est égal :**
- ☐ au coût variable.
- ☐ au coût spécifique.
- ☐ On ne peut pas le savoir.

**3. Quel prix de vente doit-on proposer si on souhaite un résultat de 8 000 € ?**
- ☐ 6,60 €
- ☐ 3,30 €
- ☐ 3,20 €
- ☐ 2,70 €

**4. Si la chaîne de supermarché propose un prix à 2,80 €, quel est le résultat marginal de cette commande ?**
- ☐ 5 500 €
- ☐ 6 000 €
- ☐ 8 500 €
- ☐ – 11 000 €

**5. En supposant que, pour honorer cette commande, M. Hawecker doit investir 7 000 € de charges fixes et que le prix proposé par les supermarchés reste fixé à 2,80 € le sachet, quelles réponses sont exactes ?**
- ☐ Le coût marginal de la commande est de 15 500 €.
- ☐ Le résultat marginal est négatif.
- ☐ La commande doit être refusée.
- ☐ Le chiffre d'affaires est de 14 000 €.

### Doc. 1 Coût variable d'un sachet de 250 g

| Ingrédients | 4,40 € le kg |
|---|---|
| Emballages | 5 € le lot de 10 sachets |
| Autres charges variables | 0,10 € par sachet |

Ce produit est vendu aux clients actuels au prix unitaire de 5,50 € hors taxes.

### Doc. 2 Informations sur l'offre de la chaîne de supermarchés

La quantité commandée sera de 5 000 sachets. L'entreprise peut produire ces quantités supplémentaires sans investissement humain ou matériel nouveau.

## 10 Décider d'accepter ou non une commande supplémentaire ★★

La SARL Jutoi fabrique de la toile de jute 100 % naturelle à destination des fabricants d'objets de décoration. Afin de conquérir de nouveaux clients, elle a fait l'acquisition d'une nouvelle machine en remplacement de l'ancienne afin d'améliorer sa qualité de fabrication. Mme Aubert, la dirigeante, vous demande d'étudier la rentabilité de son activité puis de l'aider à évaluer la proposition d'un nouveau client.

1. **Réalisez le compte de résultat différentiel correspondant aux données fournies par le contrôleur de gestion (document 1).**
2. **Calculez le seuil de rentabilité en valeur puis en volume.**
3. **Réalisez un tableau différentiel prévisionnel si l'entreprise accepte la commande et applique le nouveau prix à l'ensemble de ses clients (document 2).**
4. **Calculez le nouveau seuil de rentabilité (en valeur et en volume).**
5. **Concluez s'il faut accepter ou non cette commande exceptionnelle et un changement du prix catalogue pour tous les clients.**

### Doc. 1 Données transmises par le service Contrôle de gestion

Production annuelle : 3 000 rouleaux de toile de 100 m linéaire par rouleaux sur l'année
Prix de vente d'un rouleau : 45 € HT
Charges variables unitaires : 13,50 €
Charges fixes : 38 900 €

### Doc. 2 Mail de Mme Aubert à Xavier, contrôleur de gestion

Bonjour Xavier,

J'ai été approchée par l'entreprise Richard qui souhaite passer une commande exceptionnelle de 1 500 rouleaux de toile. Ils espèrent un prix de vente HT de 40 € par rouleau.
Peux-tu étudier cette demande ? Sachant que la politique de notre maison est de proposer un prix unique à l'ensemble de notre clientèle, tu devras imaginer une modification du prix catalogue qui passerait à 40 € pour tous les clients.
Peut-on faire un point lundi soir ?

Merci

# Fiche outil numérique 1

# PGI : les modalités d'accès

**Les modalités d'accès à un PGI peuvent varier : le PGI peut être installé dans les locaux de l'entreprise, sur un serveur lui appartenant. Il peut également être proposé en cloud computing.**

## I • Utiliser un PGI installé localement sur un serveur sur le réseau

Dans ce cas, il existe, la plupart du temps, une icône ou un raccourci sur le poste de travail qui permet de lancer l'application associée au module souhaité.

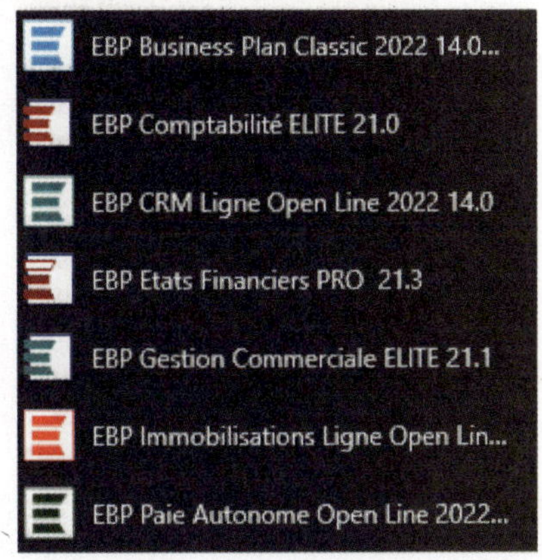


L'utilisation du PGI nécessite toujours une identification afin de proposer les ressources en adéquation avec le profil et les attributions de l'utilisateur.

Identification à l'aide d'un couple utilisateur/mot de passe

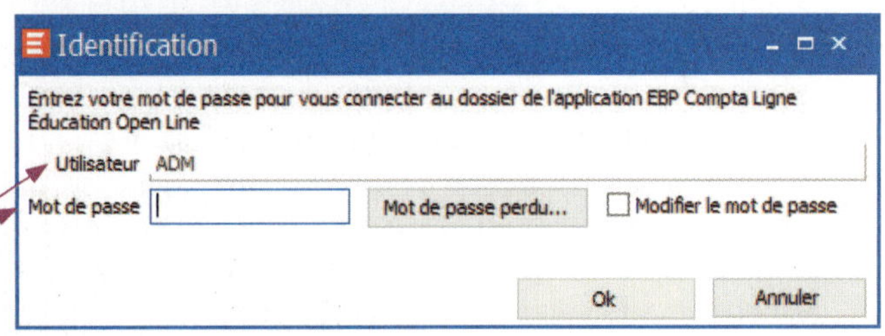


## II • Utiliser un PGI proposé en cloud computing

Un PGI en cloud computing est hébergé sur les serveurs d'un prestataire et nécessite l'utilisation d'un navigateur Web dans lequel l'adresse du PGI sera utilisée (ici, avec le PGI Dailybiz).

Il suffit de cliquer sur le lien permettant d'accéder à l'écran de connexion afin de s'identifier.

# Fiche outil numérique 2 PGI : la gestion des droits

**Avant de pouvoir utiliser le PGI, chaque utilisateur doit s'identifier. Cette identification va permettre de déterminer les droits (ou autorisations) dont dispose l'utilisateur sur les modules et les fonctionnalités du PGI.**

## I • La notion d'administrateur

La gestion des utilisateurs est assurée par l'**administrateur**, qui dispose de l'ensemble des droits sur le PGI.
Il peut ainsi créer ou supprimer des utilisateurs, ajouter, modifier ou supprimer leurs droits.

Fonctionnalité accessible par l'administrateur uniquement sur le PGI EBP.

## II • Les droits sur le PGI

L'administrateur peut octroyer des droits aux utilisateurs à différents niveaux : les **modules accessibles** et les **fonctionnalités autorisées**.
Les droits sont déterminés en fonction des attributions et des besoins liés au poste occupé par l'utilisateur dans l'entreprise.
Dans le PGI EBP installé localement, la gestion des utilisateurs se fait depuis le menu « Gestion des utilisateurs », où il suffit de cocher les droits attribués.
Un PGI en cloud computing offre des possibilités similaires. Avec Dailybiz, il faut sélectionner « Mon abonnement » puis « Accès » et « Utilisateurs ». Lors de la création ou de la modification de l'abonnement, les droits peuvent être finement paramétrés, de façon similaire à un PGI installé localement.

Dans le module Comptabilité, cet utilisateur n'a pas le droit relatif à la déclaration de TVA et obtient un message d'erreur quand il tente de l'utiliser.

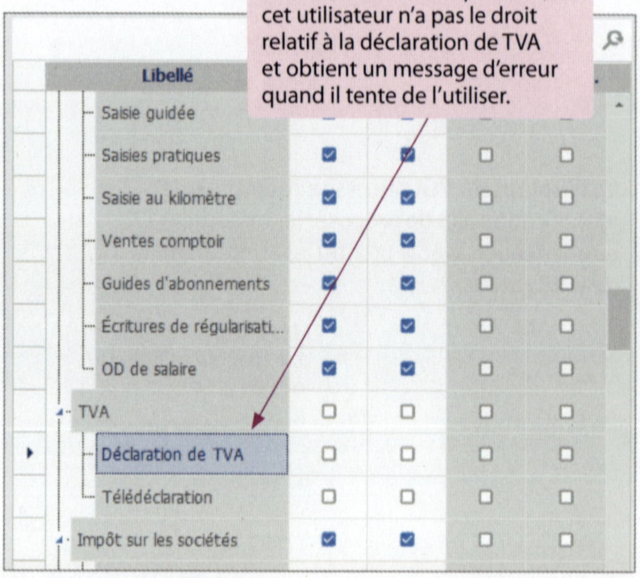


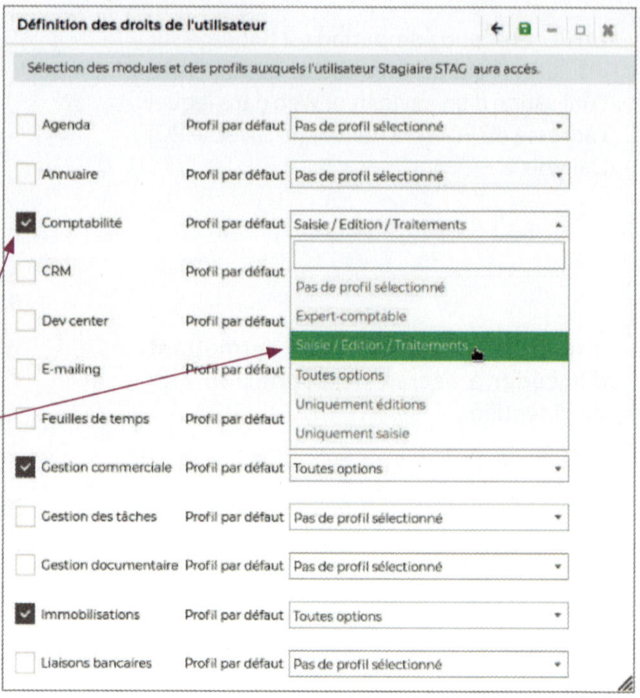


Sur Dailybiz, cet utilisateur n'a accès qu'aux modules Comptabilité, Gestion commerciale et Immobilisations. Il ne voit pas les autres modules. Le profil permet d'affiner les fonctionnalités autorisées.

# Fiche outil numérique 3

# PGI : les données commerciales

**Le module Gestion commerciale d'un PGI organise la gestion des données relatives aux achats et aux ventes : suivi des prospections, gestion des documents (devis, factures…), des projets, des règlements, automatisation de calculs statistiques…**
**Pour faciliter le travail, éviter erreurs et répétitions, ce module s'appuie sur une base de données renseignée au préalable : données relatives aux prospects, aux clients, aux fournisseurs, aux produits (articles) et familles d'articles.**

## I • Accéder à la base de données commerciale

Généralement, l'accès se fait par l'entrée sur le module Gestion commerciale puis dans une fenêtre « Données » ou « Fichiers ».

Dans la fenêtre « Fichiers », différents accès sont proposés.
*Exemple :*

## II • Renseigner les données relatives aux clients

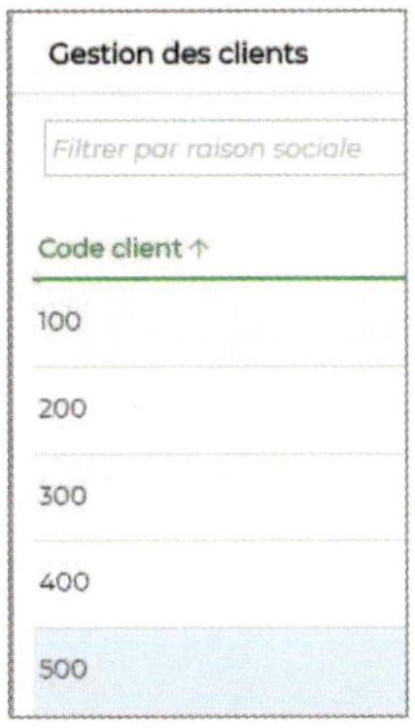


Les clients sont généralement classés par leur numéro de code.
Il n'y a pas de limite au nombre de clients à créer. Un outil de recherche permet de les retrouver facilement. Les fiches clients sont personnalisables (on peut ajouter ou supprimer des rubriques).

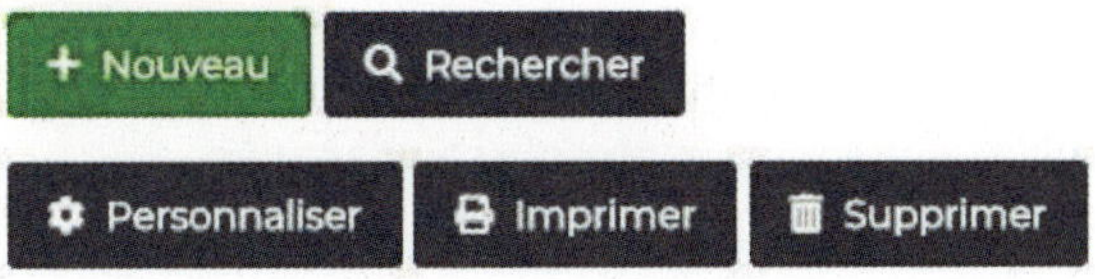


Dans chaque fiche, les coordonnées du client (nom, adresse, n° de téléphone, adresse mail, n° SIRET, adresse du site Internet…) sont **reportées automatiquement sur tous les documents créés pour ce client**.

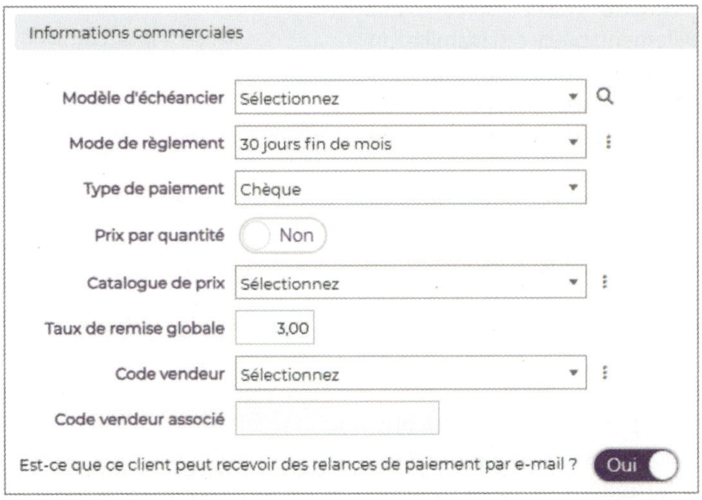


Les **conditions commerciales négociées** avec le client sont mémorisées dans sa fiche pour être reportées automatiquement sur les factures : mode de règlement (30 jours, 30 jours fin de mois…), type de paiement (CB, espèces…), coordonnées bancaires, taux de remise globale accordé, nom du vendeur en contact avec ce client…

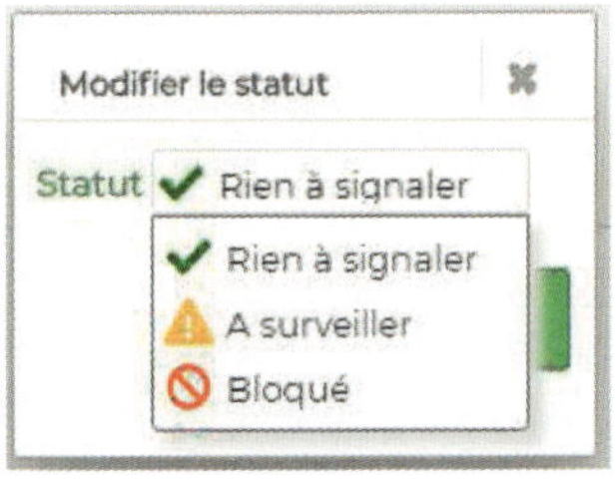


Une rubrique permet généralement de signaler aux utilisateurs des informations sur le client, soit sous forme de note, soit sous forme de statut à cocher.

## III • Renseigner les données relatives aux fournisseurs

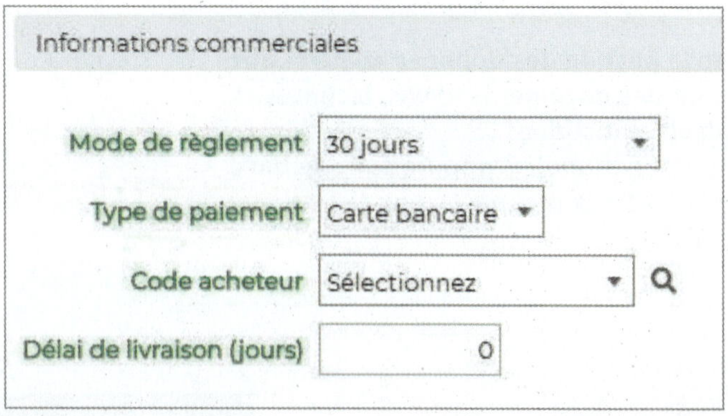


Les mêmes possibilités de classement, recherche, création, suppression, personnalisation sont possibles pour les fiches fournisseurs. Dans chaque fiche, les coordonnées du fournisseur (nom, adresse, n° de téléphone, adresse mail, n° SIRET, adresse du site Internet…) sont reportées sur tous les documents en lien avec ce fournisseur.

Les conditions commerciales et financières sont renseignées : mode de règlement, type de paiement, coordonnées bancaires (pour automatiser des virements, par exemple), nom de l'acheteur en contact avec ce fournisseur, **délai(s) de livraison** proposé(s). Cette dernière information sera reprise pour des calculs statistiques ou la gestion des stocks.

## IV • Renseigner les données relatives aux produits

Avant de créer un article, il convient de créer des « **familles d'articles** » : Gestion commerciale → Fichiers → Divers

Cela permet de faire des statistiques, mais aussi de paramétrer en une seule action des caractéristiques communes aux articles d'une même famille.

Exemple : chez Crêpe on the Road, tous les articles de la famille « Boissons sans alcool » sont facturés avec une TVA de 5,5 %.

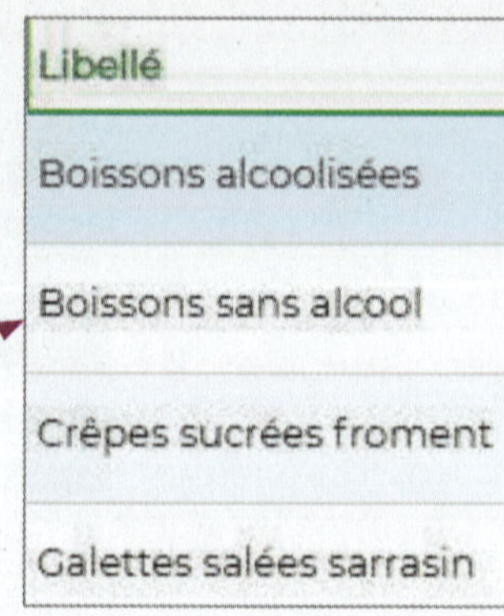


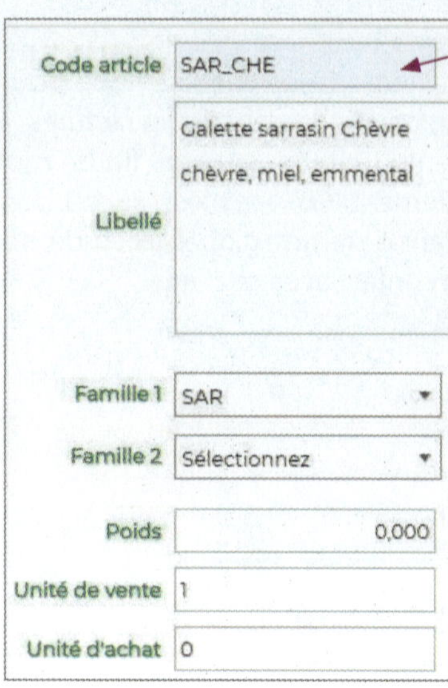


Dans chaque **fiche article** est (éventuellement) précisée la famille. Un article peut être classé dans plusieurs familles différentes. Il est possible de renseigner les conditions de vente de chaque produit.

Pour faciliter les transferts automatiques en module Comptabilité, il faut préciser les numéros de compte ventes et/ou achats de l'article, avec les **fournisseurs** (qui vend cet article ?), les **tarifs** (HT, TTC, taux de TVA, prix catalogue, prix par quantité).

Pour la préparation des livraisons, d'autres données peuvent être utiles : le **colisage** (nombre de colis par vente ou achat…).

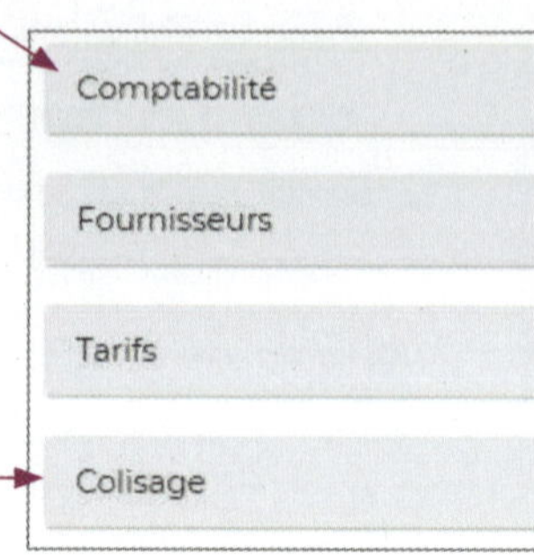

Fiche outil numérique **4**

# PGI : les différents documents commerciaux

**Le PGI joue un rôle important dans les gains de temps et la réduction du risque d'erreur. C'est notamment le cas dans le module Gestion commerciale.**

## I • Le rôle du module de gestion commerciale

Le module Gestion commerciale permet de **gérer les ventes, les achats et les stocks**. Les fonctionnalités associées sont similaires entre les différents PGI.
Ce module permet, par exemple, de gérer l'ensemble du cycle de vente, depuis l'établissement du devis jusqu'à la facturation et la gestion du règlement.

Exemples de documents associés au cycle de vente proposés sur les PGI EBP et Dailybiz.

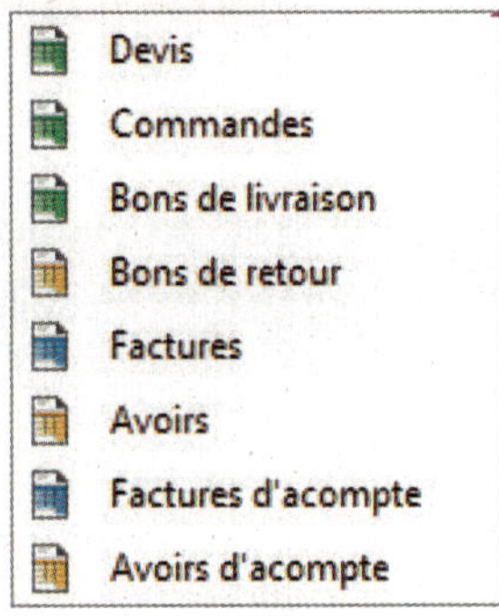


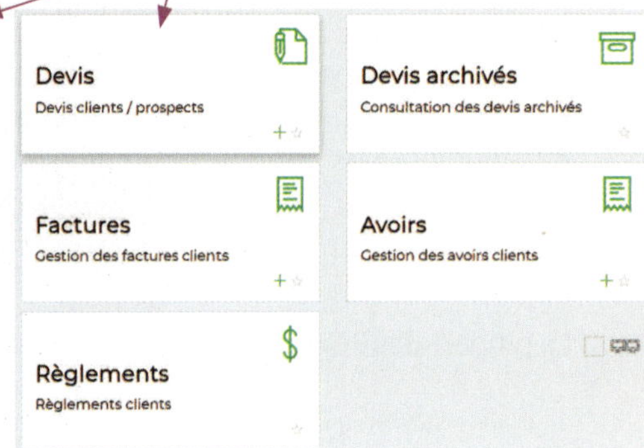


## II • Le passage entre documents

Lors du processus de vente, par exemple, de nombreuses informations sont **communes aux différents documents** : identification du client, références, quantités, prix unitaires, montants…
Lorsque ces documents sont établis manuellement ou avec des ressaisies, le risque d'erreur est important.
Ce processus est également chronophage.
Le module Gestion commerciale permet de **reporter automatiquement** les informations requises. Il devient donc possible, à partir d'un document, de **générer** le document suivant grâce à un **transfert**.

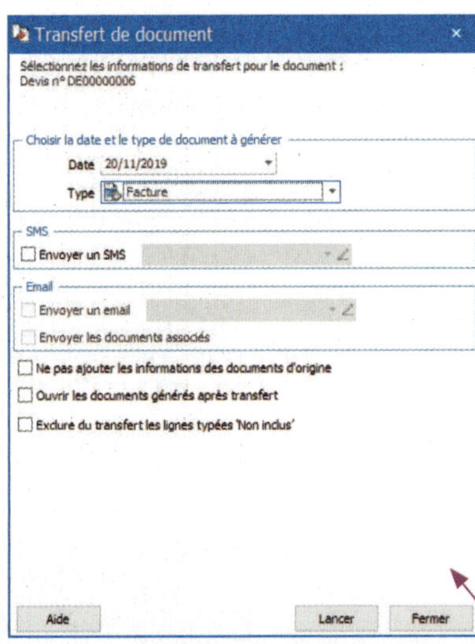


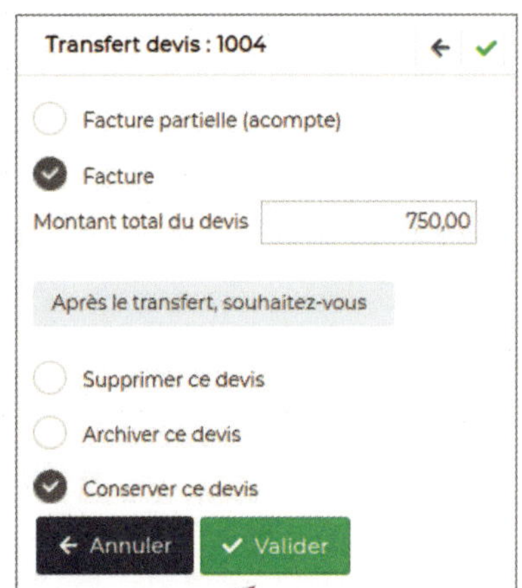


Transfert en facture d'un devis déjà établi. En un clic, la facture correspondant au devis est générée, sans ressaisie.

L'historique d'un document permet de visualiser l'enchaînement : ici, le devis établi initialement a permis de générer chacun des documents nécessaires par la suite : commande validée par le client, bon de livraison puis facture.

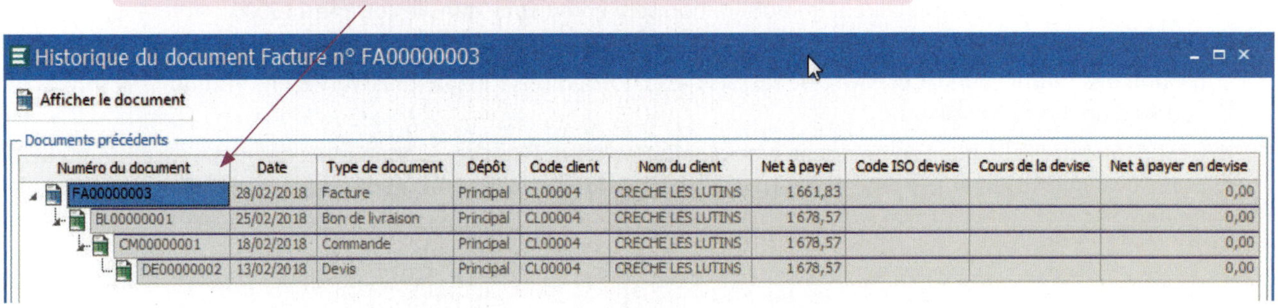


| Numéro du document | Date | Type de document | Dépôt | Code client | Nom du client | Net à payer | Code ISO devise | Cours de la devise | Net à payer en devise |
|---|---|---|---|---|---|---|---|---|---|
| FA00000003 | 28/02/2018 | Facture | Principal | CL00004 | CRECHE LES LUTINS | 1 661,83 | | | 0,00 |
| BL00000001 | 25/02/2018 | Bon de livraison | Principal | CL00004 | CRECHE LES LUTINS | 1 678,57 | | | 0,00 |
| CM00000001 | 18/02/2018 | Commande | Principal | CL00004 | CRECHE LES LUTINS | 1 678,57 | | | 0,00 |
| DE00000002 | 13/02/2018 | Devis | Principal | CL00004 | CRECHE LES LUTINS | 1 678,57 | | | 0,00 |

# Fiche outil numérique 5

# PGI : les fiches immobilisations

**Le module Immobilisations d'un PGI regroupe l'ensemble des traitements à effectuer sur les biens immobilisés : enregistrement des biens, fiches de renseignements, traitement des amortissements, inventaire, sorties d'actif…**

## I • Créer une fiche immobilisation

Dans le module Immobilisations, un menu ou une fenêtre permet d'accéder à la liste des immobilisations. Cette liste peut être complétée à tout moment avec de nouvelles immobilisations.

La plupart des PGI proposent de compléter une fiche contenant les renseignements suivants :

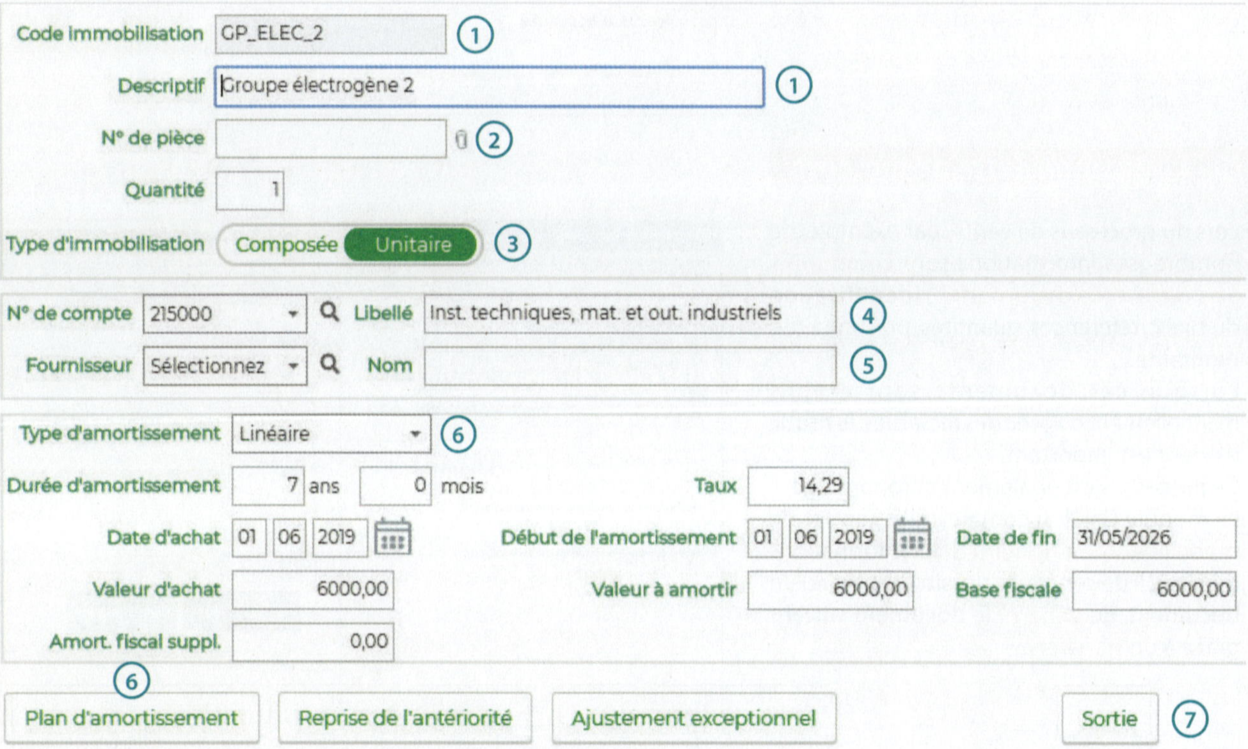


1. Le code immobilisation et le descriptif seront reportés automatiquement dans le compte d'immobilisations concerné (ici, 215000).
2. Possibilité de joindre la facture d'immobilisation.
3. Lorsqu'il s'agit d'une immobilisation composée, la fiche s'arrête à cette ligne. Les autres informations sont détaillées dans la fenêtre « Liste des composants ».
4. Lien avec le module Comptabilité : l'immobilisation sera enregistrée dans le compte 215000.
5. La liste des fournisseurs d'immobilisations et leurs coordonnées sont gérées dans le module Immobilisations (fichiers, gestion des fournisseurs). Ceci évite de ressaisir les informations lorsque plusieurs biens immobilisés sont acquis auprès d'un même fournisseur.
6. C'est dans cette fiche que l'on précise le type d'amortissement (linéaire, économique, dégressif, exceptionnel…), la durée de l'amortissement, la date d'achat… Cela permettra d'établir automatiquement le plan d'amortissement.

**7.** Lorsque le bien est revendu, c'est dans la fiche immobilisation que l'on renseigne la date de sortie, le motif, le nom de l'acheteur, le prix de cession… Cela permettra d'enregistrer la sortie en comptabilité et de calculer le résultat de cession.

Il est généralement possible de compléter la fiche de renseignements avec divers paramètres : gérer des « **familles d'immobilisations** », gérer plusieurs **sites distincts** dans l'entreprise, numéroter les immobilisations de manière automatique.

Module Immobilisations → **Option**

Lorsqu'une entreprise acquiert régulièrement des immobilisations similaires, une rubrique « copier » permet généralement de dupliquer une fiche afin d'éviter les ressaisies fastidieuses. Il suffit ensuite de corriger les variables.

## II • Créer des composants

Les PGI permettent généralement de gérer les immobilisations par composant.
Il convient, dans un premier temps, de créer le code de l'immobilisation principale (voir I) puis, dans un second temps, de créer les différents composants à rattacher à cette immobilisation.

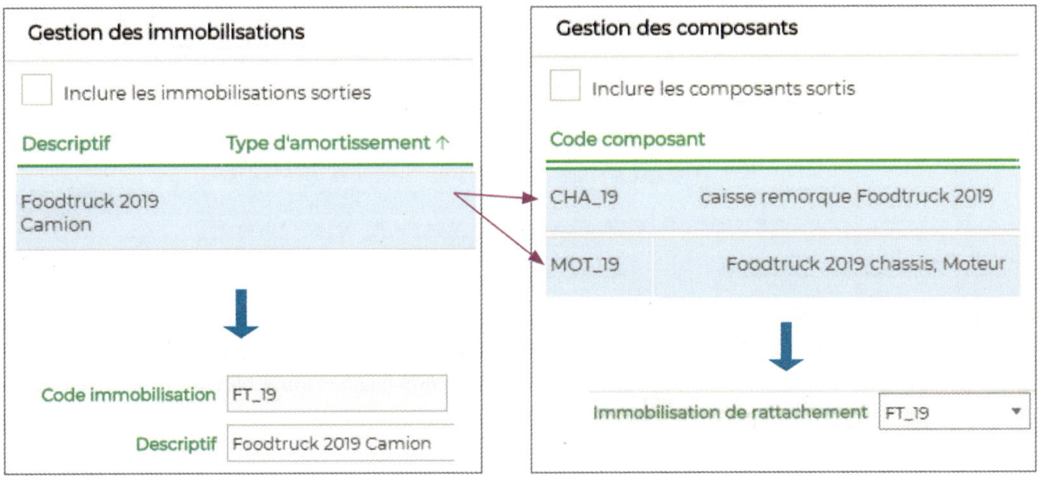


## III • Éditer des fiches immobilisations

Le PGI permet d'afficher un état récapitulatif des immobilisations, soit sous forme de fiches individuelles (avec détail des informations pour chaque immobilisation), soit sous forme de liste. Il est possible de choisir des paramètres d'affichage et de les mémoriser (faire des modèles).

Module Immobilisations → **Editions** → **Fiches immo**

Fiche outil numérique 6

# PGI : le passage entre le module Comptabilité et les autres modules

**Le PGI impacte de façon significative la réalisation des travaux comptables. Le module Comptabilité communique avec les autres modules afin de permettre l'automatisation de certains traitements.**

## I • Créer une fiche immobilisation

À l'image de la comptabilité qui **centralise** l'ensemble des informations relatives aux opérations réalisées par l'entreprise, le module Comptabilité e**xploite les données provenant des autres modules** du PGI : opérations commerciales (ventes, achats) provenant du module Gestion commerciale, opérations relatives aux immobilisations (acquisitions, amortissements, cessions) provenant du module Immobilisations, opérations relatives à la paye des salariés depuis le module Paye…
Le PGI permet d'**automatiser** une partie des traitements comptables. Ainsi, les différents modules permettent de **générer les écritures** comptables des opérations qui s'y trouvent.

Dans cet exemple, le module comptable d'EBP est lié avec les modules Gestion commerciale et Immobilisations.

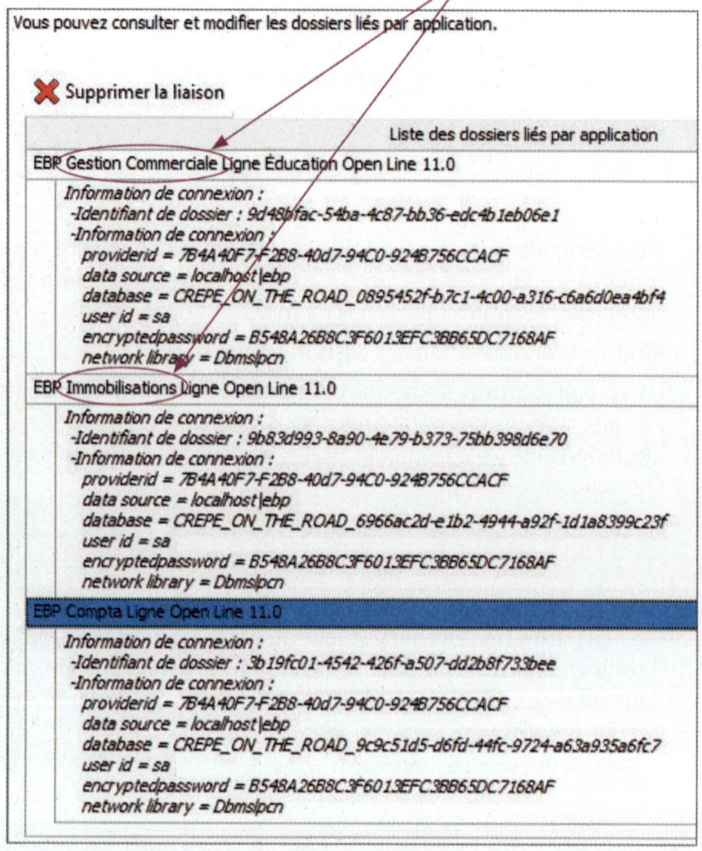


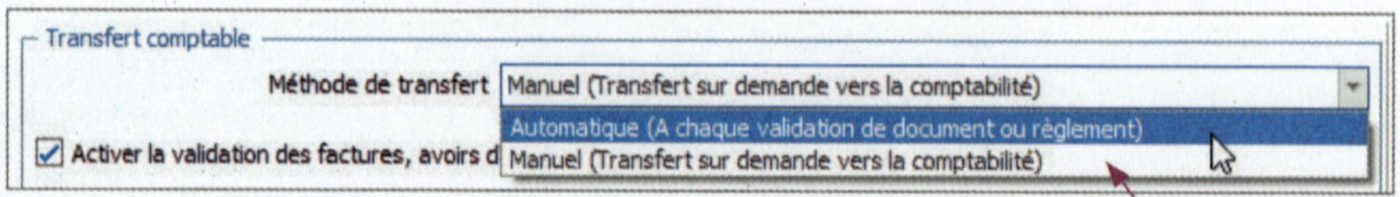


## II • La communication inter-modules

Selon le PGI utilisé et les paramétrages réalisés, les enregistrements comptables peuvent être **directement générés et présents en comptabilité**, sans intervention manuelle.
Il est aussi parfois possible ou nécessaire de déclencher ces opérations **manuellement**.
Lorsque les enregistrements ne sont pas générés et répercutés automatiquement dans le module Comptabilité, il faut alors effectuer un **transfert**.

Exemple du paramétrage de transferts automatisés sur EBP Gestion commerciale, ou déclenchés manuellement grâce un export sur les modules Gestion commerciale et Immobilisations sur Dailybiz.

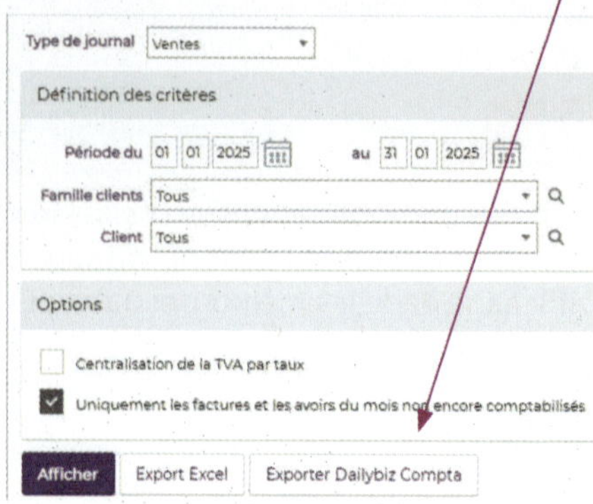


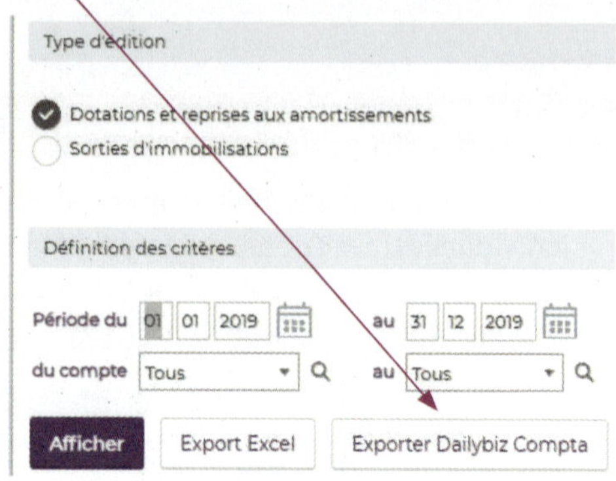

# Fiche outil numérique 7

## Tableur : l'utilité de la fonction « Si »

**La mise en oeuvre d'une fonction « Si » dans une cellule permet d'afficher un résultat dépendant d'une condition. Ce résultat peut-être, par exemple :**

- **un *nombre* → frais de transport 30 €, facturés seulement si la commande est inférieure à 5 000 € ;**
- **un *nombre calculé* → remise de 5 % du montant brut HT si ce dernier est supérieur à 500 € ;**
- **du *texte* → afficher « Alerte » si le montant de la trésorerie prévisionnelle est négatif.**

### I • Structure de la fonction « Si »

Dans tous les cas, la structure de la fonction « Si » reste la même :

```
=si(condition;valeur à afficher si la condition est vrai;valeur à afficher si la condition est faux)
```

La plupart du temps, il y a =, >, < dans la condition.

Cela peut être un nombre, un calcul, un mot ou une phrase, une date, une autre fonction…

### II • Utilisation de la fonction « Si » pour réaliser un calcul conditionnel

**Exemple avec un budget de TVA :** une ligne est prévue pour la TVA à décaisser et une autre pour le crédit de TVA. Ainsi, le résultat s'affiche soit dans la cellule B6, soit dans la cellule B7.
On saisira donc une fonction « Si » en B6 et B7.
*On suppose que le calcul de la TVA à décaisser et du crédit de TVA est maîtrisé.*

B6 : `=SI((B2-B3-B4-B5)>0;B2-B3-B4-B5;0)`

| | A | B | C |
|---|---|---|---|
| 1 | **BUDGET DE TVA** | **Janvier** | |
| 2 | TVA collectée sur ventes | 115 000 | |
| 3 | TVA déductible sur achats | 75 000 | |
| 4 | TVA déductible sur immobilisations | 10 000 | |
| 5 | Crédit de TVA à reporter m-1 | 3 000 | |
| 6 | ***TVA à décaisser*** | **27 000** | |
| 7 | ***ou Crédit de TVA à reporter m+1*** | **0** | |

La **condition** pour saisir une donnée en B6 est que le calcul de la TVA du mois soit positif, donc > 0 car, dans ce cas, on a de la TVA à décaisser.
**Que mettre en B6 si la condition est réalisée (vrai) ?** On veut ici ce calcul de la TVA du mois puisqu'il sera positif. Il faut donc saisir à nouveau le calcul.
**Que mettre en B6 si la condition n'est pas réalisée (faux) ?** On ne veut rien ici car il n'y a pas de TVA à décaisser. On saisit 0.

B7 : `=SI(B6=0;-(B2-B3-B4-B5);0)`

| | A | B |
|---|---|---|
| 1 | **BUDGET DE TVA** | **Janvier** |
| 2 | TVA collectée sur ventes | 115 000 |
| 3 | TVA déductible sur achats | 75 000 |
| 4 | TVA déductible sur immobilisations | 60 000 |
| 5 | Crédit de TVA à reporter m-1 | 3 000 |
| 6 | ***TVA à décaisser*** | **0** |
| 7 | ***ou Crédit de TVA à reporter m+1*** | **23 000** |

La **condition** pour saisir une donnée en B7 est :
- soit que le calcul de la TVA du mois soit négatif car, dans ce cas, on a un crédit à reporter ;
- soit que la TVA à décaisser = 0 car si la TVA à décaisser est nulle, alors on est en crédit de TVA.

**Que mettre en B7 si la condition est réalisée (vrai) ?** Le résultat du crédit de TVA du mois. On veut ici ce calcul de la TVA du mois puisqu'il sera négatif. Il faut donc saisir à nouveau le calcul tout en supprimant le signe « moins ».
**Que mettre en B7 si la condition n'est pas réalisée (faux) ?** On ne veut rien ici car il n'y a pas de crédit à reporter. On saisit 0.

## III • Utilisation de la fonction « Si » pour afficher du texte ou un nombre

### • Afficher du texte

Dans l'exemple du budget de trésorerie ci-dessous, une alerte visuelle est prévue lorsque la trésorerie devient négative.

Un texte ou une phrase à afficher doit toujours être entre guillemets. Ex. : "Alerte !"
**Remarque :** " " signifie que la cellule n'affichera rien.

B6 | =SI(B5<0;"Alerte ! ";"")

| | A | B | C |
|---|---|---|---|
| 1 | **BUDGET DE TRÉSORERIE** | **Janvier** | |
| 2 | **Trésorerie début de mois** | 7 500 | |
| 3 | Encaissements | 86 500 | |
| 4 | Décaissements | 73 000 | |
| 5 | ***Trésorerie fin de mois*** | ***21 000*** | |
| 6 | | | |

La trésorerie calculée en B5 est positive, donc rien ne s'affiche en B6.

B6 | =SI(B5<0;"Alerte ! ";"")

| | A | B | C |
|---|---|---|---|
| 1 | **BUDGET DE TRÉSORERIE** | **Janvier** | |
| 2 | **Trésorerie début de mois** | 7 500 | |
| 3 | Encaissements | 86 500 | |
| 4 | Décaissements | 95 000 | |
| 5 | ***Trésorerie fin de mois*** | ***-1 000*** | |
| 6 | | Alerte ! | |

La trésorerie calculée en B5 est négative : « Alerte ! » s'affiche en B6.

### • Afficher un nombre

Le principe est le même mais on ne saisit pas les nombres entre guillemets.
*Exemple :* une entreprise décide de facturer les frais de port 30 € si la commande n'excède pas 5 000 €.

B3 | =SI(B2>5000;0;30)

| | A | B | C |
|---|---|---|---|
| 1 | | **Montants** | |
| 2 | Montant brut | 4 200 | |
| 3 | **Frais de port** | **30** | |
| 4 | TVA | 846 | |
| 5 | **Montant net TTC** | **5 076** | |

5 000 et 30 sont saisis sans " " car il s'agit de valeurs et non de texte.

## IV • Présentation optimale de la fonction, et d'une feuille de calcul

Sur Excel et autres tableurs, il faut éviter de saisir des valeurs dans les formules : **il est préférable de créer une zone où seront saisies les données, à côté des tableaux ou dans une feuille de calcul à part** car cela permet de mettre à jour ces données sans modifier les formules qui peuvent être protégées.

Voici une présentation possible pour le calcul des frais de port :

B3 | =SI(B2>D2;0;D3)

| | A | B | C | D |
|---|---|---|---|---|
| 1 | | **Montants** | | |
| 2 | Montant brut | 4 200 | | *5 000 €* |
| 3 | **Frais de port** | **30** | | *30 €* |
| 4 | TVA | 846 | | *20%* |
| 5 | **Montant net TTC** | **5 076** | | |

Le montant brut minimal, le montant des frais de port et le taux de TVA sont saisis dans une zone distincte.
Dans la formule, au lieu de saisir le nombre, on sélectionne la cellule où il se trouve.
Ex. : D2 à la place de 5000.
Si ce montant est réévalué à 6 000 €, il suffit de le modifier en D2, la fonction « Si » sera toujours juste.

Fiche outil numérique **8**

# Tableur : la mise en forme conditionnelle

**Dans certains tableaux, il peut être intéressant de mettre en valeur des cellules selon le résultat qu'elles affichent. Cela permet de visualiser plus rapidement les informations qui doivent être analysées.**

## I • Le principe d'une mise en forme conditionnelle

Il est possible d'automatiser la mise en forme d'une cellule en fonction de son contenu.

- On entend par « mise en forme » : la police de caractères, la taille, la couleur de police, la couleur de remplissage, les bordures…
- On entend par « contenu » : la valeur contenue dans la cellule, le texte ou un mot contenu dans la cellule, une date…

L'intérêt est que cette mise en forme change automatiquement si la valeur des cellules change (ex. : le résultat comptable apparaît automatiquement en rouge s'il s'agit d'une perte, en vert s'il s'agit d'un bénéfice, sans que l'utilisateur intervienne sur la mise en forme).

## II • Mettre en surbrillance des cellules

Il s'agit de confronter le contenu des cellules avec une information extérieure saisie dans une condition (ex. : mettre en rouge les salaires inférieurs à 1 200 €, afficher en vert toutes les cellules contenant le texte « Eco »).

*Exemple :* dans un budget de trésorerie, on souhaite afficher automatiquement les trésoreries fin de mois en vert si elles sont inférieures à zéro, en rouge si elles sont supérieures.

| | A | B | C | D |
|---|---|---|---|---|
| 1 | **BUDGET DE TRÉSORERIE** | **Janvier** | **Février** | **Mars** |
| 2 | **Trésorerie début de mois** | 50 000 | 72 000 | 104 000 |
| 3 | Encaissements | 145 000 | 186 000 | 168 000 |
| 4 | Décaissements | 123 000 | 154 000 | 284 000 |
| 5 | ***Trésorerie fin de mois*** | ***72 000*** | ***104 000*** | ***-12 000*** |

**1.** Sélectionner les cellules à mettre en forme.

**2.** Menu Accueil → Mise en forme conditionnelle → Règles de mise en surbrillance des cellules

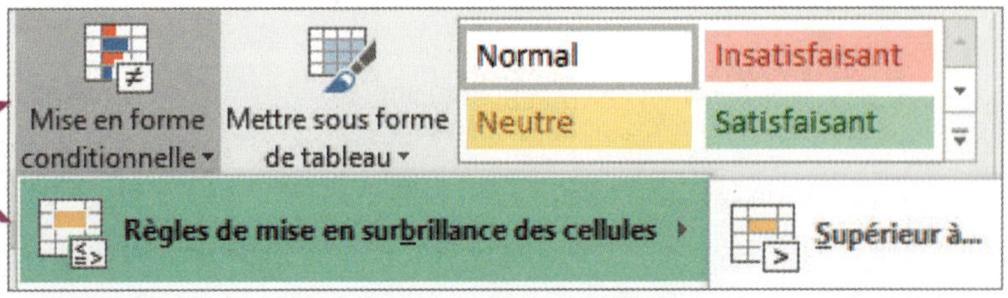


**3.** Renseigner les conditions de mise en forme.
Ex. : vert si > 0
Puis OK

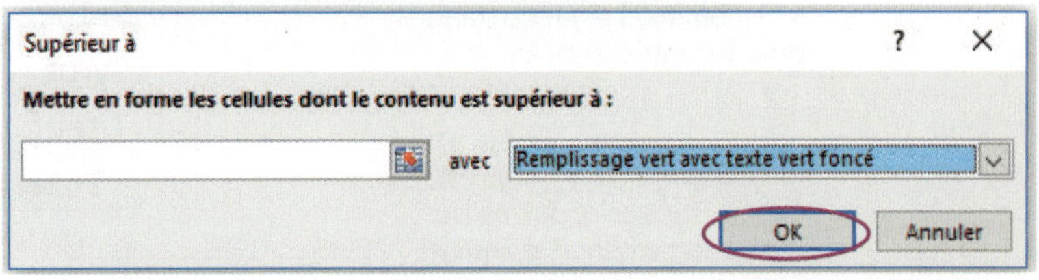


**4.** Recommencer l'opération une seconde fois, pour les mêmes cellules, avec la condition : "remplir en rouge avec texte rouge foncé, si le contenu est <0"

| | A | B | C | D |
|---|---|---|---|---|
| 1 | **BUDGET DE TRÉSORERIE** | **Janvier** | **Février** | **Mars** |
| 2 | **Trésorerie début de mois** | 50 000 | 72 000 | 104 000 |
| 3 | Encaissements | 145 000 | 186 000 | 168 000 |
| 4 | Décaissements | 123 000 | 154 000 | 284 000 |
| 5 | ***Trésorerie fin de mois*** | *72 000* | *104 000* | *-12 000* |

→ Les trésoreries de fin de mois sont automatiquement affichées en rouge ou en vert selon leur montant par rapport à zéro.

## III • Utiliser la règle des valeurs plus ou moins élevées

Il s'agit de confronter le contenu des cellules avec les valeurs d'autres cellules de la feuille (ex. : dans une colonne de chiffres, afficher en vert les valeurs supérieures à la moyenne, afficher en rouge les 5 plus petites valeurs de la colonne).
*Exemple :* dans un tableau de suivi des chiffres d'affaires, on souhaite afficher automatiquement en vert le chiffre d'affaires le plus élevé de l'année, en orange le plus faible.

| **Suivi des chiffres d'affaires par représentant** | | | |
|---|---|---|---|
| **Représentants** | **N-2** | **N-1** | **N** |
| Azor | 458 963 | 478 236 | 480 325 |
| Holga | 789 632 | 790 369 | 790 582 |
| Sathène | 321 456 | 334 163 | 356 214 |
| Syrus | 125 364 | 386 000 | 720 321 |
| Titeuf | 569 874 | 578 236 | 589 365 |
| **Total Entreprise** | **2 265 289** | **2 567 004** | **2 936 807** |

**1.** Sélectionner les cellules à mettre en forme. Procéder année par année pour que le tableur ne compare que les chiffres d'une même année.

**2.** Menu Accueil → Mise en forme conditionnelle → Règles des valeurs plus/moins élevées

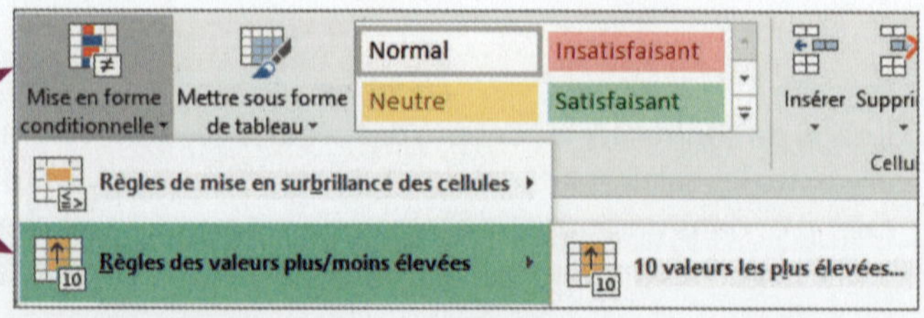


**3.** Renseigner les conditions de mise en forme.
Ex. : mettre en vert la valeur la plus élevée de la sélection.
Puis OK

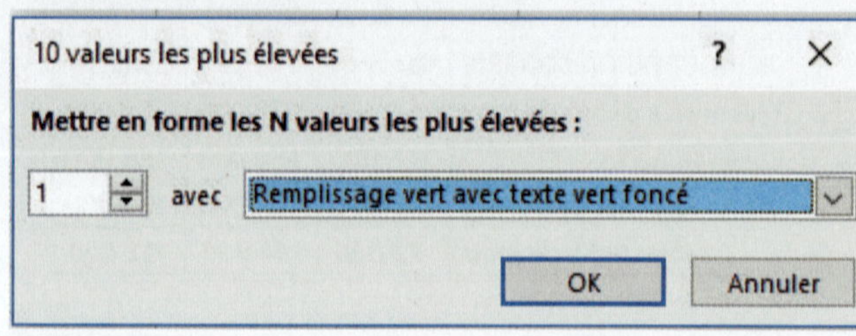


**4.** Recommencer l'opération une seconde fois, pour les mêmes cellules, avec la condition : "mettre en orange la valeur la plus basse"

**5.** Recommencer les opérations pour les autres années.

| **Suivi des chiffres d'affaires par représentant** | | | |
|---|---|---|---|
| **Représentants** | **N-2** | **N-1** | **N** |
| Azor | 458 963 | 478 236 | 480 325 |
| Holga | 789 632 | 790 369 | 790 582 |
| Sathène | 321 456 | 334 163 | 356 214 |
| Syrus | 125 364 | 386 000 | 720 321 |
| Titeuf | 569 874 | 578 236 | 589 365 |
| **Total Entreprise** | **2 265 289** | **2 567 004** | **2 936 807** |

→ Le représentant Holga est depuis 3 ans celui qui réalise le plus fort chiffre d'affaires de l'entreprise. Malgré la progression, Sathène apporte le plus petit chiffre d'affaires.

# Fiche outil numérique 9 — Tableur : le classeur partagé

**En comptabilité de gestion, il est fréquent que plusieurs personnes soient amenées à compléter des tableaux (appelés « classeurs » sur Excel) d'un même fichier. Une fonctionnalité d'Excel permet de « partager » un classeur : on peut alors travailler en même temps sur ce classeur, sur des zones différentes.**

## I • Conditions pour pouvoir travailler à plusieurs en classeur partagé

Les utilisateurs du classeur partagé doivent **travailler en réseau** : celui de l'établissement scolaire (ex. : espace échange dans Yaca) ou celui de l'entreprise. Par ailleurs, ils doivent avoir **accès** sur ce réseau **à un espace commun sur lequel ils ont des droits étendus : ajout, suppression, modification de fichiers et de dossiers**.

## II • Les différentes étapes pour partager un classeur

Une **seule et même personne ouvre le classeur et l'enregistre sur l'espace commun du réseau**. Elle effectue ensuite ces cinq étapes :

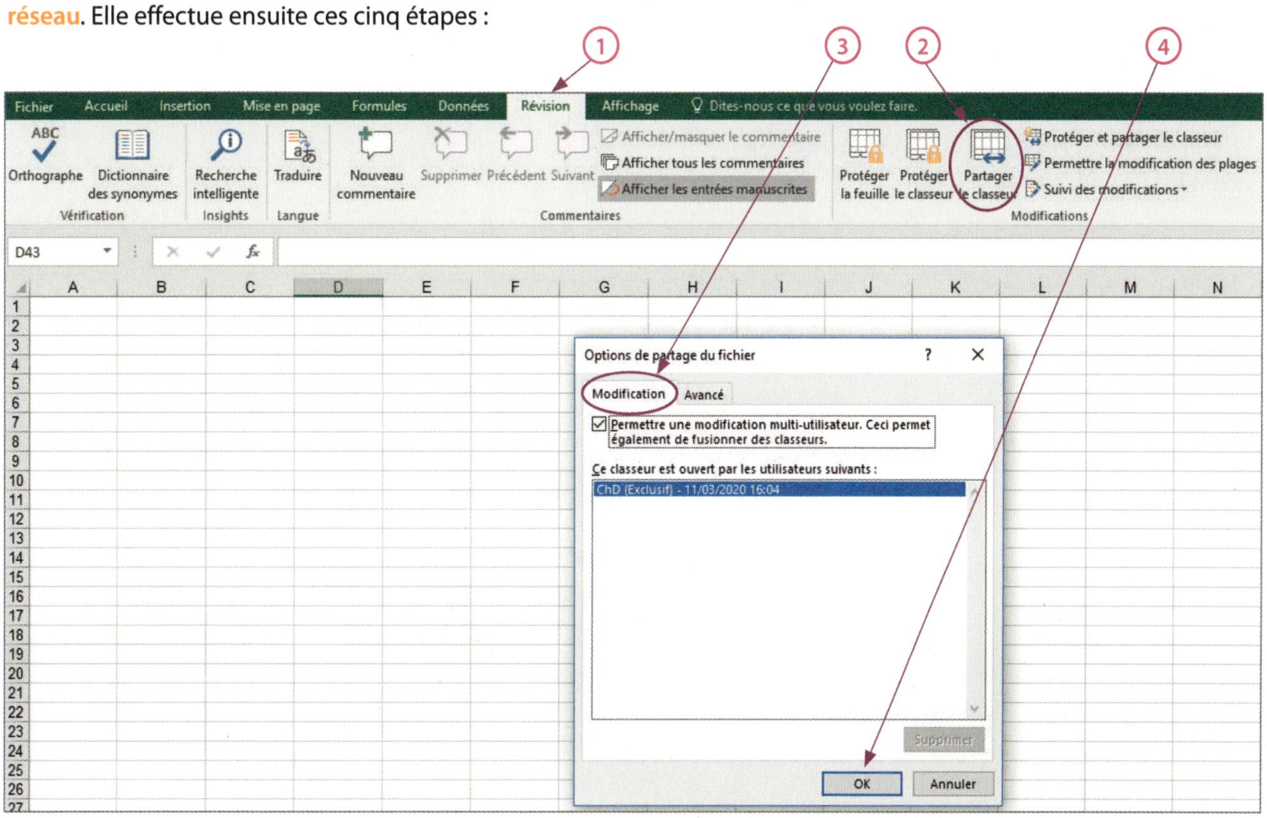


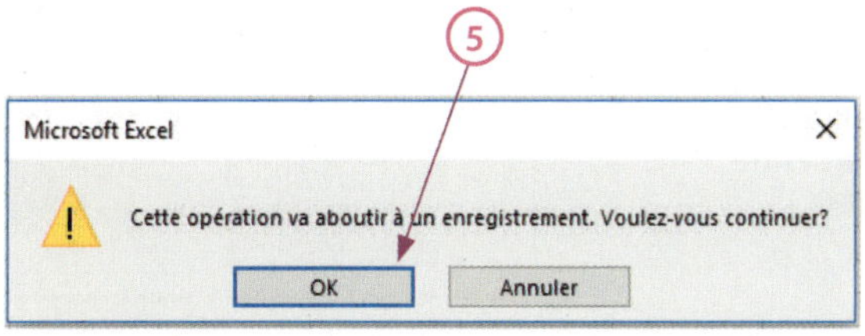


**La mention [Partagé] apparaît à côté du nom du classeur.**

## III • Travailler en classeur partagé

**Tous les utilisateurs ouvrent ce classeur dans l'espace commun du réseau,** travaillent sur leurs tableaux et enregistrent régulièrement pour mettre à jour tout le classeur :

# Fiche outil numérique 10

# Tableur : l'outil « valeur cible »

**Le tableur Excel contient quelques outils de simulation qui peuvent apporter une aide non négligeable au gestionnaire. L'outil « Valeur cible », par exemple, permet de réaliser des calculs itératifs.**

## I • La notion de valeur cible

La valeur cible correspond au but que l'on veut atteindre. Il s'agit de préciser la valeur que l'on vise pour une cellule donnée et de spécifier les valeurs à faire varier pour y arriver. Excel procède alors à des calculs itératifs pour arriver au but.

| Exemples de questionnement | Cellule à définir et valeur à atteindre | Cellule à modifier par le tableur |
|---|---|---|
| Quel montant de chiffre d'affaires permettrait d'atteindre un résultat de 50 000 € ? | Cellule ciblée : Résultat<br>Valeur 50 000 | Cellule « Chiffre d'affaires » |
| Quel montant maximal de salaire peut-on verser en gardant un taux de profitabilité de 10 % ? | Cellule ciblée : Tx profit<br>Valeur 10 % | Cellule « Salaires » |

## II • La mise en oeuvre de l'outil pour des demandes complexes

L'outil « Valeur cible » est très simple à mettre en oeuvre mais peut répondre à des demandes complexes, à condition d'anticiper les éléments sur le tableur.

*Exemple de problématique à gérer :*

*À quel taux d'intérêt les deux hypothèses de financement du projet apportent aux associés la même rentabilité financière ?*

| | A | B | C |
|---|---|---|---|
| 1 | Taux intérêt | 3,50% | |
| 2 | | Hyp. 1 | Hyp. 2 |
| 3 | Cout du projet | 1000 | 1000 |
| 4 | Emprunt | 650 | 350 |
| 5 | Augmentation capital | 350 | 650 |
| 6 | Prévisions d'activité | | |
| 7 | Chiffre d'affaires | 1 000 | 1 000 |
| 8 | Charges d'exploitation | 880 | 880 |
| 9 | Charges d'intérêt | 23 | 12 |
| 10 | Impôt sur les sociétés | 27 | 30 |
| 11 | Résultat net comptable | 70 | 78 |
| 12 | Rentabilité financière | 20,01% | 11,94% |

B1 = cellule à modifier par le tableur

On recherche le taux d'intérêt pour lequel les taux de rentabilité sont les mêmes dans les deux hypothèses.
Quelle cellule faut-il définir : B12 ? C12 ?
Quelle valeur faut-il atteindre ?

*Exemple de solution à apporter :*

*Insérer sous le tableau une ligne supplémentaire. Calculer l'écart de taux de rentabilité entre les deux hypothèses.*

| | A | B |
|---|---|---|
| 14 | *Ecart H1/H2* | *8,07%* |

Lorsque les taux de rentabilité sont équivalents, l'écart entre les deux est de zéro.

Valeur cible ? ×
Cellule à définir : $B$14
Valeur à atteindre : 0
Cellule à modifier : $B$1
OK Annuler

| | A | B |
|---|---|---|
| 1 | Taux intérêt | 12,00% |
| 14 | *Ecart H1/H2* | *0,00%* |

*Si le taux d'intérêt est de 12 %, la rentabilité financière est la même dans les deux hypothèses de financement (8,64 %).*

# Fiche méthode 1 L'organisation comptable

**Journal**
*Inscription dans les comptes et au mouvement débit ou crédit*

**Pièces comptables**
*Exemple :* facture

| | | 01/06/N | Débit | Crédit |
|---|---|---|---|---|
| 607000 | | Achats de marchandises | 150 | |
| 445661 | | TVA déductible s/achats | 30 | |
| | 401MAR | Fournisseur Marcel | | 180 |
| | | *Fact. A123* | | |

| | | 02/06/N | Débit | Crédit |
|---|---|---|---|---|
| | 707000 | Ventes de marchandises | | 356 |
| | 445700 | TVA collectée s/ventes | | 71 |
| 411FAR | | Client Farid | 427 | |
| | | *Fact. V098* | | |

**Grand-livre**
*Transfert des montants*

| *Débit* 607000 *Crédit* | |
|---|---|
| ...... | |
| 150 | |
| **6 700** | |

| *Débit* 445661 *Crédit* | |
|---|---|
| ...... | ...... |
| 30 | |
| **1 340** | |

| *Débit* 401MAR *Crédit* | |
|---|---|
| ...... | ...... |
| | 180 |
| **520** | **960** |

| *Débit* 707000 *Crédit* | |
|---|---|
| | ...... |
| | 356 |
| | **15 689** |

| *Débit* 445700 *Crédit* | |
|---|---|
| ...... | ...... |
| | 71 |
| | **3 138** |

| *Débit* 411FAR *Crédit* | |
|---|---|
| ...... | ...... |
| 427 | |
| **1 200** | **800** |

**Balance**
*Transfert des totaux*

| N° compte | Libellé | Total débit | Total crédit | Solde débiteur | Solde créditeur |
|---|---|---|---|---|---|
| [...] | [...] | [...] | [...] | [...] | [...] |
| 401MAR | Fournisseur Marcel | 520 | 960 | | 440 |
| 411FAR | Client Farid | 1 200 | 800 | 400 | |
| 445661 | TVA déductible s/achats | 1 340 | 0 | 1 340 | |
| 445700 | TVA collectée s/ventes | 0 | 3 138 | | 3 138 |
| 607000 | Achats de marchandises | 6 700 | 0 | 6 700 | |
| 707000 | Ventes de marchandises | 0 | 15 689 | | 15 689 |
| [...] | [...] | [...] | [...] | [...] | [...] |
| | **Totaux** | [...] | [...] | [...] | [...] |

**Documents de synthèse**
*Transfert des soldes*

| **Compte de résultat du ... au ...** | | | |
|---|---|---|---|
| **Charges** | **Montants** | **Produits** | **Montants** |
| **Charges d'exploitation** | | **Produits d'exploitation** | |
| Achats de marchandises | 6 700 | Ventes de marchandises | 15 689 |
| [...] | | [...] | |
| | | | |
| **Total des charges** | | **Total des produits** | |
| **Bénéfice** | | **Perte** | |
| **Total général** | | **Total général** | |

| **Bilan au ...** | | | | | |
|---|---|---|---|---|---|
| **Actif** | | | | **Passif** | |
| | **Brut** | **Amort.** | **Net** | | |
| **Actif immobilisé** | | | | **Capitaux propres** | |
| [...] | | | | [...] | |
| **Actif circulant** | | | | **Emprunts et dettes** | |
| [...] | | | | [...] | |
| Créances clients[(1)] | 400 | | | Dettes fournisseurs[(2)] | 440 |
| Créances fiscales et sociales | 1 340 | | | Dettes fiscales et sociales | 3 138 |
| [...] | | | | [...] | |
| **Total actif** | | | | **Total passif** | |

(1) Cumul de tous les comptes clients

(2) Cumul de tous les comptes fournisseurs

# Fiche méthode 2 La présentation des comptes

## I • Présentation en colonnes séparées

Libellé des opérations

Libellé du compte

Les montants au débit et au crédit sont séparés.

| 512 BANQUE | | | | | |
|---|---|---|---|---|---|
| **DÉBIT** | | | **CRÉDIT** | | |
| **Date** | **Libellés** | **Montants** | **Date** | **Libellés** | **Montants** |
| 01/01 | À-nouveaux | 2 345,00 | 05/01 | Virement EDF | 546,00 |
| 02/01 | Chq 453 - Martin | 3 421,00 | 14/01 | Chq 543 - Grant | 2 765,00 |
| 12/01 | Virement Dufour | 654,00 | 19/01 | Chq 544 - Marci | 5 987,00 |
| 25/01 | Remise chèques | 8 654,00 | 31/01 | Paie Robert | 1 357,00 |
| | | | | | |
| | **Total débit** | **15 074,00** | | **Total crédit** | **10 655,00** |
| | **Solde créditeur** | | | **Solde débiteur** | **4 419,00** |
| | **Total général** | **15 074,00** | | **Total général** | **15 074,00** |

Opérations de la période

Calcul du solde

Les soldes sont placés dans les colonnes opposées afin de préparer le total général.

Si Total Crédit > Total Débit

Si Total Débit > Total Crédit

Total pour contrôle technique d'égalité

## II • Présentation en colonnes mariées

Les montants au débit et au crédit sont côte à côte.

| 512 BANQUE | | | | | |
|---|---|---|---|---|---|
| | | **Montants** | | ***Soldes*** | |
| **Date** | **Libellés** | **Débit** | **Crédit** | ***Débiteur*** | ***Créditeur*** |
| 01/01 | À-nouveaux | 2 345,00 | | *2 345,00* | |
| 02/01 | Chq 453 - Martin | 3 421,00 | | *5 766,00* | |
| 05/01 | Virement EDF | | 546,00 | *5 220,00* | |
| 12/01 | Virement Dufour | 654,00 | | *5 874,00* | |
| 14/01 | Chq 543 - Grant | | 2 765,00 | *3 109,00* | |
| 19/01 | Chq 544 - Marci | | 5 987,00 | | *2 878,00* |
| 25/01 | Remise chèques | 8 654,00 | | *5 776,00* | |
| 31/01 | Paie Robert | | 1 357,00 | ***4 419,00*** | |
| | | | | | |
| **31/01** | **Total des opérations** | **15 074,00** | **10 655,00** | | |

Un solde est calculé après chaque opération.

Une seule colonne de libellés

Si Total Crédit > Total Débit

Si Total Débit > Total Crédit

Solde fin de période

## III • Présentation en T

Présentation simplifiée pour calcul rapide (aucun texte)

| 512 | |
|---|---|
| 2 345,00 | 546,00 |
| 3 421,00 | 2 765,00 |
| 654,00 | 5 987,00 |
| 8 654,00 | 1 357,00 |
| | |
| 15 074,00 | 10 655,00 |

***SD = 4 419***

# Fiche méthode 3 — L'impact d'un choix de numéro de compte dans les documents de synthèse

## I • Les comptes du bilan

| BILAN | | | | | |
|---|---|---|---|---|---|
| **ACTIF** | | | | **PASSIF** | |
| | **Brut** | **Amort./Dépr.** | **Net** | | |
| Capital souscrit non appelé | 1011 | | | Capital (dont versé) | 101 |
| Frais établissement | 201 | 280 ; 290 | | Réserve légale | 1061 |
| **Immobilisations incorporelles** | | | | Réserves statutaires | 1063 |
| Frais de développement | 203 | 2803 | | Autres réserves (1) | 1062 ; 1064 ; 1068 |
| Concessions, brevets, licences… | 205 | 2805 | | Report à nouveau | 11 |
| Fonds commercial | 206 ; 207 | 280 ; 290 | | | |
| Autres immobilisations incorporelles | 208 | | | **Résultat de l'exercice** | 12 |
| **Immobilisations corporelles** | | | | | |
| Terrain | 211 | 291 | | Subventions d'investissement | 13 |
| Constructions (2) | 213 ; 214 | 2813… | | Provisions réglementées | 14 |
| Matériel et outillage | 215 | 2815 | | **Total des capitaux propres** | |
| Autres immobilisations corporelles | 218 | 2818 | | **Provisions** | |
| Avances et acomptes | 238 | | | Provisions pour risques (1) | 151 |
| **Immobilisations financières** | | | | Provisions pour charges | 15 sauf 151 |
| Créances rattachées à des part. | 261 ; 266 ; 267 ; 268 | 296 | | **Total des provisions** | |
| Autres titres immobilisés | 271 ; 272 ; 27682 | 297 | | Emprunts obligataires convertibles (1) | 161 |
| Prêts | 274 ; 27684 | 297 | | Autres emprunts obligataires | 163 |
| Autres immobilisations financières | 275 ; 27685 ; 27688 | 297 | | Emprunts et dettes établ. crédit | 164 |
| **Total de l'actif immobilisé** | | | | | |
| | | | | Avances et acomptes reçus | 4191 |
| **Stocks et encours** | | | | Dettes fournisseurs | 401 |
| Stocks matières $1^{res}$ et autres approv. | 31 ; 32 | 391, 392 | | Dettes fiscales et sociales (4) | 42 ; 43 ; 44 |
| Stock produits finis (3) | 35 | 395 | | Dettes sur immobilisations | 404 |
| Stock marchandises | 37 | 397 | | Autres dettes | |
| Avances et acomptes versés | 4091 | | | Produits constatés d'avance | 487 |
| **Créances** | | | | **Total des dettes** | |
| Créances clients (4) | 411 | 491 | | | |
| Autres créances | | | | | |
| Charges constatées d'avance | 486 | | | | |
| Capital souscrit appelé, non versé | 1012 | | | | |
| Valeurs mobilières de placement | 50 | | | | |
| Disponibilités (5) | 513 ; 530 | | | | |
| | | | | | |
| **Total de l'actif circulant** | | | | | |
| **Total général** | | | | **Total général** | |

(1) **Classe 1** — Ressources de financement

(2) **Classe 2** — Biens durables

(3) **Classe 3** — Biens destinés à être rapidement consommés

(4) **Classe 4** — Montants des créances et dettes autres que les emprunts

(5) **Classe 5** — Trésorerie disponible : Banque, Caisse, VMP

## II • Les comptes du compte de résultat

**Classe 6**
Évènements qui appauvrissent l'entreprise (6)

**Classe 7**
Évènements qui enrichissent l'entreprise (7)

| Compte de résultat Système de base | Comptes |
|---|---|
| **Produits d'exploitation :** (7) | |
| Ventes de marchandises | 707-7097 |
| Production vendue | 701 à 706 ; 708-709 |
| **Montant net du chiffre d'affaires** | |
| Production stockée | 7133 ; 7135 |
| Production immobilisée | 72 |
| Subventions | 74 |
| Reprise sur amortissements, dépréciations et provisions | 78 |
| Produits des cessions des immobilisations corporelles et incorporelles | 757 |
| Autres produits | |
| **Total des produits d'exploitation** | |
| **Charges d'exploitation :** (6) | |
| Achats de marchandises | 607-6097 |
| Variation de stocks | 6037 |
| Achats d'approvisionnements | 601-6091 ; 602-6092 |
| Variation de stocks | 6031 ; 6032 |
| Autres charges externes | 61/62 |
| Impôts, taxes et versements assimilés | 63 |
| Salaires | 641 |
| Cotisations sociales | 645 |
| Dotations aux amortissements et aux dépréciations : | |
| Sur immobilisations : dotations aux amortissements | 6811 |
| Sur immobilisations : dotations aux dépréciations | 6816 |
| Sur actif circulant : dotations aux dépréciations | 6817 |
| Dotations aux provisions | 6815 |
| VNC des immobilisations corporelles et incorporelles cédées | 657 |
| Autres charges | |
| **Total des charges d'exploitation** | |
| **RÉSULTAT D'EXPLOITATION** | |
| **Produits financiers** | |
| De participation | 761 |
| D'autres valeurs mobilières et créances de l'actif immobilisé | 762 |
| Autres intérêts et produits assimilés | 763 ; 764 |
| Reprises sur dépréciations et provisions | 786 |
| Différences positives de change | 766 |
| Produits des cessions d'immobilisations financières | 7671 ; 7672 |
| Produits nets sur cessions de valeurs mobilières de placement et d'instruments de trésorerie | 7673 |
| **Total des produits financiers** | |
| **Charges financières :** | |
| Dotations aux amortissements, aux dépréciations et aux provisions | 686 |
| Intérêts et charges assimilées | 661 |
| Différences négatives de change | 666 |
| Valeurs comptables des immobilisations financières cédées | 6671 |
| Charges nettes sur cessions de valeurs mobilières de placement et d'instruments de trésorerie | 6673 |
| **Total des charges financières** | |
| **RÉSULTAT FINANCIER** | |
| **RÉSULTAT COURANT AVANT IMPÔTS** | |
| Produits exceptionnels | 77 |
| Charges exceptionnelles | 67 |
| **RÉSULTAT EXCEPTIONNEL** | |
| Participation des salariés aux résultats | 691 |
| Impôts sur les bénéfices | 695 |
| **Total des produits** | |
| **Total des charges** | |
| BÉNÉFICE ou PERTE | |

Fiche méthode 4

# Le traitement comptable des factures

## I • Les factures de doit

### Étape 1 • La lecture d'une facture de doit

**Pouchkine**
*Aliments et accessoires pour animaux*

87 quai de la Marne
75015 PARIS
Tél. : 06 60 53 47 97
RC Paris A 552 137 777
SIRET 542 137 448 0032 - APE 1213

*Identification du fournisseur (vendeur)* →

**Facture n°** 23
**Date** 07/06/N ← *Numéro et date de la facture*

**DOIT** CLIENT LAURA ← *Identification du client (acheteur)*
Parc Monsoury
75013 PARIS

*Corps de la facture Informations sur les articles* →

| Réf. | Désignation | Q | PU HT | Total HT |
|---|---|---|---|---|
| XX | ........... | x | ........... | ........... |
| YY | ........... | x | ........... | ........... |
| | | | | |
| | | | | |

| | | | |
|---|---|---|---|
| **Total HT** | | 1 500,00 | ← *Valeur catalogue* |
| Remise | 7 % | 105,00 | ← *Réduction commerciale* |
| **Net commercial** | | **1 395,00** | ← *Valeur commerciale* |
| Port forfaitaire | | 25,00 | ← *Prix forfaitaire* |
| TVA | 20 % | 284,00 | ← *Sur net commercial + port* |
| **Net à payer TTC** | | **1 704,00** | ← *L'acheteur paie le TTC.* |

*Conditions de règlement* → *Délai de règlement : 30 jours fin de mois*

### Étape 2 • L'enregistrement comptable d'une facture de doit

**Chez le fournisseur (vendeur)**

| | | 07/06/N | | |
|---|---|---|---|---|
| 411 | | Client X | 1 704,00 | |
| | 70XXX | Vente XXXX | | 1 395,00 |
| | 708 | Port facturé | | 25,00 |
| | 445700 | TVA collectée s/ventes | | 284,00 |
| | | *--- Fact. n° 23 ---* | | |

**Chez le client (acheteur) Hypothèse 1 : achat de biens et services**

| | | 07/06/N | | |
|---|---|---|---|---|
| 60XXX | | Achat XXXX | 1 395,00 | |
| 624 | | Transport sur achat | 25,00 | |
| 44566 | | TVA déductible s/autres biens et services | 284,00 | |
| | 401 | Fournisseur X | | 1 704,00 |
| | | *--- Fact. n° 23 ---* | | |

**Chez le client (acheteur) Hypothèse 2 : achat de biens immobilisés**

| | | 07/06/N | | |
|---|---|---|---|---|
| 2XXX | | Coût d'acquisition immobilisations | 1 420,00 | |
| 44562 | | TVA déductible s/immobilisations | 284,00 | |
| | 404 | Fournisseurs d'immobilisations | | 1 704,00 |
| | | *--- Fact. n° 23 ---* | | |

## II • Les factures d'avoir

### Étape 1 • La lecture d'une facture d'avoir

*La facture d'avoir est émise par le vendeur.* →

**Pouchkine**
*Aliments et accessoires pour animaux*

87 quai de la Marne
75015 PARIS
Tél. : 06 60 53 47 97
RC Paris A 552 137 777
SIRET 542 137 448 0032 - APE 1213

**Facture n°** A05
**Date** 12/06/N

**AVOIR** CLIENT LAURA
Parc Monsoury
75013 PARIS

*Produits retournés au fournisseur (non conformes)* →

| Réf. | Désignation | Q | PU HT | Total HT |
|---|---|---|---|---|
| XX | .......... | z | ....... | .......... |
| | | | | |
| | | | | |
| | | | | |

| | | | |
|---|---|---|---|
| **Total HT** | | 250,00 | ← *Valeur des biens retournés* |
| Remise | 7 % | 17,50 | ← *Mêmes conditions commerciales que sur la facture de doit* |
| **Net commercial** | | **232,50** | |
| Port forfaitaire | | | ← *Pas de remboursement du port forfaitaire* |
| TVA | 20 % | 46,50 | |
| **Net à déduire TTC** | | **279,00** | ← *À déduire de la facture de doit* |

### Étape 2 • L'enregistrement comptable d'une facture de doit

**Chez le fournisseur**

| | | 12/06/N | | |
|---|---|---|---|---|
| 411 | | Client X | | 279,00 |
| | 70XXX | Vente XXXX | 232,50 | |
| | 445700 | TVA collectée s/ventes | 46,50 | |
| | | --- Fact. n° A05 --- | | |

| | Débit | 411 | Crédit | |
|---|---|---|---|---|
| 07/06 | 1 704,00 | | 279,00 | 12/06 |
| SD | 425,00 | | | |

**Chez le client**
**Hypothèse 1 : achat de biens et services**

| | | 12/06/N | | |
|---|---|---|---|---|
| 60XXX | | Achat XXXX | | 232,50 |
| 44566 | | TVA déductible s/autres biens et services | | 46,50 |
| | 401 | Fournisseur XX | 279,00 | |
| | | --- Fact. n° A05 --- | | |

| | Débit | 401 | Crédit | |
|---|---|---|---|---|
| 12/06 | 279,00 | | 1 704,00 | 07/06 |
| | | | 1 425,00 | SC |

**Chez le client**
**Hypothèse 2 : achat de biens immobilisés**

| | | 12/06/N | | |
|---|---|---|---|---|
| 2XXX | | Immobilisations | | 232,50 |
| 44562 | | TVA déductible s/immobilisations | | 46,50 |
| | 404 | Fournisseurs d'immobilisations | 279,00 | |
| | | --- Fact. n° A05 --- | | |

| | Débit | 404 | Crédit | |
|---|---|---|---|---|
| 12/06 | 279,00 | | 1 704,00 | 07/06 |
| | | | 1 425,00 | SC |

Fiche méthode 5

# Le traitement comptable des immobilisations amortissables

## I • Les achats d'immobilisations

### Étape 1 • Les écritures courantes : achat d'immobilisation

*Coût historique N'est jamais modifié.*

| | .../.../N | | |
|---|---|---|---|
| 21... | Coût d'acquisition... | 1 500 | |
| 44562 | TVA déductible s/immobilisations | 300 | |
| 404 | Fournisseur X d'immo. | | 1 800 |

| 21... | |
|---|---|
| .../.../N 1 500 | |

### Étape 2 • Les écritures d'inventaire : les amortissements (ex. : en N+1)

**Tableau d'amortissement de l'immobilisation**

| Années | Base* | Amort. | Cumul | VNC |
|---|---|---|---|---|
| N | 1 500 | 75 | 75 | 1 425 |
| N+1 | 1 500 | 375 | 450 | 1 050 |
| N+2 | 1 500 | 375 | 825 | 675 |
| N+3 | 1 500 | 375 | 1 200 | 300 |
| N+4 | 1 500 | 300 | 1 500 | 0 |
| | *Total* | **1 500** | | |

* Le coût d'acquisition est la base amortissable.

**Écriture au journal des OD**

| | 31/12/N+1 | | |
|---|---|---|---|
| 681... | Dotations aux amortissements | 375 | |
| 281. | Amortissements des immo. | | 375 |

**Compte 281 Amortissements**

| 281 Amortissements | |
|---|---|
| | 75 *AN* |
| | 375 31/12/N+1 |
| | 450 |

### Étape 3 • Impact sur les documents de synthèse (ex. : en N+1)

**Extrait COMPTE DE RÉSULTAT Année N+1**

| Charges | Exercice N+1 |
|---|---|
| **Charges d'exploitation** | |
| [...] | |
| Dotations aux amortissements | 375 |

*Amortissement de l'année*

**Extrait BILAN au 31/12/N+1**

| | Brut | Amort. / Dépréc. | Net |
|---|---|---|---|
| **ACTIF IMMOBILISÉ** | | | |
| Immobilisations corporelles | | | |
| [...] | [...] | [...] | [...] |
| Immobilisation X | 1 500 | 450 | 1 050 |

*Amortissements cumulés depuis l'origine*

## II • Les reventes d'immobilisations

### Étape 1 • Les écritures courantes : revente d'immobilisation

| | | 01/07/N+3 | | | |
|---|---|---|---|---|---|
| 462 | | Créances sur cessions d'immobilisations | 720 | | |
| | 757 | PCEA (= ***Prix de revente HT***) | | 600 | ← *Prix de vente hors taxes* |
| | 4457 | TVA collectée | | 120 | |

La vente est enregistrée le jour de la cession (facture).
Cette vente est un produit d'exploitation (757) : produit des cessions d'immobilisations.
Au jour de la cession, aucun compte de la classe 2 n'est mouvementé : le bien est encore à l'actif du bilan.

### Étape 2 • Les écritures d'inventaire : apurement de l'actif

| | | 31/12/N+3 | | | |
|---|---|---|---|---|---|
| 681... | | Dotations aux amortissements année N+3 | 188 | | a |
| | 281... | Amortissements année de cession | | 188 | a |
| | | 31/12/... | | | |
| 657 | | Immobilisations cédées **(= 21 - 281)** | 266 | | b |
| 281... | | Sortie actif, cumul amort. à date cession | 1 234 | | b |
| | 21... | Sortie actif immo. brute (coût acquis.) | | 1 500 | b |

a. Le bien a été utilisé par l'entreprise du 1er janvier jusqu'au jour de la cession (ex. : 1er juillet). Il faut calculer et enregistrer un amortissement pour cette partie de l'année.
b. Il faut solder les comptes de la classe 2 relatifs à cette immobilisation (solde inscrit du côté opposé).

Le compte 657 équilibre l'écriture. La valeur nette comptable (VNC) correspond à la valeur comptable du bien au jour de la cession. C'est une charge car l'entreprise se prive d'un bien qui faisait partie de son patrimoine.

### Étape 3 • Analyse de la cession

**Compte 757 – Compte 657 = Plus ou moins-value de cession**

Soit Prix de vente HT – Valeur comptable restante = Plus ou moins-value de cession

*600 – 266 = 334 € = plus-value (L'entreprise a vendu 600 € un bien qui valait 334 € en comptabilité.)*

Fiche méthode 6

# Le traitement comptable des dépréciations

## I • La dépréciation des actifs

| | Terrains | Immobilisations financières | Stocks | Créances |
|---|---|---|---|---|
| **Achat** | 211<br>404<br>Les terrains ne sont pas soumis à TVA. | 261<br>512<br>Pas de TVA sur les titres immobilisés. Mais il y a souvent des frais bancaires soumis à TVA. | Pas de débit du compte 3 en cours d'année. En fin d'année, l'écriture de variation des stocks inscrit en compte de stocks (3) la valeur du stock final. | À chaque vente, on débite le compte 411 pour le montant TTC dû par le client. |
| **Dotation** | 6816<br>2911<br>Charges d'exploitation<br>On enregistre chaque année la perte de valeur par rapport à l'année précédente. | 6866<br>2961<br>Charges financières<br>On enregistre chaque année la perte de valeur par rapport à l'année précédente. | 6817<br>39..<br>Chaque année, on dote la totalité de la perte de valeur car les précédentes dotations sont systématiquement reprises. | 416 (TTC)<br>411 (TTC)<br>6817 (HT)<br>491 (HT)<br>La créance passe dans un compte « douteux » pour son intégralité.<br>Puis dotation de la dépréciation, calculée sur la créance HT car la TVA sera récupérée. |
| **Reprise** | 2911<br>7816<br>Uniquement si le bien reprend de la valeur.<br>Attention : on reste dans la limite du prix d'achat. | 2961<br>7866<br>Uniquement si le bien reprend de la valeur après en avoir perdu.<br>Attention : on reste dans la limite du prix d'achat. | 39..<br>7817<br>Toute dépréciation du stock constatée lors de l'exercice précédent doit systématiquement être soldée à la fin de l'exercice suivant. | 491<br>7817<br>Si la perte probable s'amoindrit, on peut reprendre une partie de la dotation. |
| **Cession** | 462<br>775<br>Vente exceptionnelle<br>Les terrains ne sont pas soumis à TVA.<br><br>2911<br>7816<br>Reprendre les dépréciations pour solde du compte 2911.<br><br>675<br>211<br>Sortie de la valeur d'origine du bien | 462<br>775<br>Vente exceptionnelle<br>Les titres ne sont pas soumis à TVA mais il y a souvent des frais bancaires soumis à TVA.<br><br>2961<br>7866<br>Reprendre les dépréciations pour solde du compte 2961.<br><br>675<br>261<br>Sortie de la valeur d'origine du bien | Vente normale en compte de la classe 7<br>On ne tient pas compte des provisions. Elles seront systématiquement reprises. | 654 (HT)<br>44551 (TVA)<br>416 (TTC)<br>Lorsque la perte est devenue certaine, il faut sortir la créance des comptes.<br>On constate une perte pour l'intégralité de la créance HT.<br><br>491<br>7817<br>Puis on reprend la dotation.<br>Le compte 49 est soldé.<br>La reprise est un produit qui compense la perte. |

## II • Le tableau préparatoire aux dépréciations des créances clients

| Tableau de suivi des créances douteuses au 31/12/N | | | | | | | | | | |
|---|---|---|---|---|---|---|---|---|---|---|
| Créances douteuses | Base de calcul dépréciation N | | | | Classement perte ou risque N | | | Calcul dotation ou reprise N | | |
| | TTC N-1 | Règlement N | TTC N | HT N | Taux de risque N | Irrécouvrable N | Dépréc. fin N | Rappel dépréc. N-1 | Dotation supp. | Reprise |
| Créance 1 | 500,00 | 100,00 | 400,00 | 333,33 | 50 % | | 166,67 | 200,00 | | 33,33 |
| Créance 2 | 800,00 | 0,00 | 800,00 | 666,67 | Perte | 666,67 | | 500,00 | | 500,00 |
| Créance 3 | | | 1 000,00 | 833,33 | 25 % | | 208,33 | 0 | 208,33 | |
| **Total** | **1 300,00** | **100,00** | **2 200,00** | **1 833,33** | | **666,67** | **375,00** | **700,00** | **208,33** | **533,33** |

**Créance 1**
Attente des sommes depuis au moins N-1
Le client règle encore petit à petit. Il a réglé 100 € en N.
On calcule un risque par rapport au montant encore attendu fin N (400), sur la base HT (333,33).
On ajuste la dépréciation par rapport à celle de l'année précédente.

**Créance 2**
Attente des sommes depuis au moins N-1
Le client n'a rien réglé dans l'année N : il ne réglera plus rien.
Il ne s'agit plus d'un risque de perte (dépréciation) mais d'une perte irrécouvrable.
On calcule le montant HT de la perte. Il sera enregistré en compte 654 : perte sur créance irrécouvrable.
Les dépréciations constatées les années précédentes doivent être reprises (7817) pour apurer les comptes. Ce produit compensera la perte sur l'année N. L'impact sur le résultat comptable sera minoré.

**Créance 3**
Nouvelle créance douteuse de l'année N
Il faudra la transférer en compte 416.
On calcule un risque par rapport au montant attendu fin N (1 000), sur la base HT (833,33).
On enregistre une dépréciation pour l'année. Pas d'ajustement car il s'agit de la première année de suivi de cette créance.

Fiche prépa BAC

# PRÉPARER LE GRAND ORAL DU BACCALAURÉAT

## I • Présentation de l'épreuve

### 1 • Caractéristiques de l'épreuve

Cette épreuve orale prend appui sur la présentation de deux questions que vous aurez travaillées pendant l'année de terminale et qui s'appuient sur les enseignements de spécialité de la filière STMG.

| **Durée de l'épreuve :** 40 minutes<br>**Préparation :** 20 minutes<br>**Passage devant jury :** 20 minutes<br>**Évaluation :**<br>Note sur 20 points<br>Coefficient 14 | **Critères évalués :**<br>– Qualité d'élocution, de la prise de parole en continu<br>– Qualité et construction de l'argumentation<br>– Niveau de savoir dans le domaine de spécialité<br>– Capacité à mettre en lien les savoirs<br>– Capacité à convaincre, qualité de l'interaction<br>– Qualité du lien question/orientation |
|---|---|

### 2 • Déroulement de l'épreuve en 3 temps

1. **Présentation des questions : vous présentez vos deux questions au jury, qui en sélectionne une.**
2. **Préparation (20 min) : pendant ce temps de préparation, vous avez la possibilité, pour organiserau mieux vos idées, de créer un support d'une page, que vous remettrez au jury mais qui ne sera pas évalué.**
3. **Présentation de la question sélectionnée par le jury (20 min) :**

| **Exposé sans notes (5 min) :** explication du choix de la question, développement des arguments et réponse. | **Échange avec le jury (10 min) :** explications, argumentation, approfondissement de la pensée et des connaissances liées à la spécialité. | **Entretien relatif au projet professionnel (5 min) :** lien avec la question, démarches déjà entreprises, cursus choisi, écoles demandées… |
|---|---|---|

## II • Le choix des questions et le lien avec le projet professionnel

### 1 • Choix des questions

Les questions présentées au Grand oral doivent être en corrélation avec votre projet professionnel. Il est essentiel d'approfondir un domaine lié à votre appétence pour des sujets liés à votre futur parcours d'études supérieures et votre objectif professionnel. Vous devez donc, au préalable, trouver un lien entre votre projet et le sujet d'études choisi, puis développer des arguments qui justifient ce choix.

### 2 • Exemples de questions

- Si vous souhaitez vous orienter vers un poste de responsable administratif en PME, vous pouvez, par exemple, réaliser une analyse à partir d'une question telle que : « Le responsable administratif d'une PME peut-il se passer d'un PGI ? ».
- Si vous souhaitez gérer votre propre entreprise, votre étude peut porter, par exemple, sur une question telle que : « À l'occasion d'investissements, faut-il toujours privilégier l'autofinancement ? ».
- Votre intérêt pour le contrôle de gestion peut aussi donner lieu à un contexte d'études, par exemple : « Calculer le coût de revient complet d'un produit est-il indispensable avant de fixer son prix de vente ? ».

Fiche prépa BAC

# PRÉPARER ET OPTIMISER SON PROJET D'ORIENTATION

## I • Les possibilités de poursuites d'étude après un bac STMG

Les disciplines abordées en STMG offrent un choix varié de poursuites d'études, avec différentes passerelles possibles entre les cursus.

### 1 • Les voies d'études supérieures

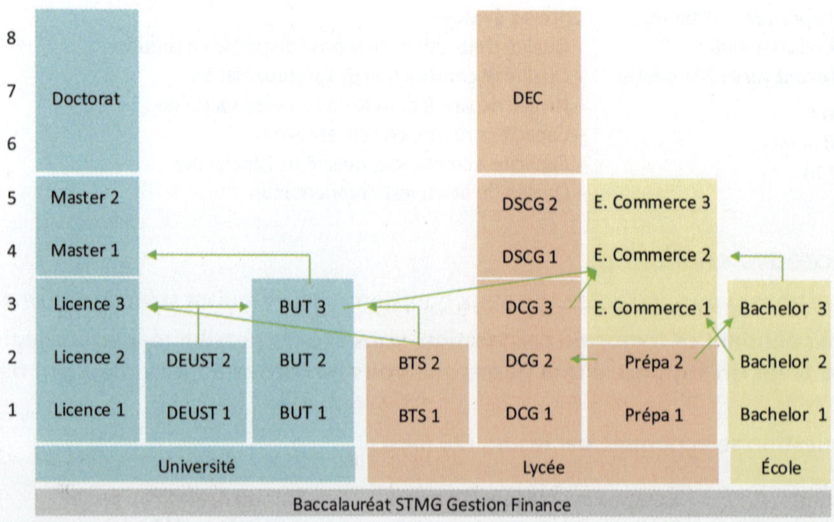


**Exemples poursuites d'études**
BUT GEA Gestion des entreprises et des administrations
BTS Comptabilité et gestion
Filière expertise comptable (DCG à EC)
Classes préparatoires aux écoles de commerces *(réservées aux élèves de STMG)*
Licence Économie et gestion
Licence AES
BTS Gestion de la PME
BTS Banque
...

**Exemples passerelles**
Avec un BTS CG, un BUT GEA, ou 2 années de CPGE possibilité d'intégrer la filière expertise comptable.
Certains masters et certaines écoles de commerce donnent l'équivalence du DSCG,

### 2 • Déroulement de l'épreuve en 3 temps

Toutes les poursuites d'études tertiaires accueillent les titulaires d'un baccalauréat STMG Gestion et finance.

Si vous souhaitez vous orienter vers des études courtes, le BTS Comptabilité et gestion ou le BUT GEA sont la suite logique du baccalauréat Gestion et finance. Mais vous pouvez aussi intégrer d'autres formations qui vous permettront d'entrer dans des secteurs d'activité variés : commerce, transport et logistique, immobilier, banque, tourisme, assurance, hôtellerie, communication, ressources humaines, gestion de la PME, SIO (Service informatique aux organisations)…

Si vous souhaitez approfondir votre formation dans le **domaine de la gestion et de la finance**, de nombreuses spécialisations proposées en cours de cursus long (licence, master, expertise comptable, école de commerce…) vous permettront d'envisager différents métiers.

| Métiers en gestion et en finance | |
|---|---|
| – Comptable, expert-comptable, commissaire aux comptes<br>– Responsable administratif<br>– Contrôleur de gestion<br>– Auditeur interne ou externe | – Financier<br>– Fiscaliste<br>– Juriste en droit des affaires<br>– Spécialiste en consolidation |

## II • Le projet professionnel

### 1 • La construction du projet professionnel

Le projet professionnel est personnel et va dépendre de vos affinités avec les matières étudiées, de votre spécialité, de votre profil, de vos expériences (stages, modèles parentaux, vocation, attrait pour une profession ou un secteur d'activité, etc.). Ce projet se réfléchit dès le choix des options de seconde (n'hésitez pas à prendre des options facultatives pour élargir vos champs de compétences), puis en classes de première et de terminale avec le choix des enseignements spécifiques. Ce projet doit s'insérer dans un parcours adapté à votre profil et comporter des étapes accessibles, en tenant compte des passerelles offertes pour faciliter des accès parfois indirects à certaines formations.

## 2 • Les sources d'information

Vous pouvez trouver des informations sur les métiers et les poursuites d'études grâce aux :

| | |
|---|---|
| **Sites Internet** | • **Onisep :** www.onisep.fr<br>• **Mensuel l'*Étudiant* :** www.etudiant.gouv.fr (propose un test d'orientation gratuit)<br>• **ParcoursSup :** www.parcoursup.fr, rubrique « Formation »<br>• **Oriane :** www.oriane.info<br>• **Centre d'Information et de Documentation Jeunesse :** www.cidj.com |
| **Réseaux sociaux** | Les comptes Instagram, Facebook et les chaînes Youtube de l'*Étudiant*, de l'Onisep et du CIDJ :<br>@letudiant_<br>@onisep_officiel<br>@le_cidj<br><br>@letudiant.fr<br>@onisep<br>@CIDJParis<br><br>@Onisep<br>@Le_CIDJ<br><br>www.youtube.com/user/LetudiantTV<br>www.youtube.com/user/cliponisep/videos |
| **Lieux dédiés à l'orientation professionnelle** | • **Les Centres d'information et d'orientation (CIO) :** pour trouver le CIO le plus proche de chez vous, rendez-vous sur le site www.education.gouv.fr/annuaire<br>• **La Cité des métiers :** située à Paris (www.cite-sciences.fr), à Marseille (www.citedesmetiers.fr), à Rouen (www.citedesmetiersnormandie.fr) |
| **Journées portes ouvertes, salons** | Pour connaître l'actualité et trouver des informations dans votre académie (lieux et dates des **salons de l'étudiant**, dates des **journées portes ouvertes** des lycées, écoles, IUT, vous pouvez consulter le site : www.onisep.fr/Pres-de-chez-vous) |

# III • ParcourSup, un tremplin pour son projet professionnel

Pour candidater aux écoles souhaitées, vous devez vous créer un profil sur ParcourSup, portail national d'accès à toutes les écoles recensées officiellement par l'Éducation nationale.

## 1 • Le fonctionnement de ParcourSup

La plateforme ParcourSup est ouverte à partir de mi-janvier. Les professeurs principaux sont les référents pour vous accompagner dans la création de votre profil (à partir d'une adresse mail valide et de votre identifiant INE), et dans la sélection de vos choix de formation pour votre projet professionnel. Les résultats arrivent par plusieurs « vagues ». Un calendrier précis est disponible sur le site de ParcourSup. L'obtention du baccalauréat permettra une validation définitive du dossier d'intégration dans la formation supérieure retenue.

## 2 • La candidature sur ParcourSup

Votre candidature est composée des bulletins de notes des trois trimestres de la classe de première et des trimestres 1 et 2 de la classe de terminale, de votre CV et de votre lettre de motivation. Il est primordial de valoriser votre profil pour multiplier vos chances d'être pris(e) dans la formation choisie, en apportant un soin particulier à la rédaction du CV et de la lettre de motivation. Leur forme étant pré-guidée sur la plateforme, vous devez soigner le contenu.

## Crédits photographiques

*Sauf indication contraire, toutes les illustrations proviennent de stock.adobe.com*

**Couverture** (haut) Thapana Studio ; (bas) Andrey Popov ; **p. 9** Yaël Policard © Crêpes on the road ; **p. 10** Looker_Studio ; **p. 21** Mr. Music ; **p. 23** Juanjo Molina ; **p. 26** rogerphoto ; **p. 34** Franck Camhi ; **p. 39** kimly ; **p. 36** guruXOX ; **p. 37** New Africa ; **p. 35** Guan-Designer.Com ; **p. 40** Kzenon ; **p. 48** h pressmaster ; (bas) New Africa ; **p. 49** Sergey Ryzhov ; **p. 50** (haut) industrieblick ; (bas) kotoyamagami ; **p. 51** © diignat ; **p. 54** VLAD ANTONOV ; **p. 62** (haut) Iakov Filimonov ; (bas) thierryplouchard ; **p. 63** (haut) Estelle Brun © EBrun Photographie ; (bas) capon ; **p. 64** (haut) Estelle Brun © EBrun Photographie ; (bas) artemp1 ; **p. 65** THINK b ; **p. 66** venusangel ; **p. 67** Kzenon ; **p. 74** Liudmila ; **p. 81** (haut) Nestor ; (bas) akf ; **p. 82** Phovoir ; **p. 83** lamax ; **p. 84** daniiD ; **p. 88** Kristina ; **p. 92** Gilles ARROYO ; **p. 93** (haut) makedonski2015 ; (bas) Sashkin ; **p. 95** Nomad_Soul ; **p. 98** (gauche) Wayhome Studio ; (droite) speed300 ; **p. 104** pixelrobot ; **p. 108** ALEX LYPA ; **p. 109** Dusan Petkovic ; **p. 110** Tyler Olson – SimpleFoto ; **p. 111** Cla78 ; **p. 112** Estelle Brun © EBrun Photographie ; **p. 113** Nomad_Soul ; **p. 124** (haut) Elnur Amikishiyev ; (bas) wimage72 ; **p. 125** hcast ; **p. 126** Daylight Photo ; **p. 127** ธนากร บัวพรหม; **p. 132** Ievgen Skrypko ; **p. 136** Sergey ; **p. 137** markobe ; **p. 138** Davy Bailey ; **p. 139** Andrey Popov ; **p. 148** bennnn ; **p. 149** SerPhoto ; **p. 151** JackF ; **p. 152** liliyabatyrova ; **p. 154** Antonioguillem ; **p. 158** (haut) Westend61 / Julien Balmer ; (bas) Pictures news ; **p. 159** auremar ; **p. 160** Maridav ; **p. 161** © Sandrine Cerbier ; **p. 162** deagreez ; **p. 172** lado2016 ; **p. 174** (haut) polack ; (bas) Andrey Kuzmin ; **p. 175** Unclesam ; **p. 176** Svetlana Lukienko ; **p. 178** (haut) lenblr ; (bas) Africa Studio ; **p. 179** Irinetta ; **p. 182** Liubomir ; **p. 186** Gamut ; **p. 187** (haut) lev dolgachov ; (bas) kamonrat ; **p. 188** LstockStudio ; **p. 189** DisobeyArt ; **p. 190** vitals ; **p. 200** (haut) Vasyl ; (bas) Karolis Kavolelis ; **p. 201** Matas ; **p. 202** Vladimir Efimov ; **p. 204** anatolir ; **p. 206** Rose Carson/Shutterstock.com ; **p. 207** Tyler Olson ; **p. 210** fizkes ; **p. 212** Robert Kneschke ; **p. 216** (haut) PavelPrichystal ; (bas) master1305 ; **p. 217** (haut) knowlesgallery ; (bas) Prostock-studio ; **p. 218** Martin Spurny ; **p. 219** (haut) Artem Zakharov ; (bas) hcast ; **p. 220** Katarzyna Bialasiewicz Photographee.eu ; **p. 247** Rose Carson/Shutterstock.com

IMPRIM'VERT
Votre imprimeur agit pour l'environnement

N° de projet : 10306027 - Dépôt légal : Mars 2024
Imprimé en Italie en Mars 2025 par L.E.G.O. S.p. A., Lavis (TN)